Lauren Willig, geboren in New York, schreibt Liebesromane, seit sie sechs Jahre alt ist. Sie hat einen Abschluss in Englischer Geschichte und einen Doktor in Rechtswissenschaften. Nach einem Jahr in einer New Yorker Rechtsanwaltskanzlei entschied sie sich ganz für die Schriftstellerei. In den USA ist sie mit ihrer «Pink Carnation»-Liebesroman-Serie bekannt geworden.

«Hier drin steckt ganz viel Herz(schmerz), aber auch das beste Lesevergnügen der Welt.»
literaturmarkt.info

«Geheimnis, Familiendrama, Liebesgeschichte: In diesem Roman ist für jeden etwas dabei. Fesselnd!»
Library Journal

«Perfekte Strandlektüre.»
Kirkus Reviews

«Ich verspreche Ihnen: Einmal angefangen, werden Sie das Buch nicht aus der Hand legen können.»
Romance Reviews Today

«Ein cleverer Mix aus historischer Liebesgeschichte und moderner Selbstfindungsstory.»
Booklist

Lauren Willig

Der gestohlene Sommer

Roman

Aus dem Englischen von
Mechtild Sandberg-Ciletti

Rowohlt Taschenbuch Verlag

Die Originalausgabe erschien 2014 unter dem Titel «That Summer»
bei St. Martin's Press, New York.

Veröffentlicht im Rowohlt Taschenbuch Verlag,
Reinbek bei Hamburg, August 2016
Copyright © 2015 by Rowohlt Verlag GmbH,
Reinbek bei Hamburg
«That Summer» Copyright © 2014 by Lauren Willig
Redaktion Tanja Schwarz
Umschlaggestaltung any.way, Barbara Hanke/Cordula Schmidt
Umschlagabbildung Lyn Randle/Trevillion Images
Satz aus der Adobe Jenson, PostScript,
bei Pinkuin Satz und Datentechnik, Berlin
Druck und Bindung CPI books GmbH, Leck, Germany
ISBN 978 3 499 26963 9

Das für dieses Buch verwendete Papier ist FSC®-zertifiziert.

Für Madeleine

Kapitel 1

New York, 2009

Jemand hat mir ein Haus hinterlassen», sagte Julia. «In England.»

Es war Sonntagmorgen, ihr Vater hatte es sich an seinem gewohnten Platz am Küchentisch bequem gemacht, diesem Cadillac unter den Küchentischen, der vermutlich mehr gekostet hatte, als Julia im Jahr Miete zahlte. In der Mitte stand, auf einem geflochtenen Untersetzer, eine Vase, darin drei weiße Lilien mit Farngrün, alles von täuschender Schlichtheit.

Wenn Julia ihren Vater besuchte, kam es ihr jedes Mal vor, als beträte sie eine Hochglanzdoppelseite von *Schöner Wohnen*. Ihre abgetragene Jeans und die praktische Hemdbluse nahmen sich neben den silbernen Geräten und dem edlen Blumenarrangement entschieden verfehlt aus.

«Tante Regina», sagte ihr Vater prompt.

«Tante wer?» Julia hatte keine Tanten, jedenfalls nicht soweit ihr bekannt war. Ihre Mutter war ein Einzelkind gewesen und ihr Vater praktisch auch. Sie hatte zwar mal von einer Halbschwester in Manchester gehört – oder war es ein Halbbruder? –, doch es gab keinen Kontakt mit diesem Teil der Familie; nicht einmal zu einer Weihnachtskarte hatte es je gereicht.

«Die Tante deiner Mutter», sagte ihr Vater kurz, während er einen Teil der Sonntagszeitung herausnahm. «Regina Ashe.»

Er sah Julia nicht an. Na ja, das war nicht anders zu erwarten. In all den Jahren hatten sie nie über England gesprochen, über diese graue Vorzeit, in die Julia nur in bösen Träumen zurückkehrte.

Selbst heute träumte sie noch manchmal davon: grelle Lichter, Regen auf der Windschutzscheibe, quietschende Autoreifen und der Klang ihrer eigenen Schreie. Sie erwachte dann schweißgebadet, die Arme fest um ihren zitternden Körper geklammert, und hörte sich selbst nach ihrer Mutter schreien.

«Müsste ich die kennen?», fragte Julia in bemüht leichtem Ton und versuchte, das Flattern ihrer Hände zu verbergen. Sie ging langsam zur Kaffeemaschine hinüber, die auf dem Küchentresen stand, wie um sich etwas Zeit zur Beruhigung zu geben und den Anschein des Normalen wiederherzustellen, den sie in den vergangenen fünfundzwanzig Jahren so sorgsam kultiviert hatte. «Das war der Name, der im Brief stand. Regina Ashe.»

«Sie war die Vormundin deiner Mutter», sagte ihr Vater.

Seine Redeweise war sehr knapp, sehr britisch. Statt sich im Lauf der Jahre zu mildern, hatte sich der BBC-Akzent ihres Vaters umso stärker ausgeprägt, je länger sie in den Staaten lebten. Er pflegte ihn so sorgsam wie einen besonders kunstvoll gezwirbelten Schnurrbart. Julia konnte es ihm nicht verübeln. Engländer genossen in New York einen Sonderstatus.

Ihr selbst war der Akzent als Kind nur lästig gewesen; er hatte bei ihren Altersgenossen genau die entgegengesetzte Wirkung hervorgerufen, und sie hatte ihn so schnell wie möglich abgelegt.

Übertragung, hatte der Psychologe es genannt, den Julia während ihrer Studienzeit aufsuchte, und sie mit seinem Fachchinesisch vollgetextet, das ihr wahrscheinlich zugänglicher gewesen wäre, wenn sie, wie ihre Zimmergenossin, das einführende Psychologieseminar belegt hätte. Doch das Wesentliche war klargeworden: Sie hatte sich von ihrem früheren Selbst befreit, aus der kleinen Julie, die mit ihren beiden Eltern in London in einer Wohnung mit Garten gelebt hatte, war ein amerikanisches Mädchen namens Julia geworden. Es war eine Bewältigungsstrategie.

Julia hatte höflich genickt und war nicht wieder hingegangen. Sie brauchte niemanden, der ihr das Offensichtliche erklärte.

«Ah ja», sagte sie. «Ihre Vormundin.»

Die *Sunday Times* raschelte, als ihr Vater umblätterte. Julia, die immer noch am Küchentresen stand, konnte nur den Hinterkopf ihres Vaters sehen, die gepflegten grauen Haare, die Ohrspitzen, die Metallbügel seiner Brille.

Ihre Mutter hatte eine Vormundin gehabt, die ein Haus besaß. Das klang in ihren Ohren total irreal. Julia wollte das Haus der Tante ihrer Mutter nicht haben. Diese Zeiten waren für immer vorbei. Sie war jetzt Amerikanerin, so amerikanisch wie Hillbilly-Musik und Kaugummi auf dem Bürgersteig. Ihr Leben war hier. So war es seit jenem entsetzlichen Oktoberabend, an dem sie mit Sack und Pack nach New York übergesiedelt waren.

Julia öffnete den Glasschrank und nahm sich einen Henkelbecher aus einer wohlgeordneten Reihe. Der Becher war weiß mit blauen Blümchen, sehr skandinavisch, sehr modern. Alles in der Küche ihres Vaters war sehr skandinavisch und sehr modern. Die silbern blitzende Kaffeemaschine hatte mehr Knöpfe als eine internationale Raumstation.

«Ich dachte schon, es wäre so ein Nigeria-Schwindel», sagte Julia, die versuchte, einen Scherz daraus zu machen; sie wünschte, es wäre ein Scherz.

«Das Haus ist nicht in Nigeria.» Ihr Vater drehte sich nach ihr um und warf ihr einen Blick über den Brillenrand zu, genau den Blick, mit dem er gern besonders begriffsstutzige Medizinstudenten bedachte. «Es ist in einem Vorort von London.»

«Das weiß ich», sagte Julia gereizt. «Es ist – ach, egal.»

Wenn ihr Vater nicht wusste, was ein Nigeria-Schwindel war, würde sie es ihm nicht erklären. Sein Umgang mit E-Mails beschränkte sich darauf, seine Korrespondenz zu diktieren; im Büro diktierte er seiner Sekretärin, zu Hause Julias Stiefmutter Helen.

Julia hatte höchsten Respekt vor Helen. Allein dass sie es geschafft hatte, fast fünfzehn Jahre lang alle Launen ihres Mannes zu ertragen, ohne ihm ein einziges Mal den Kaffee ins Gesicht zu schütten, war ein wahres Wunder.

Julia ging mit ihrem Becher zum Tisch und stellte ihn auf einen der geflochtenen Untersetzer, die zu genau diesem Zweck bereitlagen.

«Mal angenommen, das ist echt ...», begann sie.

Ihr Vater zog die Brauen hoch. «Angenommen? Du hast dich noch nicht mit den Leuten in Verbindung gesetzt?»

Julia starrte in ihren Kaffee, der kühl und trübe zu werden begann. Ja, das wäre wohl das Naheliegendste gewesen. Sorgfältige Überprüfung. So etwas war heute so einfach, ein paar Mausklicks, und schon hatte man Namen, Adressen und nähere Einzelheiten.

Stattdessen hatte sie den Brief auf ihren Küchentisch zu einem Stapel alter Zeitschriften geworfen und dort in der Warteschleife, in der zurzeit ihr ganzes Leben hing, einfach vergessen.

«In meiner Post ist jeden Tag haufenweise Mist», verteidigte sie sich.

«Julia –»

«Ja, ich weiß», sagte sie scharf. «Ich weiß, okay? Ich wäre der Sache schon nachgegangen, wenn ich den Eindruck gehabt hätte, es wäre was Seriöses.» Wenn jemand sich die Mühe gemacht hätte, ihr mitzuteilen, dass sie eine Großtante Regina hatte und dass diese Großtante Eigentümerin eines Hauses war. «Ich hatte ja keine Ahnung, dass eine Erbschaft auf mich wartet.»

Ihr Vater überging ihren Sarkasmus. «Wann ist der Brief gekommen?»

«Ach, erst vor acht Tagen.» Oder vierzehn. Die Tage verschwammen ineinander. Sie hatte den Brief in einem Bündel Werbepost gefunden.

Vor einiger Zeit noch hätte sie das im Handumdrehen erledigt. Vor einiger Zeit noch war sie auf den Schwingen von Adrenalin und Koffein durch die Tage geflogen, in denen sich die Stunden jagten wie im Autoskooter: ohne Pause zwischen Besprechungen, immer in Eile, immer auf dem Sprung zu neuen Taten.

Bis sie ihren Job verloren hatte und die Zeit sich plötzlich zog wie Kaugummi.

Sie hasste diesen Ausdruck: «hat ihren Job verloren»; als hätte sie ihn versehentlich irgendwo zwischen Schreibtisch und Damentoilette verschusselt. Sie hatte ihn nicht verloren. Er war ihr genommen worden, der Kreditkrise, dem Börsensturz, der Rezession zum Opfer gefallen.

Julia zupfte an dem Gummiband, das ihren Pferdeschwanz hielt, und schob es zu strammerem Sitz weiter nach oben. «Ich rufe am Montag dort an.»

«Du rufst wo an?» Julias Stiefmutter betrat die Küche durch die Tür auf der anderen Seite und warf ihre Schlüssel in die Zinnschale, die auf der Waschmaschine stand. An ihrem Arm hing eine Tüte der Feinkostkette Dean&De Luca, aus der es köstlich nach frischem Brot duftete.

Helens schlanke Figur war hart erarbeitet, wie bei vielen Frauen ihres Alters, und ihre Haare waren genau in dem auf der Upper Eastside angesagten Aschblond gefärbt; nicht zu blond – das hätte billig gewirkt –, aber doch blond genug. Es war ein Ton, der hervorragend zu kamelhaarfarbenen Hosen im Winter und bunten Seidenkleidern im Sommer passte.

Helen war früher Anwältin gewesen, hatte ihren Job als Syndika bei Sotheby's jedoch gekündigt, als Jamie geboren wurde. Julia fragte sich manchmal, was Helen mit ihrer Zeit anfing. Sie hatte eine Putzfrau, die sämtliches Glas und Chrom im Haus auf Hochglanz polierte, und Jamie und Robbie waren lange über das Alter hinaus, wo sie ständige Fürsorge brauchten, eher schon brauchten das ihre Turnschuhe, die sich jedes Mal, wenn Julia kam, vermehrt und über die ganze Wohnung verteilt zu haben schienen.

Julia hätte gern gewusst, ob Helen die Zeit ebenso endlos lang wurde wie ihr, ob sie sich Erledigungen ausdachte oder beim Einkaufen trödelte, nur um etwas zu tun zu haben. Doch sie konnte sie nicht fragen, sie hatten nicht diese Art von Beziehung.

Ihr Vater kam ohne Umschweife zur Sache. «Julia hat ein Haus geerbt.»

«Wahrscheinlich», fügte Julia einschränkend hinzu. «Es kann auch ein Schwindel sein.»

«Nein», widersprach ihr Vater entschieden. «Ich erinnere mich an dieses Haus.» Und als fürchtete er, sie könnte auf den Gedanken kommen, wehmütige Reminiszenz in seine Worte hineinzulesen, fügte er trocken hinzu: «Es ist wahrscheinlich einiges wert, selbst bei der gegenwärtigen Marktlage.»

«Das ist doch schön.» Helen beugte sich zu Julia hinunter, um ihr den obligaten Kuss zu geben, und warf dabei gleich noch einen Blick in ihren Becher. «Ihr habt Kaffee getrunken?»

Julia hob den Becher demonstrativ in die Höhe. «Wenn ich noch einen trinke, krieg ich Herzrasen.»

Mit einem argwöhnischen Blick zur Kaffeemaschine sagte Helen: «Sollte der nicht koffeinfrei sein?»

Ihr Mann reagierte nicht. Absichtlich nicht, vermutete Julia. Nach seiner letzten Stent-Implantation hatten die Ärzte ihm koffein- und natriumarme Ernährung verschrieben – arm an allem, was das Leben lebenswert machte, erklärte ihr Vater mit der Geringschätzung des Chirurgen für die Verordnungen minderer Kollegen. Wenn zur Heilung eines Leidens nicht das Skalpell nötig war, war es der Beachtung nicht wert.

Ihr Vater nickte mit zufriedenem Lächeln. «Na, das wird Caro gehörig die Petersilie verhagelt haben.»

«Wem?»

«Der Cousine deiner Mutter. Du hast mit ihren Kindern gespielt, als du klein warst, weißt du nicht mehr?»

«Nein», antwortete Julia langsam. «Nein, keine Ahnung.»

Man hatte ihr erklärt, es sei ganz natürlich, dass sich die Seele nach einem traumatischen Erlebnis zu schützen versuche und Abwehrmechanismen aufbaue. Doch galt das ein Vierteljahrhundert nach dem Ereignis immer noch?

Um ihre Verwirrung zu verbergen, sagte Julia heftig: «Ist ja auch egal. Ich weiß sowieso nicht, was dieses Haus in Hampstead mit mir zu tun haben soll.»

«Nicht Hampstead», sagte ihr Vater. «Herne Hill.»

Julia zuckte mit den Schultern. «Ist doch dasselbe in Grün.»

«O nein», entgegnete ihr Vater, und Julia bemerkte etwas in seinem Blick, das sie nicht recht deuten konnte; als wäre er einen Moment lang ganz woanders, weit weg und in einer anderen Zeit. Er nahm den Immobilienteil der Zeitung zur Hand. «Wenn es in Hampstead wäre, wäre es mehr wert.»

Julia warf ihm einen gereizten Blick zu. «Danke, Dad.»

Er schüttelte die Zeitung kurz. «Du musst rüberfliegen und dich kümmern», sagte er, als wäre sie einer seiner Hiwis am Mt. Sinai Hospital, einer aus den Scharen von Assistenzärzten, die nach seiner Pfeife tanzten. «Es wird wahrscheinlich einige Zeit dauern, das Haus auszuräumen.»

«Ich kann nicht einfach alles hier stehen und liegen lassen», protestierte Julia.

«Warum nicht?», fragte er. «Es ist ja nicht so, dass du irgendwas anderes zu tun hättest, oder?», fügte er gnadenlos hinzu.

Julia starrte ihn an, weiß bis in die Lippen. «Das ist gemein.»

Er hatte ihr nie verziehen, dass sie nicht in seine Fußstapfen getreten und Medizinerin geworden war. Zumal sie die Noten dafür gehabt hatte. Als sie ihm eröffnete, dass sie BWL studieren würde, führte er sich auf, als hätte sie ihm von einer Karriere als Stripperin vorgeschwärmt.

«Liege ich denn so falsch?», fragte er, und sie hörte deutlich das ‹Ich hab's dir gleich gesagt› hinter der Frage.

Sie wurde wütend. «Hast du eigentlich eine Ahnung von der derzeitigen Lage auf dem Arbeitsmarkt?» Keiner konnte ihr vorwerfen, dass sie zu Hause herumsaß und Däumchen drehte. Mit den Mengen an Bewerbungen, die sie verschickt hatte, hätte man eine kleine Wohnung tapezieren können. Anfangs jedenfalls. Bevor Mutlosigkeit und Depression sie niedergedrückt hatten. «Überall werden Leute entlassen, und niemand stellt ein.»

«Eben.» Ihr Vater faltete sorgsam die Zeitung. «Es gibt keinen Grund für dich, nicht nach England zu fliegen. Das ist Kapital, das dort ungenutzt herumliegt.»

«Noch jemand Kaffee?», fragte Helen, als zweite Ehefrau geübt darin, brenzlige Situationen zu entschärfen. «Julia, im Kühlschrank ist fettarme Milch, oder auch Sahne, wenn du willst.»

Julia lächelte künstlich. «Nein danke, ist schon gut.»

Nichts war gut. Es war furchtbar, den ganzen Tag zu Hause zu sitzen und zusehen zu müssen, wie ihr Sparguthaben stetig schrumpfte, aufgefressen wurde von den banalen Notwendigkeiten des täglichen Lebens. Und es war furchtbar, dass ihr Vater recht hatte.

Neun Monate lang im Winnie-Puuh-Schlafanzug in ihrer Wohnung herumzulungern und Erdnussmus aus dem Glas zu essen, war ihr wenig bekommen. Doch etwas anderes hatte sie nicht zu tun, jedenfalls zurzeit nicht. Die Jobsuche, sofern davon überhaupt die Rede sein konnte, ließ sich von zu Hause aus erledigen.

Trotzdem ärgerte sie die gleichgültige Annahme, sie könne jederzeit ihre Sachen packen und gehen.

«Meine Wohnung –», begann sie.

«Wir kümmern uns drum», unterbrach ihr Vater. Julias und Helens Blicke trafen sich. Sie wussten beide, was das bedeutete. Helen würde sich darum kümmern. «Sie läuft dir nicht weg.»

«Ja, aber ich verstehe trotzdem nicht, warum du meinst, ich sollte rüberfliegen», erklärte Julia frustriert. «Mein Zuhause ist hier.»

Dafür hatte ihr Vater mit aller Gründlichkeit gesorgt. Ihr britischer Pass war durch einen amerikanischen ersetzt worden; sie hatte diesen ersten amerikanischen Pass heute noch, irgendwo in einer Schublade – das Foto zeigte ein kleines Mädchen mit dunkelblonden Zöpfen und großen Augen, die glasig wirkten durch die grelle Beleuchtung.

Ihr Vater lachte geringschätzig. «Ein Einzimmerapartment?»

«Mit Kochnische, bitte sehr», sagte Julia schnippisch. «Meine Wohnung ist vielleicht nicht in der Fifth Avenue, aber ich mag sie zufällig.»

Wie die meisten Leute, die es aus eigener Kraft zu etwas gebracht hatten, legte ihr Vater großen Wert auf Statussymbole. Wie diese Wohnung. Und Helen.

Julia konnte sich noch an die Zeiten erinnern, als sie in Yorkville in einem Hochhaus gewohnt hatten, in dem die Zimmer papierdünne Wände hatten und wo es ständig nach verbranntem Essen roch. Ihr Vater hatte das alles hinter sich gelassen, als wäre es nie gewesen. Wenn man ihn heute hörte, hätte man meinen können, er habe nie woanders als in der Fifth Avenue gewohnt, seinen Kaffee immer aus der verchromten Hochglanzmaschine genossen und nicht aus dem ramponierten alten Plastikding, das anfing zu qualmen, sobald es heiß wurde.

«Also, ich finde das richtig spannend», warf Helen schnell ein. «Das Haus, meine ich. Wie aus einem Roman. Vielleicht ist es ein Spukhaus.»

«Ganz toll», sagte Julia. «Das fehlt mir gerade noch.»

«Gibt's da nicht ein Sprichwort vom geschenkten Gaul?», sagte Helen beiläufig, während sie im Schrank kramte. Sie versenkte einen Teebeutel behutsam in einem Becher mit heißem Wasser. Durchdringender Minzegeruch breitete sich aus.

«Und was ist mit den Danaergeschenken?», gab Julia zurück. «Soweit ich mich erinnere, ist das für die Beschenkten nicht gut ausgegangen.»

Unerwartet lachte Helen. «Ich kann mir nicht vorstellen, dass dich in dem Haus ein Haufen Trojaner erwartet.» Als sie beide zu ihr hochsahen, erklärte sie: «Jamie musste gerade für den Lateinunterricht ein Diorama darüber machen.»

Julia musste wider Willen lächeln. «Du meinst, du hast das Diorama gemacht?»

«Na ja, du weißt doch, wie es ist, wenn er Kleber in die Finger bekommt», verteidigte sich Helen.

«In dem Pferd saßen Griechen, keine Trojaner», stellte Julias Vater herablassend fest. Er sah Julia über seine Brille hinweg an. «Sei nicht dumm, Julia. Man erbt nicht alle Tage ein Haus.»

«Mama?» Jamies Stimme, die durch den ganzen Flur schallte, schlug in die gespannte Atmosphäre ein wie eine Murmel in eine Glaswand. «Maaaama? Wo sind meine –»

Was genau er suchte, ging im elektronischen Getöse unter, das mit Macht im Familienzimmer losbrach.

«Robbie!», brüllte Julias Vater. «Dreh das verdammte Ding runter», während Helen gleichzeitig rief: «Einen Moment, Jamie.»

Julia stand leise von ihrem Stuhl auf und trug ihre Tasse zum Spülbecken. Sie fühlte sich fremd und unbehaglich in dieser Familienszene. Jamie war gerade zwei Monate alt gewesen, als sie zum Studium weggegangen war, und Robbie hatte es noch nicht einmal gegeben. Sie waren beide aufgeweckte, gutmütige Jungen, doch sie hatte nie das Gefühl gehabt, dass sie zu ihr gehörten. Sie waren ein Teil des zweiten Lebens ihres Vaters, genau wie der teure Küchentisch aus hellem Holz, das blau-weiße Geschirr, wie diese Wohnung, die er gekauft hatte, nachdem Julia ausgezogen war, ein Neuanfang, ein neues Leben mit einer neuen Frau und neuen Kindern.

Helen warf Julia ein entschuldigendes Lächeln zu. «Ich bin gleich wieder da. Nimm dir von den Croissants, wenn du willst.»

Sie verschwand aus der Küche, um nach Jamies iPod oder Turnschuh oder der abhandengekommenen Tragfläche eines Modellflugzeugs zu fahnden.

Als Julia sich umdrehte, bemerkte sie, dass ihr Vater sie ansah.

«Caroline würde dir das Haus wahrscheinlich abkaufen,

wenn du das möchtest», sagte er gedämpft. «Dann müsstest du nicht zurück.»

Julia lehnte sich an den Küchentresen. Der Nachgeschmack kalten Kaffees lag sauer auf ihrer Zunge. Ihr Zorn verflog, sie war nur noch müde, müde und durcheinander. «Ich kann mich wahrscheinlich entscheiden, wie ich will, es wird immer verkehrt sein», meinte sie. «Den richtigen Weg gibt's nicht.»

Sie verstand nicht, warum diese unbekannte Großtante ihre nächsten Verwandten wegen einer fernen Großnichte übergangen hatte, die sich nicht einmal an ihren Namen erinnerte. Erinnerungen tauchten auf – an frisch gemähtes Gras, den schweren Duft von Blumen und kühles Wasser an ihren Fingerspitzen – und verschwanden.

«Dad?» Ihr Vater hob den Blick von der Zeitung. Julia stemmte sich vom Küchentresen ab, der Saum ihrer Jeans, immer zu lang, streifte über den gefliesten Boden. «Welchen Grund sollte diese Tante – Regina haben, mir ihr Haus zu vermachen?»

Sie erwartete, dass er die Frage mit einem Schulterzucken abtun würde. Doch er faltete säuberlich die Zeitung und legte sie auf den Tisch, genau nach der Holzmaserung ausgerichtet. «Deine Mutter ist in dem Haus aufgewachsen», sagte er und räusperte sich. «Deine Tante sagte immer, eines Tages würde es deiner Mutter gehören.»

Er sah Julia an. Seine Augen waren grau wie ihre. Sie hatten die gleiche Haar- und Augenfarbe, nur waren die einst mittelbraunen Haare ihres Vaters schon lange grau geworden und ihre mit blonden Strähnchen künstlich aufgehellt.

Ihre Mutter hatte schwarze Haare und lebhafte blaue

Augen gehabt. Sie war Leben und Lebendigkeit gewesen. Und dann nicht mehr.

Wenn Julia versuchte, sich an ihre Mutter zu erinnern, brachte sie nur ein Bild zusammen, das einem alten Foto mit verblassten Farben nachempfunden war: ihre Mutter mit einem Kopftuch um die schwarzen Haare in einem Garten, den Blick lachend zur Kamera hinaufgerichtet. Um sie herum standen die Bäume in Blüte, und irgendwo im Hintergrund war ein Teich oder See, nicht mehr als ein unbestimmtes Schimmern.

Das Bild hatte auf dem Nachttisch ihres Vaters gestanden. Nicht lang nach ihrem Umzug nach New York war es in einer Schublade verschwunden. Julia hatte nie den Mut aufgebracht, ihren Vater zu fragen, was er damit gemacht hatte. Ihrer beider Schmerz war ein drückendes Schweigen zwischen ihnen.

«Ach, und ich war einfach die Nächstbeste?» Ganz so verbittert hatte es eigentlich nicht herauskommen sollen.

«Entweder das», antwortete ihr Vater trocken, «oder Regina wollte Caroline eins auswischen. Die beiden hatten nicht viel füreinander übrig.»

Julia schob ihre Hände tief in die Taschen ihrer Jeans und wünschte, sie könnte sich mit ausgefahrenen Stacheln irgendwo zusammenrollen wie ein Igel. Sie vermisste den vertrauten Schutz, den ihr die Arbeit geboten hatte, diese gnadenlose tägliche Hektik, die ihr als Vorwand gedient hatte, sich alles, woran sie nicht rühren wollte, vom Leib zu halten.

Doch jetzt hatte sie keine Arbeit mehr. Und sie brauchte das Geld. Neun Monate war es schon her, dass man sie bei Sterling Bates voll scheinheiligem Bedauern verabschiedet hatte. Man hatte sie, wie es die gängige Praxis des Unternehmens war, einen Tag vor Bekanntgabe der Boni entlassen und damit ihr Jahreseinkommen auf ein Drittel dessen reduziert, was sie sonst bekommen hätte. Von ihrer Abfindung würde bald nichts mehr übrig sein, doch die Rechnungen liefen weiter: Hypothek, Krankenversicherung, Essen und Kleidung. Sie hatte keine Ahnung, wie hoch die Grundstückspreise in Herne Hill waren, ob der Markt dort ebenso stark eingebrochen war wie in den USA. Doch egal, es war ein Geschenk des Himmels. Es nur wegen Ereignissen, die ein Vierteljahrhundert zurücklagen, auszuschlagen, wäre idiotisch.

Die Vergangenheit ist ein fremdes Land, hatte einer ihrer Kunstgeschichte-Dozenten oft gesagt. Wenn Julia es so sah, würde es vielleicht nicht so schlimm werden. Das England, das sie und ihr Vater hinter sich gelassen hatten, gab es nicht mehr. Das Haus war nur ein Haus, es bestand kein Grund, sich davon abhalten zu lassen, einen kleinen Gewinn einzustreichen.

Einen Monat, vielleicht zwei. Länger würde es sicher nicht dauern. Es wäre unverantwortlich, das Haus zu verkaufen, ohne es wenigstens besichtigt zu haben. Und es war wirklich albern, nach so vielen Jahren immer noch um das Thema Mutter herumzuschleichen wie die Katze um den heißen Brei. Ein Vierteljahrhundert war es jetzt her. Das Leben, ihr Leben, war weitergegangen, oder etwa nicht?

Julia war inzwischen über ihre Arbeit mehrfach in England gewesen, auch in London. So anders würde es diesmal bestimmt auch nicht werden. Auch dies war Arbeit und kein nostalgischer Vergangenheitstrip.

«Mal sehen, was ich tun kann», sagte sie. Zu einem klareren Eingeständnis, dass sie nichts Besseres zu tun hatte, konnte sie sich nicht durchringen.

Ihr Vater nickte langsam. «Merkwürdig ... Nach so langer Zeit ...» Sein Blick schweifte an ihr vorbei zur halboffenen Tür des Familienzimmers, wo die Schatten von Robbies elektronischen Monstern die Wand verdunkelten. «Deine Tante sagte immer, deine Mutter sei die einzige wahre Erbin des Familienvermächtnisses.»

Julia neigte den Kopf zur Seite. «Und was heißt das?»

Ihr Vater sah sie mit einem ironischen Lächeln an. «Keine Ahnung.»

Kapitel 2

Cornwall, 1839

«Bist du dir ganz sicher, mein Liebes?» Obwohl es ein milder Tag war, saß Imogens Vater in zwei Decken gehüllt, die bis auf den Kies und die feuchte Erde unter der Bank herabhingen, neben ihr. «Ich möchte auf keinen Fall, dass du dich zu einer vorschnellen Entscheidung gedrängt fühlst, weil –»

«Nein», unterbrach Imogen schnell, um den Worten ihres Vaters zuvorzukommen. Sie hasste es, wenn er vom Tod sprach. Gewiss, er mochte ein wenig hinfällig sein, es war ein harter Winter gewesen, doch jetzt war es Frühling, oder doch beinahe, und er würde wieder kräftiger werden, ganz sicher. «Ich fühle mich nicht im Geringsten gedrängt.»

Sie hatte ihren Vater an diesem ersten warmen Maitag an seinen Lieblingsplatz im Garten geführt, diesem kleinen Stück Wildnis neben dem Pfarrhaus. Sie hoffte, es würde ihm guttun, sein Gesicht würde wieder etwas Farbe bekommen.

Aus nicht allzu weiter Ferne hörte sie das gedämpfte Rauschen des Meeres, das niemals schwieg und die Luft mit seinem Salzgeruch erfüllte. Penhallow war ein kleines Dorf. Offiziell lebten seine Bewohner von der Fischerei, doch wenn die See hin und wieder unverhoffte Gaben anspülte, wie wohlgefüllte Flaschen oder Seidenballen, drückten die Behörden ein Auge zu. Imogen und ihr Vater lebten hier fast solange sie denken konnte. Dieser Garten mit seinen von Muschelschalen bedeckten Wegen und der grün überrankten Laube mit der Steinbank war ihr Reich, seit sie alt genug war, dem wachsamen Blick ihrer Kinderfrau zu entwischen.

Imogen war mit Leib und Seele mit diesem Dorf verwachsen, obwohl die Einheimischen sie und ihren Vater immer noch als Fremde betrachteten. Sie hatte keine Erinnerung an das Leben, das sie hinter sich gelassen hatten, an das Kirchspiel in Gloucestershire, die Häuser ihrer Verwandten. Sie wusste aus Erzählungen, dass der älteste Bruder ihres Vaters den Titel eines Baronet trug, Sir William Hadley. Sie wusste, dass er in Hadley Hall lebte und auch ihr Vater das Recht gehabt hätte, sich auf dem Besitz niederzulassen. Doch der geringschätzige Zug, der sich um den Mund ihres Vaters zeigte, wenn er von seinem Bruder sprach, verriet ihr auch, dass ihn der Verlust der brüderlichen Gesellschaft nicht sonderlich schmerzte.

Die Sorge um die Gesundheit ihrer Mutter hatte sie von Gloucestershire fortgetrieben nach Cornwall. Bei schwächlicher Konstitution sollte die Seeluft bekömmlich sein. Deshalb hatte sich Imogens Vater nach einer anderen Wirkungsstätte umgesehen, sobald das Kind aus dem Säuglingsalter heraus war, und diese Gemeinde in Cornwall gefunden, klein und fern der Moden der Welt. Die Seeluft hatte nicht die versprochene Wirkung auf die Gesundheit ihrer Mutter gezeigt, doch sie waren in Cornwall geblieben, in diesem freundlichen, verschlafenen Dorf nahe am Meer.

Man hätte sich ein wenig einsam fühlen können, aber Imogen mangelte es nie an Beschäftigung. Sobald sie alt genug war, um zu lesen, half sie ihrem Vater bei seinen Studien. Sie bewunderte staunend die winzigen Figuren, die die illuminierten Initialen der alten Texte zierten, stets sorgsam darauf bedacht, die vom Alter brüchig gewordenen Seiten der Manuskripte nicht zu zerreißen. Als sie sechs war, konnte sie die dicht gedrängten lateinischen Handschriften aus dem Spätmittelalter so mühelos lesen wie die gedruckten Seiten in ihren Fibeln. Der Besuch der Dorfschule hatte nie zur Debatte gestanden; sie war als Tochter des Pfarrers von anderem Stand als die Dorfkinder. Deshalb hatte ihr Vater sie unterrichtet und mit seinen Erzählungen von Königen, die in Bedrängnis geraten waren, und ihren trotzigen Königinnen, von Rittern, Edelfrauen und kühnen Taten die Geographie und Geschichte für sie zum Leben erweckt.

Doch das Leben bestand nicht nur aus phantastischen Geschichten und Heldensagen. Sehr bald fielen ihr all die Pflichten zu, die in einer Gemeinde gemeinhin die Ehefrau des Pfarrers übernahm. Den geistlichen Beistand suchten die Leute aus dem Dorf bei ihrem Vater, doch um ihre irdischen Bedürfnisse kümmerte sich Imogen: Die Armen versorgte sie mit Suppe und Mehlspeisen, den Alten las sie vor und sorgte dafür, dass sie für den Winter genug Holz im Haus hatten.

Durch die Büsche und den Hügel hinunter führte der Weg zur Kirche, in der ihr Vater jeden Sonntag den Gottesdienst hielt, oder vielmehr gehalten hatte, bevor der Husten sich in seiner Brust und Lunge festgesetzt hatte. Gleich neben der kleinen Dorfkirche, im Schatten ihres Turms, konnte sie die strengen Reihen der Grabsteine erkennen.

Nur ein Sonnenstrahl, tröstete sich Imogen unverzagt,

mehr war nicht nötig. Warmes Wetter und nahrhaftes Essen, und ihr Vater wäre wieder der Alte.

«Wirklich», sagte Imogen, während sie einen Zipfel der Decke neben ihrem Vater hochzog, «es ist mein aufrichtiger Wunsch, Arthur – Mr. Grantham – zu heiraten.»

Bei dem Namen geriet sie ein wenig ins Stottern. Er war noch so neu. Sie wollte ihn bei sich bewahren, diesen Namen im Stillen vor sich hin flüstern, ihn drehen und wenden wie ein von der See geschliffenes Stück Glas, eine Rarität von Glanz und fremder Schönheit.

Unfassbar, dass sie noch vor drei Wochen keine Ahnung von der Existenz dieses Mannes gehabt hatte und er keine Vorstellung von ihr. Sie hatten an entgegengesetzten Enden der Welt gelebt, bis das Schicksal sie zusammengeführt hatte.

Arthur, sagte sie lautlos für sich. Vor anderen konnte er Mr. Grantham sein, doch sie hatte das Recht, ihn Arthur zu nennen.

Ironischerweise hatte ausgerechnet die Krankheit ihres Vaters sie und Arthur zusammengeführt. Als sein Zustand sich im Lauf des bitterkalten Winters immer weiter verschlechterte, begann ihr Vater, sich um die Zukunft seiner Tochter zu sorgen. Sie hatten nie viel Geld gehabt, und das wenige, das übrig war, hatte er stets für Bücher ausgegeben. Solange er seine Pfarrstelle innehatte, fiel das nicht ins Gewicht, doch im Fall seines Todes würde Imogen alles verlieren, ihr Zuhause ebenso wie das kleine Einkommen aus der Pfarrei. Sie besaßen weder Ersparnisse noch Wertsachen, bis auf das von ihrem Vater so geliebte Stundenbuch, ein reich geschmücktes Gebet- und Andachtsbuch aus dem fünfzehnten Jahrhundert.

Allen Protesten Imogens zum Trotz hatte ihr Vater über einschlägige Wege kundgetan, dass dieses Buch, diese Kostbarkeit, unter Umständen zum Verkauf stand.

Sie hatte erwartet, dass der Käufer jemand im Alter ihres Vaters sein würde, ein betagter Liebhaber alter Bücher mit faltigem Gesicht und zarten Händen, vergilbt und fragil wie das Papier des Buchs, das er begehrte.

Stattdessen war Arthur gekommen.

Wie sein Namensvetter, wie ein Ritter aus alten Zeiten kam er ins Dorf gezogen, allerdings vernünftigerweise in einer Reisekutsche und nicht hoch zu Ross. Imogen konnte es ihm nicht verübeln. Ein Ritt von London nach Cornwall wäre eine ziemliche Tortur gewesen, zumal auf den winterlichen Straßen.

An einem windigen Februartag traf er ein und brachte einen Hauch der fernen großen Welt mit, so erfrischend und fremdartig wie das Aroma der Orange, die ihr Vater ihr jedes Jahr zu Weihnachten schenkte. Arthurs modischer rotblonder Schnauzbart, der elegante Schnitt seiner Kleider, sein Zylinder, alles erzählte von einem Leben weitab von ihrem weltabgeschiedenen Dorf.

Er sei kein Mann von Welt, erklärte Arthur ihr entschuldigend, nur ein Witwer, ein Privatgelehrter, ein Mann mit schlichten Vorlieben und schlichten Gewohnheiten.

Er hatte sie an jenem ersten Tag im Garten angetroffen, auf ebendieser Bank. Ihr Vater war über seinen Schriften eingenickt, und Mr. Grantham hatte ihn nicht wecken wollen. Ob er warten oder in das Gasthaus zurückkehren solle, in dem er abgestiegen war? Er würde sich, sagte er mit einer höflichen Verbeugung, gern ausgiebiger mit ihrem Vater unterhalten; es sei ein Jammer, dass ein so gelehrter Mann in solcher Zurückgezogenheit lebe, fern aller Gleichgesinnten, die von seinem Wissensschatz profitieren könnten. Er selbst, erklärte er, habe es sich zur Aufgabe gemacht, ein umfassendes Verzeichnis spätmittelalterlicher geistlicher Buchmalereien zu verfertigen.

Ob er sich dabei auf eine bestimmte geographische Region beschränke?, erkundigte sich Imogen. Oder handle es sich um ein vergleichendes Werk?

Er setzte sich auf die Bank, legte den Hut auf seine Knie und ging daran, ihr seine Arbeit zu schildern, berichtete von den Handschriften, die er besichtigt hatte und noch zu besichtigen hoffte, nach welchen Gesichtspunkten er die Schriften analysierte und einordnete, während Imogen Fragen stellte und methodische Verfeinerungen vorschlug.

Ob er einmal an eine vergleichende Studie nord- und südeuropäischer Buchmalerei gedacht habe?

Die Verhandlungen über das Stundenbuch dehnten sich von zwei Tagen auf eine Woche aus. Imogen vermutete, dass beide Männer Gefallen daran fanden. Jeden Tag unternahm Mr. Grantham den Weg vom *The Cock and the Hen*, dem Dorfgasthof, zum Pfarrhaus. Eine Stunde saß er dann mit Imogens Vater in dessen Studierzimmer beisammen; Imogen konnte sie hinter dem Fenster erkennen, die Köpfe über die Schriftstücke ihres Vaters gebeugt. Wenn ihr Vater müde wurde und einnickte, kam Mr. Grantham zu ihr in den froststarren Garten, und während sie beide mit rot gefrorenen Wangen auf der Steinbank saßen, erzählte er von den Orten, die er besucht, von den Wundern, die er gesehen hatte: Venedig, Florenz, Bologna, Paris, Avignon, Tours. Allein die Namen waren Musik.

«Und haben Sie bei Ihren Besichtigungen auch …?», fragte Imogen, und er malte ihr in ruhigen, geduldigen Worten Bilder von diesem Gemälde oder jener Skulptur oder vom besonderen Licht an einem Herbsttag über den eingestürzten Türmen einer Katharerburg.

Zwei Wochen, dann drei. Zu Hause warte die Familie auf seine Rückkehr, erklärte er ihr bedauernd. Eine Tochter und die Schwester seiner Frau, die ihm das Haus führe. Seit dem Tod seiner Frau …

Wie lange das her sei?

Sie sei vor sieben Jahren gestorben, nach der Geburt seiner kleinen Tochter. Nach ihrem Tod habe er kaum Zeit zu Haus verbracht, sondern sei ständig auf Reisen gewesen, um Schätze für seine Sammlung zusammenzutragen. Doch jetzt, da Evie alt genug sei, um seine Abwesenheit schmerzlich zu empfinden, schulde er es ihr, mehr zu Hause zu sein.

«Doch wenn ich gewusst hätte», fügte er leise hinzu, «welche Wunder mich hier, in Cornwall, erwarten, wäre ich schon viel früher hierhergereist.»

«Damals hätten Sie aber kaum Aussicht gehabt, meinen Vater zu überreden, sich von seinem Stundenbuch zu trennen», erwiderte Imogen. Das eigentliche Interesse ihres Vaters galt der weltlichen Literatur des Hochmittelalters, dem französischen *Chanson de Geste* und dem höfischen Roman. Das Stundenbuch war ein Geschenk ihrer Mutter gewesen und ihm als solches lieb und teuer. «Es ist sein größter Schatz.»

«Ich dachte nicht an das Buch», erklärte Mr. Grantham.

Imogen brauchte einen Augenblick, um zu verstehen, was er meinte. Überrascht und verwirrt sah sie ihn an, zweifelnd, ob sie ihn richtig verstanden hatte. Er saß, wo er immer saß, neben ihr auf der Bank, doch seine Augen ruhten fest auf ihr und zeigten einen Ausdruck, den sie nie zuvor in ihnen erblickt hatte.

«Sie sehen aus wie eine Madonna», sagte er. «Von einer inneren Ruhe beseelt.»

Imogen empfand alles andere als innere Ruhe. Sie wusste nicht, was sie sagen sollte, und antwortete deshalb etwas töricht: «Ich dachte immer, die Madonna wäre blond.»

«Ja, das ist das gewöhnliche Bild», sagte Mr. Grantham mit der Geringschätzung des Kenners für das Gewöhnliche. «Manche Leute sehen nicht hinter den Goldglanz.»

Imogen berührte mit einer Hand ihre dunklen Haare. Sie waren in der Mitte gescheitelt und glatt nach hinten genommen, nicht gebauscht und gekraust, wie es der derzeitigen Mode entsprach. Die Notwendigkeit, besonderen Wert auf ihr Äußeres zu legen, hatte nie bestanden; sie war frisch und sauber, und fertig.

Mr. Grantham lehnte sich ein wenig zurück und betrachtete sie so andächtig, dass sie die Augen niederschlagen musste. «Sie erinnern mich an eine Madonna, die ich in einer kleinen Kirche bei Florenz gesehen habe. Den Namen des Künstlers kennt heute niemand mehr, doch sein Werk hat überdauert. Die Madonna trug ihre Haare wie Sie, sie waren so dunkel wie Ihre, und sie hatte die gleiche weiße Haut. Sie besaß einen Liebreiz, der mir unvergesslich geblieben ist. Ich hätte das Gemälde sofort gekauft», fügte er mit einem selbstironischen Lächeln hinzu, «wäre es zu haben gewesen.»

«Ich kann verstehen», sagte Imogen hastig und etwas schrill, «dass sie sich von ihrem Kleinod nicht trennen wollten. Es hätte ja einen ziemlich großen leeren Platz an der Wand hinterlassen.»

Als sie den Blick hob, waren Mr. Granthams Augen immer noch unverwandt auf sie gerichtet. Sie waren graublau wie die See an einem bewölkten Tag. «Am liebsten würde ich mit Ihnen dorthin reisen, damit Sie es selbst sehen können.»

Imogens Herz klopfte heftig, und ihre Hände zitterten in ihrem Schoß, als sie offen und freimütig erwiderte: «Ja, ich würde es gern sehen.»

Da hatte er sie zum ersten Mal geküsst.

Hinterher bat er sie inständig um Verzeihung und machte sich Vorwürfe, dass er die Gastfreundschaft ihres Vaters missbraucht und ihre Arglosigkeit ausgenutzt habe. Imogen jedoch schwebte den Rest des Tages auf Wolken und berührte mit einem Finger immer wieder ihre Lippen dort, wo seine sie berührt hatten. Sie betrachtete sich aufmerksam im Spiegel, um zu entdecken, was er gesehen hatte, doch sie erblickte nichts als das Gewohnte, blasse Haut, dunkles Haar, tiefliegende braune Augen, Gesichtszüge, die zu markant geschnitten waren, um dem Geschmack der Zeit zu entsprechen.

Aber wenn Arthur hier Liebreiz gesehen hatte ...

«Er ist so viel älter», murmelte ihr Vater. «Ich hätte gern einen jüngeren Mann an deiner Seite gesehen, der dir altersmäßig näher ist.»

Imogen drückte die Hand ihres Vaters und versuchte, nicht darauf zu achten, wie zittrig und zart sie in ihrer lag. «Was sind schon ein paar Jahre? Du hast doch immer gesagt, ich hätte eine alte Seele.» Sie zog ein Gesicht. «Ich habe Ar – Mr. Grantham auf jeden Fall mehr zu sagen als irgendjemandem unter meinen Altersgenossen.»

Sie kannte allerdings auch kaum junge Leute ihres Alters. Die jungen Männer im Dorf waren schüchtern in ihrer Gegenwart. Sie zogen die Mützen und scharrten verlegen mit den Füßen. Und die Granvilles, die im Herrenhaus lebten, waren selten in Cornwall; sie hielten sich die meiste Zeit in London auf. Ihre Söhne waren sechs und zehn, in dem Alter, in dem Jungen noch Frösche und Steine sammelten.

«Ich habe dich zu weltfern aufgezogen», sagte ihr Vater, mehr zu sich selbst als zu ihr. «Du hättest mehr gesellschaftlichen Umgang haben müssen – mit jungen Leuten deiner Art ...»

«Mir hat nie etwas gefehlt», erwiderte Imogen, und es war keine Lüge.

«Dein Onkel ...», fuhr ihr Vater, seinen eigenen Gedanken folgend, fort. «Er würde dich bei sich, in Hadley Hall, aufnehmen. Selbst nach allem, was – dein Onkel wollte deine Mutter heiraten. Es ist Jahre her, wir waren damals alle noch sehr jung. Er war sehr zornig, als sie sich für mich entschied.»

«Ja, ja», sagte Imogen, die die Geschichte kannte. Die alten Skandale interessierten sie jetzt nicht, ihr Augenmerk galt einzig und allein der Gegenwart. Arthur war in seine Unterkunft im Dorf zurückgekehrt, um abzuwarten, dass sie ihrem Vater seinen Segen abrang. «Aber, Papa –», setzte sie erneut an.

Ihr Vater sprach weiter. «Trotzdem bist du eine Hadley. Und es ist so viel Zeit vergangen – ich hätte William schon vor Monaten schreiben sollen. Was bin ich für ein selbstsüchtiger alter Kerl.»

Alles in Imogen sträubte sich. Die Vorstellung, als arme Verwandte im Haus ihres Onkels zu leben, von der Hausherrin, die sie im Haus ihres Vaters war, zum geduldeten Anhängsel im Haushalt ihres Onkels abzusteigen, widerstrebte ihr zutiefst.

«Onkel William kennt mich doch überhaupt nicht. Für ihn bin ich etwa so interessant wie – wie der Stein da im Garten. Warum willst du mich zu ihm expedieren wie ein Paket, das er nicht haben will?», fragte sie unglücklich. «Ich dachte, du magst Arthur. Ich dachte, du würdest dich für uns freuen.»

Ihr Vater richtete sich unter seinen Decken auf. «Natürlich mag ich ihn. Aber einen Mann zu mögen, mit dem man ein Glas Portwein trinkt, heißt doch nicht, dass man ihn sich als Ehemann für die einzige Tochter wünscht.» Er presste die bebenden Lippen zusammen. «Ich wollte, mir bliebe mehr Zeit. Ich wollte, deine Mutter wäre hier.»

Er sprach in letzter Zeit häufiger als sonst von Imogens Mutter und immer so, als wäre sie im Zimmer nebenan, nahe genug, um sie herbeizurufen.

Furcht ließ Imogen alle Rücksicht vergessen. «Mama hätte mich verstanden. Sie hat dich Onkel William vorgezogen, obwohl du der Jüngere warst. Sie hat sich für dich entschieden, weil sie dich geliebt hat.»

Eine tiefe Falte stand zwischen den Augen ihres Vaters. «Deine Mutter und ich sind zusammen aufgewachsen, wir kannten einander von Kindesbeinen an. Dieser Grantham –»

«Ich liebe Arthur, Papa», unterbrach Imogen ihn unerschrocken. «Wirklich und wahrhaftig. Was ist der Unterschied zwischen drei Wochen, drei Monaten oder drei Jahren? Hättest du so lange gebraucht, um dir gewiss zu werden, dass du Mama liebst?»

Die Hände ihres Vaters, die auf der groben Wolle der Decken ruhten, zitterten. «Ich hätte mir nicht träumen lassen», sagte er niedergedrückt, «dass ich mit dem Verkauf eines meiner wenigen Schätze auch den kostbarsten von allen verlieren würde.»

Imogen ahnte den Sieg. «Heißt das», fragte sie begierig, «dass du uns deinen Segen gibst?»

Sie wünschte, er hätte ein fröhlicheres Gesicht gemacht. «Ich habe wohl kaum eine Wahl. Der Gedanke, dich ganz allein zurückzulassen ... Ich habe schlecht vorgesorgt für dich.»

«Du hast mir alles gegeben, was ich mir hätte wünschen können», widersprach Imogen leidenschaftlich.

«Nein», sagte ihr Vater. «Ich habe dir alles gegeben, was *ich* mir hätte wünschen können. Das ist nicht dasselbe.»

Imogen ging nicht darauf ein. «Du kommst doch mit uns nach London, nicht wahr? Arthur hat mir erzählt, dass er ein kleines Haus außerhalb der Stadt besitzt. Mit einem Garten und Mandelbäumen ...»

Und einer siebenjährigen Tochter. Bei dem Gedanken wurde Imogen einen Moment lang unbehaglich. Sie schob ihn entschlossen weg. Das würde jetzt ihre Familie sein, ihre Tochter, ihr Mann. Anfangs wäre es vielleicht etwas fremd, aber das kleine Mädchen würde sich sicher schnell an Imogen gewöhnen, und sie hätte ja Arthur an ihrer Seite.

Sie stellte sich die kommenden Jahre vor, wie sie in der von ihm so lebendig beschriebenen Bibliothek saßen und, von kostbaren, in Leder gebundenen alten Büchern umgeben, in harmonischer Gemeinschaft an seinem ehrgeizigen Werk arbeiteten, gewärmt vom hellen Feuer, das im Kamin knisterte. Hochherzig malte sie auch Arthurs kleine Tochter in das Bild mit hinein, mit einem Märchenbuch auf den Kaminvorleger gekuschelt. Und vielleicht auch noch ein Baby, ein Baby in einer Wiege.

«Ja», begann ihr Vater, «aber –»

«Und die vielen Bücher, Papa!», fügte Imogen eilig hinzu, bevor ihr Vater weitere Einwände vorbringen konnte. «Eine ganze Bibliothek voller Kostbarkeiten. Denk nur an die vielen *Bücher*. Ach, ein einziges Bord würde dir für Jahre reichen.»

Das Gesicht ihres Vaters spiegelte den inneren Streit zwischen Liebe und Besorgnis. «Bücher machen keine Ehe», sagte er.

Verstohlene Küsse im Garten, anbetende Blicke, Liebesbeteuerungen. «Ja, und auch alte Handschriften, und große alte Folianten», sagte Imogen. «Wir werden wunschlos glücklich sein. Was spielt da das Alter für eine Rolle?»

Sie konnte es immer noch nicht recht fassen, dass Arthur unter allen Frauen auf der Welt, all den Frauen, denen er begegnet sein musste, älteren Frauen, eleganten Londonerinnen, gerade sie gewählt hatte. Er gab ihr das Gefühl, etwas Besonderes zu sein, begehrenswert und einzigartig.

Einzigartig. Er gebrauchte dieses Wort häufig, um sie zu beschreiben. *Weißt du eigentlich, wie einzigartig du bist?*, fragte er oft. Imogen wehrte dann mit einem Kopfschütteln ab und hoffte, dass ‹einzigartig› nicht bloß ein anderes Wort für ‹sonderbar› war.

Ihr Vater hustete in trockenen, heftigen Stößen, die seinen ganzen Körper schüttelten. Als er das Taschentuch von seinem Mund nahm, war das weiße Leinen mit Blut befleckt.

«Ich habe nicht die Kraft, mit dir zu streiten», sagte er zittrig. «Mir liegt einzig dein Glück am Herzen. Wenn Arthur Grantham dich glücklich macht ...»

Imogen dachte an Arthurs Blicke, die Anbetung in seiner Stimme. *Sie sehen aus wie eine Madonna.* Die Erinnerung wärmte sie wie Sonnenschein und vertrieb alle Zweifel und Befürchtungen.

«Ganz bestimmt», behauptete Imogen mit der unerschütterlichen Überzeugung einer Sechzehnjährigen. «Du wirst schon sehen.»

Sie wollte jetzt nicht an das rot befleckte Taschentuch denken. Eine Luftveränderung ... Ihr Vater war alt, das war nicht zu leugnen, doch er war immer schon alt gewesen, solange sie denken konnte. Sie war ihren Eltern spät beschert worden, nachdem diese bereits alle Hoffnung auf ein Kind aufgegeben hatten. Ihr Vater war anfällig für fiebrige Erkältungen. Keine allerdings war bisher so hartnäckig gewesen. Aber ... Nein. Jetzt durfte nichts Schlimmes passieren.

Mit raschelnden Röcken stand sie auf und hob ihr Gesicht der wässrigen Frühlingssonne entgegen, um in tiefen Zügen die vertraute salzige Luft einzuatmen. Bald würde sie ein neues Zuhause haben, einen neuen Garten, eine neue Familie.

«Komm mit uns nach Herne Hill», sagte sie und streckte ihrem Vater die Hände entgegen. «Du wirst sehen, wie glücklich wir sein können.»

Herne Hill, 2009

Herne Hill war tatsächlich ein Hügel. Ein sehr steiler Hügel.

Schwitzend schleppte Julia ihr Gepäck in der Julihitze vom Bahnhof aufwärts. Bestand Hoffnung, dass Tante Reginas Haus eine Klimaanlage hatte? Wohl eher nicht. Die Rollen ihres Koffers holperten über das Pflaster, der Gurt ihrer Notebooktasche schnitt in die Schulter ein. Sie spürte das Prickeln des Schweißes unter ihrer Bluse mit den langen Ärmeln und dem Button-down-Kragen. Die Hitze stieg in Wellen von der Asphaltstraße auf, der Teergestank mischte sich mit dem starken Geruch sonnenverbrannten Laubs.

Aus irgendeinem Grund hatte sie angenommen, in England wäre es kühl. Doch eigentlich hatte sie, um ehrlich zu sein, nicht viel darüber nachgedacht. Sie hatte Gedanken an England bewusst vermieden, während sie automatisch getan hatte, was getan werden musste: ihre Wohnung untervermietet, ihre Sachen gepackt, sich mit verschiedenen Freunden zu einem Abschiedstrunk getroffen, bevor sie New York für den Sommer den Rücken kehrte. Nur für den Sommer. Das erklärte sie allen, die es hören wollten. Ihre Wohnung war bis Mitte September vermietet.

Wenn sie jetzt zurückdachte, war es fast ein wenig erschreckend, wie mühelos ihr Leben in New York sich hatte zusammenpacken lassen; die ganze Existenz, die sie sich nach dem Studium aufgebaut hatte, geschrumpft auf einen Koffer und eine untervermietete Wohnung. Die Arbeitskollegen, die ihr nähergestanden hatten, hatten bald nichts mehr hören lassen; natürlich hatten alle versichert, dass man in Kontakt bleiben würde, doch sie waren, nun, da man sich nicht mehr täglich im Büro begegnete, schnell aus ihrem Leben verschwunden. Ihre Wohnung für einen Untermieter auszuräumen, war denkbar einfach gewesen. Bücher, Kleidung, Andenken, alles ruhte in Kartons verstaut in den Tiefen des Schlafzimmerschranks. Die Bücher stammten fast alle aus ihrer Studienzeit; ebenso die Bilder.

Müsste sie nicht nach acht Jahren etwas mehr vorzuweisen haben?

Der einzige Mensch, der ihr wirklich fehlen würde, war Lexie, ihre Zimmergenossin aus dem College – doch wie oft hatten sie sich eigentlich in letzter Zeit gesehen? Vielleicht einmal im Monat? Wenn überhaupt. Lexie arbeitete seit fünf Jahren in einer renommierten Anwaltskanzlei und hatte zwei kleine Kinder. Irgendwie hatte sie das geschafft, was Julia nicht gelungen war. Hatte sich etwas aufgebaut, das Hand und Fuß hatte. In Julia entstand der Verdacht, dass alles, womit sie selbst sich umgeben hatte, nicht mehr gewesen war als Kulisse, die so lange überzeugend wirkte, bis man ihr einen Stoß versetzte und alles zusammenklappte.

Ihre Arbeit vermisste sie im Grunde genommen nicht – Finanzanalyse war nie ihre Leidenschaft gewesen –, doch sie vermisste das, wofür sie stand

Okay. Das reichte jetzt. Julia zerrte an ihrem Koffer, der in einer Unebenheit im Pflaster hängen geblieben war. Das war nur der Jetlag. Oder die Hitze. Sie war seit zehn Uhr abends New Yorker Zeit unterwegs, und dank ihrer Sitznachbarin im Flugzeug, mit spitzen Ellbogen und aufdringlichem Parfum, fühlte sie sich, als hätte sie die Nacht durchgemacht. Sie hatte ein wenig gedöst, doch der leichte Schlaf war von verstörenden Träumen begleitet gewesen. Sie folgte ihrer Mutter durch einen Garten, der völlig verwildert war, Dornen rissen an ihren Kleidern und Haaren. Durch das dichte Grün sah sie Wasser schimmern; Libellen schwebten über der Oberfläche des Sees, und Schmetterlinge flatterten zwischen leuchtend gelben Blüten. Ihre Mutter hatte bei einem Gartenpavillon, der leuchtend weiß gestrichen war, ein Picknick ausgepackt; Julia konnte sie lachen hören, irgendwo, ganz in der Nähe, doch das Gestrüpp war so dicht, dass kein Durchkommen war.

Sie war mit heftigen Kopfschmerzen und einem schweren Blumenduft in der Nase erwacht, der bei ihr Aggressionen gegen die Leute auslöste, die nicht den Anstand besaßen, vor einem siebenstündigen Flug etwas sparsam mit Parfum umzugehen. Kein Wunder, dass sie von einem Garten geträumt hatte. Von einem Garten voller Dornen.

Julia blieb stehen und wischte sich mit dem Handrücken über die feuchte Stirn. Ein Stück weiter oben konnte sie die gestreiften Markisen einiger Geschäfte erkennen, eine willkommene Abwechslung in diesem sonst eintönigen Wohngebiet.

Müsste sie nicht längst das Haus erreicht haben? Nummer 28, hatte im Brief des Anwalts gestanden. Was er nicht erwähnt hatte, war, dass die Häuser hier in umgekehrter Richtung nummeriert waren, von oben nach unten, die Hunderternummern sich also unten, am Fuß des Hügels, beim Bahnhof und Pizza Express befanden. Immer weiter führte die Straße hügelan, vorbei an viktorianischen Reihenhäusern, die vor kurzem renoviert worden waren, wenn der Geruch nach Farbe nicht täuschte. Das verhieß Gutes im Hinblick auf die Immobilienpreise, doch Julia, der von der ungewohnten körperlichen Anstrengung die Beine weh taten, war das im Moment ziemlich egal.

Sie hätte die letzten sechs Monate unerwünschter Freizeit vielleicht dazu nutzen sollen, einmal wieder ins Fitness-Studio zu gehen. Doch am Anfang war sie überzeugt gewesen, es wäre nur ein vorübergehender Leerlauf. Sie hatte sich nach dem College schließlich absolut rational entschieden; sie hatte sich alle Hirngespinste von einem Aufbaustudium aus dem Kopf geschlagen und sich stattdessen, dem Strom der Lemminge folgend, in eine Consulting-Karriere gestürzt. Sie hatte nur eine vage Vorstellung davon gehabt, was Berater tatsächlich taten, außer dass sie ständig im Flieger saßen und gehetzt und wichtig daherkamen, doch die Arbeit war gut bezahlt und, das Entscheidende, hatte nichts mit Medizin zu tun.

Von McKinsey aus war es leicht gewesen, den gut gebahnten Pfaden zum BWL-Studium zu folgen und weiter in eine Position als Finanzanalystin bei einer der großen Banken.

Telekommunikation war nicht gerade ihre große Leidenschaft – offen gesagt langweilte sie sich die meiste Zeit tödlich –, doch es hatte schon etwas, eine der weniger Frauen in einer Männerwelt zu sein. Sie hatte bewiesen, dass sie mit den Jungs mithalten konnte.

Es hatte eine Zeit gegeben, da war ihr das wichtig gewesen, auch wenn sie im Augenblick nicht mehr genau wusste, warum. Egal, es hatte sie dahin geführt, wo sie jetzt stand. Es hatte schon etwas Ironisches, dass sie nach diesen Jahren harter Arbeit, mit all ihren Hochschulabschlüssen, nun wieder hier gelandet war, in England, allein und arbeitslos.

Das hatte man davon, wenn man alles richtig machte.

Julia rollte ihren Koffer an einem Restaurant, einer Reinigung, einem Lebensmittelgeschäft vorbei. Beruhigend zu wissen, dass man sich hier oben wenigstens keine Sorgen um das leibliche Wohl zu machen brauchte; bis zum Fuß des Hügels war es weit, und sie hatte kein Auto. Sogar eine Weinhandlung gab es, den luxussanierten viktorianischen Häusern angemessen Vinothek genannt, und einen Immobilienmakler mit verlockend retuschierten Bildern von glänzenden Parkettfußböden und hypermodernen Waschmaschinen im Fenster.

Nummer 28 war gleich gegenüber.

Julia ging langsamer. Sie hätte das Haus nicht erkannt, hätten nicht die Nummern an den Torpfosten gestanden, 26 auf der einen Seite, 28 auf der anderen. Das Haus nahm zwei Grundstücke ein, obwohl kaum zu erkennen war, ob da hinten überhaupt ein Haus stand. Die Bäume im Vorgarten waren so dicht, dass sie den Blick auf alles Dahinterliegende versperrten und dem Garten alles Sonnenlicht raubten.

Julia legte ihre Notebooktasche auf einem der Torpfosten ab, dem mit der 26, bei der die ‹6› etwas schief hing, weil eine Schraube sich gelockert hatte. Ein richtiges Tor war das nicht, bloß eine anderthalb Meter breite Lücke zwischen den Pfosten. Die Mauer war aus Backstein, modern und hässlich. Sie sah aus, als wäre sie nur der Ordnung halber hochgezogen worden, als Zeichen, dass Unbefugte hier keinen Zutritt hatten.

Dabei wäre sie gar nicht nötig gewesen. Das Dickicht der Bäume, der allgemeine Eindruck von Vernachlässigung und Verfall waren abschreckend genug. Die Häuser zu beiden Seiten schienen weit entfernt zu sein. Es war schwer zu erkennen, wie weit das Grundstück nach hinten weiterging. Ein ganzes Stück, vermutete sie. Sie konnte gerade noch die Schornsteine über den Bäumen ausmachen, vier an der Zahl. Vor ihr wand sich ein Weg aus gesprungenen, von Unkraut überwucherten Backsteinen durch die Bäume, vermutlich zum Haus.

Unversehens sah Julia sich auf ebendiesem Weg, nur jetzt von herbstlich rotem und gelbem Laub bedeckt, von Stein zu Stein springen, einem komplizierten Muster folgend, das sie sich ausgedacht hatte. Jemand hielt sie an der Hand; sie wusste das, obwohl ihre ganze Aufmerksamkeit auf das Muster der Backsteine unter ihren Spangenschuhen aus rotem Lackleder gerichtet war. Vor ihr, oberhalb einer kurzen Treppe, öffnete sich die Haustür, Licht und Wärme fluteten heraus und –

Die Sonne schien schmerzhaft in ihre Augen. Als sie einmal kräftig zwinkerte, verschwand das Bild. Das war nur der Jetlag, weiter nichts. Nach der durchwachten Nacht klebten ihr die Kontaktlinsen förmlich an den Augen; es war ein Wunder, dass sie überhaupt sehen konnte.

Sie schob den Gurt der Notebooktasche höher auf ihre Schulter und schleppte sich und ihr Gepäck vorbei an den Torpfosten. Der Koffer, dessen Rollen immer wieder an einer Unebenheit hängen blieben, schlingerte und holperte hinter ihr her, während sie dem scheinbar endlosen Weg folgte. Er schlängelte sich versteckt zwischen Hecken hindurch, die früher vielleicht einmal schmucke Einfassungen gewesen waren, sich jedoch inzwischen in alle Richtungen ausgebreitet hatten und mit ihren Dornen an ihren Jeans rissen. Flüchtig erinnerte sie sich an ihren Traum, an die

Dornen, in denen sie hängen blieb, während sie sich durch den verwilderten Garten kämpfte.

Nur ein Traum, sagte sie sich. Sie riss ihr Hosenbein los und marschierte energischer als nötig weiter. Es sollte ja Leute geben, die alte Häuser mochten. Irgendwo würde sich doch bestimmt ein Liebhaber finden, der ihr dieses hier abnehmen würde, am liebsten natürlich gegen einen dicken Batzen Geld.

Von nahem war das Haus größer, als sie gedacht hatte, mit schmuddelig wirkendem Verputz, der, früher vielleicht einmal weiß, mit der Zeit zu einem fleckigen Graubraun gedunkelt war. Das Haus war ziemlich hoch mit zwei Obergeschossen, einem Dachboden und einer Art Souterrain, dessen Fenster in Bodenhöhe gerade noch sichtbar waren. Zur Haustür führte eine kurze Treppe hinauf, zu beiden Seiten von hohen Fenstern flankiert, staubblind und verhangen von Gardinen aus Damast. Die Sonne konnte das Dickicht rund um das Haus nicht durchdringen, im Schatten war es beinahe kühl und sehr still. Man konnte sich kaum vorstellen, dass die hitzeglühende Straße nur wenige Meter entfernt war. Nur ein paar Schritte weiter kauften die Leute Lottoscheine und holten ihre Hemden aus der Reinigung, hier aber war alles still und reglos.

Julia zog ihren Rollkoffer die Treppe hinauf und zuckte jedes Mal zusammen, wenn er gegen die alten Steinstufen krachte. Die Tür war einmal lackiert gewesen, jetzt war der Lack grau und rissig, und auf den Scheiben des Oberlichts klebte dick der Staub.

Der Anwalt hatte ihr die Schlüssel geschickt, in einem wattierten Umschlag, der rundherum so gründlich mit Klebeband umwickelt war, dass sie es kaum herunterbekommen hatte. Julia hoffte inständig, dass sie passen würden. Es waren fünf insgesamt, drei davon mit kleinen Etiketten versehen: ‹Haustürschloss›; ‹Haustürriegel›; ‹Hintertür›. Die beiden übrigen waren nicht gekennzeichnet.

Das würde ein Spaß werden, auszuprobieren, in welches Türschloss sie passten.

Sie merkte, dass sie zögerte, die Tür zu öffnen. Also wirklich, was fürchtete sie, dass drinnen auf sie wartete? Dracula? Frankensteins Tante?, fragte sich Julia spöttisch und griff ins Seitenfach ihrer Notebooktasche. Schlimmstenfalls würde ihr Gestank entgegenschlagen. Sie hatte den Anwalt nicht gefragt, ob jemand daran gedacht hatte, den Kühlschrank zu leeren. Immer vorausgesetzt, es gab einen und nicht nur einen Eisschrank aus Großmutters Zeiten. Nein, so lange hatte das Haus nicht leer gestanden.

Ihre Mutter hatte in diesem Haus gelebt.

Ihr war ein wenig schwindlig, als sie den Schlüssel aus der Tasche kramte. Es war ein ganz normales Exemplar, ein billiges, leichtgewichtiges Ding, kein schwerer Burgschlüssel. Das untere Schloss ließ sich ohne Widerstand öffnen; der Riegel quietschte etwas, bevor er zurückrutschte.

Julia schob die Tür vorsichtig auf. Sie kam sich vor wie ein Eindringling, als könnte jeden Moment jemand –

«Hallo?» Albern eigentlich, in ein leeres Haus hineinzurufen, dachte sie und fiel vor Schreck beinahe die Treppe hinunter, als sie von drinnen eine Antwort hörte: «Ja?»

Kapitel 3

Herne Hill, 1839

«Wer ist das?» Die Holzstufen knarrten, als eine Frau mit hochgehaltener Kerze in der Hand auf den Treppenabsatz hinaustrat. Sie musterte Imogen sichtlich bestürzt und überrascht. «Arthur?»

Reisestaub in den Kleidern und noch ein wenig unsicher auf den Beinen nach dem Schwanken und Schaukeln der Kutsche auf der vierzehntägigen Reise, blickte Imogen von der Frau auf der Treppe zu ihrem Mann. «Arthur, hast du denn nicht …»

Arthur wich ihrem Blick aus und winkte an ihr vorbei dem Mann mit ihrem Gepäck. «Bringen Sie alles hier herein. Lassen Sie sich in der Küche etwas zu essen geben.» Nachdem er das erledigt hatte, hob er grüßend seinen Stock zu der Frau auf der Treppe. «Ah, Jane. Ich möchte dir meine Frau vorstellen.»

«Deine Frau?», wiederholte die Frau tonlos, ohne ihren Platz auf der Höhe der Stufen zu verlassen.

Imogen versuchte zu lächeln, doch sie war todmüde von der Reise, und angesichts der steinernen Miene der Frau kam sie sich vor wie eine Hausiererin, die ungebeten das Haus betreten hatte.

Die Frau auf der Treppe war vielleicht zehn Jahre älter als Imogen. Ihre Frisur war ein Kunstwerk aus blonden

Löckchen und Zöpfen, und am Hals trug sie eine große, in Gold gefasste Kamee. Ihr Kleid, aus einem tief violetten Stoff, glänzend und aufwendig mit Goldlitze durchwirkt, schmiegte sich um ihren schmalen, in ein Mieder geschnürten Körper. Angesichts dieser Pracht fühlte sich Imogen noch unansehnlicher und mitgenommen von der Reise.

So hatte sie sich die Ankunft in ihrem neuen Heim nicht vorgestellt.

In ihrer Phantasie war es heller Tag gewesen, Blumen blühten rundherum, und Arthurs Tochter kam ihnen voll freudiger Erregung entgegengelaufen, um sie zu begrüßen. Stattdessen waren sie Stunden später als erwartet in Herne Hill eingetroffen. Regengüsse hatten die Straßen zu zähem Schlamm aufgeweicht, in dem die Räder ihrer gemieteten Reisekutsche immer wieder stecken geblieben waren. Der erste Blick auf ihr neues Zuhause bot sich Imogen im Licht der Kutschenlampen, das unheimliche Schatten auf Straße und Mauern warf. Ein Geruch von Frühling lag in der Luft, nach Gras und jungen Trieben, doch in Dunst und Nebel konnte sie nichts davon erkennen.

Ein Dienstmädchen nahm Arthur Hut und Umhang ab. «Willkommen zu Hause, Sir», sagte sie und knickste.

«Danke – äh.» Er konnte sich ihres Namens offensichtlich nicht erinnern, doch er lächelte umso jovialer.

«Das ist alles, Anna», sagte die Frau auf der Treppe, und das Mädchen zog sich zurück, nicht ohne einen neugierigen Blick auf Imogen zu werfen, die immer noch in Cape und Haube dastand.

Imogen trat einen Schritt näher. Das regenschwere Cape drückte auf ihre Schultern. «Sie müssen Miss Cooper sein», sagte sie so entgegenkommend wie möglich. Arthur hatte sie beiläufig erwähnt, die Schwester seiner verstorbenen Frau, die ihm seit Jahren den Haushalt führte. «Ich habe so viel von Ihnen gehört.»

Arthurs Schwägerin maß sie mit zusammengezogenen Augen. «Wie sonderbar. Ich habe überhaupt nichts von Ihnen gehört.»

Imogen warf einen kurzen, fragenden Blick auf ihren Mann. Sie hatte angenommen, er habe geschrieben, genau wie sie ihrer Familie – so klein sie auch war – geschrieben hatte, um sie von ihrer Heirat mit Arthur zu unterrichten.

Arthur zog Imogen näher und nahm ihr behutsam, aber bestimmt das Cape ab. «Imogen, Liebes, das ist Jane Cooper, die mir das Haus führt, seit Emma uns verlassen hat.» Er sah Imogen an, doch seine Worte galten Jane. «Ich weiß nicht, was ich in all diesen Jahren ohne sie getan hätte.»

«Kalten Eintopf und verkochte Kartoffeln gegessen», sagte Jane scharfzüngig. «Du bist zu weich. Du lässt dich ausnutzen.» Ihr Blick glitt über Imogens bescheidenes Reisekleid, ihre langen schwarzen Handschuhe. «Ich dachte, du warst auf der Suche nach einem Buch.»

«Ich habe das Buch gefunden und meine Imogen dazu», sagte Arthur unbekümmert. Er legte Imogens Handschuhe und ihre Haube auf einen Tisch mit dunkler Marmorplatte. «Wir haben einen Monat später geheiratet.»

Jane Coopers Mund wurde sehr schmal. «Das kommt allerdings – unerwartet.»

Imogen, die sich für ihren Mann schämte, sagte hastig: «Es tut mir so leid. Der Brief muss irgendwo unterwegs verlorengegangen sein. Wir wollten es Ihnen mitteilen, aber mein Vater –» Imogen konnte nicht weitersprechen.

Ihr Vater hatte gerade noch ihre Hochzeit miterlebt, bevor er gestorben war. Die Nachricht hatte sie und Arthur auf der Reise erreicht, in der trostlosen Herberge einer Poststation irgendwo in Devon. Man hatte ihren Vater zwei Tage nach ihrer Hochzeit morgens an seinem Schreibtisch gefunden, umgeben von seinen geliebten Büchern und Schriften, in der Hand eine Miniatur von Imogens Mutter.

Es war das Beste, sagte sich Imogen. Er war jetzt wieder mit ihrer Mutter vereint.

Trotzdem fehlte er ihr.

«Ich verstehe», sagte Jane Cooper mit zusammengekniffenen Lippen. Dann wandte sie sich Arthur zu. «Sie ist sehr jung.»

«Wie Proserpina. Imogen bringt den Frühling», erklärte Arthur poetisch.

Es war, fand Imogen, ein wunderschönes Kompliment, wenn auch nicht sehr zutreffend, zumal es die ganze Fahrt von Cornwall bis London nur geregnet hatte. Sie hob den Kopf und straffte die Schultern. «Ich habe meinem Vater in Cornwall das Haus geführt. Viele Jahre lang.»

Miss Cooper kam mit raschelnder Krinoline die Treppe herunter. «Cornwall», sagte sie, als hätte Imogen Timbuktu gesagt. «Glauben Sie mir, Sie werden feststellen, dass London mit Cornwall kaum etwas gemein hat.»

«Ja, das wird wohl so sein», antwortete Imogen, abgeschreckt vom feindseligen Ton der anderen, mit vorsichtiger Zurückhaltung.

Einen Moment lang meinte Imogen das Gesicht ihres Vaters zu sehen; seine milde Stimme zu hören, als er sie, wie er das so häufig getan hatte, zur Nächstenliebe ermahnte. Wäre sie nicht auch aufgebracht, wenn plötzlich eine Wildfremde auf ihrer Türschwelle stünde und sich zur Herrin ihres Hauses erklärte? Als Schwester der verstorbenen Ehefrau hatte Jane Cooper keinen festen Platz im Haus: Sie war weder Blutsverwandte noch Angestellte. Es war überhaupt nicht verwunderlich, dass sie Imogens Erscheinen übel nahm.

Um Aussöhnung bemüht, sagte Imogen: «Ich habe mich schon sehr darauf gefreut, Evangeline kennenzulernen.»

«Evangeline ist längst im Bett», versetzte Miss Cooper kühl und wandte sich Arthur zu. «Ich habe dir die Post in dein Büro gelegt –»

«Vortrefflich, Jane», sagte Arthur mit einem Lächeln und einem Nicken zu Imogen, als wäre Jane ein Haustier, das gerade ein besonders gelungenes Kunststück vorgeführt hatte.

Miss Cooper warf Imogen einen süffisanten Blick zu. «– aber bei einem Brief dachte ich, er wäre irrtümlich hier abgegeben worden.» Auf dem Marmortisch lag in einer silbernen Schale ein Stapel Karten. Miss Cooper sah ihn durch und zog ein Schreiben heraus, das nach althergebrachter Art nur gefaltet und mit Lack versiegelt war. Sie hielt es Imogen mit spitzen Fingern hin. «Ich nehme an, er ist für Sie.»

Das Schreiben war an Mrs. Arthur Grantham adressiert. Imogen brauchte einen Moment, um sich zu erinnern, dass sie das war.

«Ich hielt es für einen Irrtum», bemerkte Miss Cooper zu Arthur. «Ich hatte den Brief eigentlich dir geben wollen.»

Die Schrift war Imogen fremd. Sie erbrach das Siegel. «Er ist von meiner Tante», sagte sie überrascht. «Lady Hadley.»

Aber eigentlich, dachte Imogen, war es nicht so ungewöhnlich, dass Tante Hadley geschrieben hatte. Sie hatte ja unmittelbar nach der Beerdigung in aller Eile einen Brief an ihren Onkel William verfasst, um ihn von ihrer Heirat und vom Tod ihres Vaters in Kenntnis zu setzen, diesen beiden Ereignissen, die leider so schnell aufeinander gefolgt waren. Imogen hatte sich für die eilig anberaumten Trauerfeierlichkeiten entschuldigt und ihren Verwandten ihre neue Adresse mitgeteilt.

Eine Reaktion war zu erwarten gewesen, auch wenn Imogen kaum noch eine Erinnerung an Hadley Hall hatte. Ihr Vater und ihr Onkel hatten unregelmäßig miteinander korrespondiert, sie selbst hatte seit dem Umzug nach Cornwall keinerlei Kontakt mehr zu der Familie gehabt.

Miss Cooper zog eine Braue hoch. «Oh, so hochstehende Verwandte.»

Imogen schüttelte abwehrend den Kopf. «Es ist eine alte Familie, aber sie gehört nicht zum höheren Adel. Mein Onkel ist nur ein Baronet.»

«Nur ein Baronet», wiederholte Miss Cooper. «Nun, da müssen wir Ihnen im Vergleich doch recht armselig erscheinen.»

Imogen sah sie verwirrt an. «Überhaupt nicht.» Sie war nicht sicher, womit sie Arthurs Schwägerin beleidigt hatte, doch sie wollte es unbedingt wiedergutmachen. «Dies hier ist weit beeindruckender als alles, was Hadley Hall vorweisen kann. Mein Onkel hat sich immer mehr für seine Pferde interessiert als für sein Haus.»

«Hadley Hall», murmelte Miss Cooper und warf Arthur einen vielsagenden Blick zu.

Arthur legte Imogen die Hand auf den Arm. «Was schreibt denn deine Tante, Liebes?»

Imogen blickte auf das Blatt Papier hinunter. «Sie schreibt –»

Es war nicht die Reaktion, die Imogen erwartet hatte. Das Schreiben war ein Triumph von Gemeinheit und fehlerhafter Grammatik. Sie hätten diskrete Erkundigungen eingezogen, schrieb ihre Tante, und ihr Mittelsmann habe sie davon unterrichtet, dass Arthur Grantham nicht mehr sei als der Sohn eines Weinhändlers; ja, er gehe selbst ebendiesen Geschäften nach. Imogen habe sich durch diese unstandesgemäße Heirat völlig unmöglich gemacht. Sie solle nicht erwarten, dass sie je wieder mit ihr zu tun haben wollten. Sie hofften, sie würde mit ihrem Weinhändler glücklich werden, und im Grunde genommen habe man ja nichts anderes erwartet, bei der planlosen Erziehung, die ihr Vater ihr habe angedeihen lassen. Wenn er auf ihren Rat gehört hätte –

Imogen faltete hastig das Schreiben, bevor sie mehr lesen konnte. Das brauchte sie gar nicht. So viel Snobismus und Giftigkeit …

Sich so geringschätzig über Arthur zu äußern, diesen kultivierten, gelehrten Mann, und, schlimmer noch, über ihren Vater, den sie gerade erst zu Grabe getragen hatten. Und dann noch in einem Brief voller Schreibfehler und Tintenflecken, in Gossensprache verfasst – mochte Tante Hadley einen Onkel mit Grafentitel haben, mochte sie die beste Reiterin im weiten Umkreis sein, sie war nichts weiter als eine bösartige, analphabetische alte Hexe und konnte Arthur in keiner Weise das Wasser reichen. Eine Fischhändlersfrau besaß mehr echte Vornehmheit als Imogens Tante Hadley.

«Nun?», fragte Miss Cooper. «Oder taugt es nicht für unsere Ohren?»

Imogen holte tief Atem. «Meine Tante sendet uns Glückwünsche zu unserer Heirat», sagte sie mit fester Stimme, «und spricht mir das Beileid der Familie zum Tod meines Vaters aus.»

Es bestand kein Grund, Arthur wissen zu lassen, was Tante Hadley wirklich geschrieben hatte. Es würde ihn nur verletzen.

Spontan ergriff Imogen seine Hand und drückte sie fest. Arthur war jetzt ihre Familie, die einzige Familie, die sie brauchte.

«‹Mit einem trockenen, einem nassen Auge›», zitierte Arthur gefühlvoll, wenn auch falsch, und zog ihre Hand an seine Lippen, um einen Kuss auf ihre Fingerspitzen zu hauchen. Imogen bemerkte, wie Miss Cooper erstarrte und wegsah. «Auf diesen traurigen Beginn, mein Liebes, werden viele glückliche Jahre folgen. Was auch immer hinter dir liegt, dies ist jetzt dein Zuhause. Jane wird dir alles zeigen.»

«O nein», wehrte Imogen schnell ab. «Ich möchte keine Umstände machen. Morgen ist auch noch ein Tag.»

Morgen, wenn sie sich von den Strapazen der Reise erholt hatte, würde sie sich mit Miss Cooper zusammensetzen und ihr zeigen, dass sie nichts zu fürchten hatte, dass sie, Imogen, nicht die geringste Absicht hatte, sie zu verdrängen. Morgen, bei Tageslicht.

«Nun, dann», sagte Arthur und umfasste ihr Gesicht

mit den Händen, «solltest du dir etwas zu essen in dein Zimmer bringen lassen und gleich zu Bett gehen.»

In diesem fremden Haus, wo das Kerzenlicht flackernd über die selbstzufriedenen Löwengesichter huschte, deren Bilder einen Fries unter der Zimmerdecke bildeten?

«Nur wenn du mitkommst», sagte Imogen mit Entschiedenheit. «Du bist genauso erschöpft von der Reise wie ich.»

Einen Moment lang glaubte Imogen, er würde ablehnen, doch dann wurde sein Gesicht weich, und er sagte in einem Ton, der nur ihr galt: «Du weißt, mein Liebes, dass ich dir nichts abschlagen kann.»

«Deine Post –», sagte Miss Cooper schrill.

«Kann bis morgen warten», versetzte Arthur. Er hakte Imogen unter. «Komm, mein Schatz, lass mich dir dein Zimmer zeigen.»

Imogen wusste, dass es kleinlich war, doch sie konnte ein flüchtiges Gefühl des Triumphs nicht unterdrücken. Über die Schulter blickte sie zurück zu Miss Coopers verkniffenem Gesicht.

«Gute Nacht», sagte sie so herzlich, wie es ging.

Miss Cooper erwiderte die Freundlichkeit nicht.

«Ich fürchte, wir haben Miss Cooper gekränkt», murmelte Imogen, als sie mit Arthur die Treppe hinaufstieg. In Wandleuchten brannten Kerzen aus Bienenwachs, und der Läufer unter ihren Füßen war etwas Feineres als die üblichen groben Baumwollmatten, weit weicher und zarter als alles, was sie von zu Hause kannte.

Ein Händler, konnte sie Tante Hadley naserümpfend sagen hören.

«Es ist spät», sagte Arthur nur, als erklärte das alles, und schob eine Tür auf, die in den Angeln knarrte, als wäre sie seit langer Zeit nicht mehr geöffnet worden.

Die schweren Vorhänge waren geschlossen, kein Sternenschimmer drang ins Zimmer, und die Luft roch nach Staub und Moder. Arthurs Kerze schnitt einen schwankenden Lichtpfad in die Dunkelheit, Rosenholzmöbel und geblümter rosa Brokat waren zu erkennen.

Es hätte ein hübsches Zimmer sein können. War es vielleicht einmal gewesen. Bett und Toilettentisch, in sanft geschwungenen Formen, waren aus Rosenholz. Die goldgerahmten Bilder an den Wänden zeigten alle Blumenmotive. Die Vorhänge vor den zwei hohen Fenstern, früher vielleicht ein lebhaftes Rosé, waren zu einem matt bräunlichen Ton verblichen.

«Dieses Zimmer ist seit vielen Jahren nicht mehr bewohnt worden», sagte Arthur entschuldigend.

Er stellte die Kerze auf den Toilettentisch neben die Miniatur eines Frauengesichts auf einer kleinen vergoldeten Staffelei. Die Frau sah ein wenig aus wie Miss Cooper, doch ihre Züge waren weicher, runder, und die blond gelockten Haare umgaben ihr lächelndes Gesicht wie eine Wolke. Sie war jung, so jung wie Imogen. Das flackernde Kerzenlicht verlieh den gemalten blauen Augen eine gespenstische Lebendigkeit.

Es gab keinen Zweifel daran, wer sie war und wem dieses Zimmer einmal gehört hatte.

Im Spiegel über dem Toilettentisch konnte Imogen ihr eigenes Gesicht sehen, blass und müde, umgeben von glanzlosen dunklen Strähnen, die sich aus den Nadeln zu befreien suchten, keine Spur von dem rosig-goldenen Liebreiz der Frau auf dem Bild.

Im dämmrigen Kerzenschein erschien Arthur ihr plötzlich wie ein Fremder, dieser Mann, den sie kaum mehr als einen Monat kannte und von dem ihr ganzes Glück abhing.

Impulsiv berührte sie seinen Arm. «Fehlt sie dir? Deine –» Sie brachte es nicht über sich, ‹deine Frau› zu sagen. «Sie?»

Im ersten Moment schien er beinahe verwirrt, dann folgte sein Blick dem Imogens zu der Miniatur. Er nahm das Bild seiner Frau zur Hand und betrachtete es, als sähe er eine Fremde.

«Es ist sehr lange her», sagte er beinahe entschuldigend. Und dann, als begutachtete er ein Kunstwerk: «Sie ist gut getroffen.»

Aber das wollte Imogen nicht hören. Sie hätte viel lieber gehört, das Bild sei stark geschmeichelt, die lebende Emma Grantham habe geschielt oder einen Buckel gehabt oder ein Lachen wie ein gackerndes Huhn.

Gedämpft sagte sie: «Es war nicht schön von dir, Miss Cooper über meine Existenz im Ungewissen zu lassen.»

Arthur stellte das Bild seiner verstorbenen Frau weg und hielt Imogen beide Hände hin. «Du bist mir zu kostbar, ich will dich nicht mit anderen teilen.»

Neben der Miniatur seiner Frau fühlte sich Imogen alles andere als kostbar; sie kam sich gewöhnlich vor, plump und grobgliedrig.

Sie legte ihre Hände in die Arthurs, als könne seine Berührung ihr Sicherheit geben, und versuchte, sich die Tage in Cornwall ins Gedächtnis zu rufen, den Zauber seines Werbens um sie, als Arthurs Blicke nur ihr allein gegolten hatten.

Ganz natürlich, dass jetzt, am späten Abend, da der Regen an den verhüllten Fensterscheiben herablief, alles grau und düster erschien. Doch der neue Tag würde sonnig und heiter werden, und sie würden ihr gemeinsames Leben hier so beginnen, wie Arthur es versprochen hatte, in vollkommener Gemeinschaft und Harmonie.

Trotzdem konnte sie nicht aufhören, darüber zu grübeln, warum Arthur es nicht für nötig gehalten hatte, seine Familie wissen zu lassen, dass er wieder geheiratet hatte.

«Sie war sehr verärgert», sagte Imogen. «Und mit Recht.»

«Ach, wenn Jane dich erst kennenlernt, wird sie dich bald so sehr lieben wie ich.» Seine Worte wärmten Imogen wie ein Sonnenstrahl, bis Arthur hinzufügte: «Sie wird dir eine große Hilfe sein, während du lernst, dich hier zurechtzufinden.»

«Du vergisst, dass ich viele Jahre lang meinem Vater das Haus geführt habe», entgegnete Imogen und wünschte, sie wäre zuversichtlicher. Miss Cooper hatte recht; London war weit weg von Cornwall. Imogen sah zu ihrem Mann hinauf. «Und ich dachte, ich sollte dir eine Hilfe sein. Bei deiner Arbeit.»

«O ja, sicher», sagte Arthur unbestimmt. Er berührte mit einem Finger ihre Wange und strich zart darüber hin wie über ein erlesenes Schmuckstück. «Ich habe dich nicht hierhergeholt, um dich Schreibarbeiten erledigen zu lassen. Meine Frau soll sich nicht mit langweiligen alten Manuskripten herumplagen.»

Imogen lachte. Hier befand sie sich auf sichererem Boden. «Du weißt, dass ich sie überhaupt nicht langweilig finde. Dein Kompendium –»

«– verlangt gewiss nicht solchen Eifer von einer frischgebackenen Ehefrau», meinte Arthur nachsichtig. «Außerdem gibt es hier im Moment nichts, was dich interessieren würde, nur langweilige Korrespondenz und Geschäftsangelegenheiten. Ich war zu lange weg, für mich gibt es hier einiges zu erledigen.»

«Natürlich.» Imogen versuchte, so zu tun, als verstünde sie. Sie wusste, dass Arthur noch immer die Importgeschäfte seines Vaters leitete. Sie hatte von solchen Dingen keine Ahnung, doch sie konnte lernen. «Vielleicht könnte ich dir zur Hand gehen? Zu zweit geht die Arbeit schneller.»

«Dafür sind meine Angestellten da.» Arthur betrachtete ihr bescheidenes Kleid aus billigem dunklen Stoff. «Sprich mit Jane, du brauchst ein paar neue Kleider. Ich möchte dich gern in hübschen Sachen sehen.»

Beinahe hätte Imogen protestiert – doch was gab es zu protestieren, wenn einem neue Kleider angeboten wurden? Er hatte ja recht; sie hatte keine Ahnung vom Weinimport, und welchen Sinn hatte es, sich seiner Korrespondenz anzunehmen – vielleicht gar Fehler zu machen –, wenn er dafür seine Angestellten hatte. Ihnen würde genug Zeit bleiben, die Arbeit an seinem Kompendium mittelalterlicher religiöser Kunst wiederaufzunehmen, sobald die drängenden Geschäfte erledigt waren.

In der Zwischenzeit würde sie genug damit zu tun haben, das Haus kennenzulernen und sich mit ihrer Stieftochter anzufreunden. Sie waren ja gerade erst angekommen. Sie hatten noch so viel Zeit, in ihr neues Leben hineinzuwachsen.

«Ich bin so froh, dass ich endlich hier bin», sagte sie leise und schob ihre Arme um Arthurs Hals. «In deinem Haus.»

«In unserem Haus», korrigierte er sie. «Es ist jetzt auch dein Haus.»

Als er sich vorbeugte, um erst ihre Stirn zu küssen und dann die Lider ihrer geschlossenen Augen, hörte sie draußen eine Diele knarren.

Als lauschte jemand.

Herne Hill, 2009

«Ist da jemand?» Julias Stimme klang dünn und zaghaft im dunklen Flur. Stell dich nicht so an, schalt sie sich und rief noch einmal lauter und kräftiger: «Hallo?»

Sie tastete nach einem Lichtschalter und fand ihn. Er war klebrig, aber er funktionierte. Zwei Glühbirnen unter einem kunstvoll gearbeiteten Ätzglasschirm flammten hoch über ihrem Kopf auf. Das blasse Licht, das sie verstrahlten, erreichte nur die Ränder der Düsternis. Der Flur war nicht besonders groß, nicht einmal für sie, die an städtische Grundrisse gewöhnt war, doch von beeindruckender Höhe, in der Mitte mit einem Stuckkranz verziert, von dem die Lampe herabhing.

Eine Treppe mit einem roten Teppich, dessen dezentes Muster vielleicht früher blau gewesen war, führte nach oben und wand sich in scharfer Biegung einem Treppenabsatz entgegen.

Jemand kam leichten Schrittes die Stufen heruntergelaufen und rief: «Tut mir leid. Ich bin's nur.»

Julias Hände, die den Gurt der Notebooktasche fester umfasst hatten – *Einbrecher mit PC niedergeschlagen* – entspannten sich. Die Stimme war ihr fremd, aber sie hatte nichts Bedrohliches. Es war eine Frauenstimme, spröde, und der Akzent war eindeutig britisch.

«Julia?» Die Fremde kam um die Treppenbiegung herum. Eine Hand auf dem Geländer, den anderen Arm schwenkend, um das Gleichgewicht zu halten, rannte sie die letzten knarrenden Stufen hinunter. Unten blieb sie atemlos stehen und schob sich die langen Haare aus dem Gesicht. «Hi!»

Ihre Haare waren dunkler als Julias, mit blonden Strähnchen, die ihnen einen lebendigen Glanz verliehen. Zu Designerjeans trug sie eines dieser fliessenden Chiffontops, wie man sie nur tragen kann, wenn man gross und schlank ist. Sie war beides.

Wie kam dieses Model in ihr Haus? Der Anwalt hatte nichts davon geschrieben, dass hier jemand wohnte. Es war immer von einem ‹leerstehenden› Haus die Rede gewesen.

Julia liess ihre Notebooktasche auf ihren Rollkoffer plumpsen. «Ja, ich bin Julia», sagte sie vorsichtig. «Und Sie?»

«Oh, tut mir leid.» Die Fremde trat auf sie zu, um ihr die Hand zu geben. Selbst in ihren Ballerinas war sie gut einen halben Kopf grösser als Julia in ihren hohen Absätzen. «Ich bin Nat», sagte sie, und als Julia sie verständnislos ansah, fügte sie erklärend hinzu: «Natalie. Wir sind Cousinen. Ich habe dich das letzte Mal gesehen, als – ach, vor einer Ewigkeit.» Julia zwang sich zu lächeln. Sie konnte nicht gut zugeben, dass sie keinerlei Erinnerung an Natalie hatte, deshalb sagte sie vage: «Ja, es ist eine Weile her.»

Sie fragte nicht, *Was tust du hier?*, doch ihr Ton verriet wohl die Frage, denn Natalie lachte und sagte: «Crenshaw hat meiner Mutter erzählt, dass du diese Woche kommst.

Da wollte ich wenigstens mal nachschauen, ob das Licht funktioniert und das Klo nicht verstopft ist. Ich wollte dich nicht erschrecken. Sie dachten alle, du würdest erst morgen kommen.»

Natalie lächelte strahlend, doch der Ausdruck ihrer Augen passte nicht zum lächelnden Mund. Vielleicht lag es aber auch nur an dem dämmrigen Licht im Flur, das täuschende Schatten erzeugte.

Neben der lässigen Eleganz der anderen kam Julia sich peinlich schäbig vor mit ihrem zerrauften Pferdeschwanz und ihren reisemüden Klamotten, die sie seit ihrer Abreise aus New York auf dem Leib trug.

Sie fühlte sich deutlich unterlegen.

«Das ist wirklich nett von dir», sagte sie vorsichtig. Es schien ihr unhöflich, Natalie direkt zu fragen, wie sie ins Haus gekommen war, doch die Vorstellung, Cousins und Cousinen könnten hier nach Belieben ein und aus gehen, behagte ihr gar nicht. Wenn Natalie überhaupt eine Cousine war. «Hat deine Mutter einen Schlüssel?»

«Ach, die Küchentür hier hat noch nie richtig geschlossen», antwortete Natalie unbekümmert.

Interessant. Sie würde sich nach einem Schlüsseldienst umsehen und das Schloss reparieren lassen müssen.

«Außerdem –» Natalie neigte sich vertraulich näher, begleitet vom leicht chemisch riechenden Duft teuren Shampoos – «wollte ich dich in diesem Gruselkabinett nicht allein lassen.»

«Mir kam eher der Gedanke an das Haus Usher», erwiderte Julia. «Gibt's hier nicht ein bisschen mehr Licht?»

«Als die Bäume beschnitten waren, war es nicht so schlimm», sagte Natalie und sah sich mit zweifelndem

Blick um. «Da kam noch Licht durch die Fenster. Nicht gerade gemütlich, oder?»

«Ich weiß nicht. Ein paar Spritzer Spiritus, eine Gartenschere und ein Kanister Benzin ...» Hm, solche pyromanischen Scherze sollte sie einer Fremden gegenüber wohl besser lassen. Julia massierte sich die schmerzende Schulter. «Wohnst du hier in der Gegend?»

«O nein», sagte Natalie übertrieben schaudernd, und an ihrem Blick erkannte Julia, dass die Frage ein Fauxpas gewesen war. «Soll ich dir das Haus zeigen?»

Sie hätte jetzt viel lieber eine Stunde für sich gehabt, um auszupacken und sich zu orientieren. Doch Natalie schien nicht geneigt, so bald zu gehen. War das normal? Julia hatte nie mit einer Familie gelebt oder konnte sich jedenfalls nicht daran erinnern. Sie wusste nicht, wo üblicherweise die Grenzen gezogen wurden. Sie und ihr Vater hatten es mit dem Credo der New Yorker gehalten, weitestgehend für sich zu bleiben.

«Gern», sagte sie. «Aber vorher – die Toilette?»

«Hier lang.» Natalie ging ihr voraus zu einem winzigen Bad unter der Treppe, Toilette, Waschbecken, Spiegel. Die Toilette hatte einen Holzsitz, und der Spülkasten, mit langer Kette, war hoch oben unter der Decke angebracht. «Nicht gerade hypermodern, aber es funktioniert. Jedenfalls meistens.»

Manchmal war es von Vorteil, zu den Kleineren zu gehören; Julia brauchte unter der schrägen Decke den Kopf nicht einzuziehen. Die Tapete war mit Sprüchen bedruckt. *Die Zeit verdarb ich, und nun verderbt sie mich. Die Zeit vergeht nicht, aber wir. Tempus fugit.* Sehr erbaulich.

Julia nahm sich vor, das kleine Bad neu tapezieren zu

lassen, ehe sie Interessenten das Haus zeigte. Jedes Mal an die eigene Sterblichkeit erinnert zu werden, wenn man auf dem Klo saß, war sicher nicht jedermanns Geschmack.

Nachdem Julia sich in dem kleinen Becken die Hände gewaschen und kaltes Wasser ins Gesicht gespritzt hatte, blickte sie in den fleckigen Spiegel und war erstaunt, wie normal sie aussah. Ein paar feuchte Strähnen, die sich aus dem Pferdeschwanz gelöst hatten, klebten an ihren Wangen. Ihre Wangen waren gerötet, ihre Augen sahen ein wenig müde aus, doch wacher als noch vor einer halben Stunde. Es ging doch nichts über einen kräftigen Schreck, wenn man wirklich wach werden wollte.

Sieh's einfach positiv, sagte sie sich. Natalies überraschendes Erscheinen hatte die anderen Gespenster, die sie gequält hatten, vertrieben, zumindest fürs Erste. Das Haus war jetzt, da sie menschliche Gesellschaft hatte, zu dem geschrumpft, was es war: ein großes, altes Gemäuer, in dem es muffig roch wie in jedem Haus, das lange leer gestanden hatte.

Natalie war nicht im Flur, als Julia aus dem Bad kam.

«Nat?» Julia sah sich um. Wohin konnte sie verschwunden sein?

Vom vorderen Flur gingen auf beiden Seiten Türen ab. Ein schmaler Gang führte an der Treppe vorbei und gabelte sich zu weiteren Gängen mit weiteren Türen. Von außen hatte es ausgesehen, als wäre das Haus relativ einfach geschnitten, doch es reichte in verzweigte Tiefen, die Julia nicht vermutet hatte.

Sie öffnete die Tür zu ihrer Rechten, direkt gegenüber der Toilette, und sah vor sich einen Raum, der offenbar Tante Reginas kleines privates Reich gewesen war. Die

Chintzbezüge der Möbel waren zerschlissen; neben der Couch lagen Stapel von Kreuzworträtselheften auf dem Boden, und ein großer Flachbildfernseher stand auf einem wackligen Tischchen, das zu klein für ihn schien. Sie hatte offensichtlich James-Bond-Filme gemocht. Neben dem DVD-Player stand eine ganze Box voll davon.

Man hatte das Gefühl, Tante Regina wäre nur eben einen Moment aus dem Zimmer gegangen. Ihre Brille lag noch auf dem Beistelltisch neben der Lampe. Und vor der Couch stand ein billiger Metallklapptisch mit einem leeren Henkelbecher, braun verkrustet auf dem Grund, und nicht weniger als drei Fernbedienungen.

Warum gerade ich?, hätte Julia gern gefragt, doch Tante Regina konnte ihr keine Antwort mehr geben. Die Brille blieb liegen, wo sie war, die Lampe dunkel.

Irgendwie gruselig, das Ganze. Hustend in der staubigen Luft, lief Julia durchs Zimmer und riss eine Flügeltür auf. Ihr erster Eindruck sagte ihr, dass Tante Regina dieses Zimmer selten betreten hatte. Die Luft war schal, und im schwachen Lampenschein aus dem Nebenraum konnte Julia undeutlich die schweren Vorhänge erkennen, die die Fenster verbargen.

Sie suchte den Lichtschalter und musste blinzeln, als der hell funkelnde Schein eines Kristallleuchters sie blendete. An der Wand hing ein großes Frauenbildnis. Eine Sekunde lang musste Julia bei dem dunklen Haar, der weißen Haut, den vielen Blumen an ihre Mutter denken, wie sie sie von dem verblassten alten Foto kannte.

Doch dieses Bild hatte nichts Verblasstes. Selbst vom Staub der Jahre getrübt, strahlte es eine Lebensglut aus, die den Blick anzog wie ein Magnet, obwohl das Sujet keineswegs ungewöhnlich war: eine Frau, die in einem Garten saß. Um sie herum blühten Bäume, rankten sich Rosen, als wollten sie nach ihrer Hand fassen, Sonne fiel auf die goldenen Lettern des Buchs, das scheinbar vergessen neben ihr auf der Bank lag.

Die Kleidung der Frau erinnerte Julia an das Umschlagbild auf ihrem Schulexemplar von *Jane Eyre*: ein eng geschnürtes dunkelblaues Kleid mit züchtigem weißen Kragen und weißen Manschetten. Die Frau trug nichts auf dem Kopf, ihr dunkles, in der Mitte gescheiteltes Haar bedeckte glatt gesträhnt ihre Ohren und war im Nacken zu einem Knoten geschlungen. Ein bürgerliches Porträt wie viele andere.

Wäre nicht ihr Gesicht gewesen. Ihr Kopf war leicht erhoben, ihre Lippen waren geöffnet, als wollte sie etwas sagen. Dem Eindruck nüchterner Klarheit, die Gewand und Haartracht vermittelten, widersprach die Verstörtheit in ihren Zügen. Sie sah, dachte Julia, so verloren aus wie sie selbst sich fühlte. Der Kontrast zwischen dem strengen Äußeren der Frau und dem in ihren Augen erkennbaren inneren Tumult schlug in Julia eine Saite an. Sie fühlte sich der Unbekannten in all ihrer Verstörtheit und Verlorenheit, die in diese strenge äußere Form gepresst waren, verwandt.

Der Maler, dachte sie, musste schon ziemlich begabt gewesen sein, um all dies einzig durch die Haltung des Kopfes, die leicht geöffneten Lippen, den Glanz der Augen mitzuteilen. Julia trat einen Schritt näher, als könnten diese Lippen, wenn sie ihnen nur nahe genug kam, ihr Geheimnisse zuflüstern.

Auf der anderen Seite des Zimmers wurde eine Tür geöffnet, die Stimmung zerstob.

«Ah, da bist du!» Es war Natalie, ein wenig außer Atem. «Ich habe nur schnell nachgesehen, ob ich die Hintertür richtig zugemacht hatte. Grässlich, dieses Zimmer, nicht? Es riecht, als wäre gerade jemand gestorben.»

Kapitel 4

Herne Hill, 1842

«Arthur?» Mit einer Kerze in der Hand blieb Imogen unschlüssig an der Tür stehen.

Das Leinen ihres Nachthemds bauschte sich in einer Fülle um sie, die die Leere darunter umso fühlbarer zu machen schien. Ihr Leib fühlte sich an wie hohl ohne das Kind, das ihn hätte erfüllen sollen.

Bei ihrer ersten Fehlgeburt hatte Imogen kaum gewusst, dass sie ein Kind unter dem Herzen trug, als sie es verlor. Diesmal hatte sie das feine Ziehen in ihren Brüsten gespürt und bemerkt, dass ihre Brustspitzen dunkler wurden und sich veränderten. Ihr Bauch hatte nur ganz leise begonnen, sich zu runden, doch sie hatte gewusst, dass das Kind da war. Sie hatte seine ersten zarten Bewegungen gespürt, kaum mehr als ein Flattern, aber wahrnehmbar.

Und nun war nichts mehr.

Imogen stieß die Tür ein kleines Stück weiter auf und trat zaghaft über die Schwelle in Arthurs Reich. Es war weniger Arbeitszimmer als Ausstellungsraum, überladen mit seltenen und kostbaren Kunstobjekten. Das Licht ihrer Kerze funkelte im bunten Glas des Fensters, schimmerte auf dem glänzend polierten Holz der Bücherschränke und Wandtäfelung, glitzerte in den goldenen Illuminationen im Stundenbuch ihres Vaters, das aufgeschlagen auf einem Lesepult am anderen Ende des Zimmers lag.

Imogen kam selten hierher. Und wenn, komplimentierte Arthur sie auf die ihm eigene Art, lieb und freundlich, aber deswegen nicht weniger bestimmt, gleich wieder hinaus. Widerrede und Bitten prallten gleichermaßen an seiner eisernen Liebenswürdigkeit ab.

«Arthur?», sagte sie noch einmal, und er blickte blinzelnd auf.

«Ja, Liebes?» Er saß noch an seinem Schreibtisch, tadellos gekleidet in Frack, Halstuch und dunkle Hose. «Wolltest du etwas?»

Sie wollte die Uhr zurückdrehen, zu den Tagen in Cornwall, zu den Blicken, die er ihr geschenkt, zu den Versprechungen, die er ihr gemacht hatte.

Irgendwie hatte sich seit ihrer Ankunft in Herne Hill nichts so entwickelt, wie sie es sich vorgestellt hatte. Anstatt ihr näherzukommen, hatte Arthur sich zusehends mehr seinen eigenen Belangen zugewandt, Belangen, die sie nicht betrafen. Die Tür zu seinem Arbeitszimmer war ihr verschlossen; die alten Handschriften, die er ihr so lebhaft beschrieben hatte, verschwanden in ihren Hüllen und wurden eifersüchtig gehütet. Dafür wäre Zeit genug, hatte er ihr mit lächelnder Nachsicht erklärt, sobald sie sich in ihrem neuen Leben zurechtgefunden habe. Fürs Erste würde sie sich gewiss bei Jane im Wohnzimmer wohler fühlen.

Jane wollte Imogen so wenig im Wohnzimmer haben wie Arthur sie in seinem Arbeitszimmer. Mit Freuden aufgenommen wurde Imogen nur in Evies Kinderzimmer. Sie hatte Arthur überredet, Evies unfähige Gouvernante zu entlassen und ihr deren Aufgaben anzuvertrauen. Diese Stunden mit Evie, wenn sie mit dem Kind das Lesen übte, ihm die Grundbegriffe der französischen Grammatik und der Mathematik nahebrachte, waren die einzigen, in denen sich Imogen wirklich willkommen fühlte.

Es war ja nur vorübergehend, hatte Imogen sich gesagt. Wenn die Familie sich an sie gewöhnt hatte ... wenn Arthurs dringendste Geschäfte erledigt waren ...

Inzwischen klang es nur noch nach einer Entschuldigung. Seit drei Jahren lebte sie jetzt hier, und sie fühlte sich, außer mit Evie, noch immer so fremd wie am Tag ihrer Ankunft. Mehr noch. Damals hatte sie sich in Arthurs Liebe aufgehoben gefühlt und nicht geahnt, dass er sich von Tag zu Tag weiter entfernen würde, bis selbst seine nächtlichen Besuche in ihrem Zimmer zur Seltenheit wurden.

Liebte er sie denn nicht? Er behauptete das Gegenteil; er machte ihr Komplimente in blumiger Sprache, wann immer ihre Wege sich zufällig kreuzten.

Wieso hatte sie dann das Gefühl, dass er sich immer weiter entfernte?

Imogen betrachtete Arthur an seinem Schreibtisch, und ihr war, als sähe sie einen Fremden. Der Gedanke erfüllte sie mit einer tiefen, namenlosen Furcht.

Ach, was für ein Unsinn! Eine Neigung zur Schwermut sei nach dem Verlust eines Kindes ganz natürlich, hatte der Arzt erklärt und ihr einen scheußlichen Trank verschrieben, den Imogen in ihr Nachtgeschirr goss, wenn die Schwester nicht schaute.

«Es ist spät», sagte Imogen und versuchte, so zu tun, als sei es selbstverständlich, dass sie ihren Mann abends im

Nachthemd in seinem Arbeitszimmer aufsuchte. «Willst du nicht zu Bett kommen?»

Zu ihr ins Bett. In seinen Armen würde sie sich vielleicht nicht so allein und verloren fühlen.

«Gleich», sagte Arthur, dessen Blick schon zu den Papieren zurückkehrte, die vor ihm lagen. Seit sie das Kind verloren hatte, schien er kaum Interesse an ihr zu haben. «Gleich.»

Auf seinem Schreibtisch stand ein kleines Gemälde einer Madonna mit Kind. Der Mantel der Madonna war strahlend blau; die Farben leuchteten, als wäre das Bild gestern gemalt worden. Imogen empfand den Blick der Mutter, die zu ihrem Kind hinuntersah, wie einen Vorwurf.

Sie wagte einen Schritt ins Zimmer. «Du arbeitest so viel.»

Was da aufgeschlagen vor ihm lag, war kein Hauptbuch, sondern irgendein Journal. Arthur schlug es hastig zu, das Lächeln, mit dem er zu ihr hinaufblickte, war leicht angespannt. «Brauchst du noch etwas, Liebes?»

Freundschaft. Liebe. «Ich dachte mir, wir könnten ein Picknick machen», meinte sie. «Wenn das Wetter schön bleibt.»

Arthur runzelte besorgt die Stirn. «Meinst du, du solltest dich derartigen Anstrengungen aussetzen, Liebes? Du brauchst deine Ruhe.»

«Ich habe nichts als Ruhe!» Die Worte klangen schärfer, als Imogen beabsichtigt hatte. Sie holte tief Atem und zügelte ihren Ton. «Ich dachte, es könnte – schön werden. Wie unsere Nachmittage in Cornwall.»

«Ja», sagte Arthur zerstreut, während er an den Rändern der Papiere auf seinem Schreibtisch zupfte. «Ja, das wäre eine großartige Idee – aber leider habe ich in der Stadt zu tun.»

War es Einbildung oder lag Erleichterung in seiner Stimme?

«Vielleicht finde ich ein andermal Zeit», sagte er, und Imogen erkannte niedergeschlagen, dass er niemals Zeit finden würde, genau wie er nie Zeit gefunden hatte, ihr seine alten Handschriften zu zeigen oder sie zu einer Besichtigung der Sammlungen seiner Freunde mitzunehmen. «Gibt es noch etwas?»

«Nein», antwortete sie leise.

Es sei denn, er konnte ihr sagen, wo sie versagt hatte. Sie hatte sich unendlich bemüht, Arthurs Wünsche an sie zu erfüllen. Sie trug die Kleider, die er für sie auswählte, sie machte die Besuche, die er für passend hielt, doch es half alles nichts. Da saß er an seinem Schreibtisch, und sie stand barfüßig in ihrem Nachthemd neben ihm, beschämt und zurückgewiesen und so verlassen, wie sie sich das niemals vorgestellt hätte.

Liebst du mich denn nicht?, hätte sie gern gefragt. Doch die Worte blieben ihr im Hals stecken. Sie war sich nicht sicher, ob sie die Antwort überhaupt wissen wollte.

Arthur schob seinen Stuhl zurück und stand auf, ein deutliches Zeichen, dass er das Gespräch als beendet betrachtete. «Du solltest dir ein Tuch umlegen, wenn du aufstehst», sagte er tadelnd. «Nach deinem Unwohlsein.»

Unwohlsein! Welch ein Wort für die Fehlgeburt, durch die sie ihr gemeinsames Kind verloren hatte.

Wie konnte er das mit solchen Floskeln abtun? Sie hatten nie darüber gesprochen, nie zusammen getrauert; er hatte ihr die Wange getätschelt und war aus dem Krankenzimmer geeilt. Um eine wichtige Verabredung wahrzunehmen, was auch immer das für eine Verabredung sein mochte. Wahrscheinlich mit einem bequemen Sessel in seinem Klub, dachte Imogen.

Ihre Bitterkeit erschreckte sie. Nein, so durfte sie nicht von ihrem Mann denken, dem Mann, dem sie Liebe und Treue geschworen hatte.

«Arthur –», begann sie und brach ab, weil sie nicht sicher war, was sie sagen wollte. Sie sah ihn an, sein höflich lächelndes Gesicht mit dem peinlich gepflegten Schnauzbart, das nicht den Hauch eines Gefühls verriet.

«Wir wollen doch nicht, dass du dir hier noch den Tod holst», sagte er, während er sie zur Tür schob.

«Nein», sagte Imogen tonlos. «Wie dumm von mir.»

«Geh jetzt gleich hinauf und lass dir von Anna einen heißen Backstein für dein Bett bringen.»

Ihr Bett, nichts seins.

Er gab ihr mit einem Finger einen leichten Klaps auf die Wange. «Und sieh nicht so finster drein. Wir wollen doch keine Falten in dem hübschen Gesicht.»

«Nein», sagte Imogen wie betäubt. «Natürlich nicht.»

Sie wusste, sie sollte für sich eintreten, ihren Zweifeln und ihrem Unglück Luft machen – doch sie ahnte, dass es keinen Sinn hatte. Arthur würde ihr nur die Hand drücken und entweder fragen, ob Anna ihr ihre Medizin bringen solle, oder sagen, dass die Welt morgen wieder ganz anders aussehe. Arthur mochte keine Gefühlsausbrüche; das hatte sie nach dem Tod ihres Vaters entdeckt und ihren Schmerz in sich eingeschlossen, so gut es ging.

Damals hatte sie sich gesagt, kein Mann wolle sich gleich nach der Hochzeit mit einer weinenden Ehefrau belastet sehen. Sie hatte sich eingeredet, seine Distanziertheit sei ein Zeichen seines Zartgefühls, seines Respekts vor ihrem Kummer.

Aber vielleicht war es gar nicht so. Vielleicht war es einfach so, dass Arthur von nichts wissen wollte, was nicht ihn selbst betraf.

Er schob sie sanft, aber unnachgiebig zur Tür. «Gute Nacht, mein Liebes.»

«Gute Nacht, Arthur.» Ihre Stimme klang ihr fremd und tonlos in den Ohren. Doch Arthur schien nichts zu bemerken.

Die Tür fiel leise hinter ihr zu. Sie stand allein im Flur, um sich herum nichts als geschlossene Türen. Die Kerze flackerte in ihrer zitternden Hand. Verzweifelt versuchte sie, sich die wunderbaren Tage in Cornwall ins Gedächtnis zu rufen, doch selbst ihre leuchtendsten Erinnerungen hatten allen Glanz verloren. Wenn sie an Arthur dachte, wie er neben ihr auf der Bank gesessen hatte, redete immer nur Arthur über Arthur: über seine Reisen, seine Beobachtungen, seine Erwerbungen.

Nein, das stimmte nicht ganz. Sie dachte an die Komplimente, die er ihr gemacht hatte, an die Berührung seiner Hand, an seine Blicke.

Doch selbst diese Erinnerungen schmeckten schal. Er hatte sie schön genannt und einzigartig, aber ebenso gut hätte er vom Stundenbuch ihres Vaters oder dem goldenen Becher im Flur sprechen können. Sie hatte beobachtet, wie er beide mit der gleichen Ehrfurcht behandelte und dann unbekümmert aus der Hand legte.

Niedergedrückt erinnerte sie sich der Warnungen ihres Vaters, die sie in den Wind geschlagen hatte, überzeugt, in Arthur einer verwandten Seele begegnet zu sein. Heute, drei Jahre später, war sie nicht sicher, ob sie je auch nur ein Zipfelchen von Arthurs Seele gekannt hatte.

Von einer tiefen Angst erfasst, drückte sie die Augen zu. Vielleicht hatte Arthur recht, vielleicht war sie übermüdet.

Vielleicht hatte sie aber auch einen entsetzlichen Fehler begangen.

Und wenn ja, was dann? Es gab keine Zuflucht für sie. Selbst wenn ihre Verwandten sie nicht wegen ihrer Heirat mit Arthur verstoßen hätten – sie war jetzt eine verheiratete Frau, ihrem Mann untertan aufgrund von Gesetzen, die ihr eine eigene Persönlichkeit nicht zubilligten. Nur der Tod konnte die Ehe lösen.

Sie hörte Schritte, dann erschien Jane mit einem Tablett, auf dem eine dampfende Teekanne stand.

«Arthur arbeitet noch», sagte Imogen und, in dem Bemühen, sich einen Rest von Stolz zu bewahren: «Ich glaube, er möchte nicht gestört werden.»

Jane warf ihr einen mitleidigen Blick zu. «Du gehörst ins Bett», sagte sie und öffnete ganz selbstverständlich die Tür zum Arbeitszimmer.

Imogen hörte nur Arthurs dankbares «Tee! Genau das, was ich brauche», bevor die Tür sich hinter Jane schloss und sie wieder allein dastand.

Herne Hill, 2009

«Gott, ist das ungemütlich hier!» Natalies glasklare Stimme ernüchterte sie, und sie sah das Zimmer, wie es war, kalt und unbewohnt.

«Ja, es ist ein bisschen muffig», gab Julia zu. *Sehr* muffig. Der Staub hing wie bräunlicher Dunst in der Luft. Sie überlegte, wie das Porträt nach einer Reinigung aussehen würde, ob eine Aufhellung der Farben auch zu einer Aufhellung der Stimmung führen würde. Sie bezweifelte es.

«Ein bisschen?» Natalie zog die gepflegten Augenbrauen hoch. «Ich glaube, hier ist vor Thatchers Zeiten das letzte Mal jemand gewesen. Tante Regina hat sich immer in dem anderen Zimmer, da drüben, aufgehalten.»

«Ja, ich habe es gesehen», sagte Julia zerstreut. Sie wies auf das Porträt über dem offenen Kamin. «Wer ist die Frau auf dem Bild?»

«Du lieber Gott, diese Haare.» Natalie trat zurück, um das Porträt mit dem Blick der routinierten Galeriebesucherin zu mustern. «Sieht aus, als hätte sie sich um die Rolle als Prinzessin Leia bewerben wollen.»

«Das war damals Mode.» Julia beugte sich zum unteren Rand des Gemäldes, suchte nach einem Datum, einer Signatur, einer Plakette auf dem Rahmen. Doch sie fand nichts. «Mitte neunzehntes Jahrhundert?»

«Würde mich nicht wundern», meinte Natalie nichtssagend.

«Achtzehnhundertvierzig vielleicht?» Als sie Natalies Blick bemerkte, zuckte sie mit den Schultern und sagte kurz: «Die Haare und das Kleid. Hast du eine Ahnung, wer sie sein könnte?»

«Irgendeine Vorfahrin, nehme ich an. Sonst würde sie wahrscheinlich nicht hier an der Wand hängen. Einer unserer Vorfahren war so was wie ein Sammler, aber alles von Wert ist schon vor Ewigkeiten verscherbelt worden. Sagt zumindest meine Mutter.»

Natalies Stimme klang leicht gereizt, als sie ihre Mutter erwähnte. Vielleicht hatte es aber auch damit zu tun, dass die Familienschätze verkauft worden waren.

«Deine Mutter war doch die Cousine meiner Mutter, nicht?», fragte Julia, um die Verwandtschaftsbeziehungen auf die Reihe zu bekommen. Sie erinnerte sich an die Worte ihres Vaters in New York. «Caroline?»

«Ja.» Natalie schien nicht daran interessiert, das Thema weiterzuverfolgen. Sie wies mit einer Kopfbewegung auf ein Porträt an der gegenüberliegenden Wand. «Was meinst du, ist das da drüben der Vater dieser Dame?»

Über einem Sofa mit einem Bezug aus verblichener Seide in Rosa und Creme hing das Porträt eines Mannes, dessen Gesichtszüge teilweise verborgen waren von einem üppigen Schnauzbart und langen Koteletten. Das rotblonde Haar war deutlich grau gesprenkelt, und der Frack spannte ein wenig über der Weste, wie sich das für einen wohlhabenden Kaufmann viktorianischer Zeit gehörte.

Er hatte sich in seinem Studierzimmer malen lassen, oder einer phantasievollen Nachbildung des Malers davon, eine Hand auf einem Lesepult, auf dem ein reich illuminiertes Stundenbuch lag, aufgeschlagen, als hätte eben noch jemand darin geblättert. Julia hätte Geld gewettet, dass es von einem anderen Künstler gemalt worden war; handwerklich war nichts daran auszusetzen, doch es hatte etwas Manieriertes und Oberflächliches. Dem Gesicht des Mannes fehlte, jedenfalls soweit Julia erkennen konnte, jeder Charakter.

Sie blickte zurück zu der Frau mit dem glatten Gesicht und dem verstörten Blick.

«Vielleicht auch der Ehemann», sagte Julia. «Damals haben die Männer sehr junge Frauen bevorzugt.»

«Damals?» Natalie ließ sich auf ein durchgesessenes Sofa fallen und wedelte hustend die aufsteigende Staubwolke weg. «Die Hälfte meiner Freundinnen ist mit rüstigen Fünfzigern liiert. Meine Mutter behauptet –» Sie brach ab und presste die Lippen zusammen.

Julia ließ sich auf dem Rand eines Sessels nieder. «In New York ist es nicht viel anders, das kannst du mir glauben.»

«Bist du mit jemandem zusammen?»

«Ich habe mir gerade eine Auszeit genommen.» So ganz stimmte das nicht. Sie hatte sich ein paarmal mit Männern getroffen, seitdem sie ihre Arbeit verloren hatte, meistens auf Betreiben von Lexie, aber es war nie etwas Festes daraus geworden. «Und du?»

Natalie zuckte mit den mageren Schultern und schaute zu ihren teuren Schuhen hinunter. «Ein paar Bewerber, niemand Spezielles im Moment. Sinnlose Zeitverschwendung, nennt es meine Mutter. Als wäre es so einfach.»

Julia stellte in trockenem Ton fest: «Ja, Mütter, können echt hilfreich sein.»

Nicht dass sie auch nur die geringste Erfahrung besaß.

Aber sie hatte den richtigen Ton angeschlagen. Natalie lachte. «Wem sagst du das.» Impulsiv fügte sie hinzu: «Hast du Lust, was essen zu gehen? Hier in der Nähe gibt's einiges – und wir kämen raus aus diesem miefigen Haus.»

Julia knurrte der Magen wie auf Kommando. «Ich glaube, das letzte Mal habe ich irgendwo über der Nordsee was gegessen.»

Natalie stand mit einiger Mühe aus dem durchgesessenen Sofa auf und klopfte sich den Staub ab. «Ein Schlemmerparadies ist die Gegend hier zwar nicht gerade, aber wir werden schon was finden, wo du was Anständiges zu essen bekommst.» Im Hinausgehen drehte sie sich noch einmal um und verzog das Gesicht. «In diesem Haus krieg ich echt Gänsehaut.»

Julia kramte ihre Geldbörse aus ihrer Schultertasche, die sie vorn im Flur abgelegt hatte, und steckte sie in die Hosentasche. «Gänsehaut?», fragte sie.

Natalie zuckte mit den Schultern. «Ach, na ja – du weißt schon. Gehen wir?»

Ihre Hand lag schon auf dem Türknauf. Julia blickte durch die offenen Türen zurück zu dem schönen, gequälten Gesicht der Frau auf dem Gemälde. Sie würde es sich später noch einmal ansehen. Ohne Natalie.

«Ja, klar», sagte sie und zog Tante Reginas Schlüssel aus ihrer Hosentasche. «Gehen wir was essen.»

Kapitel 5

Herne Hill, 1849

Arthur hatte ihr nichts davon gesagt, dass sie zum Abendessen Gäste haben würden.

Imogen blieb an der Tür zum Salon stehen, als sie die Stimmen hörte, lebhafte Männerstimmen, in die sich Evies hohes, trällerndes Lachen mischte, ein wenig zu hoch, ein wenig zu trällernd. Sie hatten nicht oft männliche Gäste in ihrem stillen Haus in Herne Hill.

Evie bemerkte Imogen zuerst. Ihr hübsches, noch kindliches Gesicht leuchtete auf, sie unterbrach das Gespräch mit den zwei jungen Männern, die ihr gegenüberstanden, und winkte Imogen. Die Männer drehten sich um. Der eine, groß und blond, mit sorgfältig gestutztem Schnurrbart, war nach der neuesten Mode in einen engen, taillierten Gehrock mit Weste aus unverkennbar teurem Stoff gekleidet. Der andere, ein etwas gedrungenerer Mann mit langen dunklen Locken, wirkte in seinem gelbbraunen Rock und dem achtlos geschlungenen Halstuch wie die Karikatur eines Künstlers.

Im Hintergrund des Zimmers war ein dritter Mann in ein gedämpftes Gespräch mit Arthur vertieft. Er stand mit dem Rücken zu Imogen; sie konnte nur einen Hinterkopf mit kurzgeschnittenen dunklen Haaren erkennen.

Noch ein paar von Arthurs Protegés, dachte sie. Er hielt

es mit Menschen wie mit wertvollen Manuskripten; er sammelte sie und stieß sie wieder ab, wenn er genug von ihnen hatte.

Imogen gönnte sich einen Moment boshaften Vergnügens. Drei Gäste zum Essen, und keiner vorher angemeldet. Unten in der Küche machte Jane der armen Köchin wahrscheinlich die Hölle heiß, ließ sie die Suppe strecken und das Huhn zu Pastete verarbeiten, damit das Essen reichte. Für Arthur tat Jane alles, sie war, das hatte Imogen schon vor Jahren gemerkt, unsterblich in ihn verliebt.

Und Arthur war einfach Arthur, ein unerschütterlicher Egozentriker.

Als er etwas verspätet auf sie aufmerksam wurde, wandte er sich ihr zu und streckte ihr die Hand entgegen. «Imogen, Liebes. Komm, begrüße unsere Gäste.»

Unsere. Arthur tat gern so, als hätte sie einen Platz in seinem Haus, und wenn nur als charmante Gastgeberin. Tatsächlich bestand ihre einzige Aufgabe darin, dekorativ zu sein und ihn gebührend zu bewundern.

Manchmal dachte sie ungläubig an das sechzehnjährige Mädchen zurück, das von edlen Rittern geträumt und sich eingebildet hatte, Arthur wäre die Verkörperung all ihrer naiven Phantasien.

Man sah Arthur sein Alter nicht an, doch es ließ sich nicht leugnen, dass er, breiter geworden, in der Behäbigkeit des mittleren Alters angekommen war. Seine ehemals rotblonden Haare waren in Teilen zu Grau verblasst; der Schnauzbart, den sie einmal so verwegen gefunden hatte, war jetzt buschig und borstig. Arthur ähnelte immer mehr dem Porträt seines Vaters, das über dem Kaminsims hing, dem Bild eines wohlhabenden Kaufmanns, der kaufmännisch dachte und selbstzufrieden auf die angesammelten Güter blickte.

Zu denen aus irgendeinem Grund auch sie gehörte, erworben und abgelegt wie das Porzellan im Schrank und die Bücher in den Regalen.

Wahrscheinlich immer noch besser, als ein Leben als arme Verwandte im Haus ihres Onkels zu fristen, sagte sie sich, und manchmal glaubte sie es sogar.

Sie zog das gemusterte Tuch fester um ihre Schultern und ging leichten Schrittes ihrem Mann entgegen, um seine dargebotene Hand zu nehmen. Sie wusste, dass er sich gern mit ihr brüstete, genauso wie er mit dem Stundenbuch in seinem Arbeitszimmer und dem spätmittelalterlichen Triptychon im Flur prahlte. Draußen war es schon dunkel geworden, winterlich früh, doch der Feuerschein schimmerte auf dem violetten Stoff ihres Kleides und brachte den Glanz der Perlmuttknöpfe und der gepaspelten Seide zur Geltung.

«Meine Herren», sagte sie mit einem Lächeln, das alle und keinen meinte, ganz Arthurs gelehrige Schülerin, die wusste, was ihr Mann von ihr erwartete. «Ich freue mich.»

«Ganz unsererseits», sagte der junge Mann mit den wilden dunklen Locken mit einem blitzenden Lächeln, das wohl draufgängerisch sein sollte. Imogen war amüsiert, ein Schuljunge, der den Casanova spielte.

«Mein Liebes», sagte Arthur so feierlich, als wäre sie eine Würdenträgerin der Stadt, «darf ich dir Mr. Rossetti vorstellen?»

Der junge Mann mit dem Halstuch und den wirren Locken drückte die Hand auf sein Herz.

«Mr. Fotheringay-Vaughn.» Der blonde Dandy raffte

sich zu einer müden Verbeugung auf, unendlich gelangweilt, wie es schien.

«Und Mr. Thorne.» Der dritte der jungen Männer neigte grüßend den Kopf, trat jedoch nicht näher. Imogen fühlte sich an ein wachsames wildes Tier erinnert. «Die Herren sind gekommen, um unsere Sammlung zu besichtigen.»

Es war nicht nötig, die Sammlung näher zu bezeichnen; es gab nur eine, die zählte: Arthurs Sammlung mittelalterlicher Kunstwerke, sorgfältig zusammengestellt und ständig erweitert. Und natürlich lag das Glanzstück und Arthurs ganzer Stolz, das Stundenbuch ihres Vaters, aufgeschlagen auf dem Kartentisch.

«Sie müssen leidenschaftliche Antiquitätenliebhaber sein, um sich an so einem unwirtlichen Tag hinauszuwagen», bemerkte Imogen im Konversationston. Es hatte den ganzen Tag aus einem bleigrauen Himmel in Strömen geregnet, die Straßen waren aufgeweicht und matschig. «Sind Sie denn auch Sammler?»

«Eher Bewunderer», sagte Rossetti und zeigte wieder sein blitzendes Lächeln. «Uns fehlen die Mittel. Unsere Taschen sind leer.»

Der Dandy, Fotheringay-Vaughn, schien peinlich berührt. Er spielte an seiner teuren emaillierten Uhrkette. «Eure vielleicht.»

Nur Thorne erwiderte nichts. Er war offensichtlich bemüht, sich von Frauen fernzuhalten, und zog sich mit Arthur an den Tisch am Fenster zurück.

«Die Herren sind alle Maler, Mama.» Evie beeilte sich, die Gesprächspause zu füllen. «Sie suchen *Inspiration*», erklärte sie voll rührender Überzeugung.

«Ich hoffe, Sie haben sie gefunden?», fragte Imogen.

«Und ob», antwortete Fotheringay-Vaughn, dessen Blick mit unverhohlener Bewunderung auf Evie ruhte.

Evies Wangen waren gerötet, ihre Augen glänzten.

Imogen warf Arthur einen vielsagenden Blick zu, doch er war, den Kopf über das Stundenbuch geneigt, in sein Gespräch mit Thorne vertieft, der mit schneller, sicherer Hand etwas in ein Heft skizzierte.

Aber mit Arthur war ohnehin nicht zu rechnen. Imogen hatte ihm immer wieder vorgehalten, dass er seine Tochter zu sehr behüte, dass er ihr die Möglichkeit geben müsse, im gesellschaftlichen Verkehr mit Jungen ihres Alters und unter den wachsamen Blicken der Mütter erste Erfahrungen im Umgang mit dem anderen Geschlecht zu sammeln. Sie würde einmal eine gute Partie abgeben, zumal für einen Künstler mit leeren Taschen und einem teuren Geschmack.

So behütet, wie Evie aufwuchs, stehe es zu fürchten, dass sie dem erstbesten Mitgiftjäger, der ihr über den Weg lief, in die Hände fallen würde.

So wie du mir damals, Liebes? Arthur hatte Imogen einen kleinen Nasenstüber gegeben und gelacht, um zu zeigen, dass er scherzte.

Absurd, natürlich. Das Vermögen hatte er besessen; sie war praktisch mittellos gewesen, als er sie geheiratet hatte. Jane hatte oft genug entsprechende Bemerkungen fallen lassen. Und doch ... Und doch. Imogen fragte sich, ob der Gedanke wirklich so abwegig war. Es war ihm nicht um Geld gegangen, gewiss, doch er hatte sie geblendet, und sie hatte sich blenden lassen, hatte ihn in ihrer Naivität für einen ganz anderen gehalten, als er wirklich war.

Keinesfalls durfte Evie den gleichen Fehler begehen.

Wenn Evie einmal heiratete, sollte echte und dauernde Zuneigung die Grundlage sein, nicht Schmeichelei und Illusion.

Manchmal dachte Imogen, dass die Stunden im Schulzimmer mit Evie das Einzige waren, was sie in all den Jahren davon abgehalten hatte, einen Koffer zu packen und bei Nacht und Nebel zu verschwinden. Sehr erfolgreich war der Unterricht nicht gewesen. Aus Evie würde niemals eine Geistesgröße werden; dazu fehlte es ihr an Wissensdurst und Hingabe. Sie war intelligent, aber oberflächlich, doch dieser Mangel wurde von einer großen Herzenswärme wettgemacht.

Imogen, die Evie liebte wie ein eigenes Kind, würde nicht zulassen, dass dieses Kind sich an einen gewissenlosen Kerl wegwarf.

«Du meine Güte, wie interessant», sagte Imogen laut. «Es kommt so selten vor, dass man einem echten Künstler begegnet.»

Geschickt schob sie sich zwischen Evie und Fotheringay-Vaughn und hakte ihre Stieftochter unter. Sie war einen halben Kopf größer als Evie und versperrte ihr praktisch den Blick auf den Mann.

Liebevoll drückte sie Evies Arm. Sie war so zart und wehrlos, ihre kleine Evie, so unerfahren, wie sie selbst gewesen war. In gewisser Weise war Herne Hill so weit entfernt von London wie Cornwall.

«Erzählen Sie», sagte Imogen zu Rossetti. «Haben Sie unter den Stücken in der Sammlung meines Mannes etwas entdeckt, was Sie besonders beeindruckt hat?»

«Alles», erklärte Rossetti mit einer umfassenden Geste. «Es war eine Offenbarung.» Das Wort schien ihm zu gefallen, denn er sagte es gleich noch einmal. «Eine Offenbarung. Ich hatte die Werke dieser alten Maler vorher nur in kümmerlichen Drucken gesehen. Die Originale zu sehen ...»

«War eine Offenbarung», vollendete Imogen mit einem Lächeln.

«Wie eine himmlische Vision», beteuerte Rossetti überschwänglich. «Wussten Sie, dass in der ganzen National Gallery in London nur ein einziges Bild eines Malers aus der Zeit vor Raffael hängt?»

Fotheringay-Vaughn verdrehte die Augen.

Imogen fand Rossettis Begeisterung sympathisch. War sie selbst auch einmal so gewesen? Ja, vor sehr langer Zeit, als sie geglaubt hatte, sie würde Arthur eine Gefährtin sein und eine Helferin bei seiner wissenschaftlichen Arbeit. Welch eine utopische Vorstellung, so weit entfernt von dem Leben, das sie jetzt führte. «Nein, das wusste ich nicht. Aber einige schöne Bilder von Reynolds hängen dort.»

«Ach, Reynolds», sagte Rossetti aufgebracht. «Dieser Anstreicher! Mit seinen sinnlosen ästhetischen Regeln hat er Generationen englischer Maler niedergehalten. Seine Bilder sind ohne Leben und Farbe. Wussten Sie, dass seiner selbstherrlichen Verfügung zufolge Landschaften nur in Brauntönen gemalt werden dürfen?»

Imogen musste lächeln. «Nun, ich fürchte, das sind genau die Farben, mit denen unsere Landschaft uns zurzeit beglückt.»

«Ja, aber denken Sie an den Mai!», rief Rossetti leidenschaftlich. «Denken Sie an das goldene Sonnenlicht auf dem frischen Grün, an die Rosenknospen, wenn sie ihre ersten samtigen Blütenblätter ausbreiten. Die ganze Welt ist voller Farbe und Licht, die nur darauf warten, von uns Malern eingefangen zu werden.»

Seine Worte bewegten Imogen gegen ihren Willen. «Ich bin überzeugt, wenn einer das kann, dann Sie, Mr. Rossetti», sagte sie.

«Nicht wenn es nach der Akademie geht», erklärte er finster.

«Die Akademie bemüht sich nach Kräften.» Die Bemerkung kam von Thorne, der sich zusammen mit Arthur zu ihnen gesellt hatte. Imogen entging nicht der warnende Blick, den er seinem Freund zuwarf. «Ich würde nichts Schlechtes über sie sagen wollen.»

Er hatte eine angenehme tiefe Stimme, und sie hörte in seinen Worten, mit den geschlossenen Vokalen und den weichen Konsonanten, den leichten Anklang eines regionalen Dialekts, den er nicht zu unterdrücken suchte. Sein schmales, gebräuntes, von ersten feinen Falten gezeichnetes Gesicht ließ sie vermuten, dass er ihr dem Alter nach näher stand als seinen Freunden, zumal Rossetti, der kaum älter zu sein schien als Evie.

Seine Bemerkung weckte ihr Interesse, vor allem das Ungesagte, das darin mitschwang. «Und was würden Sie über die Akademie sagen, Mr. Thorne?»

«Oh, Thorne hält es mehr mit dem Malen als dem Diskutieren», erklärte Rossetti heiter. «Er schwingt lieber den Pinsel als große Reden. Die Formulierung eines Programms überlässt er uns.»

«Sie haben ein gemeinsames Programm?», fragte Evie atemlos. Ihre Frage war an Rossetti gerichtet, doch ihr Blick hing an Fotheringay-Vaughn.

«Die anderen, ja», sagte Fotheringay-Vaughn desinteressiert. Er sah Evie tief in die Augen. «Für mich gibt es nur ein Programm: Schönheit zu malen, wo ich sie finde.»

Das, fand Imogen, reichte nun wirklich. Sie beugte sich zu Evie hinunter und murmelte dicht an ihrem Ohr: «Evie, Kind, würdest du mal nachsehen, wo Tante Jane so lange bleibt?» Sie schlug absichtlich einen scherzhaften Ton an. «Nicht, dass sie von der Köchin entführt worden ist.»

«Ja, Mama.» Evie nannte sie stets ‹Mama›.

Einen Moment lang kämpfte Imogen mit einer Aufwallung schwarzer Hoffnungslosigkeit. Was würde sie anfangen, wenn Evie einmal aus dem Haus war? Nun, dem würde sie sich stellen, wenn es so weit war. Jetzt musste sie erst einmal dafür sorgen, dass Evie glücklich wurde und einen Mann heiratete, der sie um ihrer selbst willen schätzte und nicht um des Geldes willen, das Arthur in Staatsanleihen für sie angelegt hatte.

«Würden Sie mich entschuldigen?», sagte Evie rührend würdevoll und ein kleines bisschen affektiert. Sie knickste wie ein Schulmädchen, ein wenig linkisch und mit beifallheischendem Blick. «Ich muss nach dem Abendessen sehen.»

Die Herren entließen sie mit den angemessenen höflichen Floskeln, und Rossetti nahm den Gesprächsfaden augenblicklich dort wieder auf, wo er abgerissen war, indem er etwas von den Ketten künstlerischen Zwangs erzählte, die abgeworfen werden müssten. Imogen hörte ihm nur mit halben Ohr zu, Fotheringay-Vaughn nicht aufmerksamer. Sein Blick folgte der entschwindenden Evie.

Und Thorne beobachtete Imogen. Sie ertappte ihn dabei. Er hatte bemerkt, dass sie Fotheringay-Vaughn beobachtete, und in seinem Blick lag ein Ausdruck, als wüsste er genau, worum es ihr ging. Seine Augen waren nicht etwa schwarz, wie sein dunkles Haar und der dunkle Teint hätten vermuten lassen, sie waren bernsteinfarben, hell und licht und viel zu aufmerksam.

Imogen schluckte mit aller Macht die verärgerten Worte hinunter, die ihr auf der Zunge lagen, und setzte ihr höflichstes Gesicht auf, während sie den Zorn und die Empörung in ihrem Inneren zusammenpresste, bis sie hart waren und glänzten wie ein Medaillon, worin sich ein Bild verbarg, das niemand sehen konnte.

Was bildete er sich ein, über sie zu urteilen? Es ging ihn nichts an, überhaupt nichts.

«Wirklich faszinierend», sagte sie höflich zu Rossetti und wandte sich ab, um sich dem beunruhigenden Blick Thornes zu entziehen.

Herne Hill, 1849

*D*ie Granthams tischten ein opulentes Mahl auf.
Es gab Steinbutt in Soße, Hammelkoteletts und Lammrücken, Spargel und frische Erbsen – im Februar! – und andere Delikatessen, die Gavin nicht einmal kannte.

Der Stuhl, auf dem er saß, war unbequem, der Sitz mit einem allzu glatten Stoff bezogen, die Lehne mit Schnitzereien verziert, die sich ihm in den Rücken bohrten, wenn er sich zu weit zurücklehnte. Kein Wunder, dass die Damen des Hauses alle eine so vorbildliche Haltung hatten. Miss Cooper – Miss Granthams Tante? – machte den ganzen Abend ein Gesicht, als hätte sie in eine Zitrone gebissen, ganz besonders sauer wurde ihre Miene jedes Mal, wenn ihr Blick auf einen der Gäste fiel.

Sie passten aber auch alle drei nicht in diesen üppig ausgestatteten Raum, in dem sich das Licht zahlloser Kerzen auf Mahagoni und Kirschholz spiegelte. Selbst Augustus in seinen teuren Kleidern, wenn es auch sämtlich abgelegte Stücke waren (oh ja, wirklich), auch wenn er noch so vornehm tat, wirkte fehl am Platz, zu eitel, zu stutzerhaft. Nur Rossetti schien das nicht so zu empfinden, schien sich vielmehr völlig wohlzufühlen, so lässig, wie er dasaß, die Ellbogen auf dem Tisch, die Finger um den Stiel seines Weinglases gelegt. Aber er gehörte eben zu den Menschen, die von sich und ihren Fähigkeiten so überzeugt waren, dass sie sich überall zu Hause fühlten, ob Spelunke oder Palast.

Gavin hätte sich tausendmal lieber mit Brot und Käse in seinem kleinen Atelier begnügt. Aber man musste mit den Wölfen heulen, das hätte Augustus ihm gar nicht zu sagen brauchen. Augustus, der keinerlei Interesse an Antiquitäten hatte, war, wie er erklärt hatte, nur mitgekommen, weil er hoffte, einen Auftrag von einem reichen Spießbürger zu ergattern, dem es schmeichelte, sich von einem aufstrebenden Gesellschaftsmaler konterfeien zu lassen. Ein Künstler brauchte Gönner, und Grantham besaß unzweifelhaft Geld genug und beste Verbindungen zu Leuten, die sich als Kunstliebhaber und -kenner verstanden. Jetzt allerdings, während er ihn beobachtete, fragte sich Gavin, ob Augustus nicht noch ein ganz anderes Ziel verfolgte. Er war viel zu durchsichtig in seinen Bemühungen um Granthams hübsche Tochter, die einzige Erbin noch dazu. Die Geldgier, dachte Gavin, sprang ihm förmlich aus den Augen.

Der Tochter gefielen seine Avancen, nicht aber den anderen Damen des Hauses, das war deutlich zu sehen. Was Grantham anging, so war schwer zu sagen, was er bemerkte und was nicht. Der Mann war auf jeden Fall mit Vorsicht zu genießen. Er vermittelte einen Eindruck zerstreuter Liebenswürdigkeit, doch er sah weit mehr, als er sich anmerken ließ; die blauen Augen in dem nichtssagend freundlichen Gesicht hatten einen scharfen Blick.

Eins aber war sicher. Dieser Mann konnte es sich ohne Zweifel leisten, einem Künstler einen Auftrag zu erteilen, ohne dass es ihm ernsthaft ans Säckel ging. Gavin hasste es, katzbuckeln zu müssen, um über die Runden zu kommen, doch Leinwand und Farben waren teuer, und so ungern er es zugab, Leistung allein reichte selten, um in der Akademie anzukommen.

Gavin war nicht der Einzige, der bemerkt hatte, wie Augustus das junge Mädchen zu umgarnen versuchte. Mrs. Grantham griff mehr als einmal ein und zog Rossetti ins Gespräch, um ihre Stieftochter von Augustus' Süßholzraspeleien abzulenken.

«Dieses dauernde Gerede über das Mittelalter muss doch ungeheuer langweilig für Sie sein», sagte Augustus zu ihr, während er sich aus der Schale, die neben ihm stand, ein Stück Konfekt heraussuchte.

Gavin hörte den Anflug von Gereiztheit in der Stimme des Kollegen. Augustus ertrug Frauen nicht, die nicht augenblicklich seinem Charme erlagen. Außerdem war Mrs. Grantham sowieso keine Frau nach seinem Geschmack. Er mochte rosige Gesellschaftspüppchen. Man hätte Miss Cooper mit einer Rembrandt-Studie einer schmallippigen holländischen Hausfrau vergleichen können und die junge Evangeline mit einer lieblichen Meißner Porzellanschäferin, doch für Mrs. Grantham bot sich kein Vergleich an. Sie war etwas Besonderes. Ebenholz und Elfenbein, dachte er, ein starkes Gesicht, dessen markante Züge von den dunklen Haaren, die sie umrahmten, noch hervorgehoben wurden.

«Überhaupt nicht», antwortete Mr. Grantham anstelle seiner Frau und warf ihr über den Tisch hinweg einen wohlwollenden Blick zu. «Der Vater meiner Frau hat sich ebenfalls eingehend mit dieser Epoche beschäftigt, und sie hat ein gewisses eigenes Interesse an dem Thema entwickelt.»

«Mich hat dieses Zeitalter immer besonders gefesselt», erklärte Mr. Grantham, und Gavin glaubte, in den Worten einen Unterton zu vernehmen, den er nicht recht deuten konnte.

«Es ist ja auch alles sehr romantisch, nicht wahr?», sagte Augustus, in affektiert schleppendem Ton. Offenbar besäuselt vom Grantham'schen Wein, zwinkerte er der kleinen Evangeline zu, die verschämt kicherte. «*Chanson de geste*, höfische Minne ...»

«Troubadoure und edle Damen», vollendete Rossetti für ihn. Im Gegensatz zu Augustus sprach er ohne Sarkasmus. Sein Blick war träumerisch im Kerzenlicht. Man mochte von Gabriel halten, was man wollte, er glaubte an seine Phantasien. «Dichtkunst und Gesang und zum Scheitern verurteilte Liebe.»

Evangeline Grantham schauderte ein wenig. «Müssen denn alle diese Geschichten unglücklich enden?»

«Sie haben ein weiches Herz, Miss Grantham», murmelte Augustus.

«Es tut mir leid, aber ich bin anderer Meinung. Ich finde wenig Romantisches am Mittelalter.» Mrs. Grantham sprach leise, doch bestimmt. «Gewiss, Mr. Rossetti, die mittelalterliche Dichtung ist großartig – teilweise sogar genial –, aber der höfische Glanz kann nicht über die Übel jener Zeit hinwegtäuschen, Gesetzlosigkeit, Seuchen, bittere Armut und Verwüstungen infolge ständiger Kriege.»

Rossetti hakte sofort ein. «Aber gilt nicht gerade in Zeiten des Elends unsere größte Sehnsucht der Schönheit? Vielleicht liefern gerade Tumult und Umsturz den Impuls zu großer Kunst.»

«Kunst vom Misthaufen?», meinte Augustus skeptisch und verneigte sich leicht in Richtung der Damen. «Bitte um Entschuldigung, meine Damen.»

«Aber sollten wir einfach die Augen davor verschließen?» Der rötliche Schimmer des Weins verlieh Mrs. Granthams blassen Wangen Farbe. «Das ist doch der springende Punkt. Ich glaube, um unter solchen Umständen leben zu können, brauchten die Menschen eine Stärke, die uns längst abhandengekommen ist. Können Sie sich vorstellen, einer von uns würde sich auf ein Pferd schwingen, um an einem Kreuzzug teilzunehmen, wie Eleonore von Aquitanien das tat, oder eine Burg unter Belagerung verteidigen wie die Kastellane des vierzehnten Jahrhunderts? Wir sind verweichlichte Geschöpfe, Schwächlinge im Vergleich mit unseren Vorfahren.»

«Liebes.» Granthams Ton war milde, doch der Tadel war nicht zu überhören. «Du bist zu hart in deinem Urteil über unsere moderne Zeit. Ich hoffe von Herzen, dass du niemals in die Situation kommen wirst, unser Heim gegen anstürmende Feinde verteidigen zu müssen.»

Sie lachten alle höflich, doch insgeheim fand Gavin die Vorstellung gar nicht so absurd. In diesem Moment hätte er sich die Frau ihm gegenüber gut in einem eisernen Brustpanzer und mit blitzendem Schwert in der Hand vorstellen können.

Mrs. Grantham hob ihr Glas zum Mund, doch sie trank nicht.

«Ich jedenfalls», bemerkte Miss Cooper, «bin froh, dass wir die Annehmlichkeiten einer zivilisierten Zeit genießen können.» Sie bedeutete dem Dienstmädchen, die Gläser der Herren nachzufüllen.

Mrs. Granthams Blick ruhte auf dem Mädchen. «Annehmlichkeiten, die bei weitem nicht alle genießen.»

Miss Cooper antwortete mit einem geringschätzigen Lachen. «Nicht schon wieder dieses Buch!»

«Welches Buch?», fragte Rossetti neugierig. Alles Gedruckte besaß für ihn einen unwiderstehlichen Reiz. Gavin bewunderte Rossettis literarisches Interesse und beneidete ihn um seine Wortgewandtheit. «Habe ich es vielleicht gelesen?»

Aller Augen richteten sich auf Mrs. Grantham. «*Mary Barton*», sagte sie. «Es ist ein Roman von einer Mrs. Gaskell.»

«Mrs. Gaskell. Ha!», sagte Miss Cooper beißend. «Wenn sie eine halbwegs ordentliche Frau wäre, würde sie sich um ihre Familie kümmern, anstatt ihre Nase in Dinge zu stecken, die sie nichts angehen, und Skandale zu provozieren.»

Mrs. Grantham richtete sich auf. «Welche Rolle spielt es, wer auf solche Missstände aufmerksam macht, ob Mann oder Frau, solange es überhaupt jemand tut?» Sie richtete ihren Blick demonstrativ auf Miss Cooper. «Wir leben in solchem Überfluss, dass es mir einfach egoistisch erscheint, nicht an die zu denken, die Mangel leiden.»

Mr. Grantham drohte ihr scherzhaft mit dem Finger. «Das ist doch alles übertrieben, Liebes. Da geht es um den Effekt. Es ist schließlich ein Roman.»

«Na bitte! Wer will schon solchen Unsinn lesen?», fragte Miss Cooper triumphierend. «Was haben wir mit Fabrikarbeitern in Manchester zu tun? Es würde mich nicht wundern, wenn das meiste reine Erfindung wäre.»

Zu seiner eigenen Überraschung hörte Gavin sich laut und deutlich sagen: «Wie ein Maler kann ein Schriftsteller die Elemente seines Werks der Wirkung halber gestalten, das muss aber nicht heißen, dass sie nicht aus dem Leben gegriffen sind.»

Sie starrten ihn alle an, und er verwünschte den Impuls, der ihn getrieben hatte, für Mrs. Grantham in die Bresche zu springen. Was hatte er sich nur dabei gedacht? Er hatte längst gelernt, dass Chevalerie ein Luxus war, den Leute seines Schlags sich nicht leisten konnten. Es war unsinnig, einen möglichen Mäzen vor den Kopf zu stoßen, er brauchte schließlich jeden Penny.

Warum sollte jemand wie Mrs. Grantham ihm leidtun? Allein ihr Kleid kostete mehr, als er in einem Jahr verdiente.

Augustus lehnte sich träge auf seinem Stuhl zurück und maß Gavin mit leicht spöttischem Blick. «Tja, du weißt ja bestens Bescheid, was, Thorne?»

«Was soll das heißen?», fragte Miss Cooper, deren Blicke neugierig zwischen den beiden Männern hin- und herflogen.

«Thorne ist in Manchester aufgewachsen», erklärte Augustus maliziös. «Stimmt doch, Thorne?»

Gavin wusste, dass das nichts als billige Rache war, Vergeltung für irgendeinen eingebildeten Affront, vielleicht weil er vergessen hatte, ein Gemälde zu verhängen, oder zu früh ins Atelier zurückgekehrt war. Augustus grollte Gavin dafür, dass er wusste, wie es in Wahrheit um seine Finanzen stand, er grollte ihm, aber er brauchte ihn auch. Gavin seinerseits wünschte sich nichts anderes, als in Ruhe malen zu können.

«Ich bin schon vor vielen Jahren aus Manchester weggegangen.» Es entsprach der Wahrheit. Er war geflohen, sobald es ihm möglich gewesen war. Sobald – aber daran wollte er jetzt nicht denken. Es war vorbei. «Ich fürchte, ich bin über die derzeitigen Zustände in der Stadt weit schlechter unterrichtet als Mrs. Gaskell. Aber den Roman», fügte er hinzu, «habe ich mit Interesse gelesen.»

Mit Interesse und schmerzlichem Wiedererkennen. Mrs. Gaskell hatte nur die Oberfläche gestreift. Er hätte ihr mehr über das Leben in den Armenvierteln der Stadt erzählen können – doch das war ein anderes Leben, er hatte es vor langer Zeit hinter sich gelassen, als er sich bettelnd nach London durchgeschlagen hatte, von dem einzigen Ziel getrieben, in der Akademie aufgenommen zu werden. Er hatte keine Ansprüche wie Augustus, aber er wusste, dass er so nie wieder leben würde. Sie hatten gehaust wie die Ratten in der Gosse.

Die mit üppigen Speisen gedeckte Tafel, die Perlen und das Gold an Mrs. Granthams Ohren und ihrem Hals erschienen ihm wie ein einziger Hohn.

«Sie überraschen mich, Mr. Thorne.» Die kleine Evangeline errötete über ihre eigene Kühnheit, das Wort zu ergreifen. «Ich hätte nicht gedacht, dass Herren Romane lesen.»

«Aber natürlich lesen wir Romane.» Augustus neigte sich vertraulich Miss Evangeline zu, und die allgemeine Aufmerksamkeit wurde Gavin entzogen. Zum Glück. «Worüber könnten wir uns sonst mit den Damen unterhalten?»

Miss Evangeline kicherte und blickte mit glühenden Wangen in ihr Glas, das keinen Wein, sondern Zitronenlimonade enthielt.

«Miss Grantham liest keine derartigen Romane», bemerkte Miss Cooper steif. «Ich wüsste auch nicht, warum sie es tun sollte.»

Gavin bemerkte den kurzen Blick, den die kleine Evangeline und ihre Stiefmutter tauschten. «Nein, ganz sicher nicht, Tante», versicherte Evangeline Grantham feierlich. «Nur die erbaulichen.»

Mrs. Grantham hüllte sich in Schweigen. Gavin war überzeugt, dass die beiden Damen unter ‹erbaulich› etwas ganz anderes verstanden als Jane Cooper.

Nicht, dass es ihn etwas anging, sagte sich Gavin auf dem langen, kalten Heimweg mit Augustus, der in Gedanken versunken neben ihm hertrottete.

Rossetti war lustig pfeifend seiner eigenen Wege gegangen. Es hatte aufgehört zu regnen, aber es war auch kälter geworden. Die Luft war schneidend, der Boden unter ihren Stiefeln frosthart.

Sie setzten ihre Füße vorsichtig, als sie die Waterloo Bridge betraten, im Volksmund auch bekannt als die Seufzerbrücke, nach einem traurigen Gedicht über eine junge Frau, die sich von ebendieser Brücke in den Tod gestürzt hatte. Unten gingen die Bootsleute noch ihrer Arbeit nach, und die Lichter der Gaslaternen tanzten auf dem dunklen Flusswasser. Gavins Füße fühlten sich an wie Eisklumpen. Von Herne Hill bis zum Atelier in der Cleveland Street waren es zu Fuß gut zwei Stunden, und sie hatten beide nicht das Geld, um eine Droschke zu nehmen.

Augustus hätte das natürlich nie zugegeben. Nein, bei ihm hieß es, «die frische Luft macht einen klaren Kopf nach einem schweren Essen, findest du nicht auch, Thorne?».

Gavin war es einerlei. Er war Schlimmeres gewöhnt. Manchen Winter hatten sie zu Hause kein Geld für Kohle gehabt und nichts, was sie noch zu Feuerholz verarbeiten konnten. Sie sammelten dürre Äste, soweit welche zu finden waren, doch die meiste Zeit hockten oder lagen sie alle fünf dicht zusammengedrängt unter einer zerschlissenen Wolldecke in einem Kellerraum, der kleiner war als Arthur Granthams Speisezimmer.

Im Vergleich dazu war Gavins kleines Atelier ein Paradies und ein Heimweg durch die Kälte eine Lappalie.

Augustus' Stimme klang gedämpft hinter dem hochgeschlagenen Mantelkragen hervor. «Die Tochter wäre nicht übel. Natürlich nicht erste Kreise, aber dafür eine wahre Augenweide.» Er schien mit sich selbst zu reden, den Blick auf den Widerschein der Lichter im Wasser gerichtet. «Aus ihr ließe sich sicher etwas machen. Und das Erbe ist auch nicht zu verachten ... Vierzigtausend Pfund. Wenn der Alte es nicht alles für mittelalterlichen Plunder hinauswirft.»

Deswegen also hatte sich Augustus diesen Abend auf

keinen Fall entgehen lassen wollen. Er musste im Voraus Erkundigungen eingezogen haben.

«Freu dich nicht zu früh.» Gavins Atem stieg in dunstigen weißen Kreisen in die kalte Luft. «Auch wenn Grantham sich noch so jovial zeigt, er wird bestimmt nicht zulassen, dass seine Tochter sich an dich wegwirft.»

Augustus wollte das nicht auf sich sitzen lassen. «Was heißt hier wegwerfen?», fragte er entrüstet und zupfte demonstrativ an seinem raffiniert geschlungenen seidenen Halstuch.

Gavin war zu müde, um Augustus' zerzaustes Gefieder zu glätten. «Ach, lass doch das Theater, Alfie.»

Augustus warf ihm einen wütenden Blick zu. «Ich hab dir gesagt, du sollst mich nicht so nennen.» Er stieß Gavin zur Seite und schaute wieder zum Wasser hinunter. «Grantham ist ein Kleinbürger. Er kann von Glück reden, wenn seine Tochter einen Verwandten des Grafen von Vaughn bekommt.»

Gavin sagte nichts. Augustus glaubte seine Lügengeschichten ja beinahe selbst. Es war gefährlich, ihn zu wecken, genau wie bei einem Schlafwandler.

Augustus warf sich in die Brust. «Die Tochter ist von mir durchaus angetan. Und sie ist ein kleines Prunkstück. Ein bisschen Schliff, und wer weiß, welche Türen sich ihr öffnen.»

Ein Prunkstück? Gavin sah es nicht so. Die kleine Miss Evangeline Grantham war so harmlos und süß wie die Limonade in ihrem Glas, reizend und in nichts außergewöhnlich.

Mrs. Grantham war dagegen von ganz anderem Format. Abgesehen von ihrer aparten Erscheinung, diesem auffallenden Gesicht, dessen Züge zu stark ausgeprägt waren, um dem modischen Vorbild zu entsprechen, war da noch etwas anderes, eine verborgene Tiefe, ein Reservoir kaum gebändigter starker Gefühle.

Es drängte ihn, zum Pinsel zu greifen und zu versuchen, ihre Tiefen auf die Art zu ergründen, die ihm zur Verfügung stand, durch Farbe auf Leinwand. Seine Hand war einfühlsamer als sein Verstand. Sie entdeckte Feinheiten, die sein Verstand gar nicht erfassen konnte. Welch eine Herausforderung, einen Widerschein der unter der Oberfläche brodelnden Gefühle auf diesem Gesicht abzubilden!

Nun, dazu würde es nie kommen.

Sie hatten die Brücke jetzt überquert. Unter einer Straßenlaterne standen zwei Dirnen, blondiert und mit Rouge auf den Wangen, die Haut blau vor Kälte unter den dünnen Umhängen. Das waren die Frauen, die ihnen als Modelle dienten, nicht die Mrs. Granthams dieser Welt, die ehrbaren Gattinnen reicher Männer, umrahmt vom Glanz ihrer stattlichen Häuser.

Was war in ihn gefahren, dass er diese Frau in so romantischem Licht sah? Er war genauso schlimm wie Gabriel. Sie war nichts anderes als die verwöhnte Ehefrau eines betuchten Kaufmanns, die unter der Einwirkung von Wein und Kerzenlicht einen Glanz gewonnen hatte, der reine Illusion war. Solidarität mit den Schwachen war für sie, die niemals wahres Leiden, wahre Armut erfahren hatte, lediglich ein Gesellschaftsspiel.

«Schlag sie dir aus dem Kopf», sagte er zu Augustus. «In dieses Haus werden wir nicht wieder eingeladen.»

Augustus rückte mit selbstgefälliger Miene sein Halstuch zurecht. «Wollen wir wetten?»

Kapitel 6

Herne Hill, 2009

«Warum bekommst du in dem Haus Gänsehaut?»
Das Lokal, das Natalie vorgeschlagen hatte, war eine Jazzbar mit kleinen runden Tischen und gedämpfter Beleuchtung. An diesem Sonntagabend war die kleine Bühne dunkel und leer, am einzigen besetzten Tisch saß ein nicht mehr ganz junges Paar, das die Kellnerin freundschaftlich mit Vornamen anredete.

Natalie und Julia setzten sich an einen Tisch am Fenster. Von ihrem Platz aus konnte Julia gerade noch das Gewirr der Bäume erkennen, das die Grenze zu Tante Reginas Grundstück markierte. Das jetzt ihr gehörte. Wenn auch wahrscheinlich nicht für längere Zeit. Ausräumen und verkaufen, lautete die Devise. Der Anwalt, mit dem sie von New York aus telefoniert hatte, hatte ihr versichert, dass das kein Problem sei. Für Grundstücke in dieser Gegend wurden gute Preise bezahlt, trotz der allgemeinen Rezession.

Wenn es allerdings in dem Haus spukte ...

«Nein, nein, nichts dergleichen», beruhigte Natalie sie. «Aber weißt du, meine Mutter hat uns jahrelang jeden Sonntag da rausgeschleppt. Pflichtbesuche. Absolut tödlich.»

Die Art, wie sie den Blick senkte, weckte bei Julia den

Verdacht, dass mehr dahintersteckte, doch sie war zu müde, um nachzuhaken. In der Stille der kleinen Bar hatte der Jetlag sie eingeholt. Sie unterdrückte ein Gähnen, als die Kellnerin ihr das bestellte Stück Quiche mit Salatbeilage brachte.

«Also keine ruhelosen Seelen?», fragte sie, während sie mit der Gabel eine Ecke der Quiche sondierte. «Keine Gespenster, die in der Nacht seufzend und mit rasselnden Ketten durchs Haus geistern?»

Natalie lachte. «Ich habe nie dort übernachtet. Andrew, mein Bruder, ist mal geblieben und hat hinterher behauptet, er hätte was im Garten gesehen.»

«Was denn?», fragte Julia mit vollem Mund.

Natalie schüttelte den Kopf. «Ach, gar nichts. Es war nur Quatsch, den er sich selber eingeredet hatte. Er sagte, er hätte unten bei dem alten Pavillon einen Mann in altmodischen Kleidern gesehen.» Sie schob ein Stück Gorgonzola mit der Gabel aus dem Weg und spießte ein paar Salatblätter auf. «Wahrscheinlich war es ein Landstreicher.»

«Oder ein Stück halbgare Kartoffel», murmelte Julia, die an Marleys geisterhaften Besuch bei Scrooge denken musste.

Natalie runzelte die Stirn. «Was?»

«Ach, nichts. Dickens. Nicht wichtig.» Julia rieb sich die Augen. Wenn sie müde war, wurde sie immer leicht albern. «Erzähl mir was von Tante Regina», sagte sie schnell. «Was war sie für ein Mensch?»

Natalie überlegte einen Moment. «Sie war Fotoreporterin, in den vierziger und fünfziger Jahren», sagte sie schließlich. «Hat vom Hubschrauber aus Kriegsgebiete fotografiert und so.»

Julias Bild von der gebrechlichen alten Dame, die häkelnd im Lehnstuhl saß, änderte sich schlagartig. «Wow!», sagte sie. «Sie muss eine faszinierende Frau gewesen sein.»

«Sie hat jedenfalls nie ein Blatt vor den Mund genommen.» Natalie stieß ihre Gabel in ein Häufchen Rucola. «Meine Mutter fand es immer unfair, dass sie das Haus erbte, obwohl sie als Einzige von ihnen keine Familie hatte.»

«Sie war nie verheiratet?», fragte Julia.

«Da musst du meine Mutter fragen. Es gab so ein Gerücht, dass sie in ihrer Jugend mal mit einem Mann liiert war, aber der war nicht standesgemäß.» Natalie zog ein Gesicht bei dem Wort.

«Damals galten wohl andere gesellschaftliche Normen?», meinte Julia.

«Sag das bloß nicht zu meiner Mutter. Für sie gelten immer noch dieselben. Egal», fügte Natalie hinzu und schob ihren Teller zur Seite. «Tante Regina hat jedenfalls hier gelebt, solange ich sie kannte. Sie hatte ein Getue mit dem Haus, als hätte sie in dem ganzen Krempel mindestens einen Rubens versteckt.»

Und hatte Natalie den vielleicht gerade gesucht, als Julia überraschend angekommen war?

Nein, das war zu lächerlich. Es war ungerecht, über jemanden zu urteilen, nur weil diese Person aussah, als wäre sie dem Titelbild der *Vogue* entstiegen.

«Glaubst du, da könnte was dran sein?», fragte Julia vorsichtig.

Natalie breitete unsicher die Hände aus. «Weiß der Himmel. Sie war im Alter ziemlich paranoid. Sie hatte ständig Angst, jemand könnte ihre Wertsachen klauen.»

«Du meinst, diese Stapel alter Zeitungsausschnitte?», fragte Julia trocken.

«Und dieses schaurige Porträt im Salon. Du tust mir echt leid. Am besten entsorgst du den ganzen Plunder schnurstracks in den Müll.»

Julia hatte das Porträt nicht schaurig gefunden. Sie hatte sich der Unbekannten auf dem Bild auf seltsame Art verwandt gefühlt.

«Ich weiß nicht», sagte sie langsam. Sie hatte das Gefühl, ihr Gehirn wäre gelähmt vor Müdigkeit. «Es könnte auch ganz interessant werden. Wie bei einer archäologischen Grabung, bei der Schicht um Schicht die Geschichte bloßgelegt wird. Ich weiß nicht sehr viel über unsere Familie.»

Die Worte hörten sich komisch an. *Unsere Familie.* Bisher hatte sie diese Angelegenheit völlig sachlich gesehen: Man räumt ein altes Haus aus, bringt es in Ordnung und schreibt es zum Verkauf aus. Doch jetzt regten sich ganz unerwartet Gefühle, etwas wie ein Bewusstsein ihres Besitzes und ein Gefühl der Zugehörigkeit.

«Also, wenn du Hilfe brauchst», sagte Natalie entgegenkommend, «sag's einfach. Ich habe einen Bruder, der kann auch mit zupacken.»

«Weiß er von seinem Glück?»

«Details, Details.» Natalie winkte der Bedienung, um die Rechnung zu verlangen. «Außerdem ist sein ältester Freund Antiquitätenhändler. Den können wir gleich mitbringen. Vielleicht kann er uns sagen, wer die Frau auf dem Porträt ist.»

Bei dem Wort ‹Händler› erwachte bei Julia sofort die Abwehr. «Ich will niemandem Umstände machen.»

«Nein, das wird doch lustig», widersprach Natalie. Die

Kellnerin brachte die Rechnung auf einem schwarzen Plastiktablett. Natalie legte zwei Zwanzig-Pfund-Scheine darauf und wedelte abwehrend mit der Hand, als Julia nach ihrem Portemonnaie kramte. «Das übernehme ich. Mir schneit nicht jeden Tag eine Cousine aus den Staaten ins Haus. Ich rufe Andrew auf jeden Fall an», fügte sie hinzu, als sie aufstand, «und sage ihm, dass er mit Nicholas reden soll. Samstag, okay?»

«Das ist wirklich nicht nötig», protestierte Julia im Hinausgehen. Der Juliabend war schwül und stickig, es begann, dunkel zu werden. In den Einfahrten der Häuser standen Autos, in den Fenstern brannte Licht. Tante Reginas Haus wirkte daneben besonders einsam. Julia passte sich Natalies Tempo an, als sie die Straße hinuntergingen. «Ehrlich, ich muss bestimmt erst eine Menge räumen und wegschmeißen, ehe an eine Schätzung zu denken ist.»

Und wenn sie einen Schätzer beauftragte, würde sie ihn sich nicht von anderen aufdrängen lassen. Es war nicht nur ihr New Yorker Zynismus, der sich hier meldete; sie mochte es einfach nicht, wenn andere Leute sich in ihre Privatangelegenheiten einmischten. Nicht einmal, wenn sie es gut meinten. Ob bewusst oder nicht, ihr Vater hatte sie zur Selbständigkeit erzogen.

Natalie sah sie mit einem gewinnenden Lächeln an. «Ach, darum geht's doch gar nicht», sagte sie. «Ich dachte nur, du könntest ein paar kräftige Hände gebrauchen. Den beiden wird es nur guttun», sagte sie. «Besonders Nicholas. Zur Abwechslung mal ein bisschen schwitzen.»

Der Ton, in dem sie von Nicholas sprach, ließ Julia aufhorchen. «Kennst du diesen Nicholas schon lang?», fragte sie.

Natalie tat gleichgültig, doch das plötzliche Aufleuchten in ihren Augen ließ sich nicht verbergen. «Er ist seit Urzeiten Andrews bester Freund. Sie waren zusammen im Internat. Harrow», fügte sie bedeutungsvoll hinzu.

«Hm», machte Julia nichtssagend. Sie waren vor dem Haus angelangt. Im Halbdunkel wirkte der Zugang zum Grundstück noch unfreundlicher, finster und verwildert.

«Das bin ich», sagte Natalie und wies auf einen Geländewagen, der ein Stück die Straße hinunter geparkt war.

«Okay.» Etwas verlegen standen sie einander gegenüber. Ungefähr wie bei einem Blind Date, dachte Julia leicht amüsiert. «Danke für die Einladung. Und dafür, dass du extra hergekommen bist, um mich am ersten Tag nicht allein hier rumtappen zu lassen.»

Natalie winkte ab. «Gern geschehen.» Ihr Blick glitt von Julia zum Haus, und sie fragte unsicher: «Macht es dir auch wirklich nichts aus, da jetzt allein reinzugehen? In meiner Wohnung gibt's kein Gästezimmer, aber ich kann dir eine ziemlich bequeme Couch anbieten ...»

Das Angebot rührte Julia, wenn sie sich auch nichts vorstellen konnte, was sie weniger lockte, als auf einer fremden Couch zu nächtigen. Da nahm sie doch lieber ein mögliches Hausgespenst in Kauf. Im Übrigen war sie sicher, dass Natalie ihre Wohnung auch lieber für sich haben wollte.

«Ach, ich komm schon zurecht», versicherte Julia. «Aber danke für das Angebot. Das ist wirklich nett von dir.»

Natalie blickte voll Unbehagen zu dem dunklen, gewundenen Weg zum alten Haus. «Du bist jederzeit willkommen, falls du es dir doch noch anders überlegst.» Sie kaute auf der Unterlippe, offenbar immer noch von schlechtem

Gewissen geplagt. «Ich würde dich ja reinbegleiten, aber ich muss wirklich los. Morgen ruft die Arbeit.»

Sie schnitt eine Grimasse, und Julia fiel erstaunt auf, dass sie bislang nicht ein Wort über Beruf und Arbeit gewechselt hatten. Zu Hause war das immer die erste Frage: *Und was machst du beruflich?* Als sagte das alles über den anderen.

«Natürlich. Mach dir keine Gedanken.» Julia gähnte verstohlen. Sie wollte nur noch ins Bett, pappsatt und hundemüde, wie sie war.

«Ja, dann …» Natalie nahm sie kurz in den Arm und streifte Julias Wange mit der ihren. Julia musste an japanisches Reispapier denken, seidig und parfümiert. Auf dem Weg zum Auto rief Natalie zurück: «Also dann, bis Samstag.»

Samstag? Die Tür des Geländewagens knallte zu, bevor Julia protestieren konnte.

Herne Hill, 2009

Julia verbrachte eine befriedigende Woche mit dem Sortieren alter Papiere und dem Ausmustern mottenzerfressener Pullis.

Das Haus war doch nicht so unüberschaubar groß, wie es ihr auf den ersten Blick erschienen war. Im Erdgeschoss hatte es nur sechs Zimmer, allerdings war es irgendeinem Vorfahr eingefallen, eine Wand durchbrechen zu lassen, um Raum für einen Wintergarten zu schaffen, der wie eine dicke Glasbeule aus einer Seite des Hauses herausstand und einen Haufen uralter Rattanmöbel und trauriger Topfpflanzen zu bieten hatte. Im ersten Stock waren vier Zimmer und ein großes Bad mit einer klauenfüßigen Wanne, das vermutlich erst später eingebaut worden war. Im ganzen Stockwerk gab es merkwürdige Winkel und Nischen, Ankleidezimmer und Wäschekammern und Türen zu schmalen Treppen, die in den Dachboden hinauf oder hinunter in den Keller führten.

Der Dachboden war anders, als Julia ihn sich vorgestellt hatte. Eine Hälfte war zu einem einzigen großen Raum ausgebaut worden, der wie ein Kinderzimmer wirkte. Die Kaminumrandung war aus bunten Kacheln mit Märchenmotiven: Aschenputtel, Rotkäppchen, Rapunzel. Später schien der Raum umfunktioniert worden zu sein. In einer Ecke stand eine Staffelei, daneben ein Turm von Kunstbüchern mit einer ausgetrockneten Palette obenauf.

Julia hatte einen Bogen um die Staffelei gemacht, ohne das Leinentuch zu heben, das ausgebreitet über ihr hing. Die übrigen Räume auf dem Dachboden, kleine Kammern mit Dachluken, waren mit ausrangierten Möbeln, Bergen von Klamotten, Schiffskoffern und Kartons vollgestopft. Hatte man in dieser Familie jemals etwas weggeworfen?

Trotzdem war es noch besser als der Keller mit seinen feuchten Wänden und den großen steinernen Spülbecken, einem riesigen alten Kohleherd und einer Reihe dunkler Vorratsräume, in denen sich verrostete Küchengeräte von anno dazumal bis zu ausgedienten Mixern und Shakern der fünfziger Jahre stapelten. Hier unten musste früher die Küche gewesen sein. Julia taten die armen Hausangestellten leid, die hier hatten schuften müssen. Die einzigen Fenster befanden sich hoch oben unter der Decke. Kaum Licht, kaum Luft. Es musste furchtbar gewesen sein, zumal im Qualm dieses Riesenherds.

Julia konnte sich der Faszination des alten Hauses und seiner verstaubten Erinnerungen nicht entziehen: Topfhüte und zerfledderte Zeitungen, Knopfstiefel und Briefe mit Eingangsfloskeln wie aus einem Benimmbuch aus edwardianischer Zeit. Gegen Ende der ersten Woche folgten ihre Tage einem regelmäßigen Ablauf: nach dem Aufstehen Kaffee, in der überraschend modernen Maschine aus dem Vorrat gebraut, den Tante Regina hinterlassen hatte, und dann auf ins Zimmer des Tages, um Schränke und Schubladen zu leeren und den Inhalt in drei Haufen aufzuteilen: wegwerfen; verschenken; behalten/verkaufen?

Bei der Kategorie ‹Wegwerfen› fiel ihr die Entscheidung meistens leicht – diese mottenzerfressenen Klamotten, die durchgelaufenen Schuhe, die aus dem Leim gegangenen Bücher würde nicht einmal ein Wohltätigkeitsverein mehr haben wollen; doch bei den beiden anderen Gruppen war sie oft unschlüssig. Den Porzellanmops mit der scheußlichen Schleife um den Hals konnte man ohne weiteres verschenken, aber das Nähkästchen aus Rosenholz mit dem kleinen Geheimfach? Das war doch irgendwie cool, genau wie die alten Journale aus den zwanziger und dreißiger Jahren, die zwar ein bisschen vergilbt, aber noch gut lesbar waren.

Abgesehen von ein paar Bildern, die sie liebte, und einer Kollektion zerlesener Bücher aus College-Zeiten enthielt Julias Wohnung sehr wenig, was nicht rein zweckmäßig war. Zum Teil schrieb sie das den langen Jahren ihrer Tätigkeit als Finanzanalystin zu. Wenn man ständig von einem Ort zum nächsten versetzt wurde, schleppte man keine Erbstücke mit sich herum oder belastete sich mit sperrigen Andenken. Sie hatte praktisch aus dem Koffer gelebt; bei ihrem letzten Umzug hatte sie kaum Zeit zum

Packen gebraucht. Doch jetzt fühlte sie sich plötzlich von dem völlig unsinnigen Wunsch gepackt, dies alles zu behalten. Was wollte sie denn mit einem Schaukelpferd ohne Schwanz anfangen, oder mit stapelweise Fotoalben voll sepiabrauner Fotografien von Leuten, die schon tot gewesen waren, bevor sie geboren wurde?

Sie wusste es nicht, aber sie wollte sie trotzdem haben.

Vielleicht nur ein paar Sachen, sagte sie sich und legte die Fotoalben auf den Haufen ‹Behalten/Verkaufen›. Und das Nähkästchen auch. Ihr war völlig klar, dass es ihr an Sachkenntnis fehlte, um die Dinge richtig einordnen zu können; irgendwann würde sie auf jeden Fall einen professionellen Gutachter zuziehen müssen. Doch vorläufig fand Julia die ganze Aktion angenehm friedlich und entspannend. Sie hätte sich einsam fühlen können, aber so war es nicht. Abends setzte sie sich müde bis in die Knochen, aber zufrieden mit einem Glas Weißwein (vier Pfund die Flasche im Spirituosenladen an der Ecke) auf die Terrasse, telefonierte mit ihrer Freundin Lexie oder streckte einfach die Beine aus, trank ihren Wein und ließ den Blick über den verwilderten Garten schweifen.

Der Garten – obwohl das Wort eigentlich nicht für diese Wildnis passte, die sie von ihrem Schlafzimmerfenster aus überblicken konnte – war so groß, dass die Welt weit entfernt schien. Manchmal, wenn die Leute die Fenster geöffnet hatten und der Wind in der richtigen Richtung wehte, fing sie schwaches Fernsehgemurmel auf oder undeutliches Gerede. Doch meistens hörte sie nur die Grillen und den Wind im Laub der Bäume. Sie hätte sich in einer Welt vor hundert Jahren befinden können, ohne Autos, ohne elektrisches Licht, ohne Internet.

«Fühlst du dich da drüben einigermaßen wohl?», fragte ihr Vater, als sie ihn vier Tage nach ihrer Ankunft anrief.

«Aber ja», sagte sie. «Warum sollte ich nicht?»

Aus irgendeinem Grund wäre es ihr treulos vorgekommen, ihm zu sagen, dass es ihr tatsächlich gefiel, dass ihr das Schleppen und Räumen Spaß machte. Dass sie froh war, endlich einmal die zermürbenden Selbstzweifel los zu sein, die sie ständig geplagt hatten, wenn sie untätig in ihrer Wohnung gesessen und auf ein Stellenangebot gewartet hatte. Es kam ihr vor, als wäre sie in ein anderes Leben eingetaucht, und nicht nur das, auch in eine andere Zeit.

Was sie in den Schränken und Schubladen fand, verstärkte diesen Eindruck. Am Freitag schlug sie sich die Nacht damit um die Ohren, einen ganzen Stoß alter Exemplare des *Tatler* aus den zwanziger und dreißiger Jahren durchzulesen. Sie waren viel spannender zu lesen als die Klatschblätter aus dem Supermarkt. Verrückt, hatten die Leute damals wirklich so gelebt? Damen der besten Gesellschaft, die nach Kenia durchbrannten, Grafen, die mit Revuetänzerinnen ein Lotterleben führten, Debütantinnen, die sich mit Mitgliedern der russischen Ballettruppe vergnügten. Es war faszinierend. Sie konnte die Hefte gar nicht mehr aus der Hand legen.

Am Samstagmorgen verschlief Julia, sie hatte viel zu lange gelesen. Eigentlich hatte sie heute den Garten inspizieren wollen ... Aber zuerst der Kaffee. In aller Eile zog sie ihr ungebürstetes Haar zum Pferdeschwanz zusammen, schlüpfte in alte Shorts und ein Top mit Spaghettiträgern und lief nach unten, wo die Kaffeemaschine wartete.

Sie hatte gerade erst Milch in ihren Becher gekippt, als es draußen läutete. Wer zum Teufel konnte das sein, am

Samstagmorgen? Nachbarn, die sich über die Massen von Abfall beschweren wollten, die sie in den Mülltonnen deponiert hatte? Zeugen Jehovas? Gab es in England überhaupt Zeugen Jehovas?

Mit dem Kaffeebecher in der Hand öffnete Julia die Haustür. Draußen stand Natalie in Begleitung eines Mannes.

Julia unterdrückte ein unanständiges Wort. An Natalie hatte sie überhaupt nicht mehr gedacht. Und dass die, äußerst schick in einem gelben Leinenkleid und passenden Sandaletten, sie hier in uralten Shorts und einem zerlöcherten Top erwischte, besserte Julias Stimmung auch nicht.

Der Mann an ihrer Seite machte ein Gesicht, als wäre er gegen seinen Willen hierhergeschleppt worden. Neben ihm wirkte Natalie klein und zierlich – und Julia wie Däumelinchen. Sein von der Sonne gebleichtes blondes Haar rief Gedanken an Skiurlaub und tropische Strände wach.

Julia wünschte, die beiden würden verschwinden. Sie waren ein schönes Paar. Und sie selbst brauchte dringend mehr Kaffee.

«Hi», sagte sie kurz, während sie überlegte, wann sie zuletzt ihre Haare gewaschen hatte. Gestern? Ja, wenn sie sich recht erinnerte. Sie trank einen Schluck von ihrem Kaffee. «Nett, dass ihr vorbeischaut.»

«Wir wollen dir helfen», erklärte Natalie gut gelaunt und drehte den Kopf nach dem Mann, der neben ihr stand, dass ihre seidigen Haare nur so flogen. «Willkommen auf dem alten Familiensitz. Ich weiß, dass er nicht mit eurem alten Familiensitz zu vergleichen ist ...»

«Du meinst die Wohnung in Fulham?», fragte er trocken.

Natalie lachte glucksend. «Du weißt genau, was ich meine.»

Julia fühlte sich völlig überflüssig. Mussten sie dieses Gespräch unbedingt vor ihrer Haustür führen? Und sie zwingen dabeizustehen? Am liebsten hätte sie ihnen die Tür vor der Nase zugeschlagen.

«Wollt ihr reinkommen?», fragte sie ungnädig.

Natalie lächelte ihr entschuldigend zu. «Das ist unsere Cousine Julia», sagte sie zu dem blonden Mann.

Julia bot ihm die Hand zum Gruß. «Derzeitige Eigentümerin des alten Familiensitzes», sagte sie.

Der Mann ignorierte die dargebotene Hand. «Du bist Amerikanerin.»

Julia ließ die Hand sinken. «So steht's in meinem Pass, ja», stimmte sie zu.

«Julia ist in den Staaten aufgewachsen», erläuterte Natalie leicht verlegen.

«In New York», ergänzte Julia in einem Ton, als wollte sie sagen, ob's dir passt oder nicht. Dann fügte sie in Gedanken an Helen, die stets höflich blieb, hinzu: «Ihr könnt natürlich hier stehen bleiben, wenn ihr wollt, aber in der Küche gibt's Kaffee.»

«Hab ich da was von Kaffee gehört?» Ein Mann mit rotbraunen Haaren kam die Treppe heraufgesprungen, in Jeans, Rugbyhemd und Turnschuhen. «Tut mir leid, dass ich so lang gebraucht habe. Ich musste irgendwo auf den Äußeren Hebriden parken.» Er wandte sich Julia zu. «Und du bist unsere Cousine Julia? Ich bin Andrew, Natalies Bruder.»

Sagte man, *freut mich, dich kennenzulernen*, zu jemandem,

mit dem man als Kind vielleicht im Sandkasten gespielt hatte?

«Schön, dich wiederzusehen», sagte sie stattdessen, und Andrew lächelte, ein breites, offenes Lächeln. Sie konnte die Ähnlichkeit mit Natalie erkennen, nur war Andrews Gesicht natürlich gerundet und nicht abgehungert bis auf die Knochen.

Julia wandte sich dem Blonden zu, der es nicht für nötig gehalten hatte, sich mit ihr bekannt zu machen. «Und du bist …?»

«Das ist Nicholas», sagte Natalie prompt. «*Dorrington.*» Der Name kam Julia irgendwie bekannt vor, aber sie wusste nicht, ob sie ihn tatsächlich schon einmal gehört hatte oder ob es ihr nur so schien, weil Natalie ihn mit dieser Betonung ausgesprochen hatte, als müsste sie ihn kennen. «Er weiß alles, was man über Antiquitäten wissen kann.»

Nicholas, das Antiquitätenwunder, tat Julias hohes Lob mit einer wegwerfenden Geste ab. «Wohl kaum.» Irgendwie wirkte die vermeintliche Bescheidenheit unglaublich arrogant. «Ich habe einen kleinen Laden, das ist alles.»

«Eine Galerie», korrigierte Natalie. «In Notting Hill.»

Das wurde ja immer besser. «Und du bist auch ein Cousin von mir?», fragte Julia.

«O nein», sagte Natalie schnell.

«Wir waren zusammen im Internat», warf Andrew ein. «Vier endlose Jahre in einem Zimmer.» Die beiden Männer sahen sich an und verzogen die Gesichter, vermutlich eine Freundschaftsbekundung nach Männerart, dachte Julia.

«Deine Socken haben immer so gestunken, dass ich's kaum ausgehalten habe», sagte Nicholas.

«Meine Socken? Und was war mit deinem Rugbyzeug?»

Andrew grinste und legte seinem Freund den Arm um die Schultern. «Lass dich von ihm nicht abschrecken, Julia. Miefende Hunde beißen nicht.»

«Ich miefe nicht», protestierte Nicholas.

«Noch nicht», sagte Natalie lächelnd. «Aber warte nur, bis wir dir ein paar Tonnen Krempel zum Aussortieren vorwerfen.»

Wir? Wer ‹wir›? Das Haus gehörte Julia und sonst niemandem. Vorläufig jedenfalls.

«Niemand braucht hier Krempel auszusortieren, ob tonnenweise oder nicht», sagte Julia mit einem angestrengten Lächeln. «Wenn ihr Kaffee möchtet …»

«Ach, komm», sagte Natalie beschwichtigend und drängte sich an ihr vorbei in den Flur. «Wir wollen dir doch helfen.» Zu Nicholas sagte sie: «Du kannst dir nicht vorstellen, was sich da angesammelt hat. Die Familie lebt ja schon seit Urzeiten hier.»

«Oder seit ungefähr 1800», murmelte Andrew. Er gefiel Julia. Und er gefiel ihr noch mehr, als er fragte: «Also, was sollen wir tun?»

«Ja, packen wir's an», sagte Nicholas, ohne Natalie zu beachten, die ihm unbedingt erst das Haus zeigen wollte. «Ich bin um eins zum Essen verabredet.»

Natalies Enttäuschung entging Julia nicht. Sie war versucht, Nicholas und Natalie in den Keller zu verbannen. Sollten sie sich dort mit sperrigen alten Musiktruhen und verrosteten Eisenteilen herumschlagen. Solche Sachen wurden doch als Antiquitäten gehandelt, oder nicht?

Nein, das wäre gemein. Außerdem schien es ganz so, als wäre Nicholas genau wie sie selbst ein Opfer Natalies guter Absichten. Julia besann sich ihrer besseren Seite.

«Die Schränke und Kredenzen im Esszimmer habe ich noch nicht durchgesehen», sagte sie mit neuem Elan und wandte sich Nicholas zu. «Würde es dir was ausmachen, da durchzugehen und die Spreu vom Weizen zu trennen? Ich kann Sèvres von Woolworth unterscheiden, aber das ist auch alles.»

«Immer dein ergebener Diener», murmelte Nicholas.

Ja, und ich bin Richard III., dachte Julia. Doch sie ignorierte seine Bemerkung und sagte zu ihrer Cousine: «Natalie –»

«Ich kann Nicholas helfen», erbot sich Natalie. Sie tat Julia beinahe leid. So eine unglückliche Liebe tat schon beim Zusehen weh.

«Nicht nötig», wehrte Nicholas ab, und Natalies erwartungsfrohes Gesicht fiel in sich zusammen. Julia fragte sich, ob Nicholas nichts merkte oder einfach brutal war. «Ich werde nicht lange brauchen.»

Mit anderen Worten, es gab sowieso nichts zu entdecken, das es wert wäre, Zeit daran zu verschwenden. Super.

Julia kehrte Nicholas den Rücken und bemühte sich, besonders nett zu Natalie zu sein. «Könntest du dir vielleicht den Schreibtisch im Wintergarten vornehmen? Da liegt einiges an Familienpapieren und Fotos.»

«Und ich?», meldete Andrew sich zum Dienst.

Julias starres Lächeln entspannte sich zum ersten Mal. «Ich bin gerade in den oberen Zimmern zugange. Hast du Lust, mir eins davon abzunehmen?»

«Mit Vergnügen», sagte Andrew galant.

«Also, ich bin im Wintergarten», verkündete Natalie laut und warf Nicholas über ihre Schulter hinweg einen koketten Blick zu. «Ich ruf dich, falls ich was Interessantes finde.»

Nicholas prustete unhöflich. «Na, verborgene Schätze sind wohl kaum zu erwarten.»

Danke, Nicholas, dachte Julia. Sie war zwar seiner Meinung, doch wenn er das sagte, war es etwas anderes.

«Wer weiß», sagte sie spitz und spielte auf die Bemerkung an, die Natalie am Wochenende zuvor gemacht hatte. «Vielleicht ist da ja irgendwo ein Rubens versteckt.»

Damit nahm sie ihren Kaffeebecher fester und ging nach oben. Dieser blöde Kerl. Geschähe ihm recht, wenn sie wirklich einen Rubens fänden.

Oder auch einen Rembrandt.

Kapitel 7

London, 1849

«Du darfst keine Meisterwerke erwarten», sagte Arthur zu ihr, als die Droschke, so dicht, wie die Menschenmenge es zuließ, an das Hauptportal der National Gallery heranfuhr. «Sir Martin sagt, die Ausbeute sei in diesem Jahr recht armselig.»

Imogen zog ihre langen Handschuhe hoch. «Ich weiß», antwortete sie mit einem gezwungenen Lächeln. «Das sagt er jedes Jahr.»

Arthur war ungemein stolz auf seine persönliche Bekanntschaft mit Sir Martin Shee, dem Präsidenten der Königlichen Akademie, auch wenn sie sich im Wesentlichen auf ein freundliches Nicken des Wiedererkennens beschränkte.

Durch Sir Martins Vermittlung hatte er die Karten zur Eröffnung der Sommerausstellung der Königlichen Akademie erhalten. Er und mit ihm, wie es schien, halb London. Rund um den Trafalgar Square stauten sich die Wagen der Erwählten, und die schon rußbeschmutzte Steinfassade der National Gallery wurde teilweise von den hohen Zylindern der Herren und den ausladenden Röcken der Damen verdeckt, die die Treppe emporstiegen und unterwegs immer wieder haltmachten, um Bekannte zu begrüßen und einen Moment zu verweilen, um sich mit ihnen über die neuesten Gerüchte und Skandale auszutauschen.

Nachdem Arthur ausgestiegen war, half er zuerst Imogen aus dem Wagen und dann Evie, die in heller Aufregung darüber war, an diesem großen Ereignis teilnehmen zu dürfen, wo man so vielen Prominenten, deren Namen man aus den illustrierten Zeitschriften kannte, von Angesicht zu Angesicht begegnete.

Die Granthams gehörten nicht zu dieser Welt, doch an diesem einen Tag im Jahr tat Arthur gern so, als wäre es anders. Sein Stolz darauf dazuzugehören hatte etwas Erbärmliches.

Aber war sie denn viel besser? Arthur hofierte Sir Charles, und sie machte das Spiel mit. Der Gedanke war ernüchternd.

Imogen erkannte niemanden in der Menge außer die vertraute, hagere Gestalt John Ruskins in seinem blauen Rock. Er war im Gespräch mit zwei Männern, die Imogen wegen ihrer schäbigen Kleidung für Kritiker hielt. Die Ruskins hatten eine Zeitlang in nächster Nachbarschaft der Granthams in Herne Hill gelebt, und Arthur hatte John freien Zugang zu seinen Sammlungen gestattet. Seither trafen sich die beiden Männer ein- oder zweimal im Jahr zum gemeinsamen Dinner.

«Oh, ist das eine Pracht», hauchte Evie, hingerissen von den eleganten Gewändern und den wappengeschmückten Kutschen.

«Warte, bis du die Kunstwerke siehst, Kind», sagte Arthur mit einem Hauch des Tadels, den Evie jedoch nicht zu bemerken schien.

Als er Imogen ein Exemplar des Ausstellungskatalogs

reichte, neigte er sich zu ihrem Ohr hinunter und murmelte: «Du hattest recht, Liebes.»

Imogen sah unter der Krempe ihrer modischen neuen Schute überrascht zu ihm hinauf.

«In Bezug auf Evie.» Arthur ließ einen Seufzer hören. «Es war selbstsüchtig von mir, sie so wenig aus dem Haus zu lassen.»

Er zeigte dem Mann an der Tür ihre Billetts.

«Vielleicht war es weniger Selbstsucht», meinte Imogen vorsichtig, «als vielmehr der Wunsch, sie zu behüten. Das ist nur natürlich.»

Arthur drückte sanft ihre Hand. «Ich muss mehr auf dich hören.»

Imogens amüsierter Blick war nicht ohne Skepsis. «Ach, das hätte doch jeder gesehen, der ihr so nahe ist.»

Sie ließen sich vom Strom der Menge in den ersten Ausstellungssaal treiben.

«Vielleicht», antwortete Arthur mit einem selbstironischen Lächeln. «Jeder, nur nicht ihr alter Vater. Ah, Evie! Was hast du denn da entdeckt?»

Mit dem Spazierstock voraus schob er sich durch das Gedränge und nahm Evie beim Arm, bevor sie ganz im Gewühl verschwinden konnte. Imogen folgte langsamer, voll Zorn auf sich selbst, dass noch immer ein lobendes Wort Arthurs reichte, um sie froh und glücklich zu stimmen. Es war immer die gleiche Groteske. Seit Jahren schon redete sie sich ein, sie habe aufgehört, Arthur gefallen zu wollen, und alle Hoffnung auf eine echte Partnerschaft aufgegeben. Doch dann brauchte er ihr nur einen Schritt entgegenzukommen, und schon war sie wieder die naive Sechzehnjährige, die verzweifelt um seine Zuneigung buhlte.

Sie verachtete sich für ihre Schwäche, jetzt, da sie Arthur kannte und wusste, dass er nicht der Prinz ihrer Träume war, sondern ein beschränkter Mensch mit beschränkter Phantasie und geringen Ambitionen.

Doch das waren kleinliche Gedanken. Imogen beobachtete Arthur, als er seine Tochter beim Arm nahm und sie auf die Gemälde aufmerksam machte, die nebeneinander und übereinander die Wände schmückten, so dicht gehängt, dass ihre Rahmen sich beinahe berührten. Man mochte Arthur nachsagen, was man wollte, er besaß einen unbestechlichen Blick für das Schöne, auch wenn es stets sein erster Impuls war, es zu kaufen und wegzuschließen.

Wie er es mit Imogen getan hatte.

Mit einem kleinen bitteren Lächeln umfasste sie ihren Ausstellungskatalog fester. Wäre es ihr wirklich besser ergangen, wenn sie ihn nicht geheiratet hätte? Sie versuchte manchmal, sich vorzustellen, was aus ihr geworden wäre, wenn sie auf ihren Vater gehört und Arthurs Heiratsantrag abgelehnt hätte. Sie wusste nicht, ob sie als Mündel im Haus ihres Onkels glücklicher geworden wäre als in Herne Hill. Vielleicht wäre aus ihr die arme Verwandte geworden, die wie Jane Cooper ewig um ihre Position bangen und kämpfen musste.

Vielleicht. Aber vielleicht wäre sie auch einem Mann begegnet, mit dem eine echte Bindung möglich gewesen wäre, der nicht immer in diesem Ton milden Tadels mit ihr gesprochen und sie nicht nur ihrer zarten Haut wegen bewundert, sondern sie wie einen Menschen behandelt hätte. Der sie nicht wie eine Puppe in eine Vitrine gestellt hätte, um sie von der Welt und ihren eigenen Impulsen fernzuhalten. Es gab Momente, da hätte sie Arthur am liebsten angeschrien, ihn dafür beschimpft, dass er ihr das alles genommen hatte, dass er ihre Jugend gestohlen hatte und sich auch noch einbildete, er hätte sie gerettet und sie müsste ihm ewig dankbar sein – für all das, womit er sie so hochherzig beschenkte: die Goldketten, die sie erstickten, die verschwenderischen Kleider, die sie einengten, opulente Mahlzeiten, die ihr im Hals stecken blieben, für diese Überfülle, die ihr keine Luft zum Atmen ließ.

Es war heiß und eng in den Ausstellungsräumen, zwischen all den Menschen, die um sie herum in einem endlos scheinenden Strom an ihr vorbeizogen, wie die Jahre in dem Haus in Herne Hill.

Imogen presste die Lippen aufeinander und straffte die Schultern. Es gab Bilder zu besichtigen. Sie drückte ihre weiten Röcke zusammen und schaffte es, sich einen Weg durch eine Gruppe Frauen zu bahnen, die sich auf den Stühlen in der Mitte des Saals niedergelassen hatten. Die extravaganten Schuten der Damen und die hohen Zylinder der Herren waren ihren Augen bei der Suche nach Evie und Arthur im Weg, und als sie Vater und Tochter nirgends entdecken konnte, beschloss sie, sich die Bilder allein anzusehen. Sie drängte sich näher zur Wand.

Für die nächste Stunde war sie frei, ganz für sich inmitten der Massen.

Der Ostsaal bot ihrem Katalog zufolge ‹Die wahre Braut von Lammermuir› von J. Hall; eine Ansicht der Hügel von Carnaer, von einem weiteren Künstler, den Imogen nicht kannte; ‹Henrietta Maria in Not› von einem gewissen Mr. Egg; und eine Reihe von Porträts diverser, größtenteils wenig ansehnlicher Damen und Herren.

Imogen beschloss, ihr Glück im Mittelsaal zu versuchen. *Die Jungfrau vom See*: nicht schlecht, vielleicht etwas schwülstig. Imogens Blick blieb an *Lorenzo und Isabella* von einem gewissen Mr. Millais hängen. Die hellen Farben und die mittelalterlichen Gewänder gefielen ihr. Aber warum hielt Isabellas Bruder das weiß bestrumpfte Bein so steif ausgestreckt? Das musste doch schrecklich unbequem sein.

Sie wollte schon weitergehen in den nächsten Saal, als ihr Blick auf das Bild neben *Lorenzo und Isabella* fiel. Es hing auf einem der begehrten Plätze, nicht irgendwo oben, halb unter der Decke, oder unten in Kniehöhe; nein, es hing genau in Augenhöhe. Und das bedeutete, dass Imogen einen vorzüglichen Blick auf ihren Nähkasten hatte.

Es war eindeutig ihr Nähkasten. Da, auf der einen Seite, wo eigentlich das Stickgarn hingehörte, ragte die Ecke eines Buchs hervor, und dort war die angeschlagene Ecke, die zurückgeblieben war, nachdem sie den Kasten einmal versehentlich umgestoßen hatte.

Während Imogen das Gemälde mit wachsender Entrüstung betrachtete, bemerkte sie, dass der Maler nicht nur ihren Nähkasten öffentlich in Szene gesetzt hatte. Da war Arthurs goldener Becher … sein Triptychon … das Stundenbuch ihres Vaters. Um sie herum wogte die Menge schwatzender Schaulustiger, doch sie stand stocksteif und fassungslos vor den auf Leinwand gebannten und der Öffentlichkeit preisgegebenen Zeugnissen ihres Privatlebens.

Den Mittelpunkt des Gemäldes bildete eine Frau, die an einem Fenster stand – dem Fenster mit den Buntglasscheiben in Arthurs Studierzimmer – und in die Ferne sah. Ihre ganze Körperhaltung drückte Sehnsucht aus. Eine Hand war zum Glas ausgestreckt, jedoch ohne es zu berühren.

Beim Anblick des Schmerzes in ihrem Gesicht, eines tiefen unerfüllten Verlangens, stockte Imogen der Atem.

Wie oft hatte sie in ebendieser Pose am Fenster gestanden und gewartet, sich sehnlichst gewünscht, dass sich etwas ereignen, irgendetwas sich verändern möge, während sie zusah, wie der Regen von den Bäumen tropfte, der Wind das Laub aufwirbelte und die Jahreszeiten vorüberzogen. Imogen rang um Fassung. Sie versuchte, sich gegen das beklemmende Gefühl zu wehren, dass sich jemand mitten in der Nacht in die intimsten Winkel ihres Leben geschlichen und sich nicht nur Arthurs kostbarster Besitztümer, sondern auch ihrer Seele bemächtigt hatte, um sie für alle Welt sichtbar auf einem Stück Leinwand auszustellen.

Nein. Das war ja lächerlich. Die Frau auf dem Bild war ein Modell, ihr Kleid Maskerade, die Nachbildung eines mittelalterlichen Gewands, lang und fließend, den Konturen ihres Körpers folgend, sodass mehrere Herren einander verständnisinnig anstießen. Die Frau hatte nicht einmal Ähnlichkeit mit Imogen. Ihre Haare waren heller und rötlicher als ihre, ihre Gesichtszüge weniger stark ausgeprägt, ihr Mund und ihre Nase kleiner.

Mariana, stand auf dem kleinen Schild im Rahmen.

Imogen schlug den Katalog auf und blätterte hastig, ihre Finger ungeschickt in den Handschuhen.

Mariana in the Moated Grange, lautete der volle Titel. Und daneben stand der Name des Künstlers.

Helle Augen, die sie beobachteten, ein wissender Blick, der zu viel sah. Imogen fühlte heftigen Zorn in sich aufsteigen, Zorn und Empörung darüber, dass dieser Mann, den Arthur in sein Haus gebeten hatte, die Dreistigkeit besessen, dass er es gewagt hatte ...

Sie hätte gleich wissen müssen, wer es war, noch bevor sie den Namen gesehen hatte, der hier schwarz auf weiß im Ausstellungskatalog stand: *Gavin Thorne*.

Herne Hill, 2009

Julia ließ Andrew in einem der kleineren Schlafzimmer zurück, wo er fröhlich zwanzig Jahre alte Kontoauszüge und uralte Supermarktrechnungen auf den, wie er sagte, Scheiterhaufen warf.

«Das wird ein Riesenfeuer», prophezeite er mit einem pyromanischen Funkeln im Blick.

Julia nahm das Zimmer nebenan in Angriff. Sie hätte gern noch eine Tasse Kaffee gehabt, aber sie hatte keine Lust, unten womöglich auf Natalie oder Nicholas zu treffen. Blöd von ihr, dass sie an Natalies Hilfsangebot überhaupt nicht mehr gedacht hatte; wahrscheinlich, weil sie es von Anfang an nur für eine höfliche Geste gehalten und nicht ernst genommen hatte.

Sie hatte nicht mit dem Nicholas-Faktor gerechnet. Denn darum ging es offensichtlich. Natalie wollte Nicholas beeindrucken – nur, womit? Einem muffigen alten Haus, das einer von Natalie nicht einmal geliebten Großtante gehört hatte? Oder mit ihrer vorgeblich so langen Ahnenreihe? Jedenfalls funktionierte es nicht. Und es ging Julia auf die Nerven.

Immerhin war sie dadurch zu ein paar kostenlos helfenden Händen gekommen. Und mehr wollte sie doch gar nicht, oder? Ihr ging es doch nur darum, das Haus auszuräumen und zu verkaufen.

Aber irgendwie war die Vorstellung jetzt nicht mehr so attraktiv wie noch vor einer Woche.

Julia stellte ihren Kaffeebecher auf den staubigen Schreibtisch. Das Zimmer machte, wie der Salon, den Eindruck, als wäre es lange nicht benutzt worden. Die Wände mussten einmal hellblau gewesen sein – oder vielleicht zartlila? –, jetzt hatten sie einen starken Graustich, und von den ehemals weißen Fenster- und Türrahmen blätterte der Lack. Rechts und links von einem schmalen Fenster mit Blick auf eine Seitengasse standen zwei hohe Regale, die mit abgegriffenen Taschenbüchern und unordentlichen Papierstapeln vollgestopft waren. Sonst gab es nur noch ein schmales weißes Bett, eine Kommode und einen wuchtigen Kleiderschrank, dessen Mahagoni nicht zu den billigen Sperrholzmöbeln aus den sechziger Jahren passte. Er schien seit langer Zeit hier zu stehen; vermutlich hatte nie jemand den Versuch gewagt, dieses Monster durch die Tür zu bugsieren.

Das Zimmer war nicht besonders groß, dafür bot es durch die zwei Fenster an der hinteren Wand einen herrlichen Blick auf den Garten bis hinunter zu der verwilderten Obstpflanzung am Ende des eingezäunten Grundstücks. Ungepflegt und verwahrlost, wie er war, wirkte der Garten wie verzaubert: ein Gewirr wilder Rosen und wuchernder Eibenhecken, verschlungene Wege, an denen hier und dort eine verrostete Bank stand, und mittendrin ein alter Pavillon, von dem nicht viel mehr als das morsche Spitzdach zu sehen war. Vor vierzig Jahren, mit einem frisch geweißten Pavillon, Wasser im Vogelbad und bunten Blumen auf den verwilderten Beeten, musste er eine Pracht gewesen sein.

Zwischen den zwei Fenstern hing ein kleines Bild, ein Aquarell, das ebendiesen Blick zeigte, jedoch in Frühlingsstimmung mit blühenden Bäumen und einem leuchtend blauen Himmel. Julia brauchte nicht nach der Signatur zu sehen, um zu wissen, wer das Bild gemalt hatte.

Ihre Mutter hatte an der Kunstakademie studiert, als Julias Vater sie kennengelernt hatte.

Es war eins der wenigen Dinge, die Julia von ihren Eltern wusste. Deshalb hatte ihr Vater so empfindlich reagiert, als sie beschlossen hatte, im Hauptfach Kunstgeschichte zu studieren. Sie wusste, es hätte ihn ins Mark getroffen, wenn sie dabeigeblieben wäre und womöglich promoviert hätte.

Sie drehte sich einmal langsam im Kreis, um Einzelheiten aufzunehmen; die Skizzenblöcke auf den Borden; das ein wenig schmuddelige Princess-Telefon. Kein Zweifel, dies war das Zimmer ihrer Mutter gewesen. Vor vierzig Jahren, in einem anderen Leben, hatte ihre Mutter vielleicht mit diesem Telefon auf diesem Bett gelegen und leise mit Julias Vater gesprochen, nur gedämpft lachend, damit Tante Regina nichts hörte.

Es war doch anzunehmen, dass ihre Mutter und ihr Vater auch miteinander gelacht hatten. Früher.

Aus weiter Ferne meinte sie plötzlich die zornige Stimme ihres Vaters zu hören; dazu die Stimme einer Frau, nicht weniger heftig; dann Türenknallen. Sie meinte das Kratzen eines Teppichs an ihren bloßen Knien zu spüren. Sie hockte irgendwo in einem Versteck, unter einem Tisch, und belauschte ihre streitenden Eltern.

Woher zum Teufel kam diese Szene?

Julias Hand lag schon auf dem Türknauf, als ihr bewusst

wurde, dass sie Schritt für Schritt zurückgewichen war, um eilig hinauszuschlüpfen und die Tür hinter sich zuzuschlagen. Sie lachte unsicher. Phantastisch. Wenn das keine metaphorische Handlung war. Ihr Englischprofessor von früher wäre begeistert gewesen. Die Tür zuschlagen, um eine andere, innere Tür zuzuschlagen. Wie sie das all die Jahre getan hatte.

Verrückt. Wovor hatte sie eigentlich solche Angst? Woran wollte sie sich um keinen Preis erinnern?

Vielleicht hatte sie nur Angst, sie würde den Verlust spüren. Den Verlust ihrer Mutter.

Die Antwort drängte sich ihr ganz von selbst auf. Es war so viel leichter, so zu tun, als wäre ihre Mutter nie gewesen, als hätte sie – Julia – schon immer mit ihrem Vater in New York gelebt. Es war so viel leichter, sich nicht an Wärme und Zärtlichkeit zu erinnern; die Erinnerung hätte weh getan. Wut war weniger schmerzhaft, Wut auf ihre Mutter, dafür, dass sie sie verlassen hatte. Obwohl es ein Unfall gewesen war – das Wort ‹Unfall› war immer mit großem Nachdruck ausgesprochen worden –, war es Julia nie gelungen, den Gedanken loszuwerden, dass ihre Mutter sie und ihren Vater absichtlich verlassen hatte.

Vielleicht hatte das Schweigen ihres Vaters sie in dieser Vorstellung bestärkt, wie er, als hätte er Schmerzen, die Lippen zusammenkniff, wenn der Name ihrer Mutter fiel. Das war nicht Schmerz allein; es war auch Wut. Julia, das Kind, hatte begriffen. Mama war schuld daran, dass sie jetzt allein waren. Das Beste war, sie ganz aus dem Gedächtnis zu streichen und so zu tun, als hätte es sie nie gegeben.

Schweißfeucht unter ihrem Trägerhemdchen, lehnte

sich Julia an die Tür. Sie hatte wirklich ganze Arbeit geleistet. Sie hatte jede Erinnerung an ihr Leben in England gelöscht. Wäre nicht das eine alte Foto gewesen, wüsste sie nicht einmal, wie ihre Mutter ausgesehen hatte.

Vielleicht wurde es Zeit, der Erinnerung Raum zu geben.

Vielleicht. Später. Julia trank einen Schluck von ihrem kalten Kaffee. Schritt für Schritt. Dass sie nicht Hals über Kopf aus dem Zimmer ihrer Mutter geflohen war und die Tür hinter sich zugeschlagen hatte, war schon mal ein guter Anfang.

Sie zog ihren Pferdeschwanz fester und beschloss, zuerst den Kleiderschrank in Angriff zu nehmen. Er schien ihr die wenigsten intimen Erinnerungen an ihre Mutter zu bergen. Sie brauchte Kraft, um die Tür aufzukriegen. Es lag nicht am Schloss; es war das alte Holz, das sich verzogen hatte. Auf einer Seite befanden sich nur Schubladen; auf der anderen hingen Kleider und lange Hosen an einer Stange, und auf dem Boden lagen Stöße von Pullovern.

Es waren die Sachen ihrer Mutter – Rollis, Schottenröcke, Mini- und Maxikleider, muffig riechend und aus der Mode. Langsam begann Julia, sie vom Schrank aufs Bett zu räumen.

Eine erstaunliche Menge Klamotten, die ihre Mutter in ihrem Elternhaus zurückgelassen hatte, fand sie, aber vielleicht hatte sie ja verkehrte Vorstellungen. Dass sie selbst ihr Zimmer bis auf den letzten Knopf ausgeräumt hatte, als ihr Vater die neue Wohnung gekauft hatte und sie ausgezogen war, um ans College zu gehen, hieß noch lange nicht, dass es alle so machten. Sie hatte Freundinnen, die zehn Jahre nach dem Studium immer noch ihr eigenes Zimmer mit allem Drum und Dran in ihrem Elternhaus hatten. Und ihre Mutter war noch sehr jung gewesen, als sie Julias Vater geheiratet hatte, gut zehn Jahre jünger, als sie selbst jetzt war. Einundzwanzig? Zweiundzwanzig? Ihr Vater hätte es ihr sagen können, aber Julia wollte nicht fragen.

Wo hatten sie gelebt, als sie klein gewesen war? Hier nicht, vermutete sie. Dies war ein Jugendzimmer – außerdem konnte Julia sich nicht vorstellen, dass ihr Vater bei der Verwandtschaft seiner Frau eingezogen wäre.

«Eine Wohnung mit Garten.» Die Worte kamen aus dem Nichts. Sie hörte die Stimme, die die Worte sagte, ein kleines Lachen, als wären sie scherzhaft gemeint. Beigefarbene Wände und Schiebetüren aus Glas und eine betonierte Terrasse mit Drahtmöbeln. Und eine Katze. Ihre? Oder die der Nachbarn?

Sie konnte sie zwischen zwei Topfpflanzen hindurchhuschen sehen, mit knapper Not ihren grapschenden kleinen Händen entwischt. *Mama, Miezekatze!*

Das Bild zersprang. Zurück blieb die Pappwand des Schranks.

Er war ihr so real erschienen, dieser Blick aus der Kinderperspektive, doch das bedeutete gar nichts. Erinnerungen ließen sich so leicht erfinden, aus Gelesenem und Gehörtem zusammenbasteln und zurechtbiegen, bis man ihnen glaubte. Nur das Greifbare, das Materielle bot eine gewisse Sicherheit. Die kratzige Wolle der alten Röcke ihrer Mutter, die war real. Ebenso wie das Holz des Kleiderschranks, auch wenn die Rückwand nicht so solide aussah wie die Vorderfront.

Julia beugte sich in den jetzt leeren Schrank hinein. Die

Rückwand hatte eine ganz andere Farbe, sie war blassbraun, viel heller als das satte Mahagoni. Als sie sie anstupste, geriet das ganze Ding ins Wackeln. Hoppla! Instinktiv riss Julia die Hand zurück. Womöglich würde der Schrank gleich über ihr zusammenbrechen ...

Doch die vermeintliche Rückwand war gar nicht Teil des Schranks. Und sie war auch nicht aus Holz. Vorsichtig schob Julia den Kopf wieder vor und tastete die Ränder des Einsatzes ab. Er war aus fester Pappe oder einem ähnlichen Material, genau auf die Größe der Rückwand zugeschnitten.

Julia zog vorsichtig daran. Als das nichts bewirkte, wagte sie einen kräftigen Ruck. Der Einsatz sprang heraus, Julia taumelte zurück, und irgendetwas plumpste polternd auf den Schrankboden, von dem eine Staubwolke aufstieg.

Hustend beugte sich Julia wieder in den Schrank. Es war ein rechteckiges Paket, in dicke Schichten altes Leinen eingehüllt, das mit den Jahren vergilbt war. Sie hatte Mühe, das Bündel durch die Tür zu bekommen, es war beinahe so breit wie der Schrank, noch umfangreicher durch die Polsterung. Wer immer dieses Paket versteckt hatte, hatte es genau auf die Dimensionen des Schranks abgestimmt.

Langsam begann Julia, die Schichten zu entfernen. Der Stoff roch schwach nach Lavendel und fühlte sich ganz anders an als die Kunstfasern, die ihre Finger gewöhnt waren. Das war nichts, was ihrer Mutter gehört hatte, sagte sich Julia mit einem Anflug erwartungsvoller Neugier. Das hier war älter, viel älter. Diese Laken hatten nie eine Fabrik gesehen. Sie waren von Hand gesäumt mit kleinen, akkuraten Stichen, denen dennoch die Gleichmäßigkeit maschinell gefertigter Nähte fehlte.

«Das Geheimnis des alten Kleiderschranks», murmelte Julia ironisch vor sich hin, doch ihre Finger flogen, als sie das letzte Leintuch herunterriss und auf braunes, von Schnur umwickeltes Papier stieß. Mit Schnur umwickelt, weil es noch kein Klebeband gab?

Eine schöne Enttäuschung wäre das, wenn sich der Inhalt als ein Stapel Zeitschriften oder ein großes Nudelbrett entpuppte. Größe und Form passten, nur das Gewicht war etwas zu gering.

Die Knoten in der Schnur waren steif. Julia gab schnell alle Versuche auf, sie zu lösen, und entfernte die Verschnürung mit viel Gezerre und Geschiebe über die Seiten des Pakets, wobei sie sich vorkam wie ein Kind, das ungeduldig ein Weihnachtsgeschenk auspackt. Endlich konnte sie das braune Papier aufschlagen.

Es war ein Gemälde. Keine Kopie, kein Druck, ein richtiges Ölgemälde, die Leinwand war auf einen Keilrahmen gespannt, jedoch nicht gerahmt. Julia legte das Bild aufs Bett. Die Farben leuchteten erstaunlich kräftig, die Pinselführung war so klar zu erkennen, als wäre es gestern gemalt.

Und es lag verkehrt herum.

Julia schob alte Pullover und Röcke auf die Seite und drehte das Gemälde um. Fasziniert kniete sie vor dem Bett nieder. Es war kein Porträt, keine Landschaft, kein Konterfei irgendwelcher einst geliebter Mopshunde. Das Bild erzählte eine Geschichte – von einem Festmahl, von Rittern und höfischen Jungfrauen. In der Mitte thronte der König an der festlichen Tafel, Julia erkannte ihn an dem Platz, den er einnahm, und an dem auffallenden goldenen Reif um seinen Kopf. Um ihn scharten sich seine Höflinge.

Im Vordergrund des Bildes waren ein Mann und eine

Frau zu sehen, die als Einzige ihrem Herrscher keine Beachtung schenkten. Ganz ineinander versunken standen sie in einer Fensternische, brennende Sehnsucht in den Augen, die Hände um einen goldenen Becher geschlossen, den sie zwischen sich hielten. Obwohl sie von der Tafel des Königs abseits standen, war es dem Maler gelungen, sie in den Mittelpunkt der Aufmerksamkeit zu rücken, auch der des Königs. Er hielt den Becher erhoben, um einen Trinkspruch auszubringen, doch sein Blick war zur Seite gerutscht. Er beobachtete das Paar, und was er sah, gefiel ihm nicht.

Es war reinster Präraffaelismus, die Buntglasfenster, die Banner, die von den Balken flatterten, die farbenprächtigen Wämser der Höflinge. Die Dame trug ein Kleid in einem satten Saphirblau mit tiefsitzendem Gürtel. Ihre Haare waren nicht rot, wie das sonst dem Stil der Präraffaeliten entsprach, sondern dunkelbraun, fast schwarz. Sie fielen ihr offen bis zur Taille hinunter, nur von dem goldenen Reif um ihre Stirn zusammengehalten.

Die Frau hatte etwas sehr Vertrautes.

«Julia?»

Sie stützte sich auf den Bettrand, als sie ihren Namen hörte. Wie lange kniete sie schon hier? Die Knie taten ihr weh, und ihr Nacken war steif.

«Julia?» Andrew schaute zur Tür herein. «Ich wollte dir was – Was ist das?»

Julia stand auf und blieb neben dem Gemälde stehen, obwohl sie sich viel lieber davorgestellt und ihren Fund verborgen hätte.

Wie Gollum mit seinem ‹Schatz›, dachte sie verächtlich und trat noch einen Schritt zur Seite. «Das habe ich hinten im Schrank gefunden. Ziemlich cool, oder?»

Andrew riss die Augen auf. «Ich verstehe nicht viel von Kunst, aber das sieht echt aus.» Er lachte sie an. «Vielleicht hast du den Rubens gefunden.»

Julia hob abwehrend die Hand, doch Andrew rief schon die Treppe hinunter: «Nick? Nick! Komm doch mal rauf. Das musst du sehen.»

«Vielleicht ist es nur eine Kopie», wandte Julia ein.

Doch sie wusste genau, dass es keine war. Kopien sahen anders aus. Sie hatten nicht diesen entschiedenen Pinselstrich, diese Lebendigkeit der Farben.

Julia hörte das Klappern von Natalies hochhackigen Sandaletten auf der Treppe.

«Was ist los?», fragte Natalie ihren Bruder schlecht gelaunt, als hinter ihr Nicholas auftauchte.

«Wehe, ihr habt mich wegen irgendeinem Quatsch von den antiken Milchkännchen da unten weggeholt», sagte er.

«Bitte.» Andrew wies auf das Gemälde auf dem Bett.

Einen Moment lang standen sie alle nur da und schauten. Dann sagte Nicholas: «Das ist kein Rubens.»

Kapitel 8

Herne Hill, 2009

«Was du nicht sagst», sagte Julia
«Aber es *ist* ein Gemälde», erklärte Andrew.
«Messerscharf erkannt», nuschelte Nicholas sarkastisch.
Julia sah ihn an. «Ich riskiere mal eine Vermutung. Ein Präraffaelit», sagte sie. «Von der ganzen – Stimmung her.»

Wenn sie bei der Kunstgeschichte geblieben wäre, hätte sie jetzt die Fachterminologie parat gehabt, um zu erklären, welche Einzelheiten sie in ihrer Einschätzung so sicher machten. Es hatte mit den Farben zu tun, mit dem Sujet, mit der Qualität des Lichts. Sie hatte damals keine Kurse über die präraffaelitische Malerei belegt – die war zu der Zeit vom kunsthistorischen Establishment in Yale nicht ganz für voll genommen worden –, doch die Bilder hatten zur Standarddekoration der Wohnheimzimmer gehört. Sie selbst hatte in ihrem Zimmer Poster von Dicksees *Belle Dame sans Merci*, Millais' *Ophelia* und Waterhouses *My Sweet Rose* an der Wand gehabt.

Aber das waren Drucke gewesen. Das hier war das Original.

«Stimmt genau», sagte Nicholas zu ihrer Überraschung. «Ist es signiert?»

Sie wären beinahe mit den Köpfen zusammengestoßen, als sie sich gleichzeitig über das Bild neigten. Julias Arm streifte den von Nicholas, schweißfeucht in dem Zimmer ohne Klimaanlage. Aber was Andrew gesagt hatte, stimmte nicht; Nicholas ‹miefte› nicht. Er roch nach Seife, Waschmittel und ein klein wenig nach dem modrigen Hauch alter Bücher.

«Und?», fragte Natalie hinter ihnen ungeduldig.

Julia sah Nicholas an. Er hatte blaue Augen, aber es war kein gewöhnliches Blau, wie man es jeden Tag sah; es hatte einen Glanz wie blaues Glas, wenn Sonnenlicht darauffällt und ihm einen durchscheinenden grünlichen Schimmer verleiht.

«PRB», sagte Julia aufgeregt. Drei Buchstaben, die ihr einen kleinen Schauder über den Rücken jagten. Julia stützte sich auf die Bettkante und stand wieder auf. «Du hast es doch auch gesehen, oder? Rechts unten. Die Initialen PRB.»

«Wer ist PRB?», fragte Natalie.

«Nicht wer, sondern was», antwortete Julia, bevor Nicholas etwas sagen konnte. «Die Präraffaelitische Bruderschaft. Das war eine Gruppe von Malern Mitte des neunzehnten Jahrhunderts. Ziemlich verrückt und aufrührerisch. Aber sie haben wunderbare Bilder gemalt.»

«Postkartenkunst», bemerkte Nicholas, der ebenfalls aufgestanden war, über ihren Kopf hinweg.

Julia war nicht bereit, sich unterbuttern zu lassen. «Erzähl das mal dem Met», konterte sie.

«Oder der Tate», sagte Nicholas, und sie merkte, dass er sie absichtlich aufgezogen hatte. Zu Natalie gewandt, fügte er hinzu: «Der Kunstwelt ist alles verdächtig, was bei den Massen zu viel Anklang findet.»

«Habt ihr auch einen Namen gefunden oder nur diese Initialen?» Natalie legte Nicholas besitzergreifend die Hand auf die Schulter. Julia fühlte sich mehr oder weniger subtil zurechtgewiesen und trat einen Schritt zurück. «Wissen wir, wer es gemalt hat?»

«Ich sehe nirgends einen Namen», sagte Andrew, der vor dem Bild in die Hocke gegangen war. «Was natürlich nicht heißt, dass keiner da ist», fügte er schnell hinzu.

«Selbst wenn es nicht signiert ist», meinte Nick, «können wir, glaube ich, die Möglichkeiten einschränken. Wenn ich recht habe.»

«Wie denn?», fragte Julia.

In seinen Augen blitzte ein Funke, der seinem vorsichtigen Ton widersprach. «Es war eine kleine Bewegung. Nicht jeder hat die Initialen PRB benutzt. Das taten nur die ursprünglichen Mitglieder und auch nur ganz zu Anfang. Sie hörten damit auf – ich weiß nicht genau, wann. Irgendwann in den ersten Jahren. Ziemlich bald.»

Das würde sich leicht feststellen lassen. Sie konnte es googeln, sobald die anderen gegangen waren. Julia schwamm der Kopf. Die Vorstellung, dass dieses Bild auf ihrem Bett ein echtes präraffaelitisches Gemälde sein könnte, dass vielleicht niemand es mehr gesehen hatte, seit der Maler vor ungefähr 150 Jahren den letzten Pinselstrich getan hatte …

«Ich würde mir keine zu großen Hoffnungen machen», warnte Nicholas. «Unter den frühen Präraffaeliten waren einige, die es nie geschafft haben. Es waren nicht lauter Rossettis und Millais.»

Julia ging darauf nicht ein. «Aber deiner Meinung nach ist es echt?», fragte sie. «Ich meine, keine Kopie oder Nachahmung?»

«Ich weiß es nicht.»

«Weißt du es nicht, oder willst du es nicht sagen?»

Natalie mischte sich hastig ein. «Also, es ist doch wirklich nicht nötig –»

Ohne auf Natalie zu achten, sagte Nicholas abrupt: «Würdest du es mich in den Laden mitnehmen lassen? Ich kenne ein paar Leute, die es sich ansehen und uns sagen könnten, worum es sich handelt.»

Natalie klatschte in die Hände. «Hab ich's dir nicht gesagt?» Sie hakte Nicholas unter. «Was hätten wir hier ohne dich getan?»

«Es zu einem richtigen Gutachter gebracht?» Er entzog Natalie seinen Arm und wandte sich Julia zu: «Also, was meinst du?»

Julia empfand einen merkwürdigen Widerwillen bei dem Gedanken, das Bild aus der Hand zu geben. «Reichen da nicht auch ein paar Fotos?» Sie bemühte sich um eine plausible Entschuldigung. «Es hin und her zu schleppen, kann ihm doch nicht guttun.»

«Es hat seit fast einem Jahrhundert da hinten im Schrank rumgelegen», bemerkte Andrew. «Sachgerechte Lagerung kann man das ja wohl kaum nennen.»

«Hast du eine Digitalkamera?», fragte Nicholas.

Julia sah ihn erstaunt an. «Ja. Warte. Ich hole sie.»

Sie rannte in ihr Zimmer, das schräg über dem Flur lag. Während sie in ihrem Koffer nach der Kamera kramte, hörte sie Natalie fragen: «Wäre es nicht einfacher, du würdest das Bild mitnehmen?»

«Damit er's nachher im Lokal liegen lässt?», entgegnete Andrew lachend. «Oder Mayonnaise drauftropft?»

«Mit Essen kommt mir keiner in seine Nähe.» Julia

kehrte atemlos mit ihrem Fotoapparat zurück. «Okay. Wer fotografiert?»

Die Batterie des Apparats funktionierte wunderbarerweise noch. Sie schauten zu, wie Nicholas das Gemälde aus jedem möglichen Winkel fotografierte, mit besonderem Augenmerk auf die drei ineinander verschlungenen Initialen PRB.

Julia konnte sich nicht verkneifen zu fragen: «Was glaubst du, von wem es ist?»

«Ich verstehe nicht genug davon. Wenn ich was sagen würde, wäre es nur wilde Vermutung», antwortete er. «Dem Sujet nach könnte es ein Millais sein, aber die Palette sieht eher nach Rossetti aus. Ich zeige es Anna, einer Freundin, die kann uns das sicher sagen.»

«Anna?» Natalie zog die Brauen hoch.

Nicholas reagierte nicht. «Sie unterrichtet in Cambridge. Das ist ihr Fachgebiet.» Ohne den Blick von dem Bild zu wenden, das so unpassend zwischen den alten Röcken und Pullis von Julias Mutter lag, legte er den Fotoapparat auf den Schreibtisch. «Es könnte auch eine Kopie sein.»

«Natürlich», murmelte Julia, obwohl sie das keinen Moment glaubte.

«Aber wenn es eine Kopie wäre», wandte Andrew ein, «hätte der Maler dann nicht etwas Bekannteres kopiert?»

«Andrew», sagte Julia. «Du bist ein Schatz.»

Andrew gab ihr einen freundschaftlichen Rempler. «Für eine Cousine tut man doch alles. Solltest du nicht langsam gehen, Nick?»

Nicholas sah auf seine Uhr und fluchte. «Verdammt. Jetzt komme ich zu spät zu meinem Mittagessen.» Zu Julia sagte er: «Vergiss nicht, mir die Bilder zu mailen.»

Das war ein kleines Problem. «Ich habe das Kamerakabel nicht mit. Nimm doch einfach die Kamera. Da sind im Moment sowieso keine anderen Fotos drauf.» Hoffte sie. Und fügte ein wenig boshaft hinzu: «Natalie kann mir den Apparat dann ja wiederbringen.»

«Ja, die Galerie liegt auf meinem Weg zur Arbeit», stimmte Natalie zu.

«Gut, dann ist das geklärt», sagte Nicholas. Er warf Julia einen kurzen Blick zu. «Ich ruf dich Montag an und erzähl dir, was ich rausbekommen habe. Gibst du mir deine Nummer?»

Erst nachdem er gegangen war, fiel Julia auf, dass keiner von ihnen die wahre Frage gestellt hatte: Was zum Teufel hatte ein präraffaelitisches Gemälde – ob nun Original oder Kopie – in einem Kleiderschrank zu suchen?

London, 1849

Wie durch Wasserrauschen hörte Imogen das Rascheln von Röcken, das vielstimmige Geplapper, das Klappern von Absätzen auf dem Marmorboden, während die Ausstellungsgäste an ihr vorbeiströmten. Ihre Hände in den Glacéhandschuhen waren feucht.

Das dort an der Wand war sie selbst, den Blicken aller preisgegeben.

Nein, nicht sie. Ein Modell. Ein Modell mit langen roten Haaren. Mit Mühe zwang sich Imogen zurückzutreten, um das Bild kritisch zu betrachten, ohne sich von dem Gefühl überwältigen zu lassen, sie würde mitten in der Akademie in hüllenloser Nacktheit vorgeführt.

Gut, es war ihr Nähkasten, es war ihr Stundenbuch. Aber das waren doch nur Objekte, das hatte nichts mit ihrer Persönlichkeit zu tun. Jeder andere würde bei der Betrachtung des Bildes lediglich ein paar Requisiten erkennen, Beiwerk eines Gedichts über eine längst vergangene Zeit. Es war gleichgültig, wem die einzelnen Gegenstände gehörten. Es waren nur Requisiten wie die Pappkrone des Königs in einer Shakespeare-Aufführung.

Sie sollte, sagte sich Imogen streng, ihr Augenmerk lieber auf die technische Kunstfertigkeit der Arbeit richten, auf die satten und kräftigen Farben, durch die das Werk sich aus der Masse der in stumpferen, matteren Tönen gehaltenen Bilder rundherum hervorhob wie ein Rotkehlchen auf einer Wiese voller Zaunkönige. Besonders das Fenster strahlte, als strömte Licht durch das Glas. Es hatte die gleichen reinen, klaren Töne wie die besten mittelalterlichen Buchminiaturen.

«Mrs. Grantham.»

Sie fuhr aus ihren Gedanken, als sie ihren Namen hörte. Überrascht drehte sie sich um, und der Katalog fiel ihr aus der Hand.

Mr. Rossetti hob ihn ihr auf, bevor jemand darauftreten konnte. Seine wilde Lockenpracht war mit Rücksicht auf den Anlass gebürstet, doch seine Wangen zeigten immer noch die schwindsüchtige Blässe, die zum gängigen Bild des Künstlers gehörte.

«Ich sehe, Sie bewundern Thornes Arbeit», sagte er, als Imogen den Katalog mit einem Wort des Dankes von ihm entgegennahm.

«Guten Tag, Mr. Rossetti.» Imogen zwang sich zu Liebenswürdigkeit. «Wo sind Ihre Arbeiten?»

Rossetti zuckte mit gespielter Nonchalance mit den Schultern. «Hier leider nicht. Ich habe dieses Jahr im Hyde Park ausgestellt. Ich wollte nicht riskieren, dass meine *Kindheit Mariens* irgendwo unter der Decke und den Spinnweben landet. Wie Sie sehen, hat Thorne Glück gehabt, das Bild hängt genau richtig.»

«Ja», murmelte Imogen. Genau richtig. Da, wo jeder es gut sehen konnte.

«Aber Sie werden Thorne doch sicher selbst sprechen wollen, um ihm zu gratulieren», meinte Rossetti unbefangen.

«Nein, wirklich, das ist nicht nötig –», begann Imogen.

«Das ist sogar sehr nötig», widersprach Rossetti. «Aufrichtige Bewunderung tut der Künstlerseele wohl. Vor allem, wenn vorher die Kritiker über ihn hergefallen sind. Da ist er, zusammen mit Millais. Thorne!»

Rossetti winkte dem Kollegen, der etwas abseits mit mehreren Leuten zusammenstand, unter ihnen ein Mann mit hoher Stirn und hellen zerzausten Haaren und der allgegenwärtige John Ruskin. Als Thorne auf Rossetti aufmerksam wurde, entfernte er sich mit einer Entschuldigung aus der Gruppe.

Imogen strich ihre vom Schweiß klebrigen Handschuhe glatt und setzte ein höfliches Lächeln auf.

«Mr. Thorne.» Ihre Begrüßung triefte von herablassender Höflichkeit. «Ich bewundere gerade Ihre Arbeit», sagte sie, obwohl sie alles andere als Bewunderung empfand.

«Mrs. Grantham.» Seine tiefe Stimme mit dem Anklang eines nordenglischen Dialekts fiel inmitten des affektierten Geplappers rund um sie herum besonders auf, als käme sie aus einer raueren Welt. «Welch ein Vergnügen, Sie hier zu sehen.»

«Sie scheinen von Ihrem Besuch bei uns ja einiges mitgenommen zu haben», sagte Imogen, und es klang spitz, obwohl sie sich bemühte, einen leichten Ton anzuschlagen.

Thorne zog irritiert die Brauen hoch. «Ihr Gatte war so freundlich, uns zu erlauben, von allem, was uns ansprach, Skizzen zu machen. Ich dachte nicht, dass es als Übergriff gesehen würde.»

Natürlich. Typisch Arthur, dachte Imogen erbittert. Es war ja nicht seine Seele, die da auf Leinwand entblößt wurde.

Unsinn, es ging um ihren Nähkasten. Nicht um ihre Seele. Diese Mariana in ihrer Hütte hatte nichts mit ihr zu tun.

«Ich bin erstaunt, dass Sie gerade dieses Sujet gewählt haben», sagte sie eine Spur zu laut. «Finden Sie Mariana nicht ziemlich kraftlos?»

«Dann haben Sie Tennysons Gedicht gelesen?»

Ja, sie hatte es gelesen und sich darüber geärgert. Sie hatte nichts als Verachtung für die schwache, weinerliche Mariana empfunden – und sich selbst dafür verachtet, dass diese gefühlsschweren Worte der Verzweiflung eine Saite in ihr angeschlagen hatten. Vielleicht hatte gerade deshalb das Gedicht sie derartig verärgert, dass die den schmalen Band beiseitegeworfen und Trost in ihrem Garten gesucht hatte, beim Graben und Pflanzen und Jäten. Sie wusste, wie es sich anfühlte, wenn man in einem Käfig saß und wartete, immer nur wartete.

Und worauf? Sie wusste schon lange, dass man bis in alle Ewigkeit auf den edlen Ritter warten konnte. Und dass so ein vermeintlicher Befreier, wenn er wirklich erschien, einen nur ins Verderben stürzte, so erzählten es jedenfalls die Geschichten.

«Mr. Tennyson», sagte sie mühsam beherrscht, «ist ein großer Dichter, aber er scheint ein Faible für das Kraftlose zu haben.»

«Sie finden Mariana kraftlos?»

«Sie sagt es doch selbst von sich.» Imogens Ton war schärfer, als es ihr selbst gefiel, als sie aus dem Gedächtnis zitierte: «‹Dann sagte sie: Alle Kraft ist mir geschwunden, ach, so tief ist meine Not, ich wünschte wohl, ich wäre tot …› Da haben Sie es aus ihrem eigenen Mund.»

«Sind Sie denn der Meinung, dass wir selbst uns am besten beurteilen können?» Er sah sie viel zu intensiv an. «Wir täuschen uns selbst doch genauso, wie wir die anderen täuschen.»

«Ausgenommen das Adlerauge des Künstlers?», fragte Imogen spöttisch.

«Das würde ich nicht behaupten.» Zu ihrer Überraschung lachte er. Es war ein tiefes, etwas raues Lachen, bei dem seine Augenwinkel sich kräuselten. «Wir Maler sind – es gibt einen französischen Ausdruck dafür – kluge Dummköpfe. Wir führen den Pinsel, doch wir sehen nur die Hälfte von dem, was wir ausdrücken.»

«Der weise Narr.» Sie war nicht bereit, sich von falscher Bescheidenheit täuschen zu lassen. «Aber trifft es nicht zu, dass ein Narr, der sich selbst kennt, kein Narr ist?»

Thorne hob kapitulierend beide Hände. «Sie haben einen zu scharfen Verstand für mich, Mrs. Grantham.»

Sie wusste nicht, ob es ein Kompliment oder eine Beleidigung sein sollte.

«Ja, das hat sie, nicht wahr?», sagte Arthur, der zu ihnen getreten war und jetzt ihren Arm nahm. «Ich habe mich schon gefragt, wohin du verschwunden bist, Liebes. Mr. Thorne, ich sehe, Sie haben guten Gebrauch von unserer kleinen Sammlung gemacht.»

«Ich kann Ihnen nicht genug für Ihre Großzügigkeit danken.» Sie führten jetzt ein Gespräch von Mann zu Mann, in dem Imogen keinen Platz hatte, allenfalls als schmückendes Beiwerk im Hintergrund diente. «Gerade die Details spielen ja eine entscheidende Rolle. Wenn man das richtige Modell hat, selbst für die kleinsten Dinge – dann macht das eine Szene lebendig.»

Arthur betrachtete sinnend das Gemälde. «Ja. Ja, ich verstehe, was Sie meinen. Das Bild besitzt eine große Klarheit, eine Unmittelbarkeit, würde ich sagen. Der verschwommene Hintergrund ist nicht mehr Ihre Sache, wie?»

Thornes Gesicht zeigte eigensinnige Entschlossenheit. «Wenn ich eine Narzisse vor mir habe, möchte ich diese besondere Narzisse malen und nicht irgendeine gelbe Blume, die so ähnlich aussieht; wenn ich über mir einen Himmel sehe, soll er so werden, wie ich ihn gesehen habe. Ich will dem Betrachter nichts vormachen.»

«Ehrlichkeit in der Kunst …» Arthur ließ sich das durch den Kopf gehen. «Ein interessanter Gedanke, auch wenn manche wahrscheinlich sagen würden, es sei ein Widerspruch in sich.»

«In der Dichtung liegt oftmals auch Wahrheit, Sir», sagte Thorne, «und die Bilder, die ich erdichte, sollen der Wahrheit so nahe wie möglich sein.»

«Ein wenig zu nahe vielleicht.» Imogen hatte das nicht laut sagen wollen. Als die beiden Männer sie anblickten, lachte sie verlegen und wies auf das Gemälde. «So viel Gefühl – das berührt ja beinahe peinlich.»

Ihr Mann sah sie mit nachdenklichem Blick an. «Wissen Sie, Thorne, ich habe da vielleicht einen Auftrag für Sie.» Zu Imogen gewandt, sagte er: «Wir haben doch öfter davon gesprochen, dein Porträt malen zu lassen.»

Ja, sie hatten davon gesprochen – von einem Pendant zu dem Porträt Arthurs, das im Salon hing –, aber es war einer dieser Pläne, die immer wieder auf unabsehbare Zeit verschoben wurden. Imogen war es ziemlich gleichgültig, ob ihr Bild einmal zur Erbauung der Nachwelt in Herne Hill an der Wand hängen würde oder nicht. Es bedeutete ihr nichts. Welchen Unterschied machte es für Arthurs verstorbene Frau, in eine Miniatur eingeschlossen, ewig lachend in eine Welt zu blicken, die sie nicht mehr erleben konnte?

Eins stand für Imogen auf jeden Fall fest: Von Gavin Thorne wollte sie sich nicht malen lassen. Wenn unbedingt ein Porträt von ihr gemalt werden musste, dann von einem schlichten Geist, der ihr nicht zu nahe kommen, der ihre äußeren Züge auf Leinwand übertragen und ihr Inneres unangetastet lassen würde.

«Ach, das ist wirklich nicht nötig», wehrte sie hastig ab. «Außerdem würde ich Mr. Thorne keinesfalls von seinen anderen Aufgaben abhalten wollen. Man denke nur an die vielen einzelnen Narzissen, die gemalt werden wollen.»

«Unsinn», meinte Arthur leutselig. «Ich kenne kaum einen Künstler, der sich nicht über einen Auftrag freut.»

«Wir können uns nicht anmaßen –», begann Imogen, doch Arthur unterbrach sie mit einer schnellen Handbewegung.

«Sie haben recht, Sir», sagte Thorne zu Arthur. «Ich würde mich über Arbeit freuen. Und natürlich über die Gelegenheit», fügte er mit einer Verneigung zu Imogen hinzu, «eine so schöne Frau wie Mrs. Grantham zu malen.»

Die Galanterie stand ihm schlecht. Imogen presste die Lippen zusammen und sagte nichts. Was hätte sie auch sagen können? Jeder Protest hätte höchstens ungesittet geklungen.

«Bravo», sagte Arthur erfreut. «Dann erwarten wir Sie – sagen wir nächsten Montag?»

Die Frage war nicht an Imogen gerichtet. Warum hätte er auch ihre Zusage einholen sollen? Sie hatte keine Pflichten, die sich nicht nach Arthurs Belieben verschieben ließen.

«Ja», sagte Mr. Thorne und sah wieder Imogen an. Sie spürte, wie ihr die Röte in die Wangen stieg. Fühlte sich so ein Schmetterling, der hilflos gefangen in der Hand eines Naturforschers flatterte? «Nächste Woche Montag passt sehr gut.»

KAPITEL 9

Herne Hill, 2009

Als es Montagnachmittag wurde, schaltete Julia ihr Handy aus. Sie hatte es lange genug angestarrt.

Nicht, dass sie so wahnsinnig erpicht darauf gewesen wäre, von Mr. Nicholas Dorrington, dem König der Kunstwelt, zu hören, sagte sie sich. Er gehörte ja offensichtlich Natalie, ob er nun von seinem Glück wusste oder nicht. Aber Julia hätte gern mehr über ihr Gemälde erfahren, und da war er im Moment ihre beste Quelle.

Sie hatte schon auf eigene Faust recherchiert, doch das Internet hatte enttäuschend wenig Informationen zu bieten. Von den sieben ursprünglichen Mitgliedern der präraffaelitischen Bruderschaft waren ihr nur drei als Maler bekannt: Dante Gabriel Rossetti, John Everett Millais und William Holman Hunt. Von den anderen, einer von ihnen Rossettis älterer Bruder, hatte sie nie gehört.

Das Gemälde selbst war auch keine Hilfe. Sie mochte suchen, so viel sie wollte, sie fand nirgends eine Signatur – weder verbarg sie sich in den Binsenmatten auf dem Fußboden des Festsaals noch in der Stickerei auf der Schleppe der Dame. Und auch auf der Rückseite war nichts zu finden.

Sie glaubte mit ziemlicher Sicherheit sagen zu können, dass die auf dem Gemälde dargestellte Szene aus der mittelalterlichen Erzählung von Tristan und Isolde stammte, den unglücklichen Liebenden, die den viel älteren König Marke von Cornwall hintergangen hatten. Der König auf dem Bild, sein rotblondes Haar und rotblonder Bart grau gesprenkelt, wirkte angemessen betagt. Es lag etwas Trauriges in seinem Blick, der, seitlich gewandt, auf seine junge Ehefrau und seinen Neffen gerichtet war.

Als sie bei Google unter den Schlagwörtern ‹Tristan und Isolde› und ‹Präraffaeliten› suchte, fand sie zwar einige Bilder zum Thema, aber keins, das Ähnlichkeit mit ihrem Gemälde hatte. Eigentlich ein gutes Zeichen. Wenn ihr Bild eine Kopie wäre, müsste es doch irgendwo ein Original geben, doch Google zeigte ihr nichts.

Und wenn es bei Google nicht auftauchte ...

Julia hatte plötzlich genug. Sie klappte ihren Laptop zu und starrte auf das Bild, das sie auf einen Stuhl gestellt hatte.

«Konntest du nicht mit einer kleinen Museumsplakette hier auftauchen?», fragte sie.

Keine Antwort.

So viel zu dem ganzen Gerede ihrer früheren Dozenten, dass Gemälde zum Betrachter sprächen, man müsse sie nur zu ‹lesen› wissen. Irgendwo in den Details der dargestellten Szene könnte ein echter Experte eine Spur entdecken, die zum Schöpfer des Gemäldes führte – nicht nur Stil und Pinselführung konnten verräterisch sein, sondern auch Requisiten, die früher schon einmal verwendet worden waren, Kostüme, ein Gesicht, das einem bekannten Modell gehörte.

Julias oberflächlicher Lektüre zufolge hatten damals, jedenfalls in den frühen Tagen, als Geld knapp war, die Künstlerkollegen selbst einander Modell gestanden. Für den schlanken, dunkelhaarigen Mann hatte vielleicht einer der Maler der Bruderschaft das Vorbild geliefert. Die Bilder im Internet zeigten alle alte, ehrbare Herren mit buschigen Augenbrauen und Bärten. Lediglich von Rossetti hatte sie ein Jugendbildnis gefunden, eine romantisch anmutende Zeichnung eines jungen Mannes mit langen Locken. Sie hielt es für möglich, dass er sich hinter einem der Höflinge an König Markes Seite verbarg, aber sicher war sie nicht.

Julia wandte sich der Frau zu. Wie umstürzlerisch das damals alles gewesen sein musste, dachte sie, und wie unglaublich klischeehaft es heute wirkte, die gertenschlanke, seelenvolle Frau in dem fließenden pseudomittelalterlichen Gewand und mit den langen wallenden Haaren. Julia hatte Bilder solcher Frauen in Dutzenden von Wohnheimzimmern im College gesehen. La Belle Dame Sans Merci, Fair Rosamund, Guinevere …

Doch diese Frauengestalten waren alle rothaarig gewesen, während die Frau auf diesem Gemälde dunkelhaarig war. Ihr Gesicht mit den eindrucksvollen, kantigen Zügen erinnerte auf den ersten Blick an die typischen präraffaelitischen Frauengesichter, doch je länger Julia sie betrachtete, desto stärker wurden ihre Zweifel. Die Frau war ihr fremd und doch vertraut, als wäre sie ihr schon früher begegnet, wenn auch in ganz anderem Kontext. Es war so ähnlich, wie wenn man eine Arbeitskollegin, die man nur in Kostüm und Pumps kannte, unerwartet in Jeans und Turnschuhen auf der Straße traf.

Wenn Julia sich die Haare hochgesteckt vorstellte, das saphirblaue Samtgewand gegen ein strenges Kleid mit weißem Kragen und weißen Manschetten tauschte …

Es war die Frau, deren Bild im Salon hing.

Nein. Unmöglich. Ehrbare viktorianische Bürgersfrauen hatten sich allenfalls porträtieren lassen, aber doch bestimmt niemals als Modelle zur Verfügung gestellt. Sie war wahrscheinlich völlig meschugge nach dem stundenlangen Starren auf die winzigen Abbildungen präraffaelitischer Gemälde im Internet.

Trotzdem – nachsehen konnte man ja mal.

Sie schlug das Gemälde sorgfältig wieder in die Leintücher und trug das sperrige Bündel vorsichtig die Treppe hinunter in den selbst mitten am Nachmittag düsteren Salon. Das elektrische Licht half nicht viel, aber immerhin konnte man jetzt etwas erkennen.

Sie legte das Bild auf einen alten Kartentisch und schälte es behutsam aus seiner Umhüllung. Über dem Kamin blickte die Dame mit der Prinzessin-Leia-Frisur und dem hochgeschlossenen Mieder irgendwo in die Ferne, als ob sie alle Verantwortung von sich wiese.

Die gleichen Wangenknochen. Das gleiche Kinn. Die gleiche Nase. Haartrachten konnten sich ändern, die charakteristischen Züge eines Gesichts nicht, zumindest vor der Ära der plastischen Chirurgie.

Julia blickte von einem Gemälde zum anderen. Zugeknöpfte Korrektheit. Ungehemmte Hingabe. Eins davon konnte nicht stimmen. Aber welches? Was war Wahrheit und was Verstellung?

Julia konnte sich nicht vorstellen, dass diese Frau im züchtigen Kleid und mit der züchtigen Frisur, die nicht einmal ihre Ohren zeigte, sich als Malermodell hergegeben hatte. Ehrbare Bürgersfrauen taten so etwas nicht.

«Oder warst du vielleicht deshalb im Schrank versteckt?», fragte sie das Gemälde.

Auch jetzt keine Antwort.

Julia fragte sich, ob das viele Alleinsein hier gut für sie war. Wenn das so weiterging, schaffte sie sich besser einen Hund an. Mit einem Hund zu reden war immer noch besser als mit einem Bild.

Aber es gab ja jemanden, mit dem sie reden konnte …

Sie griff zu ihrem Handy. Große Hoffnungen machte sie sich nicht. Er würde ihr wahrscheinlich nichts sagen können. Trotzdem …

Sie schaltete das Handy wieder an.

Keine neuen Nachrichten. Sollte sie das überraschen?

Das Display zeigte kurz nach vier Uhr nachmittags an, das hieß, dass es zu Hause in New York jetzt vormittags kurz nach elf war.

Automatisch begann sie die Nummer ihres Vaters im Krankenhaus einzutippen und drückte dann hastig auf den roten Knopf. Es war Ende Juli. Ihr Vater und Helen waren bestimmt in ihrem Haus in East Hampton. Unvorstellbar, dass ihr Vater sich volle zwei Wochen Auszeit vom Krankenhaus nahm – in ihrer Kindheit hatte es höchstens mal für ein Wochenende gereicht –, doch irgendwie hatte Helen ihn so weit gebracht. Jeden Sommer fuhren sie die beiden letzten Juliwochen, wenn die Jungs im Sommerlager waren, an die Küste.

Nach allem, was Julia gehört hatte, verbrachten sie die Tage dort nach dem gleichen Muster wie die Sonntage zu Hause in der Wohnung: Helen las Krimis, ihr Vater medizinische Fachzeitschriften, und dabei tranken sie Hochlandkaffee aus frisch gemahlenen Bohnen.

Sie hatten sie immer wieder dorthin eingeladen, doch Julia hatte stets einen Vorwand gefunden fernzubleiben.

Die Vorstellung von ihrem Vater in der Badehose war einfach zu gruselig, sagte sie sich, während sie auf die Verbindung wartete.

Helen war es, die sich schließlich meldete und sie mit freudiger Stimme begrüßte. Das war eins der Dinge, die Julia an Helen mochte, dass ihre Freude immer ungeheuchelt war. Manchmal hatte sie ein schlechtes Gewissen, dass sie sich nie bemüht hatte, für Helen ein wenig die Tochter zu spielen, die diese sich so offenkundig wünschte.

Nachdem sie ein paar Worte gewechselt hatten, über das Wetter hier und das Wetter dort, die Berichte der Jungen aus dem Camp, fragte Julia: «Sind Ihro Gnaden zufällig in der Nähe?»

«Ja, warte, ich hole deinen Vater.» Julias Humor kam bei Helen nicht immer an.

«Hallo?», meldete sich Julias Vater in dem blaffenden Ton, der so seine Art war. Es war ein Glück, hatte sie oft gedacht, dass er Chirurg war und nicht Allgemeinarzt. Bei vollem Bewusstsein wären ihm die Patienten scharenweise davongelaufen.

Julia kam ohne Umschweife zur Sache.

«Dad, was weißt du über die Familie meiner Mutter?»

Herne Hill, 1849

*A*ls Gavin mit einer tragbaren Staffelei, die er recht mühselig über der Schulter schleppte, in dem Haus in Herne Hill eintraf, wies das Hausmädchen ihn zum Garten.

Mrs. Grantham erwarte ihn im Pavillon. Auf seine Frage nach Mr. Grantham bekam Gavin zur Antwort, der Herr sei nicht zu Hause, habe aber Anweisung hinterlassen, Mr. Thorne den Tee im Freien zu servieren.

Er hatte den deutlichen Eindruck, dass das Mädchen nicht genau wusste, wie es mit ihm umgehen sollte. Er war kein Herr, den man, nachdem man ihm Hut und Mantel abgenommen hatte, in den Salon führte, gehörte aber auch nicht zu den Leuten niederen Standes, die man zur Verköstigung mit einer Scheibe Brot mit Bratfett in die Küche schickte. Sie nannte ihn also höflich ‹Mister›, überließ es aber ihm selbst, den Weg zum Garten zu finden.

Gavin war, als hätte er einen kleinen Garten Eden betreten. Hinter dem Haus fiel das Gelände steil ab, sodass er vor sich nichts sah als sonnenbeschienene Bäume und Blumen, so weit das Auge reichte, schläfrig summende Bienen in geöffneten Blütenkelchen, zwitschernde Vögel in den von einer leichten Brise bewegten Zweigen der Bäume. Es war ein Frühsommertag, wie Gott ihn geschaffen hatte

Wer hätte gedacht, dass sich hier ein solches Paradies versteckte, nur einen energischen Fußmarsch von London entfernt und doch Welten getrennt vom Schmutz der Cleveland Street, vom Geschrei der Straßenhändler, vom Gestank menschlichen und tierischen Unrats, der in den Gossen faulte. Unwillkürlich musste er an den Keller denken, in dem er aufgewachsen war, umgeben von den widerlichen Gerüchen aus der Gosse, die durch den Stein drangen, und der Feuchtigkeit, die selbst an den wärmsten Tagen in den Mauern hing. Er hatte gezeichnet, um dieser Welt zu entfliehen, mit einem Stock Bilder in den Dreck gekratzt, sich Landschaften wie diese vorgestellt.

Der Pavillon war ein kleiner weißer Bau mit spitzem

Dach, auf den Seiten offen, um das Sonnenlicht hereinzulassen. Rosenbüsche, die noch nicht in voller Blüte standen, umgaben ihn in knospender grüner Fülle wie Dornröschens hundertjährige Hecke. In der Mitte saß die Prinzessin, die ausladenden Röcke um sich ausgebreitet, ein Buch in der Hand.

Gavin blieb einen Moment stehen wie ein Pilger vor einem heiligen Schrein, gefesselt vom Spiel von Licht und Schatten, von der Krümmung der weißen Finger, die sich vom roten Saffian des Bucheinbands abhoben, der Neigung des Kopfes und der Biegung ihres Halses. Im Licht glänzten rote Fäden in ihren dunklen Haaren auf. In seiner Phantasie wurde der Pavillon zu einem steinernen Turm, das blaue Kleid zum fließenden Gewand aus kostbarem saphirblauem Samt. Um ihre Stirn läge ein goldener Reif …

«Mr. Thorne.» Mrs. Grantham klappte mit einem Knall ihr Buch zu, und der Bann war gebrochen. Es war nur ein einfaches, weiß getünchtes Häuschen, und er ein armseliger kleiner Maler, staubig und nicht mehr ganz frisch von einem langen Fußmarsch.

«Guten Tag, Mrs. Grantham.» Von seinem Gepäck behindert, machte Gavin eine steife Verbeugung. Was verlangte die Etikette? Dass er sie jetzt in aller Form bat, ihm zu sitzen? Einem bezahlten Modell gab man einfach Anweisungen, aber hier lagen die Verhältnisse anders: Hier war er derjenige, der für seine Dienste bezahlt wurde.

Er ärgerte sich über seine Unsicherheit, und es machte die Sache nicht leichter, dass Mrs. Grantham ihn ansah, als wäre er ein Käfer, der auf ihrem Teekuchen gelandet war.

«Mein Mann hat vorgeschlagen, dass Sie mich hier im Garten malen», sagte sie und verriet weder durch Ton noch

Miene, was sie selbst vom Vorschlag ihres Mannes hielt. «Das Wetter ist ja günstig.»

Gavin hoffte, sie wusste, dass ein Porträt nicht an einem Tag gemalt wurde. «Ich hatte die Absicht, heute zunächst einige Skizzen zu machen. Bevor wir ernsthaft beginnen.»

Mrs. Grantham neigte den Kopf. Die weiße Linie ihres Scheitels wirkte rührend verletzlich. «Sie sind der Experte, Mr. Thorne. Wo soll ich mich hinsetzen?»

«Wenn Sie vielleicht ein kleines Stück nach rechts rücken würden, wo das Licht besser ist ... Ja, da.» Verlegen fügte er hinzu: «Danke.»

Mrs. Grantham lächelte förmlich. «Tun Sie sich keinen Zwang an, Mr. Thorne. Sie müssen mir offen sagen, was Sie wünschen. Ich möchte Ihnen auf keinen Fall die Arbeit schwer machen.»

Umständlich stellte Gavin seine Staffelei auf. Was ihm im Atelier flink und sicher von der Hand ging, bereitete ihm hier unerwartete Schwierigkeiten. Seine Finger rutschten von den Leisten des Gestells ab, das Holz kratzte hässlich knirschend über den Dielenboden des Pavillons. Mrs. Grantham wartete, höflich und distanziert. Ob der Weg hierher beschwerlich gewesen sei? Das Wetter sei herrlich, nicht wahr? Gavin gab Antwort, wie es sich ziemte, während er in Hast seine Kreiden hervorkramte.

«Wenn Sie den Kopf vielleicht ein wenig nach links drehen könnten ...» Irgendwo schrie ein Vogel. Gavins Kreide knirschte auf dem Papier.

Mrs. Grantham schien es nicht zu bemerken; sie saß absolut unbewegt, mit geradem Rücken und ausdrucksloser Miene.

Die Linien ihres Gesichts waren leicht gezeichnet, doch

die Seele entzog sich ihm. Gavin klappte ein kostbares Blatt um und begann von neuem; ihre Reserviertheit und sein Unbehagen widersetzten sich weiter seinen Bemühungen. Wenn das so weiterging, würde ihr Porträt eher einer Totenmaske gleichen als dem Bild einer von Leben erfüllten Frau.

«Sie haben hier einen wundervollen Blick», sagte Gavin, verzweifelt bemüht, ihr eine Reaktion zu entlocken, gleich welche.

Mrs. Grantham neigte nur bestätigend den Kopf. Das war alles. Nicht ein einziges Wort. Als wäre er gar nicht da.

Am liebsten hätte er seine Sachen eingepackt und wäre gegangen. Aber das konnte er nicht tun. Es ärgerte ihn, von den Launen wohlhabender Gönner abhängig zu sein, nach anderer Leute Pfeife tanzen zu müssen, um sich die Handvoll Münzen zu erkämpfen, die ihn vom Schicksal seines Vaters und seiner Familie trennten. Er betrachtete ihr weißes, unzugängliches Profil und dachte an seine Schwester, wie er sie zuletzt gesehen hatte, das Gesicht fleckig und entstellt, die abgearbeiteten Hände schlaff im Tod. Seine Finger schlossen sich fester um die Kreide.

«Es tut mir leid, dass Sie sich so unwohl zu fühlen scheinen», sagte er, und in seiner Stimme schwang ein schneidender Ton, der Mrs. Grantham veranlasste, den Kopf zu drehen und ihn anzusehen, zum ersten Mal wirklich anzusehen. Und zum ersten Mal seit seiner Ankunft konnte er in ihrem Blick den Anflug einer Gemütsbewegung erkennen.

Sie setzte sich auf der Bank zurecht wie ein Vogel, der sein Gefieder glättet. «Ich fühle mich durchaus wohl», sagte sie kühl.

«Das meinte ich nicht.» Gavin räusperte sich und packte den Stier bei den Hörnern. «Wenn ich mir Ihnen gegenüber keinen Zwang antun soll, Mrs. Grantham», sagte er, und der Dialekt seiner Jugend wurde stärker hörbar, verlieh seiner Stimme einen allzu groben Klang, «müssen auch Sie offen mit mir sein. Ich habe Sie verletzt, und ich weiß nicht genau, wodurch.»

«Durchaus nicht.» Mrs. Granthams Worte waren so abweisend wie ihre Haltung.

«Mein Bild in der Ausstellung», fuhr Gavin tapfer fort, entschlossen nun, da er einmal so weit gegangen war, keinen höflichen Rückzieher zu machen, «hat Ihnen missfallen.»

Er sah, dass er getroffen hatte. Mrs. Grantham presste die Lippen aufeinander. «Es hat mich nur überrascht, meine – die Besitztümer meines Mannes öffentlich ausgestellt zu sehen. Es war etwa, als sähe man die eigene Leibwäsche in einem öffentlichen Park aufgehängt.»

Das Bild amüsierte Gavin. Er lachte. «Ich glaube kaum, dass die Akademie in ihren würdigen Salons fremde Wäsche aufhängen würde.»

Mrs. Grantham lächelte nicht. «Aber mein Nähkasten war offensichtlich durchaus salonfähig. Mit meinem Buch darin.»

Es war ihr völlig ernst. Gavins Erheiterung verflog, als er es merkte.

«Ich hatte keine Ahnung, dass persönliche Dinge unter den Objekten waren. Mr. Grantham sagte uns, wir könnten nach Belieben Skizzen machen.» Es war um mittelalterliche Artefakte aus der Sammlung eines Sammlers gegangen. Auch der Nähkasten war da gewesen, ein Gegenstand des häuslichen Alltags, der bestens geeignet war, der Legende von Mariana einen Hauch Realität mitzugeben. Er hatte ihn bemerkt und sich Skizzen davon gemacht, genau wie von dem Becher und dem Stundenbuch. Keinen Moment hatte er daran gedacht, dass der Nähkasten ein persönlicher Gegenstand sein könnte. Das Buch, das auf einer Seite hervorstand, hatte er nur als hübsches Detail betrachtet.

«Ich muss gestehen», sagte er aufrichtig und mehr als ein wenig verlegen, «dass ich diese Gegenstände nicht als persönliches Eigentum einer einzelnen Person betrachtet habe.»

Mrs. Grantham zog die dunklen Brauen hoch. «Radikale Ideen, Mr. Thorne?»

Er verstrickte sich immer tiefer.

«Es war falsch von mir, den Nähkasten zu verwenden. Die Stücke ...» Gavin legte die Kreide aus der Hand und versuchte, die richtigen Worte zu finden. «Ich will sagen, dass ich diese Gegenstände nicht als in unsere Zeit gehörig betrachtete. In meinen Augen gehörten sie den Menschen, die sie zu der Zeit gebrauchten, als sie hergestellt wurden. Sie in die Szene auf dem Bild einzubinden war für mich ... nun, als gäbe ich sie der Zeit zurück, in die sie gehörten.»

«Zur Schau gestellt wie Tiere in einer Menagerie», sagte Mrs. Grantham leise. «Den Blicken aller ausgesetzt.»

«Nein», widersprach Gavin heftig. «Ganz im Gegenteil. Ich habe ihnen den Ort wiedergegeben, an den sie gehören. Keiner dieser Gegenstände war dazu bestimmt, in einer Vitrine auf schwarzem Samt ausgestellt zu werden. Sie waren einmal Gegenstände des täglichen Gebrauchs – selbst dieses Stundenbuch diente einmal jemandem zu stiller

Andacht. Wir sehen uns diese Illuminationen an und richten den Blick nur auf das Kunstwerk, aber für jemand anderen haben sie einmal einen tiefen persönlichen Wert besessen.»

Er war es nicht gewöhnt, solche Vorträge zu halten, und seine eigenen Worte machten ihn verlegen. Rossetti mochte seine Überzeugungen in die Welt hinausposaunen, Gavin zog es vor, sie mit Pinsel und Farbe zum Ausdruck zu bringen.

Aber er hatte das Richtige gesagt. Sie hörte ihm zu. «Eine Frau», sagte sie leise, «die mit ihrem Buch in den Händen im Betstuhl kniet.»

Gavin zeichnete mit fliegender Hand, um diesen flüchtigen Moment innerer Bewegung festzuhalten. Bleiben Sie so, hätte er ihr am liebsten zugerufen. Ziehen Sie sich nicht wieder zurück.

«Wenn ich diesen Becher hebe», sagte er schnell, um zu verhindern, dass der Spalt, der sich geöffnet hatte, sich wieder schloss, «versuche ich, mir vorzustellen, wer ihn früher in Händen gehalten, wer früher aus ihm getrunken hat. Er wurde nicht geschaffen, um auf einen Sockel gestellt und bewundert zu werden. Er ist die Verkörperung der Gedanken und der Gefühle der Menschen, die ihn einmal benützt haben.»

«Bei einem Becher ist es natürlich nicht sichtbar», sagte Mrs. Grantham, die Hände in ihrem Schoß fest verschränkt, als fürchtete sie, zu viel preiszugeben. «Aber in den Handschriften findet man so oft kleine Notizen am Rand, kleine Fenster zu den Seelen der Menschen, die sie in Händen gehalten und gelesen haben. In einem Buch hatte ganz vorn jemand – bestimmt vor Jahrhunderten –

den Namen des früheren Eigentümers durchgestrichen und daruntergeschrieben: *Non est eius liber, est meus liber.*»

«*Non est –?*»

«Es ist nicht sein Buch, es ist mein Buch», übersetzte Mrs. Grantham.

Gavin blickte überrascht von seiner Arbeit auf. «Sie haben Latein studiert?»

Die Frage war ein Fehler. Mrs. Granthams Gesicht verschloss sich wieder.

«Mein Vater war Pfarrer.» Die Antwort war ein höfliches Ausweichen.

«Beneidenswert», sagte Gavin so sachlich wie möglich. «Bei mir hat es nicht bis zu den alten Sprachen gereicht.» Bei ihm hatte es kaum zum Elementarsten gereicht. «Ich hätte gern mehr gelernt.»

«Es ist nie zu spät», sagte Mrs. Grantham, und einen Moment lang schien es Gavin, als werde ihm ein Blick hinter die Fassade erlaubt, bevor sie abschließend sagte: «Nun ja, Sie haben wahrscheinlich nicht die Zeit dazu.»

Gavin zog ein Gesicht. «Ich fürchte eher, dass ich mich als schlechter Schüler erweisen würde. Ich bin zu groß, als dass man mir mit dem Stöckchen drohen könnte.» Gavin kam sich vor, als versuchte er, einen misstrauischen Vogel aus seinem Nest zu locken. «War die Pfarrei Ihres Vaters hier in der Nähe?»

Mrs. Grantham blickte über das glänzende Laub, das sich um den Pavillon rankte, über die ordentlichen Buchsbaumhecken und die tiefer stehenden Reihen von Mandel- und Apfelbäumen hinweg in die Ferne, und ein Schatten tiefer Traurigkeit fiel über ihr Gesicht. «Weit weg, weiter, als Sie sich vorstellen können.»

Gavin hatte den Eindruck, dass sie nicht von räumlicher Entfernung sprach.

«Sie war in Cornwall», erklärte sie kurz. «Am Rand der Erde, könnte man sagen. Ich glaube nicht, dass Ihnen der Ort bekannt ist.» Sie richtete sich auf und rief mit offenkundiger Erleichterung: «Evie! Brauchst du mich?»

Als Gavin sich umdrehte, sah er Evangeline Grantham den Hang hinuntereilen. Die Volants ihres Kleides flatterten im leichten Wind, und sie musste mit einer Hand das Seidentuch festhalten, das von ihren Schultern zu gleiten drohte. Er war so sehr auf Mrs. Grantham konzentriert gewesen, dass er das Nahen des jungen Mädchens nicht gehört hatte.

«Guten Tag, Mr. Thorne.» Evangeline Grantham neigte grüßend den Kopf. Sie zog das Seidentuch fest. «Verzeih, Mama, aber Tante Jane sagte, ich soll dich daran erinnern, dass wir um vier bei den Misses Cranbourne erwartet werden.»

Auf der Veranda hinter dem Haus konnte Gavin undeutlich eine Gestalt erkennen, die zu ihnen hinunter zu blicken schien. Tante Jane, vermutete er. Die Frau, die Mrs. Gaskells Romane nicht mochte.

«Ist es denn schon Zeit?» Mrs. Grantham erhob sich mit einem Eifer, der dem bedauernden Tonfall widersprach.

Evangeline Grantham schnitt ein Gesicht. «Ja. Ich wollte Tante Jane weismachen, ich hätte die Pest, aber sie hatte überhaupt kein Mitleid.»

«Dir fehlen ein paar Beulen», sagte Mrs. Grantham, jedoch mit einer Wärme in der Stimme, die Gavin ihr nicht zugetraut hätte. Ihr Mund zeigte ein feines Lächeln.

Auch Humor hätte er ihr nicht zugetraut, doch er schimmerte verräterisch in ihren Augen.

Am liebsten hätte er die Skizzen auf seiner Staffelei zusammengeknüllt und noch einmal von vorn angefangen. Ein Dutzend Gesichter in roter und schwarzer Kreide blickten ihn an: Mrs. Grantham kühl; Mrs. Grantham hochmütig; Mrs. Grantham wehmutsvoll; Mrs. Grantham misstrauisch. Doch nirgends war die leiseste Spur von Heiterkeit zu erkennen. Es war, als blickte er auf ein Palimpsest, eine mittelalterliche Manuskriptseite, die immer wieder neu beschrieben worden war, bis der ursprüngliche Text unter dem späteren Gekritzel beinahe verloren war.

Dieser Auftrag versprach interessanter zu werden, als er gedacht hatte.

«Es ist nur eine sehr schwache Form der Pest», beteuerte Evangeline Grantham.

Mrs. Grantham schüttelte ihre Röcke aus. «Komm», sagte sie zu ihrer Stieftochter. «Dem Unvermeidlichen sieht man am besten tapfer ins Auge.»

«Eliza ist nicht unvermeidlich; sie ist unerträglich», beschwerte sich Evangeline Grantham.

«Und unvermeidlich», murmelte Mrs. Grantham, und Gavin entdeckte wieder diesen Schimmer trockenen Humors. Doch dann wandte sie sich Gavin zu, und die kühle Maske legte sich wieder auf ihre Züge. «Es tut mir leid, Mr. Thorne. Unsere Zeit ist zu Ende.»

Mehr Erleichterung als Bedauern, vermutete er und wusste nicht, ob er gekränkt oder fasziniert sein sollte. Vielleicht ein wenig von beidem.

«Für diese Woche», sagte er.

Kapitel 10

Herne Hill, 2009

«Ich hätte mir ja denken können, dass diese Rückkehr Fragen auslösen wird.» Die Stimme von Julias Vater klang resigniert. «Was willst du denn wissen?»

Wenigstens hatte er nicht aufgelegt. Julia fragte sich, was er fürchtete. All die Fragen nach ihrer Mutter, die sie ihm schon vor zehn Jahren hätte stellen sollen? Im Rückblick erkannte sie, dass ihr Vater sich nie aktiv geweigert hatte, von ihrer Mutter zu sprechen. Er hatte nur so unglücklich gewirkt und sich so sehr in sich zurückgezogen, wenn Julia damals, in den ersten, entsetzlichen Monaten, nach ihrer Mutter geweint hatte, dass sie irgendwann in schweigendem Einverständnis einfach aufgehört hatten, von ihr zu sprechen.

Julia konnte das aus heutiger Sicht verstehen. Doch inzwischen musste die Wunde so weit vernarbt sein, dass sie fähig sein müssten zu reden, ohne gleich wieder vor Schmerz zu verstummen.

Aber nicht jetzt. Jetzt ging es Julia um etwas anderes.

«Es hat nichts mit der näheren Vergangenheit zu tun», sagte sie und konnte das erleichterte Aufatmen ihres Vaters förmlich hören. «Ich habe ein altes Gemälde entdeckt. Mich interessiert seine Herkunft. Es muss Mitte des neunzehnten Jahrhunderts gemalt worden sein.»

«Oh, wenn das alles ist ...» Sie hörte einen Sessel knarren, als er sich zurücklehnte. Rattan, wie sie Helen kannte. «Ich kann dir dazu allerdings wenig sagen. Deine Mutter –» eine kleine Pause trat ein, wie immer auf diese Worte – «deine Mutter hat sich für solche Dinge nie besonders interessiert.»

Julia trat neben die schweren alten Vorhänge und wickelte eine staubige Quaste um ihren Finger. «Solche Dinge?»

«Familiengeschichte. Stolz auf die eigene Herkunft. Deine Mutter hat die Menschen nach ihrem eigenen Handeln beurteilt, ob nun gut oder schlecht. Dass ihre Familie seit hundert Jahren am selben Ort sesshaft war, bedeutete ihr überhaupt nichts.»

Julia hörte fasziniert den liebevollen Unterton in der Stimme ihres Vaters. Doch sie durfte sich jetzt nicht zu weit vorwagen, wenn sie nicht wollte, dass dieses kleine Fenster sich wieder schloss, deshalb sagte sie betont sachlich: «Sie hat also nie etwas von alten Familiengeschichten erzählt?»

«Nein.» Einen Moment blieb es still, Julia hörte nur ein schwaches Seufzen. «Für Familienanekdoten, meistens der pikanteren Art, war deine Großtante Regina zuständig.»

Das deckte sich mit dem, was Natalie neulich beim Abendessen gesagt hatte. «Leider ist sie nicht hier», sagte Julia.

Und das war wirklich schade. Diese Frau hätte Julia sicher gefallen, nach allem, was sie bisher über sie gehört hatte.

Ihr Vater trank irgendetwas, wahrscheinlich Kaffee, obwohl der ihm verboten war, und sagte: «Wenn dich die offizielle Version interessiert, musst du Caroline fragen. Die Cousine deiner Mutter.»

Julia wischte ihre staubigen Hände an ihren Shorts ab. «Die Mutter von Natalie und Andrew?»

«Heißen sie so? Ich kann mich erinnern, dass du manchmal mit ihnen gespielt hast – nicht sehr oft. Caroline gefiel unsere Postleitzahl nicht.» Sein Ton war trocken, doch unterschwellig hatte er etwas Schneidendes.

«Sie waren letztes Wochenende hier – Natalie und Andrew, meine ich», fügte Julia erklärend hinzu. «Sie haben mir geholfen, die Sachen im Haus durchzusehen. Zusammen mit einem Freund.»

Nicholas Dorrington, der immer noch nicht angerufen hatte.

Julia hörte wieder den Sessel knarren und kehrte zurück zu dem Gespräch mit ihrem Vater.

«Wenn die beiden die geringste Ähnlichkeit mit ihrer Mutter haben, solltest du nach ihrem Besuch das Familiensilber nachzählen.»

Julia war überrascht über den beißenden Ton. «Klingt so, als ob du Caroline nicht ausstehen konntest?»

«Stimmt», sagte ihr Vater nach einer Pause.

«Aber du meinst, wenn ich etwas über die Familiengeschichte wissen will, sollte ich mit ihr reden?»

Ihr Vater seufzte. «Caroline hat einen Stammbaum anfertigen lassen, der bis zu Wilhelm dem Eroberer zurückreicht. Manches davon könnte sogar stimmen.» Er hielt inne, um einen Schluck zu trinken. «Aber etwas Interessantes wirst du von ihr sowieso nicht erfahren. Sie wird dir nur erzählen, wie großartig und gut und erfolgreich alle aus dieser Familie immer waren.» Seine Stimme war voller Sarkasmus. «Wenn es dir um Skandalgeschichten geht, bist du bei ihr an der falschen Adresse.»

«Also Tugendbolde, wo man hinsieht?», fragte Julia. «Na, dann wissen wir ja, woher es bei mir kommt.»

«Satansbraten», sagte ihr Vater liebevoll. Julia hörte Papier rascheln. «Ach, bevor ich's vergesse – ich muss im August zu einer Tagung nach London. Gehen wir dann mal zusammen essen?»

Ende der Familienreminiszenzen.

«Klar. Das wäre super.» Julia fiel auf, dass er nicht vorschlug, zu ihr ins Haus zu kommen. «Die Zeit kann ich mir trotz all meiner gesellschaftlichen Verpflichtungen sicher freischaufeln.»

Einen Moment sagte ihr Vater nichts. Dann fragte er fast unwillig: «Du fühlst dich doch nicht zu einsam da drüben?»

Julia war gerührt. Ihr Vater redete ungefähr so gern über Gefühle, wie sie zum Zahnarzt ging. Von ihm kommend, war diese Frage fast ein Wunder.

«Nein, mir geht's gut», antwortete sie. «Irgendwie gefällt es mir hier sogar.» Als ihr klarwurde, wie er ihre Worte womöglich auffassen würde, fügte sie schnell hinzu: «Es ist eine nette Abwechslung zu meinem echten Leben.»

«Na schön», sagte er, und sie war froh, dass er die Bedenken, die er offensichtlich hatte, nicht äußerte. Sie hatte jetzt keine Lust auf einen Vortrag über Arbeitssuche. «Hauptsache, du kommst zurecht.»

«Danke, Dad», sagte sie aufrichtig. Gerade als sie sich verabschieden wollte, fiel ihr noch etwas ein, eine Frage, die sie bewegte. «Dad, als ich klein war, hatten wir da eine Wohnung mit Garten?»

Die Frage überraschte ihren Vater. «Eine – ja, könnte man sagen. Es war eigentlich nur eine Erdgeschosswohnung in der Nähe des Krankenhauses, aber deine Mutter hat ein paar Topfpflanzen rausgestellt und nannte das Garten. Warum fragst du?»

Die Betonterrasse, der wacklige Metalltisch, die Katze.

«Nur so», antwortete Julia. «Es hat mich nur interessiert.»

Wenn diese flüchtige Erinnerung neulich eine echte Erinnerung gewesen war und kein Phantasiegebilde, was hatte sie dann noch in ihrem Gedächtnis gespeichert? Laute, zornige Stimmen, den kratzigen Teppich unter ihren Knien, das Klirren von zerspringendem Geschirr.

«Dad –» Sie wusste nicht einmal, was sie fragen sollte. Ein elektronisches Piepsen rettete sie. «Ach, Mist, ich kriege gerade einen Anruf.»

«Bis bald», sagte ihr Vater unverkennbar erleichtert. «Wir sehen uns im August.»

Sie drückte auf den kleinen blinkenden Knopf. Die Nummer auf dem Display war ihr unbekannt.

«Hallo?», meldete sie sich kurz.

«Julia?» Männliche Stimme, britisch.

Julia schlug einen geschäftlichen Ton an. «Am Apparat.» Immer gut, die Vielbeschäftigte zu spielen, die mit einer Vielzahl internationaler Transaktionen jonglierte. Brauchte keiner zu wissen, dass sie in Shorts in einer verfallenen viktorianischen Mini-Villa herumhing.

«Ich bin's, Nick … Nick Dorrington», fügte er erklärend hinzu, als auf seine ersten Worte blankes Schweigen folgte. «Der Freund von Andrew.»

«Ach so, ja! Hi!» Er brauchte nicht zu wissen, dass sie wie ein übereifriger Teenager auf seinen Anruf gewartet hatte.

«Es geht um das Bild –» Nicholas' trockener Ton legte die Vermutung nahe, dass er genau wusste, wie es um sie stand. «Ich glaube, ich habe da was für dich.»

Julias Verlegenheit wich prickelnder Spannung. So, dachte sie, fühlten sich vermutlich die Leute, die auf Dachböden oder Trödelmärkten nach verlorenen Schätzen suchten. «Weißt du jetzt, wer es gemalt hat?»

«Vielleicht.» Nicholas schien ein Ausbund an professioneller Zurückhaltung zu sein. «Hast du – oh, Mist!»

Julia unterdrückte ein Lachen. Vorbei war es mit der professionellen Zurückhaltung. Im Hintergrund konnte sie das Bimmeln einer Glocke und eine in atemlosem Monolog erhobene schrille Frauenstimme ausmachen.

«Einen Augenblick bitte, Mrs. Cartwright», sagte Nicholas mit falscher Freundlichkeit. «Ich kümmere mich gleich um Sie. Würde es Ihnen etwas ausmachen, Fifi draußen zu lassen? Sie wissen ja, was letztes Mal passiert ist.»

Scharfes Kläffen verriet Fifis Meinung zu diesem Anliegen, doch das neuerliche Bimmeln der Glocke ließ vermuten, dass die Hundebesitzerin Nicholas' Bitte nachgekommen war.

Mit gesenkter Stimme sagte Nicholas zu Julia: «Meine Hilfe ist heute nicht da, darum muss ich die Stellung allein halten. Ich weiß, das ist jetzt ein bisschen dreist – aber könntest du vielleicht in den Laden kommen? Dann kann ich dir zeigen, was ich gefunden habe.» Nach einer kleinen Pause fügte er hinzu: «Da lässt es sich besser illustrieren.»

Das wurde ja immer spannender.

«Klar», sagte Julia. Sie hatte lange genug in Herne Hill herumgesessen, und außerdem war sie neugierig auf diesen

Laden. Wenn man Natalie zuhörte, könnte man meinen, es handle sich um eine Kreuzung aus Christie's und Sotheby's. «Wo muss ich denn hin?»

«Kommst du mit dem Auto?»

Fährst du Auto?, wäre die richtige Frage gewesen. Sie verspürte nicht das geringste Verlangen, sich jemals ans Lenkrad eines Autos zu setzen, und hatte es, da sie in Manhattan aufgewachsen war, auch nie tun müssen. «Nein.»

«Klug», sagte Nicholas nur. «Der Laden ist in einer Sackgasse, die von der Portobello Road abgeht.» Er leierte automatisch die Adresse herunter. «Du kannst bis Notting Hill Gate oder bis Ladbroke Grove fahren, das geht beides. – Ja, Mrs. Cartwright?»

«Gut», sagte Julia. «Bis nachher.» Und weil sie der Versuchung nicht widerstehen konnte, fügte sie hinzu: «Viel Spaß mit Fifi.»

Sie drückte den roten Knopf, bevor Nicholas etwas erwidern konnte, und ging in ihr Zimmer, um sich umzuziehen.

Herne Hill, 1849

Als Gavin Thorne am folgenden Montag zur Sitzung kam, regnete es.

«Wir werden leider hier bleiben müssen», sagte Imogen, als sie ihn in den Salon führte. «Hätten Sie gern eine Tasse Tee? Oder vielleicht ein Handtuch?»

Mr. Thorne war nass bis auf die Haut. Regen tropfte von der Krempe seines Huts, den er in der Hand hielt, auf seine Jacke. Der Hut schien nicht viel geholfen zu haben, das Wasser rann ihm übers Gesicht, und das durchnässte dunkle Haar klebte ihm feucht am Kopf.

Er blickte zum Boden hinunter. «Am besten vielleicht ein Handtuch, wenn Sie Ihren Teppich schonen möchten.»

Imogen warf einen geringschätzigen Blick auf den Teppich mit dem Kohlrosenmuster, den Jane vor zwei Jahren ausgewählt hatte. Da konnte ein bisschen Regen nicht mehr viel anrichten. Doch sie sagte nur: «Ich sage Anna Bescheid.»

Sie wartete, während Mr. Thorne sich Gesicht und Haare trocknete. Mit dem dicht am Schädel anliegenden glatten Haar wirkte sein Kopf wie der eines römischen Imperators, kantig und scharf geschnitten, mit einem schmalen, ausdrucksvollen Mund.

Sie sah hastig weg, als Mr. Thorne auf ihren Blick aufmerksam wurde. Doch er hatte offenbar nur Tadel oder Ungeduld darin gelesen, denn er trocknete sich hastig fertig ab. Nachdem er Anna das Tuch zurückgereicht hatte, sagte er: «Gibt es vielleicht einen anderen Raum –», und brach verlegen ab. «Bitte missverstehen Sie mich nicht, das soll keine Kritik sein. Es ist nur das Licht.»

«Sie meinen, der Mangel an Licht?» Bei diesem grauen Regenwetter zeigte sich der Salon mit den schweren Vorhängen an den Fenstern und der dunklen Prägetapete noch düsterer als gewöhnlich. Doch das Wohnzimmer war Janes Reich und das Arbeitszimmer ohne Arthurs ausdrückliche Erlaubnis verbotenes Terrain.

«Leider nicht», sagte Imogen entschuldigend. «Aber ich kann die Lampen anzünden.»

Sie ging von Lampe zu Lampe, schraubte die Dochte höher und entzündete ein Flämmchen nach dem anderen.

Mr. Thorne ließ sein Gepäck von der Schulter auf Janes Kohlrosen hinuntergleiten. «Das ist mein erstes Porträt. Ich möchte es gern so gut wie möglich machen.»

Imogen hielt einen Moment in ihrer Arbeit inne. «Ich dachte, Sie malten häufig Menschen.» Das Bild Marianas stieg vor ihr auf, das Gesicht, das von innerer Qual sprach, und der zum Fenster strebende Körper, dessen Haltung eine tiefe Sehnsucht ausdrückte.

«Das waren immer Modelle», sagte Thorne, während er seine Staffelei aufstellte, so sicher und gewandt, dass sein ungeschicktes Hantieren der vergangenen Woche umso verwunderlicher erschien. «Frauen, die dafür bezahlt werden, eine Rolle zu spielen.»

Imogen befühlte den steifen Stoff des Kleides, das sie auf Arthurs Wunsch hin trug. Er hatte jedes Detail ihrer Erscheinung für dieses Porträt bestimmt: wo sie sitzen, was sie tragen, wie sie ihre Haare frisieren sollte. Er war derjenige, der darauf bestanden hatte, dass sie sich im Pavillon malen ließ. «Da du dich doch so gern dort aufhältst, meine Liebe.» Sie sollte so verewigt werden, wie er dekretierte, als Abbild der Ehefrau, die er der Welt zeigen wollte.

«Ist denn da so ein großer Unterschied?», fragte Imogen ironisch.

Mr. Thorne sah sie an. Im weichen Licht der Lampen wirkten seine bernsteinfarbenen Augen wie die eines Habichts.

Doch er sagte nur: «Es sollte einer sein, wenn die Arbeit gut ist.»

«Sie sind ein Idealist.» Ihre Stimme klang spröde, und sie räusperte sich.

«Nein», widersprach er. «Ich bemühe mich nur zu malen, was ich sehe.»

Dann sehen Sie ein bisschen weniger, hätte sie am liebsten gesagt unter diesem Blick, der, so schien ihr, bis in ihr Innerstes vorzudringen suchte. Doch bevor sie etwas erwidern konnte, hörte sie Schritte auf dem Marmorboden des Flurs.

«Imogen?» Es war Jane, ihre Röcke füllten die Türöffnung in ihrer ganzen Breite und verdunkelten das wenige Licht, das aus dem Flur hereinfiel. Ihr Blick schoss zu Mr. Thorne, der hinter seiner Staffelei stand, und zurück zu Imogen. «Die Köchin findet die Schlüssel zur Speisekammer nicht.»

«Sie liegen wahrscheinlich dort, wo sie sie immer liegen lässt», sagte Imogen lächelnd. «In irgendeiner Schublade.»

Jane zuckte mit den Schultern, machte aber keine Anstalten zu gehen. Stattdessen trat sie mit raschelnden Röcken ins Zimmer und ließ sich auf einem Sessel unter einer Lampe nieder. «Brauchen Sie noch lange?», fragte sie Mr. Thorne von oben herab.

Imogen schämte sich für sie. Mr. Thorne war ein begabter Künstler, er verdiente es nicht, wie ein dahergelaufener Handwerksbursche behandelt zu werden. Ihr Blick traf den Mr. Thornes, in seinen Augen schimmerte etwas wie Verständnis und Mitleid. Sie biss sich auf die Lippe und sah schnell weg, während er ganz ruhig zu Jane sagte: «Ich werde mich bemühen, so schnell wie möglich zu arbeiten.»

Jane zog die Nase hoch und griff zu ihrer Handarbeit, ohne sich darum zu kümmern, dass sie ihnen das Licht nahm.

Imogen wurde zornig.

Sie sollte also beaufsichtigt werden? Obwohl Mr. Thorne

einzig auf Arthurs Wunsch und Betreiben hier war; obwohl die Tür, wie es sich ziemte, mindestens einen Fuß breit offen geblieben war; obwohl sie in zehn Jahren Ehe niemals den geringsten Anlass zu Argwohn oder Vorwurf gegeben hatte.

«Ich dachte, die Köchin braucht ihren Schlüssel», sagte sie in beherrschtem Ton. «Solltest du ihr nicht suchen helfen?»

Jane musterte Imogen mit zusammengekniffenen Augen. Imogen hielt ihrem Blick stand.

Mit einem kleinen Unmutslaut stieß Jane die Nadel in ihre Stickerei und warf den Stickrahmen auf den Beistelltisch, bevor sie brüsk aufstand. «Wenn Sie mich entschuldigen wollen. Mr. Grantham wird gleich nach Hause kommen. Jemand muss sich um das Abendessen kümmern.»

Damit rauschte sie aus dem Zimmer, nicht ohne Imogen einen giftigen Blick zuzuwerfen.

Was wollte Jane von ihr? Dass sie sich ebenfalls entschuldigte und ging? Lächerlich. Sonst hatte sie doch auch nichts dagegen, wenn Imogen ihr die Haushaltsführung überließ.

Oder ärgerte es sie, dass einmal Imogens Bild hier im Salon hängen würde und nicht das ihre?

Mr. Thorne hielt den Blick auf sein Papier gerichtet und fragte in neutralem Ton: «Miss Cooper ist eine Verwandte von Mr. Grantham?»

«Sie ist die Schwester seiner Frau. Seiner ersten Frau.» Um das Thema zu wechseln, fragte sie: «Haben Sie genug Licht?»

«Es wird reichen müssen.»

«Aber eigentlich reicht es nicht?», fragte Imogen, nur um

etwas zu sagen, um von den stampfenden Schritten im Flur abzulenken, die deutlich Janes Empörung kundtaten. Sie setzte sich auf den Hocker, der als Ersatz für die Bank im Pavillon dienen musste, und versuchte vergeblich, eine bequeme Stellung zu finden. Der harte Wulst in der Mitte des Hockers machte sich selbst durch die Schichten von Röcken und Unterröcken unangenehm bemerkbar.

Mr. Thorne, der schon höflich abwiegeln wollte, schüttelte abrupt den Kopf. «Es ist nicht das Gleiche, wissen Sie», sagte er. «Es gibt Licht und Licht. Lampen, auch wenn es noch so viele sind, werfen ein ganz anders getöntes Licht als die Sonne, genau wie die Sonne mittags ein anderes Licht wirft als bei der Morgendämmerung.»

«Daran habe ich nie gedacht», bekannte Imogen. Sie hatte als sehr junges Mädchen Malunterricht gehabt und die üblichen ungeschickten Aquarelle produziert, doch sie hatte nicht den Blick für diese Arbeit gehabt und auch nicht die Geduld, die sie verlangte.

«Das Licht verändert das ganze Bild.» Mr. Thorne hielt inne und betrachtete Imogen aufmerksam. «Wenn Sie im Pavillon sitzen, fällt das Licht auf eine bestimmte Weise auf Sie. Es verändert jede Oberfläche, das es berührt; es beleuchtet Ihr Gesicht und bringt unter Ihrem Kinn Schatten zum Vorschein; es erzeugt Bewegung im Stoff Ihrer Röcke.» Er hob die Hand, um die Bahn des Sonnenstrahls zu skizzieren, und senkte sie wieder. «Mit künstlichem Licht lässt sich dieser genaue Winkel, diese besondere Qualität nicht herstellen.»

Imogen schluckte. Selbst von jenseits des Zimmers hatte diese Geste wie eine Liebkosung gewirkt.

Blanker Unsinn, natürlich.

Scharf sagte sie: «Aber arbeiten denn nicht viele Künstler in ihren Ateliers?»

Mr. Thorne senkte den Blick zu seinem Papier. «Doch, und ich tue das auch. Aber dabei handelt es sich häufig um andere Sujets. Interieurs. Oder um die letzten Akzente, die einer begonnenen Arbeit noch fehlen.»

Er hielt seine Worte knapp, als bereute er seine frühere Gesprächigkeit.

«Nehmen alle Künstler es so genau?», erkundigte sich Imogen neugierig.

Bei der Frage schien er sich zu entspannen. «Nein, nicht alle», antwortete er. Seine Kreide glitt über das Papier, während er sprach. Ein Detail missfiel ihm, und er wischte es weg. «Die meisten tun es nicht. Aber meine Freunde und ich – wir streben nach einer möglichst lebensechten Darstellung.»

Seltsam, das von einem Maler zu hören, dessen Werke sich in einer mythischen Welt bewegten.

«Aber ist es denn nicht Ziel der Kunst, das Banale zu überhöhen?»

«Nur wenn man das Leben so, wie es ist, banal findet.»

Heimweh nach den Küstenfelsen Cornwalls, dem würzigen Geruch des Meeres, dem Spiel des Lichts auf den Wellen regte sich in ihr. «‹Süß ist die Frucht der Widerwärtigkeit›», zitierte Imogen, «‹die, gleich der Kröte, hässlich und voll Gift, ein köstliches Juwel im Haupte trägt … gibt Bäumen Zungen, findet Schrift im Bach, in Steinen Lehre, Gutes überall.›»

Sie konnte sich erinnern an eine Zeit, da sie so empfunden hatte. Es war lange her.

Mr. Thorne lächelte. «Ich habe noch nie eine hässliche

Kröte gemalt, aber ein Freund von mir, der unbedingt eine Wasserratte im Vordergrund seines Bildes haben wollte, hat Tage damit vertan, ein lebendes Modell dafür zu finden.» Das Lächeln erhellte das sonst eher düster wirkende Gesicht. «Sie haben keine Ahnung, wie schwierig es ist, so einer Ratte habhaft zu werden.»

Halb scherzend sagte Imogen. «Geht es nur um den jeweiligen Gegenstand, oder muss auch das Milieu genau das richtige sein? Ich meine, muss sich die Wasserratte an einem Flussufer aufhalten, um gemalt zu werden?»

Mr. Thorne bedachte ihre Frage mit allem Ernst. «Das kommt darauf an, wen Sie fragen. Ich vermute, es wäre etwas viel verlangt, von einer Ratte zu erwarten, dass sie schön still hält, während man sie malt, aber wenn es möglich wäre – ja, es wäre besser, als sie durch ein Käfiggitter zu sehen.»

Imogen spürte den Druck ihres Schnürkorsetts, das ihre Rippen zusammenpresste, ihren Körper in die gesellschaftsfähige Form zwang. «Ich nehme an, es gibt kaum ein Lebewesen, das in Gefangenschaft es selbst ist.»

Ein Ton in ihrer Stimme musste Mr. Thorne aufmerksam gemacht haben; er hob den Kopf und sah sie forschend an.

Hastig fragte Imogen: «Haben Sie schon über ein Bild für die Ausstellung im nächsten Jahr nachgedacht?»

Mr. Thorne kehrte an seine Arbeit zurück. «Meine Kollegen haben sich anscheinend alle religiöse Themen ausgesucht», sagte er. «Rossetti arbeitet an einer Verkündigung mit seiner Schwester als Jungfrau Maria, Hunt denkt an eine Darstellung der Christenverfolgung durch die Druiden und Millais, wie er mir erzählt hat, an Jesus im Haus seiner Eltern.»

«Und Sie?», fragte Imogen. «Ich hoffe, Sie haben nicht eine grausame Märtyrergeschichte im Auge.»

«Nein. Es geht um etwas sehr Weltliches, aber ...» Mr. Thorne zuckte mit den Schultern. «Es ist bisher nur eine Idee.»

«Ja?» Imogen stellte überrascht fest, dass sie wirklich neugierig war. «Hoffentlich nicht wieder Tennyson», sagte sie.

«Nein», antwortete Mr. Thorne beinahe scheu. «Ich denke an Tristan und Isolde. Das ist beinahe gottlos im Vergleich zu einer Verkündigung, nicht?»

«Ja, und weit interessanter», erklärte Imogen ketzerisch.

«Und das von Ihnen, der Tochter eines Geistlichen.» Mr. Thornes Ton klang ernst, doch sie bemerkte das leichte Zucken seiner Mundwinkel.

«Mein Vater wäre begeistert gewesen von dieser Idee.» Und es stimmte. Ihr Vater war ein tiefgläubiger Mensch gewesen, aber beileibe kein engherziger Frömmler. Sein Staunen über die Werke Gottes hatte die ganze Schöpfung in all ihren Ausformungen umfasst.

Einen Moment lang meinte Imogen ihren Vater neben sich zu fühlen, doch ohne den Schmerz des Verlusts wie früher, sondern von der ganzen Wärme seiner Liebe umgeben.

Sie sah Mr. Thorne an. «An welche Szene aus der Sage hatten Sie denn gedacht?»

«Tja, das ist die Frage», antwortete Mr. Thorne, ohne den Blick von seiner Arbeit zu heben. «Es gibt zu viele Möglichkeiten. Am liebsten würde ich einen ganzen Zyklus malen, die ganze Geschichte vom Anfang bis zu ihrem Ende – aber das würde zu lang dauern, und die Akademie wird sowieso nur ein Gemälde ausstellen. Vorausgesetzt, es wird überhaupt angenommen.»

«Wenn es angenommen wird, könnten Sie den Zyklus doch nach und nach fertigstellen.» Imogen war fasziniert von der Idee. Sie sah den Reigen der Bilder vor sich, großartiger Wandschmuck wie die Bilderteppiche im Rittersaal eines Schlosses. «Früher war es doch üblich, Geschichten in Bildern zu erzählen, warum sollte das nicht auch heute noch möglich sein?»

Ihr Enthusiasmus überraschte ihn, und er musste lachen. «Eins nach dem anderen, Mrs. Grantham.» Doch im Aufleuchten seiner Augen spiegelte sich ihre Begeisterung. «Rom wurde nicht an einem Tag gemalt.»

«Natürlich», räumte Imogen gedämpft ein. «Immer der Reihe nach. Haben Sie einmal an eine Bankettszene gedacht?»

Mr. Thornton hielt inne, die Kreide in der erhobenen Hand. «Die beiden Liebenden zusammen, und König Marke abseits, als Zeuge wider Willen?» Die Vorstellung schien ihn zu fesseln.

«Oder vielleicht», meinte Imogen, «die erste Begegnung Isoldes mit dem König in Begleitung Tristans.» Wenn das nicht Raum für eine Palette an Gefühlen bot: König Markes Begierde beim Anblick seiner schönen jungen Braut, Isoldes heimliches Widerstreben, Tristans stummen Schmerz.

Mr. Thornes Blick ging in die Ferne. «Ich könnte sie auf dem Schiff malen, mit dem Liebestrank, in diesem ersten Moment der Bezauberung …»

«Oder später», meinte Imogen, «wenn sie aus der Festung König Markes fliehen. Ich sehe sie vor mir – er mit der Hand am Schwert, sie mit rückwärts gewandtem Blick. Denn auch wenn sie Tristan noch so sehr geliebt hat, wird sie ganz sicher Zweifel gehabt haben. Oder weniger Zweifel. Eher Befürchtungen.»

Mr. Thorne nickte. «Einem König Hörner aufzusetzen, ist keine Lappalie.»

«Wissen Sie», sagte Imogen lebhaft, «die Gemeinde meines Vaters war ganz in der Nähe von König Markes Festung in Tintagel. Er hat sie mir gezeigt, als ich noch ein Kind war. Es war so etwas wie eine Pilgerreise.»

«Ich wünsche mir, dass ich es eines Tages einmal sehen werde», sagte Mr. Thorne. «Tintagel.»

Er sprach den Namen mit einer Ehrfurcht aus, versah ihn mit einem Zauber, der augenblicklich Imogens Erinnerungen an die von Efeu überwucherten alten Mauern lebendig machte, an die verfallenen steinernen Torbögen des Rittersaals, unter dessen flatternden Bannern einst Ritter von kühnen Taten berichtet hatten.

«Die Festung ist verfallen», sagte sie, «aber man kann inmitten der Mauerreste stehen und sich vorstellen, wie König Marke dort mit den Rittern getafelt hat, und man kann Tristans Harfenspiel im Wind in den Bäumen hören.»

Mr. Thorne beugte sich vor. «Es heißt ja, dass König Artus dort unter den Felsen schläft und eines Tages, wenn die Zeit reif ist, wiederauferstehen wird.»

«Nun, ich bin nie auf ihn gestoßen», antwortete Imogen. «Nicht dass ich es nicht versucht hätte», fügte sie ehrlich hinzu.

Über die Staffelei hinweg suchte Thorne ihren Blick. «Vielleicht haben Sie nur nicht am richtigen Ort gesucht.»

Das Klopfen der Bäume an den Fensterscheiben, das

Rauschen des Windes und des Regens klangen sehr laut in der Stille, das in den graugelben Dämmerschein des trüben Regentages eingehüllte Zimmer schien wie von der Welt abgeschnitten. Imogen wurde sich plötzlich bewusst, dass sie ganz allein mit diesem Mann war, durch nichts als eine Staffelei von ihm getrennt.

«Wollen Sie –», begann sie im selben Moment, als er sagte: «Wenn man bedenkt –»

Die Uhr auf dem Kaminsims schlug die Stunde, sechs klirrende Schläge. Imogen stand auf und schüttelte ihre Röcke aus. Sie fühlte sich steif und schwer. Zwei Stunden hatte sie hier gesessen. Es kam ihr vor, als wären es nur zehn Minuten gewesen.

«Gleich wird mein Mann nach Hause kommen», sagte sie. «Und das Abendessen ...»

«Natürlich.» Mr. Thorne legte die Kreide aus der Hand. Mit entwaffnender Ehrlichkeit sagte er: «Sie haben mir viel Stoff zum Nachdenken geliefert. Ich gestehe, ich kann es kaum erwarten, in mein Atelier zu kommen und mir zu Ihren Vorschlägen Skizzen zu machen.»

«Sie müssen mich wissen lassen, wie Sie vorankommen», sagte Imogen, selbst überrascht, wie ernst es ihr mit ihren Worten war. Sie hatte nicht gemerkt, wie sehr sie nach einem solchen Gespräch gehungert hatte, einem solchen Austausch über altvertraute Orte und Geschichten.

Mr. Thorne begann, schnell und umsichtig sein Arbeitsmaterial einzupacken. «Ich bringe Ihnen die Skizzen mit, dann können Sie mir sagen, ob mein Tintagel mit Ihren Erinnerungen übereinstimmt.»

«Meine Erinnerungen sind zur Hälfte Phantasiegebilde», sagte Imogen entschuldigend. «Es ist so lange her.»

Mr. Thornes Mund verzog sich lächelnd. «Mit den alten Sagen verhält es sich nicht anders. Nur indem wir sie auf die Leinwand bringen, können wir ihnen Realität verleihen.»

Imogen zog die Augenbrauen hoch. «Ich dachte, es sei Ihr Bestreben, nur die wahre Welt abzubilden? Also, die Narzisse als Narzisse. Oder die Wasserratte als Wasserratte.»

Mr. Thorne, der eben seinen Beutel über die Schulter schwingen wollte, hielt inne und sah sie voll ungeheuchelter Bewunderung an. Imogen hatte das Gefühl, unter seinem Blick zu wachsen.

«Vielleicht», sagte er bedächtig, «geht es uns darum, die wahren Gefühle, die dem Mythos zugrunde liegen, einzufangen, ganz gleich, wie die Ereignisse sich tatsächlich zugetragen haben mögen. Aber», fügte er mit einem schiefen Lächeln hinzu, «ich möchte lieber glauben, dass Tristan Tristan war und Isolde Isolde.»

«Und dass der König unter dem Berg schläft», stimmte Imogen zu. Sie ging Mr. Thorne voraus zur Tür und trat zur Seite, um ihm den Weg durch den Flur freizumachen.

Draußen war der Regen einem feinen Dunst gewichen, und die ersten Lichtstrahlen blinkten zwischen den Wolken hervor.

«Bis nächste Woche», sagte Mr. Thorne.

«Ja, bis nächste Woche», erwiderte Imogen und verzeichnete mit Erstaunen, dass sie sich darauf freute.

Kapitel 11

London, 2009

Nicholas Dorringtons Laden entsprach nicht dem, was Julia nach Natalies Bemerkung über eine ‹Galerie› erwartet hatte. Sie hatte sich etwas vorgestellt wie die Kunstgalerien, die sie aus New York kannte, blitzende Glastüren, weiße Wände, kühle Halogenstrahler.

Stattdessen stand sie vor einem einstöckigen Backsteinbau, der, zwischen einer Autowerkstatt und einem Trödelladen eingequetscht, aussah, als hätte er in einer anderen Zeit als Remise gedient. Die beiden Erker mit dickem altem Glas in den Fenstern waren vollgestopft mit einem wilden Durcheinander an Porzellanlampen mit zerrupften Fransenschirmen, zerschlissenen Seidenpantoffeln und Schemeln mit handgestickten Polstern.

Julia versuchte, ins Innere des Ladens zu sehen, doch durch das wellige alte Glas und über die Berge alten Plunders in den Fenstern hinweg war nichts zu erkennen.

Sie zog den Gürtel ihres hellblauen Leinenkleids gerade, das sie sich im letzten Sommer gekauft hatte, in Vorfreude auf Essenseinladungen im Freien und Cocktails auf Dachterrassen, von denen immer die Rede gewesen war, die aber irgendwie nie zustande kamen. Leider hatte sie vergessen, dass es knitterte wie verrückt, doch das war jetzt nicht mehr zu ändern.

Sie strich den verknautschten Rock glatt, so gut es ging, und stieß die massive Holztür auf. Über ihrem Kopf bimmelte eine Glocke.

«Hallo?», rief sie. Der Laden schien leer zu sein, außer den schwachen Klängen von Barockmusik, Cembalo und Horn war nichts zu hören.

Es roch nach Moder und altem Leder, und sie fühlte sich hundert Jahre zurückversetzt in einen Raritätenladen wie bei Dickens. Doch der erste Eindruck wahllosen Durcheinanders täuschte; wer immer den Laden eingerichtet hatte, hatte darauf geachtet, einzelne, im Stil übereinstimmende kleine Räume zu schaffen. Es gab einen viktorianischen Salon mit burgunderrotem Samtsofa und einem reich mit Schnitzereien verzierten Walnusstisch, auf dem feines Porzellan mit einem Rosenmuster stand; ein Speisezimmer aus der Zeit Jakobs I. mit einer massigen geschnitzten Kredenz und steifen Stühlen mit geflochtenen Rückenlehnen; und eine Bibliothek im georgianischen Stil mit Globus und verglastem Bücherschrank.

Alle Stücke waren offensichtlich kostbar, sorgsam ausgesucht und gepflegt. Die goldenen Rahmen der Spiegel blitzten im Licht; Rosenholz und Mahagoni hatten einen satten Glanz. Und trotzdem wirkte der Raum warm, beinahe gemütlich.

Im Hintergrund des Ladens wurde eine Tür geöffnet, und von Händel'schen Trompetenstößen begleitet, erschien ein zwanglos gekleideter Nicholas.

Er hob grüßend die Hand. «Hallo, Julia. Danke, dass du die Fahrt auf dich genommen hast.»

Er hatte die Ärmel seines blauen Hemds hochgekrempelt und trug eine Nickelbrille, mit der er viel jungenhafter wirkte als beim letzten Mal. Aber vielleicht lag das auch an der lässigen Kleidung und dem Tintenfleck an seinem Handgelenk.

«Hallo, Nicholas. Kein Problem», sagte Julia. «Ich war sowieso schon gespannt, mal deinen Laden zu sehen. Deine Galerie, meine ich.»

«Es ist ein Laden», versetzte er mit einem Lächeln, bei dem sich in seiner linken Wange ein Grübchen bildete. «Und ich heiße Nick. Nicholas nennt mich nur meine Großmutter.»

Und Natalie. Aber sie verkniff sich den Hinweis.

«Okay.» Sie sah sich im Laden um, ohne zu versuchen, ihre Bewunderung zu verbergen. «Das ist wirklich großartig hier», sagte sie und wies zu der kleinen Stilbibliothek. «Ich hab das Gefühl, als würde gleich Georg III. hier reinspazieren und sich seinen Tee bringen lassen.»

Nick zog die Augenbrauen hoch. «Du hast ein gutes Auge.» Er gab dem Globus einen freundlichen Klaps. «Das ist alles spätes achtzehntes Jahrhundert.»

«Ich hab mich während meiner Schulzeit viel in Museen rumgetrieben», sagte Julia leichthin.

Sie hatte die Heimkehr in die leere Wohnung gehasst und deshalb die Mitgliedskarte ihres Vaters genutzt, um Stunden im Metropolitan Museum herumzustromern, nachdem sie zuvor ihre schwere Büchertasche an der Garderobe abgegeben hatte. Die Säle mit der europäischen Malerei, gleich die Haupttreppe hinauf, waren ihr bevorzugter Aufenthalt gewesen, doch auch die Räume mit den historischen Möbeln und Objekten, vor allem des achtzehnten Jahrhunderts, hatten sie immer wieder angezogen.

Manchmal hatte sie sich mit der Vorstellung über ihre Einsamkeit hinweggetröstet, sie würde ganz dort wohnen.

«Dann ist es kein Wunder, dass du das Bild sofort einordnen konntest», sagte Nick.

«Na ja, dass es kein Rubens ist, war ziemlich klar», erwiderte Julia trocken.

Nick wand sich verlegen. «Tut mir leid. Ich war am Samstag ein ziemlicher Kotzbrocken. Ich hätte es nicht an dir auslassen sollen.»

Als keine nähere Erklärung folgte, sagte Julia großzügig: «Na ja, ich war auch nicht gerade die Liebenswürdigkeit in Person.»

Nick hielt ihr die Hand hin. «Dann sind wir quitt?»

Sein Händedruck war warm und fest. An einem Finger steckte ein goldener Siegelring, so abgetragen, dass das Wappen kaum noch erkennbar war.

«Zur Wiedergutmachung», sagte er, während er das Schild an der Ladentür von ‹Geöffnet› auf ‹Geschlossen› drehte und die Tür absperrte, «kann ich dir für das Bild ein Datum bieten. Jedenfalls ein ungefähres. Es wurde nicht früher als 1848 gemalt und nicht später als 1850.»

Julia neigte den Kopf zur Seite. «Nicht früher als 1848, weil in dem Jahr die Bruderschaft gegründet wurde, und nicht später als 1850, weil die Mitglieder zu der Zeit aufhörten, ihre Bilder mit den Initialen zu signieren.»

Nick lachte. «Du hast gut recherchiert.»

«Hättest du das nicht getan?» Alten Malern nachzuforschen war weit spannender, als Bilanzen zu prüfen. Sie hatte vergessen, wie viel Freude ihr derartige Recherchen früher gemacht hatten. «Was hat denn deine Freundin gesagt? Die Kunsthistorikerin.»

«Sie hat einen Namen für dich.» Er ging ihr voraus tiefer in den Laden. «Gavin Thorne.»

Sie hatte nicht ernstlich gehofft, dass sich das Bild als verlorengegangener Millais entpuppen würde, trotzdem war sie ein wenig enttäuscht. Gavin Thorne?

«Von dem habe ich nie gehört», bekannte sie.

«Ich auch nicht», sagte Nick. «Er gehörte mit ein paar anderen zu den Malern der ursprünglichen Gruppe, die es nie in ein Geschichtslexikon geschafft haben. So weit haben es nur drei von ihnen gebracht.»

«Rossetti, Hunt und Millais», ergänzte Julia. Na ja, es wäre ja auch zu schön gewesen, wenn das Bild das Werk eines dieser drei gewesen wäre. Trotzdem – das Bild hatte etwas Besonderes, war so überzeugend in seiner Eindringlichkeit, dass man Grund zu der Vermutung hatte, der Schöpfer könnte der Öffentlichkeit bekannt gewesen sein. «Am Telefon hast du etwas davon gesagt, dass du mir etwas illustrieren willst.»

«Viel kann ich dir über Thorne nicht sagen», erklärte Nick, «es scheint da nicht viel zu geben, aber ich konnte mir Drucke seiner noch vorhandenen Bilder beschaffen. Er ist eindeutig unser Mann.» Er wies zur halboffenen Tür hinten im Laden. «Die Blätter liegen im Büro. Möchtest du sie dir ansehen?»

Was für eine Frage.

Aus Höflichkeit sagte sie: «Wenn du gerade Zeit hast ...»

«Meine Pläne sind alles andere als dringend.» Als Julia ihn fragend ansah, erklärte er: «Tiefkühlpizza und Billard im Fernsehen.»

Dieses Lächeln war echt umwerfend ... hee, reiß dich zusammen, ermahnte sich Julia.

«Ich weiß nicht», sagte sie, während sie ihm ins Büro folgte, «ob ich es mit meinem Gewissen vereinbaren kann, dich vom Billard fernzuhalten.»

Nick drehte sich nach ihr um. «Ach, ich bin sicher, du wirst irgendwie damit leben können.»

Das Büro, weder nüchtern noch modern, glich eher einer gemütlichen Höhle: durchgesessenes Sofa mit abgewetztem Chintzbezug, massiger alter Schreibtisch, Julia tippte auf frühes zwanzigstes Jahrhundert. Die Wände waren vollgestellt mit Bücherregalen, in denen sich ohne erkennbare Ordnung Nachschlagewerke, Sammelmappen, Bildbände über Antiquitäten und eine Kollektion von geschichtlichen Werken und Biographien drängten. In einer Ecke des Raums stand ein Globus neben einem angestoßenen metallenen Aktenschrank.

Nick klappte den Deckel des Globus auf. «Was zu trinken?», fragte er und wies auf eine Batterie Flaschen.

«Wie könnte ich da nein sagen?» Die offenkundige, kindliche Freude an seinem Spielzeug hatte etwas Gewinnendes. «Coole Bar.»

«Es ist eine Reproduktion, da macht es wenigstens nichts, wenn ich mal ein bisschen Scotch darauf verschütte.» Nick hielt zwei Flaschen hoch. «Scotch oder Wein?»

«Ich nehme den Scotch.» Während ihres Studiums hatte sie die Erfahrung gemacht, dass sie über eine erstaunliche Alkoholtoleranz verfügte, die in keinem Verhältnis zu ihrer Körpergröße stand. Es gab kaum etwas, was mehr Spaß machte, als starke Männer unter den Tisch zu trinken.

«Kluge Wahl.» Nick nahm zwei Gläser von einem Bord, auf dem eine Sammlung von Henkelbechern, eine Kaffeemaschine und eine Zuckertütensammlung untergebracht waren. «Der Wein war schon bei unserem Tag der offenen Tür nicht besonders. Er ist inzwischen bestimmt nicht besser geworden.»

«Danke.» Julia nahm das Glas entgegen. Scotch pur. Er bot ihr weder Wasser noch Eis an.

«Prost», sagte er, stieß flüchtig mit ihr an und griff dann nach einer großen Mappe, die zuoberst auf dem Chaos auf seinem Schreibtisch lag. «Bitte sehr! Das Gesamtwerk Gavin Thornes.»

Er verteilte die kolorierten Drucke fächerartig wie Spielkarten auf dem Schreibtisch.

«‹Die Heimkehr des Odysseus› … ‹Abschied von Locksley Hall› … ‹Mariana in der Einsiedelei› … ‹Lancelot, dem der Gral verweigert wird›». Er trat zurück und bedeutete Julia, näher zu kommen. «Alle in chronologischer Reihenfolge», bemerkte er, als sie sich über die Drucke beugte. «Der *Odysseus* hängt derzeit im British Art Center in New Haven, *Locksley Hall* im Delaware Art Museum, die *Mariana* ist in der Tate, und der *Lancelot* gehört einem privaten Sammler.»

Frauen in fließenden Gewändern, Männer in Rittertracht, satte Farben, minuziös ausgearbeitete Details. Sie sahen alle unzweifelhaft präraffaelitisch aus.

Einzig beim Odysseus hatte man den Eindruck eines gewissen Missklangs. Odysseus wirkte wie kostümiert in dem nachgeahmten griechischen Gewand, und die Details des Hintergrunds – vermutlich eine griechische Insel, wenn man nach den Mengen an Sand und nach den Bäumen, die wahrscheinlich Ölbäume sein sollten, gehen konnte – waren lange nicht so plastisch ausgeführt wie auf den späteren Gemälden, als der Maler offenbar seinen Stil gefunden hatte.

Über allen Bildern vereint jedoch lag eine Stimmung der Trauer um Verlorenes: Sie zeigte sich in Odysseus' Blick zum Meer hinaus, während die Gefährten um ihn herum feierten; in der Haltung des Soldaten, der den Toren des Herrenhauses, das einmal seine Heimat war, den Rücken kehrte; im Gesicht Marianas am Fenster; in der Geste, mit der Lancelot seine Augen bedeckte, als ihm der Gral genommen wurde.

«Durch das ganze Werk Thornes zieht sich das Thema Isolation und Einsamkeit», dozierte Nick und erklärte in normalem Ton: «Ich zitiere aus dem Ausstellungskatalog des Art Institute in Chicago, wo diese Bilder zuletzt gezeigt wurden. Man kann in ihnen sehen, was man will.»

Isolation und Einsamkeit hatte Julia jedenfalls in ihrem Bild nicht sehen können. Im Gegenteil. Auf diesem Bild waren die Liebenden, Tristan und Isolde, innig vereint – das sagte ihr brennender Blick, das sagten ihre ineinandergeschlungenen Hände, die den Becher hielten.

«Da», sagte Julia und wies auf den Druck von ‹Mariana in der Einsiedelei›. «Das ist der gleiche Becher wie auf meinem Bild.»

Sie spürte Nicks Atem auf ihren Haaren, als er sich über ihre Schulter neigte. «Ja, sie haben häufig mehrmals dieselben Requisiten verwendet. Sie waren immer darauf bedacht, nur nach realen Vorbildern zu malen. Das hat die Möglichkeiten natürlich etwas eingeschränkt.»

Julia drehte sich nach ihm um. «Auch aus dem Ausstellungskatalog?», erkundigte sie sich.

«Nein. Wikipedia», antwortete er, ohne eine Miene zu verziehen.

«Ah ja.» Julia wandte sich wieder den Drucken auf seinem Schreibtisch zu. «Was ist mit Thornes anderen Bildern?» Nick hatte ihr nur die vier aus der Ausstellung vorgelegt. «Wo ist der Rest?»

Nick antwortete nicht gleich, und als er zum Sprechen ansetzte, hörte sie sogleich den veränderten Ton. «Das ist der Rest. Es gibt nur noch diese vier Bilder von ihm, alle datiert zwischen 1848 und 1850.»

Als Julia ihn überrascht ansah, fügte er hinzu: «Gavin Thorne ist im Frühjahr 1850 spurlos verschwunden. Man hat nie wieder von ihm gehört.»

Herne Hill, 1849

«Wir haben Sie letzte Woche vermisst.»

Als Gavin zum Pavillon kam, war Imogen Grantham schon da, wie gewohnt mit einem Buch in der Hand und einer Platte Rosinenbrötchen mit Rosenwasserglasur neben sich. Sein Herz weitete sich, wie stets, wenn er sie sah. Mochte der Weg noch so lang, mochte er noch so staubig sein, im Garten wartete Imogen, wie er sie für sich nannte, seit er von Jane Cooper ihren Namen gehört hatte.

Mit dem Fortschreiten des Sommers waren ihnen die Sitzungen zur lieben Gewohnheit geworden. Jeden Montag marschierte Gavin nach Herne Hill, wo Imogen ihn mit Tee und Gebäck erwartete, allem Anschein nach für sie gedacht, tatsächlich jedoch für Gavin. Sie hatte irgendwann im ersten Monat ihrer Bekanntschaft entdeckt, dass er gern Süßes aß, und von da an wurden regelmäßig süße Brötchen zum Tee serviert.

Fast zwei Monate waren mittlerweile ins Land gegangen.

Zwei Monate idyllischer Montagnachmittage bei anregenden Gesprächen, bei Blumenduft und dem friedlichen Summen der Bienen in den Rosenbüschen. Ein Zauber lag über diesen Stunden, als würden sie niemals enden.

Doch das war natürlich Illusion. Der Sommer würde nicht ewig dauern, und irgendwann wäre sein Auftrag erfüllt. Er war mit seiner Arbeit gut vorangekommen. Zu gut. Er hatte darum gerungen, ihre Züge, ihren Ausdruck in aller Tiefe zu erfassen, und diese vielleicht übertriebene Gewissenhaftigkeit seinem Berufsethos zugeschrieben. Grantham bezahlte ihm schließlich eine stattliche Summe. Doch der schwierigste Teil war längst vollbracht, nur die handwerklichen Feinheiten warteten noch. Das Laub an den Bäumen hinter ihr, die Dielen unter ihren Füßen. Der Rest konnte realistisch betrachtet auch im Atelier vollendet werden.

Er hätte es Mr. Grantham sagen sollen. Doch er hatte es nicht getan.

Es war schon Mitte Juli. In einer Woche, höchstens zwei, würde das Porträt fertig sein. Der Gedanke daran rief einen beinahe körperlichen Schmerz hervor.

«Oh, das tut mir leid», sagte Gavin, während er Farben und Palette auspackte. «Ihr Gatte hat meine Nachricht bekommen?»

«Ja, und er hatte durchaus Verständnis.» Imogen sah ihn mit einem amüsierten Lächeln an. «Der Garten war leer ohne Sie. Ich musste die Rosinenbrötchen alleine essen.»

Wahrscheinlich hatte sie die Vögel damit gefüttert. Er sah sie plötzlich vor sich, wie sie, über das Geländer gebeugt, die Krümel den Vögeln hinwarf, die sich um sie scharten, eine anmutige, einsame Gestalt.

«Ich hatte andere Arbeiten zu erledigen», sagte Gavin schroff, «und die Zeit drängte ...» Es war die Wahrheit, aber nicht die ganze Wahrheit.

Er war ferngeblieben, um zu sehen, ob er es ertragen konnte; nicht viel anders als ein zukünftiger Märtyrer, der seinen Finger über die Kerzenflamme hält, um sich gegen die kommende Gewalt des Feuers zu stählen.

«Andere Porträts?» Imogen schnitt eine kleine Grimasse, die komisch sein sollte, doch die Wehmut dahinter nicht ganz verbergen konnte. Ganz gleich, wie offen sie inzwischen miteinander waren, wie viele Montage sie zusammen verbracht hatten, sie hielt stets etwas von sich zurück. «Habe ich Sie auf neue Bahnen geführt?»

«Keine anderen Porträts, nein. Augustus ist der Porträtmaler, nicht ich.» Gavin war unsicher, ob er ihr die Wahrheit sagen sollte. Sie war nicht schmeichelhaft und ganz gewiss nicht dazu angetan, sein Ziel zu fördern, eines Tages in die Akademie aufgenommen zu werden. «Ich mache Illustrationen für Heftromane.»

Imogens Interesse war sofort geweckt. «Ich habe nie einen gelesen, aber ich sehe sie manchmal bei Anna.» Das Muster von Licht und Schatten auf ihren Röcken geriet in lebhafte Bewegung, als sie sich vorbeugte. «Fällt es Ihnen schwer? Ich meine, weil Sie sich dann ja nicht der Malerei widmen können.»

Gavin mischte seine Farben zusammen, Grautöne für die verwitterten Holzdielen unter ihren Füßen. «Ja, wenn ich gerade von einer Idee gepackt bin und mir wegen der Hefte die Zeit zum Malen fehlt. Ja, dann fällt es mir schwer. Aber mit dem Geld, das ich dafür bekomme, kann ich die Farben und die Leinwand bezahlen. Und außerdem – es ist eine Herausforderung, eine solche Fülle an Emotionen auf so kleinem Raum darzustellen, noch dazu ohne Farbe. Da muss alles im Strich liegen.»

Imogen nickte nachdenklich. «Ein bisschen wie ein Gemäldezyklus, nur in kleinerem Format.»

«Und derber», sagte Gavin mit leisem Spott. In dem letzten Heft, das er illustriert hatte, war es um einen Straßenräuber gegangen, der ein besonders blutiges Ende genommen hatte.

Imogen tat das mit einer kurzen Handbewegung ab. «Sagen wir ‹volkstümlicher›. Ist es sehr viel Arbeit?»

Es kostete mehr Zeit, als ihm lieb war, aber es brachte Geld ein. Jeder von ihnen bemühte sich auf seine Art, über die Runden zu kommen. Und es tat wohl zu wissen, dass er sich seinen Lebensunterhalt allein mit der Malerei verdienen konnte. Sein Vater hatte ihn ausgelacht und verspottet, doch er hatte es geschafft, er war *Mr.* Thorne, er hatte sein eigenes Atelier, und sein Name stand für alle Welt sichtbar im Ausstellungskatalog der Königlichen Akademie. Dafür hätte er noch weit mehr und weit Unangenehmeres getan. «Ich bin froh, wenn ich zu tun habe.»

«Ja, das verstehe ich», sagte Imogen, und er sah Traurigkeit ihr Gesicht verdunkeln wie der Schatten des Laubs den Boden im Pavillon. «Ich habe nie begriffen, warum die Langeweile eine Krankheit genannt wurde, bis sie mich selbst getroffen hat. Es ist natürlich nichts als Selbstmitleid. Ich sage mir immer wieder, dass es ein Privileg ist, den Luxus der Langeweile genießen zu dürfen.»

«Was würden Sie denn tun, wenn Sie könnten?» Gavin hielt den Blick absichtlich auf die Leinwand gerichtet, um zu vermeiden, dass sie sich bedrängt fühlte. Sie sprach ohne Scheu über Bücher und Ideen, doch bei persönlichen Fragen zog sie sich schnell in ihr Schneckenhaus zurück.

Imogen stieß mit der Schuhspitze gegen eine Schramme im Holz des Fußbodens. «Ich würde mich wahrscheinlich in verstaubte Manuskripte vergraben und strohtrockene Bücher über das Mittelalter schreiben.» Mit einem Schulterzucken und einem Lächeln wechselte sie das Thema. «Als Sie letzten Montag nicht hier waren, hat übrigens Ihr Freund uns besucht.»

«Rossetti?» Er hätte Gabriel viel zu sehr damit beschäftigt geglaubt, irgendwelchen Unsinn für seine neue Zeitschrift, *The Gem*, zu verfassen, die angeblich als Sprachrohr ihrer Bewegung dienen sollte, in Wirklichkeit aber Gabriel als Vorwand diente, nicht an seiner *Verkündigung* weiterarbeiten zu müssen.

«Nein, der andere», sagte Imogen, und ihr Ton ließ keinen Zweifel daran, was sie von dem Mann hielt. «Mr. Fotheringay-Vaughn.»

«Er ist nicht mein Freund», widersprach Gavin schroff. «Wir teilen uns ein Atelier, aber das ist auch alles.»

Augustus war selten dort. Im Gegensatz zu Gavin, der das Extrazimmer bewohnte, das zum Atelier gehörte, hatte er sich woanders eine Wohnung genommen; vermutlich wurde diese von einer der vielen Frauen in einem gewissen Alter bezahlt, denen Augustus mit Pinsel und Farbe schmeichelte und denen er jederzeit ein eifriger Begleiter war.

Wie aus weiter Ferne hörte er Augustus sinnend sagen, *Ein Prunkstück.*

Er hatte gehofft, Augustus habe Evangeline Grantham

vergessen, lohnendere Beute aufgespürt, aber das war offenbar nicht der Fall.

«Das dachte ich mir schon», sagte Imogen sachlich. «Er behauptete, er wolle sich noch einmal das Stundenbuch ansehen, aber stattdessen hat er eine volle Stunde lang meiner Stieftochter den Hof gemacht.»

Infam. Augustus hatte genau gewusst, dass Gavin nicht in Herne Hill sein, sondern über seinen Illustrationen sitzen würde. Und das hatte er schamlos ausgenutzt.

Sollte er Imogen warnen, ihr verraten, wer Augustus wirklich war? Aber er wusste ja selbst nichts mit Gewissheit. Es war alles reine Vermutung, von Klatsch gespeist. Er war ratlos, deshalb sagte er nur: «Sie sollte sich vor ihm in Acht nehmen.»

Und Sie sollten sich vor mir in Acht nehmen.

Die Worte blieben ihm im Hals stecken. Lächerlich. Weshalb sollte sie sich vor ihm in Acht nehmen müssen? Sie sah nichts anderes in ihm als den Maler, der ihr Porträt malte. Und, wenn er Glück hatte, vielleicht einen Freund. Jedes persönliche Wort, jeder Gedanke, den sie mit ihm teilte, ganz gleich, wie belanglos, war wie ein kleiner Sieg. Schicht um Schicht wollte er das Geheimnis ihrer Persönlichkeit aufdecken, bis in ihr Innerstes vordringen – und es ging ihm dabei nicht um das Porträt, sondern um sich selbst.

Ein gefährliches Vorhaben.

«Das ist mir klar. Ich bin nicht so blind, dass ich einen wurmstichigen Apfel nicht erkenne», sagte Imogen trocken, und Gavin brauchte einen Moment, um sich zu erinnern, dass sie von Augustus sprach. «Nur weiß ich nicht, wie man ihn loswerden soll. Er hat Evie mit seinen Prahlereien von einflussreichen Freunden und Beziehungen zum Adel völlig den Kopf verdreht.»

Beziehungen zum Adel, die alle einzig Augustus' Hirn entsprungen waren. Beinahe hätte Gavin es laut gesagt, doch alte Gewohnheit ließ ihn schweigen.

«Sie hätten ihn letzte Woche beim Tee hören sollen», fuhr Imogen mit lebhaften Gesten fort. «Eine plumpe Andeutung nach der anderen von dem Titel, den er trüge, wenn nicht ein grausames Schicksal gegen ihn gewesen wäre. Er hat sich geriert wie der verlorene Sohn und Erbe aus einem Schauerroman. Er hat Evie fast damit eingewickelt.» Sie versuchte, einen Scherz daraus zu machen, doch es gelang ihr nicht, ihre wahre Empfindung ganz zu verbergen. «Jane wird behaupten, es sei meine Schuld, weil ich Evie erlaube, Romane zu lesen.»

Sie hielt die Hände in ihrem Schoß so fest zusammengekrampft, dass die Knöchel weiß hervortraten. Gavin erinnerte sich an das Abendessen vor vielen Monaten, als Imogen ihre Stieftochter ständig im Auge behalten und versucht hatte, sie so gut wie möglich vor Augustus' Avancen zu schützen.

Abrupt sagte er: «Das ist alles nicht wahr. Dieses Gerede von seinen Beziehungen zum Adel, meine ich.» Doch die eigene Ehrlichkeit zwang ihn hinzuzufügen: «Seine Porträts erfreuen sich allerdings wirklich großer Beliebtheit. Er versteht es, aus seinen Sujets das Beste herauszuholen. Er wird es einmal weit bringen, sagt man allgemein.»

Wenn ihn nicht vorher die Kugel eines zu Recht erbosten Ehemanns traf.

«Er ist also nicht der verleugnete Sohn von Lord Vaughn?»

«Nein», antwortete Gavin. «Und das ist auch nicht sein richtiger Name. Er hat ihn angenommen, weil er hoffte, dadurch mehr Aufträge zu bekommen.»

Und es hatte geklappt, auch wenn Gavin es nicht verstand. Seiner Meinung nach sollte der Erfolg eines jeden auf seiner eigenen Leistung beruhen, nicht auf Ränken und Lügen.

«Das hatte ich mir fast gedacht», sagte Imogen leise. «Aber selbst Jane hat sich von seinen Geschichten blenden lassen.»

«Und Mr. Grantham?»

Imogen schüttelte den Kopf. «Er hat keine Ahnung von alledem. Er ist ... nicht viel zu Hause.» Sie sah Gavin direkt an, ihre Augen dunkel und klar. *Des Dunkel Reiz, des Lichtes Pracht ...* ging es Gavin durch den Kopf. «Ich will nicht, dass Evie einem gemeinen Mitgiftjäger in die Fänge gerät.» Imogen wandte den Blick ab. «Sie ist so jung und unreif.»

Tiefe Liebe und Besorgnis sprachen aus diesen wenigen Worten. Nach Gavins Dafürhalten war Evangeline Grantham beides nicht wert – in seinen Augen war sie ein flatterhaftes, oberflächliches Ding, wie geschaffen für Männer wie Augustus. Aber Imogen liebte sie.

«Ich werde Ihnen jetzt etwas erzählen», sagte Gavin langsam. «Aber es muss unter uns bleiben.»

Imogen richtete sich kerzengerade auf. «Ich halte nichts von Klatsch. Zumindest nicht über Menschen, die nicht seit mindestens hundert Jahren tot sind.»

Der Galgenhumor in ihren Worten veranlasste Gavin, die letzten Bedenken über Bord zu werfen.

In knappen Sätzen begann er: «Augustus heißt in Wirklichkeit Alfred Potts. Sein Vater war Straßenfeger. Seine Mutter war vor ihrer Heirat Gouvernante. Sie hat Augustus, Alfie, seine Erziehung mitgegeben. Er behauptet, sie sei eine Verwandte der Familie Vaughn, eine arme Cousine oder etwas dieser Art.»

Manchmal glaubte Gavin, dass Augustus seine Rolle deshalb so überzeugend spielte, weil er selbst sein Märchen glaubte, dass er nicht der Sohn eines Straßenfegers sei, sondern ein untergeschobenes Kind, das in Wirklichkeit aus einer heimlichen Verbindung seiner Mutter mit dem Grafen von Vaughn hervorgegangen war.

«Ich verstehe», sagte Imogen nachdenklich.

Gavin musterte sie, in ihrem Kleid aus kostspieliger Seide, in der Stille ihres paradiesischen Gartens, und sagte hastig: «Nicht dass die Herkunft eine Schande wäre. Die Schande sind die Lügen.» Ein bitteres Lachen stieg in ihm auf, hart und hässlich. «Ich habe wahrhaftig kein Recht, mit Steinen zu werfen. Neben meiner eigenen Herkunft nimmt Alfies sich direkt vornehm aus.»

Ein Straßenfeger hätte seine Familie von oben herab angesehen. In ihrem Viertel von Manchester hatte es gar keine Straßenfeger gegeben. Abfälle sammelten sich auf den Straßen, wurden in den Schmutz getreten, drangen durch die Ritzen der Steine in die Keller, in denen Menschen wie die Ratten hausten.

Imogen wartete einen Moment, ehe sie zurückhaltend sagte: «Bei dem Abendessen damals erzählten Sie, Sie seien in Manchester aufgewachsen?»

Gavin spürte selbst, wie seine Hände sich spannten. Er brachte es nicht über sich, sie anzusehen. «Ja.»

«Und trotzdem haben Sie Ihren Weg gemacht. Bis hinauf in die Akademie.» Beim Ton ihrer Stimme sah Gavin auf. Ihr Blick zeigte keine Spur von Geringschätzung, nur eine Art staunender Bewunderung. Sie saß im Schatten, doch ihr Gesicht schien zu leuchten wie hundert Kerzen. «Sie haben sich den Weg in die Akademie allein mit Ihrer Begabung und Ihrer Entschlossenheit gebahnt.»

Mit Begabung und Entschlossenheit und den Münzen, die er den besseren Leuten aus den Taschen gestohlen hatte. Er hatte es nie geplant, nie gewollt, doch der Hunger trieb einen zu den seltsamsten Dingen. Er hatte damals, in den ersten Tagen in London, auf der Straße gelebt, Äpfel von den Marktkarren gestohlen, sich wie ein Habicht auf heruntergefallene Münzen gestürzt.

Ihre Bewunderung beschämte ihn.

«Sie können sich nicht im Entferntesten vorstellen, wie ich mich durchgeschlagen habe», sagte er heiser.

«Sie haben sich alles selbst erkämpft.» Ihre Stimme zitterte vor verhaltener Leidenschaft. Die Hände im Schoß zusammengeballt, beugte sie sich mit so heftiger Bewegung vor, dass ihre Perlenohrringe schwankten. «Wissen Sie, wie großartig das ist? Ich wäre stolz, *stolz*, wenn ich etwas Ähnliches vorzuweisen hätte.»

Er wusste nicht, wie er ihr begreiflich machen sollte, in welche Abgründe er hinabgestiegen war. «Was denn? Geschnorrt und gebettelt und – und gestohlen zu haben?»

«Nein», entgegnete Imogen und sah ihn fest an. «Eine Begabung wie die Ihre und den Willen, sie zu nutzen.»

Ihre Augen besaßen Zauberkraft. Er konnte den Blick nicht von ihnen wenden. In ihnen sah er, wie in der Kristallkugel einer Wahrsagerin, sich selbst, nicht wie er gewesen war, sondern wie er sein konnte, wie sie ihn sah. Es war berauschend und in höchstem Maß erschreckend zugleich.

«Was immer Sie waren, ist nichts im Vergleich zu dem, was Sie jetzt sind.» Gavin starrte auf ihre Lippen und hörte kaum, was sie sagte. Er war gefesselt von der Form und der Farbe ihres Mundes, von der Art, wie sie beim Sprechen den Kopf nach rückwärts neigte, vom Vibrieren der zarten Haut ihres Halses. «Das ist der Unterschied zwischen Ihnen und Augustus Fotheringay-Vaughn. Er geht den Weg des geringsten Widerstands mit seinen Lügen und seinem Schwindel – Sie hingegen sind absolut lauter und ehrenhaft.»

Gavin überkam plötzlich ein wildes Verlangen, seine Lippen auf das Grübchen an ihrem Hals zu pressen, auf jene Stelle, wo noch ihre Worte nachbebten. Er wollte seine Finger in die glänzende dunkle Fülle ihres Haares graben und es aus den Nadeln lösen, bis es ihm wie Seide über die Hände floss, wollte sie an sich ziehen und ihren Mund mit seinem bedecken, sie küssen, bis die Welt sich in betäubendem Wirbel um sie drehte und das Zwitschern der Vögel übertönt wurde vom ungestümen Schlag ihrer Herzen.

Die Macht seines Begehrens erschütterte ihn bis ins Mark, es kostete ihn solche Mühe, sie zu beherrschen, dass seine Hand zitterte und sein ganzer Körper glühte.

Lauter? Ehrenhaft? Er empfand nichts als brennende Scham.

«Verzeihen Sie mir», sagte er und trat so hastig zurück, dass er beinahe die Staffelei umgerissen hätte. Der Trieb zu fliehen war stärker als alles andere, stärker als Höflichkeit und Vernunft. Er konnte nicht bleiben. Wenn er blieb …

Unausdenkbar. Sie war die Ehefrau seines Gönners.

Gavin suchte stammelnd nach Worten, die sich ihm entzogen. «Ich – eine Verabredung – ich hatte ganz vergessen – ich muss zurück in die Stadt. Unverzüglich.»

Imogen stand auf. Ihre Röcke bauschten sich um sie. «Mr. Thorne? Fühlen Sie sich nicht wohl?»

Bei ihrem besorgten Blick wäre es beinahe um ihn geschehen. O Gott, diese Anteilnahme auf ehrliche Weise gewinnen zu können, den Kopf in ihren Schoß legen, ihre Finger in seinen Haaren, ihre Lippen auf seiner Stirn fühlen zu können.

«O doch», stieß er hervor, während er ungeschickt seine Materialien einpackte. Er hatte sich nie schlechter gefühlt, heiß und kalt wie im Fieber, geschüttelt von Schuldgefühlen und Verlangen. «Verzeihen Sie mir.» Und noch einmal, hilflos: «Verzeihen Sie.»

Dann eilte er davon, den Garten hinauf, auf der Flucht.

Kapitel 12

London, 2009

Verschwunden? Das konnte nur ein Witz sein.

«Du willst mich wohl auf den Arm nehmen.» Julia griff nach ihrem Scotchglas, das wacklig auf einem Katalog von Sotheby's stand.

Nick schüttelte den Kopf. «Vielleicht ein bisschen dramatisch ausgedrückt, aus Effekthascherei, aber im Wesentlichen sind das die Fakten. Thorne verschwand von der Bildfläche. Nach dem Sommer 1850 gibt es keinerlei Zeugnisse mehr von ihm. Sogar seine Kollegen in der Bruderschaft fanden das offenbar so seltsam, wie Anna mir erzählte, dass einige von ihnen es in ihren Briefen erwähnten.» Er machte eine kurze Pause. «Es scheint sie allerdings nicht lange beschäftigt zu haben.»

Julia ließ sich langsam auf das alte Chintzsofa sinken, das tief unter ihr einsank. «Was kann ihm passiert sein?», fragte sie.

Nick blickte zu ihr hinunter und lächelte. «Du siehst aus wie ein kleines Mädchen, das auf eine Gutenachtgeschichte wartet.» Als sie unwillig die Stirn runzelte, sagte er: «Man nimmt an, er könnte nach Neusüdwales ausgewandert sein. So steht's jedenfalls bei Wikipedia», fügte er hinzu.

Julia, der eine Sprungfeder in die Hüfte stach, rutschte

weiter hinüber auf die Seite. «Man nimmt an? Man weiß es nicht?»

Nick lehnte sich an die Schreibtischkante. Das Büro war so klein, dass seine Knie beinahe an ihre stießen. «Damals war es nicht wie heute, wo Facebook jede kleinste Bewegung registriert. Damals fiel man durchs Raster und verschwand. Eigentlich ganz erfrischend, wenn man sich's überlegt. Man zieht an einen anderen Ort, legt sich eine neue Identität zu – fertig. Ein neues Leben.»

«Ja, aber warum sollte man das tun, wenn man sich gerade eine Karriere aufbaut? Keiner der Präraffaeliten wäre 1850 einfach abgehauen. Und warum ausgerechnet nach – nach –»

«Neusüdwales», sagte Nick. «Schafzucht. Das waren ja keine glatten, stetig aufwärts führenden Lebensläufe. Sie hatten es alle schwer in diesen frühen Jahren. Thomas Woolner schloss sich den Scharen von Goldsuchern an, die nach Australien gingen. Ein anderer der ursprünglich sieben Brüder gab die Malerei auf und wurde Priester. Rossetti hätte beinahe mit der Malerei Schluss gemacht, um nur noch Gedichte zu schreiben. Es ist durchaus vorstellbar, dass unser Mr. Thorne seinen Pinsel an den Nagel hängt, um sich eine Tätigkeit zu suchen, mit der man auf die Schnelle mehr Geld verdienen konnte. Obwohl …»

«Obwohl?»

Nick schob einen Kunstband zur Seite, um mehr Platz zu finden. «Einer der wenigen Hinweise, die ich entdeckt habe, besagt, dass Thorne seine *Mariana* für hundertfünfzig Guineen verkaufte. Das war damals eine Menge Geld, auf jeden Fall genug für einen aufstrebenden Künstler, um sich eine ganze Weile über Wasser halten zu können.»

«Vielleicht hat er mit dem Geld eine Schäferei in Neusüdwales gekauft», meinte Julia, fand das aber selbst wenig überzeugend.

«Oder eine Diamantmine in Südafrika? Es gab damals tausend Möglichkeiten, sein Geld zu verlieren, und noch mehr Möglichkeiten, irgendwo in einem entfernten Winkel der Erde unterzutauchen.»

Julia starrte in ihr Glas. «Das klingt jetzt vielleicht blöd, aber es ist doch echt schade. So eine Begabung zu haben und sie dann einfach wegzuwerfen.»

Unwillkürlich musste sie an die Bewerbungen für das Promotionsstudium in Kunstgeschichte denken, die sie nie abgeschickt hatte. Ihr Studienberater war ehrlich enttäuscht gewesen, als sie ihm mitgeteilt hatte, dass sie bei McKinsey anfangen würde, und hatte gesagt, er werde immer für sie da sein, falls sie es sich anders überlegen sollte.

Aber das war lächerlich. Das war nicht mit Gavin Thornes Entschluss zu vergleichen, die Malerei aufzugeben, um Schafe zu züchten. Er hatte eine echte schöpferische Begabung besessen. Ihr Talent war mehr analytischer als kreativer Art. War der Welt wirklich etwas entgangen, wenn es eine Kunsthistorikerin weniger gab?

Nein, sicher nicht. Doch sie begann sich zu fragen, ob ihr nicht selbst etwas entgangen war.

Sie wies auf die Bilder auf dem Schreibtisch. «Selbst an denen kann man erkennen, dass dieser Thorne immer besser geworden ist. Er hätte vielleicht noch ganz großartige Bilder gemalt, wenn er dabeigeblieben wäre.»

«Oder er wäre ausgebrannt», sagte Nick. Die Worte waren zynisch, doch der Ton war teilnehmend. «Er hätte vielleicht einen Riesenerfolg gelandet und danach immer nur noch dasselbe gemalt, eine Version rührseliger als die andere. Die Präraffaeliten begannen als revolutionäre Bewegung, doch die meisten von ihnen endeten als brave Bürger und genossen das auch.»

«Das ist wahr.» Julia erinnerte sich der Bilder bärtiger alter Herren mit goldenen Uhrketten über dem satten bürgerlichen Leib, die sie im Internet gefunden hatte. «Trotzdem. Immer noch besser, alt zu werden, als jung zu sterben. Gibt es eigentlich Bilder von Thorne?»

Wenn Nick der abrupte Themawechsel auffiel, so ließ er sich nichts anmerken. «Möglich. Sie haben sich ja ständig gegenseitig gezeichnet und gemalt. Ich kann Anna fragen.» Er stellte sein Glas neben einem Stapel Rechnungen ab. «Viel Biographisches scheint es nicht über ihn zu geben. Anna meint, das käme daher, dass seine Karriere so kurz war. Die mageren vier Bilder, die er hinterlassen hat, reichten anscheinend nicht, um ernsthaftes Interesse an seiner Person zu wecken.»

«Fünf jetzt», sagte Julia. «Wenn es sich verifizieren lässt.»

Nicks Blick, ein strahlendes Blaugrün hinter den Brillengläsern, traf den ihren. «Dir ist klar, was das bedeutet. Wenn es echt ist, dann ist dieses Gemälde ein Markstein auf einem ganz neuen Weg, den Thorne eingeschlagen hat. Alles, was man bisher über den Mann zu wissen meinte, wird neu bewertet werden müssen. Es wird nicht gerade Schlagzeilen in der *Times* machen, aber in der Fachwelt wird das ganz schön für Wirbel sorgen.»

«Wenn es echt ist», wiederholte Julia, obwohl sie eigentlich nicht daran zweifelte. Es musste nur noch bewiesen werden. «Puh, ich glaube, ich brauche noch einen Schluck Scotch», sagte sie scherzend.

Nick schenkte ihr nach. «Das Beste wäre es, wenn du etwas auftreiben könntest, um die Provenienz zu beweisen», sagte er, während er die Flasche wieder in ihr Fach im Globus stellte. «Vielleicht einen zeitgenössischen Hinweis – oder einen Grund dafür, dass es in deinem Haus lag.»

Julia klopfte mit den Fingernägeln an ihr Glas. «Vielleicht gibt's da eine Verbindung ... Im Salon hängt das Porträt einer Frau, die genauso aussieht wie die Isolde auf dem Gemälde. Ich bin ziemlich sicher, dass es dieselbe ist.»

«Ich will ja kein Spielverderber sein», sagte Nick, «aber wie sollte ein Modell in den Salon kommen?»

Julia trank einen Schluck von ihrem Scotch. «Ich vermute, sie hat erst als Modell gearbeitet und später gutbürgerlich geheiratet. Das wäre eine Erklärung dafür, dass ihr Bild im Salon hängt.»

«Ja, so was soll vorkommen.» Nick lachte. «Aber warum ist das Gemälde dann im Schrank versteckt worden?»

«Vielleicht wollte ihr Mann vermeiden, dass etwas über ihren früheren Beruf ans Licht kommt.»

Sie sah Nick an, dass er nach Schwachpunkten in ihrer Theorie suchte. «Es ist auf jeden Fall ein Gedanke», sagte er vorsichtig.

Mit zunehmendem Scotchkonsum sah der Gedanke besser und besser aus. «Gib's zu», sagte sie. «Es ist ein genialer Gedanke.»

Nick grinste. «Sagen wir ‹plausibel›. Hast du denn eine Ahnung, wer die Frau auf dem Porträt ist?»

Julia schüttelte den Kopf. «Irgendeine Vorfahrin wahrscheinlich. Mein Vater meint, ich sollte mit Tante Caroline reden – Natalies Mutter.»

Nick zog ein Gesicht. «Na, dann viel Spaß.» Er besann

sich sogleich und fügte hinzu: «Ich habe nichts gesagt. Es war der Scotch, der aus mir gesprochen hat.»

«Und was hat der Scotch sonst noch zu erzählen?», fragte sie lachend.

Nick starrte in die dunkelgoldene Flüssigkeit in seinem Glas. «Nicht mehr viel. Sonst kann ich nämlich nicht mehr nach Hause fahren. Kann ich dich heimbringen?»

Julia brauchte einen Moment, um zu begreifen, dass er zum Aufbruch blies. Sie warf einen schnellen Blick auf ihre Uhr. Oh, Wahnsinn. Über zwei Stunden. Kein Wunder, dass Nick sie loswerden wollte. Es war Montagabend. Der arme Kerl wollte wahrscheinlich dringend nach Hause. Und etwas essen.

Hastig stellte sie ihr leeres Glas ab und versuchte, sich aus dem Sofa zu kämpfen. «Das ist nett, vielen Dank, aber ich kann gut den Zug nehmen.»

Das Sofa entpuppte sich als Falle, gegen die ihre Befreiungsversuche nichts auszurichten vermochten.

«Brauchst du Hilfe?» Nick fasste ihre Hand und zog sie schwungvoll in die Höhe. Julia landete mit einem kleinen Aufprall auf den Füßen. Ohne sie loszulassen, fragte er: «Soll ich dich nicht doch lieber fahren? So wie es sich anhört, regnet es draußen in Strömen. Und mir macht's wirklich nichts aus.»

Erst jetzt merkte Julia, dass Regen an die Scheiben des kleinen Fensters hinter dem Schreibtisch trommelte. Viel konnte sie nicht erkennen, doch es war eindeutig zu dunkel für einen frühen Sommerabend. Sie schaute an ihrem unpraktischen Leinenkleid hinunter zu ihren offenen Sandalen.

«Wenn es dir wirklich nicht zu viel ist ...»

«Dann hätte ich es nicht angeboten.» Nick ließ ihre Hand los, begann, Papierstapel herumzuschieben, und stopfte einen silbernen Laptop und diverse Hefter in eine Computertasche aus abgewetztem braunen Leder. «Mein Wagen steht vorn an der Ecke. Du hast keinen Schirm dabei, oder?»

Einen Schirm in England? Das wäre viel zu vernünftig gewesen. «Nein, leider nicht.»

Nick hievte die Tasche über seine Schulter. «Ich auch nicht.» Seine Augen blitzten amüsiert. «Tja, da müssen wir eben rennen.»

Doch das half nicht viel. Julia war schon durchnässt, bevor Nick das Gitter vor dem Laden heruntergezogen hatte. Der Stoff ihres Kleides klebte ihr am Körper, und ihre Haare hingen ihr in glitschigen Strähnen ins Gesicht.

«Nur ein kleiner Guss», sagte Nick vergnügt, als er das Auto aufschloss.

Julia zog eine Grimasse und kroch eilig in den Wagen. «Tut mir leid, dass ich dir jetzt die Sitze volltropfe», sagte sie, als er auf der anderen Seite einstieg.

«Hör auf, dich zu entschuldigen.» Er schaltete den CD-Player ein. Nicht Händel diesmal, sondern Depeche Mode. Irgendwie passte die Musik zu dem Regen, der in Bächen die Fenster hinunterlief. Nick putzte seine Brillengläser mit einem Zipfel seines Hemds und sah Julia halb amüsiert, halb mitfühlend an. «Soll ich die Heizung einschalten?»

Super. Sie musste ja wirklich erbarmungswürdig aussehen. Ihn hatte der Regen gemeinerweise längst nicht so zugerichtet. Nur seine Haare hatte er eine Nuance dunkler gefärbt und sein Hemd so weit durchfeuchtet, dass sich darunter ein Brustkorb abzeichnete, der auf sportliche Betätigung oder aktive Mitgliedschaft in einem Fitnessclub schließen ließ.

«Nein, geht schon», sagte Julia schnell. Sie hob die Arme, um ihre Haare auszuwringen, was nur bewirkte, dass ihr das Wasser in den Kragen lief und, wie sie an Nicks beifälligem Blick merkte, gewisse Teile ihrer Anatomie aufreizend hervorgehoben wurden. Hastig senkte sie die Arme wieder. «Der Scotch hält mich warm.»

«Ja, die Schotten wussten, was sie taten», meinte Nick, während er den Wagen durch ein Gewirr kleiner Gassen lenkte. «Besser als Zentralheizung.»

«So weit würde ich nicht gehen.» Julia drehte sich auf ihrem Sitz zur Seite. Wenn sie schon einen Antiquitätenhändler zur Hand hatte ...

Einen ausgesprochen gutaussehenden Antiquitätenhändler. Nicht dass das im Geringsten relevant war. Er war Natalies Eigentum. So sah es jedenfalls Natalie.

Sie hätte wirklich nicht so viel Scotch trinken sollen.

«Noch mal zu dem Bild», sagte sie. «Der nächste Schritt wäre also die eindeutige Feststellung der Provenienz?»

«Ja, das ist die größte Hürde, die wir nehmen müssen», bestätigte Nick. «Ideal wäre eine Empfangsquittung für das Bild, am besten mit Thornes Unterschrift.»

«Möglich, dass sich eine findet», sagte Julia. «Unwahrscheinlich, aber möglich. Ich glaube, meine verehrten Vorfahren haben nie etwas weggeworfen.» Sie hatte die Müllsäcke zum Beweis.

Nick hielt den Blick auf die Straße gerichtet, was Julia guten Blick auf sein Profil bot. «Wenn du willst», sagte er, «kann ich ja an meinem Ende ein bisschen recherchieren.

Vielleicht wird das Bild irgendwo erwähnt, wenn es jemals ausgestellt wurde.»

«Wirklich?» Sie fand das unerwartet großzügig von ihm. «Das wäre toll.»

Sein Blick flog einen Moment zu ihr hinüber. «Wie oft bekommt man die Chance, zu einer Neubewertung eines künstlerischen Werks beizutragen?»

«In deinem Beruf? Wahrscheinlich gar nicht so selten.»

«Seltener, als du glaubst», sagte Nick. Er wich geistesgegenwärtig einem mörderischen Taxi aus. «Wenn du deine Tante Caroline nach einer möglichen familiären Verbindung fragst, werde ich von meiner Seite aus noch ein bisschen forschen.»

«Abgemacht. Aber, hey, wieso habe ich gerade das Gefühl, hier die Dumme zu sein? Grins gefälligst nicht so selbstzufrieden.»

Nick hob eine Hand. «Ich habe nichts gesagt.»

«Egal», sagte Julia. «Mir gefällt meine Theorie über das Ex-Modell und die Bürgersfrau. Wenn man sich das Porträt im Salon genau ansieht, hat es etwas unglaublich Tragisches.» Julia suchte nach dem passenden Wort. «Sehnsüchtiges. Als wäre sie gefangen und wüsste nicht, wie sie entkommen soll.»

Nick zog demonstrativ die Augenbrauen hoch.

«Was denn? Das nennt man ein Bild ‹lesen›, wie meine Dozenten in Kunstgeschichte ständig gepredigt haben.» Julia wedelte mit der Hand. «Du musst mir einfach glauben.»

«Muss ich dir einfach glauben», gab Nick zurück, als er den Wagen am Gehweg vor dem Tor zu Julias Haus anhielt, «oder darf ich das Porträt mal sehen?»

Julia hatte gar nicht gemerkt, dass sie schon angekommen waren. Die Gegend sah im düsteren Regen so ganz anders aus. Und sie war auch nicht auf die Idee gekommen, dass Nick vielleicht würde hereinkommen wollen.

Sie wandte sich ihm zu. «Was ist mit der Tiefkühlpizza und dem Billard?», fragte sie. «Oder hast du mich nur hergefahren, damit du mit reinkommen und meine Gemälde bewundern kannst?»

Sie bemerkte das belustigte Aufblitzen in Nicks Augen. «Nennt man das jetzt so?»

Seine Stimme war weich und leise, mit dem Anflug eines unterdrückten Lachens. Julia wurde ein wenig heiß.

«Ein bisschen Kunstbetrachtung hat noch keinem geschadet», sagte sie eine Spur schnippisch.

«So gern ich mir deine Gemälde ansehen würde –», sein Ton verriet nicht, ob es ihm ernst war oder nicht, «– ich habe morgen in aller Frühe einen Termin.»

Eine glatte Abfuhr.

«Na, jedenfalls danke, dass du mich gefahren hast», sagte Julia, die Hand schon am Türgriff. Ein harmloser kleiner Flirt, nichts weiter. Sie stieß die Tür auf und sagte mit einem flüchtigen Lächeln über die Schulter: «Viel Spaß beim Billard.»

«Warte!» Sie hielt inne, ein Bein draußen, ein Bein drinnen. «Was machst du Freitagabend?»

«Den Speicher ausräumen?», antwortete sie, ehrlich in ihrer Überraschung, und schwang das zweite Bein aus dem Wagen.

Nick neigte sich zu ihr hinüber, um ihre Tür offen zu halten. «Kann ich einen Gegenvorschlag machen?»

«Woran hattest du denn gedacht?», fragte Julia vorsichtig nach der erlittenen Abfuhr.

«Kunstbetrachtung», sagte Nick prompt.

Julia kniff die Augen zusammen, doch bevor ihr eine schlagfertige Antwort einfiel, fuhr Nick fort: «Freitagabend bei dir. Du sorgst für den Kunstgenuss, ich für das leibliche Wohl. Magst du lieber Reis oder Naan zum Curry?»

London, 1849

«Immer noch bei der Arbeit, Thorne?»

Gavin blickte von der Leinwand auf. Augustus stand an der Tür zum Atelier. Es war früh am Morgen, früh jedenfalls für Augustus. Er trug einen Abendanzug, ein weißer Seidenschal lag lässig um seinen Hals, in der Hand hielt er einen Zylinder. Er war offenbar gar nicht im Bett gewesen.

Gavin hob die farbverschmierte Hand, um sich den Nacken zu massieren. In den letzten Tagen hatte er beinahe Tag und Nacht gemalt, beim Licht kostspieliger Kerzen wie ein Wahnsinniger gearbeitet, um Mrs. Granthams Porträt vor dem kommenden Montag zu vollenden.

Mrs. Grantham. Niemals Imogen. Das sagte sich Gavin bei jedem Pinselstrich in dem verzweifelten Bemühen, die Sehnsucht, das quälende Verlangen zu tilgen.

Er hatte sich einzureden versucht, jener Moment im Pavillon sei eine unselige Episode, eine Verirrung gewesen, doch er konnte nicht aufhören, an sie zu denken. In der letzten Nacht hatte er sie im Traum gesehen, ihr Gesicht von den langen dunklen Haaren umflossen. Sie hatte nur ihr Hemd getragen, die Schleife am Hals gelöst, sodass es über ihre Schultern abwärtsglitt, als sie sich über ihn beugte. «Pscht», hatte sie ihm zugeflüstert und sich an ihn geschmiegt, während ihre warmen Lippen sein Ohr, seinen Hals, seine Brust liebkosten und tiefer wanderten.

Er war schwitzend aus dem Schlaf gefahren, euphorisch, bis zum Äußersten erregt und entsetzt, alles zugleich.

Er zog sich an, zündete eine Kerze an und tappte auf bloßen Füßen benommen ins Atelier hinüber, als könnte er mit der Vollendung des Porträts auch seinen Gefühlen ein Ende bereiten, dieser schrecklichen, berauschenden Mischung aus Begierde und Zärtlichkeit.

Begierde war ihm nicht fremd, doch sie war stets rein körperlicher Natur gewesen, einfach und unkompliziert. Dies hier ... Gavin wusste nicht, was er sich ersehnte. Er wünschte sich, mit ihr an einem Feuer zu sitzen, die sanfte Last ihres Kopfes an seiner Schulter zu spüren und seine Wange an ihrem seidigen Haar zu reiben. Er wünschte sich, für immer ihre Hand zu halten, noch wenn sie alt und runzlig geworden war.

Er bekämpfte diese Gefühle seit Tagen auf die einzige Art, die ihm zur Verfügung stand: indem er malte. Doch er konnte nichts dagegen tun, sie begleiteten ihn Tag und Nacht: Er liebte Imogen Grantham.

Es war reiner Wahnsinn. Wahnsinn und Torheit. Wenn Grantham auch nur ahnte, was in Gavin vorging, konnte er ihn ruinieren, und die Welt würde ihm recht geben. Ein Wort zu Sir Martin Shee, und Gavins Bilder würden bei der nächsten Ausstellung in der untersten finstersten Ecke landen, wenn sie überhaupt angenommen wurden. All seine Arbeit, all sein ehrgeiziges Bestreben dahin wegen einer momentanen Gefühlsaufwallung.

Denn mehr war es nicht, sagte er sich entschieden. Eine momentane Gefühlsaufwallung. Und Freundschaft. Die schuldete er Imogen – Mrs. Grantham. Und als ihr Freund konnte er wenigstens eins für sie tun.

Nachdem er seinen Pinsel sorgfältig auf der Palette abgelegt hatte, sagte er zu Augustus: «Ich höre, du hast Miss Grantham deine Aufwartung gemacht.»

Augustus gefiel die Bemerkung nicht. Langsam richtete er sich zu voller Größe auf. «Und was geht dich das an, wenn ich fragen darf?»

Gavin zuckte mit den Schultern. «Mr. Grantham hat sich mir gegenüber sehr großzügig gezeigt.»

Augustus starrte mit zusammengekniffenen Augen zu Gavin hinunter. «Bist du sicher, dass es *Mr.* Grantham war?»

«Er hat mir seine Sammlungen großzügig zur Verfügung gestellt», erklärte Gavin kurz.

Augustus verschränkte die Arme und lehnte sich an die Wand. «Und gehört in diese Sammlungen vielleicht auch seine Ehefrau?»

Erschrecken durchzuckte Gavin. «Ich verstehe nicht, was du da redest.»

«Ach nein?» Augustus lächelte anzüglich. «Glaubst du vielleicht, ich habe nicht gemerkt, was vorgeht?»

«Verschone mich mit deinen schmutzigen Gedanken», sagte Gavin scharf. Die Vorstellung, dass Augustus so von Imogen dachte …

«Ah, schmutzig ist das?» Augustus ging langsam durch das Atelier und blieb kurz stehen, um ein Stäubchen von einem Bild zu schnippen. «Wie oft hast du denn die Dame inzwischen beschlafen? Wirst du dafür gesondert bezahlt?»

Bevor Gavin wusste, was er tat, hatte er Augustus an die

Wand gestoßen und ihm die Hände um den Hals gelegt. Wut wallte auf wie roter Nebel. Er rammte Augustus mit solcher Gewalt an die Wand, dass die Kerzenhalter auf den Tischen klirrten. «Nimm das sofort zurück.»

Augustus schnappte nach Luft und lachte erstickt. «Sonst was? Sonst erdrosselst du mich? In Newgate wirst du nicht malen dürfen.»

Gavin stieß sich so abrupt von ihm ab, dass Augustus taumelte. Vornübergebeugt, die Hände auf die Knie gestemmt, kämpfte er gegen eine Welle der Übelkeit. Wäre er wirklich fähig gewesen, das zu tun? Augustus zu erwürgen nur wegen ein paar Worten?

Augustus massierte sich mit einer Miene gekränkter Unschuld den schmerzenden Hals. «Glaubst du, ich weiß nicht, was du getrieben hast – allein mit ihr?» Er zog seine Manschetten gerade. «Sie sieht ja auch nicht übel aus für eine Frau ihres Alters.»

Gavin atmete tief ein und aus, um den Impuls niederzuringen, Augustus in das selbstgefällige Gesicht zu schlagen, diese arrogante Fratze mit seinen Fäusten zu zermalmen.

Mit eiserner Entschlossenheit an seiner Selbstbeherrschung festhaltend, sagte er schroff: «Herrgott noch mal, Augustus. Wir standen die ganze Zeit unter Beobachtung. Keine Sorge, der Anstand war immer gewahrt.»

Doch nur eine Geste des Entgegenkommens, ein Zeichen der Ermutigung, und er hätte alle seine Träume, eines Tages in die Akademie aufgenommen zu werden, ohne Überlegung fahren lassen.

«Hast du diesen Pavillon einmal gesehen?» Wut und Schuldbewusstsein trieben Gavin zu drastischer Sprache.

«Glaubst du im Ernst, ich würde in einem Lattenkäfig rammeln, damit ich mich zum Gespött des Hauspersonals mache?»

«Keine Ahnung.» Augustus taxierte ihn mit kühlem Blick. «Das kommt ganz darauf an, wie scharf du auf sie bist. Oder», fügte er spitz hinzu, «wie scharf sie auf dich ist.»

«Das ist eine Beleidigung», fuhr Gavin ihn scharf an. «Du sprichst von einer Dame.»

Augustus zog eine Augenbraue hoch. «Und meiner zukünftigen Schwiegermama, wenn alles gut geht.» Beinahe sanft fügte er hinzu: «Komm mir jetzt nicht als der edle Ritter. Diese Hirngespinste kannst du dir für deine Bilder sparen. Das wahre Leben ist anders. Und das weißt du so gut wie ich.»

«Du kannst dein wahres Leben behalten.» Die Worte lagen bitter auf Gavins Zunge; er spie sie aus wie verfaulte Früchte. Das Leben war so, wie der Mensch es gestaltete, gut oder schlecht. Und er würde sein ‹wahres› Leben dem von Augustus immer vorziehen. Selbst wenn es ihm die Erfüllung seiner heißesten Wünsche verwehrte. «Und halt dich von den Granthams fern.»

Augustus sah ihn mitleidig an. «Es ist mir egal, wie du es mit der Älteren hältst – aber ich werde die Jüngere heiraten, bevor das Jahr um ist.»

Es war ihm ernst. Gavin starrte ihn ungläubig an. «Du bist ja verrückt.»

«Nicht verrückt, nur ehrgeizig, und eine reiche junge Ehefrau kommt mir gut zupass.» Augustus' Züge wurden hart. «Komm mir ja nicht in die Quere, Thorne, sonst wirst du meine Entschlossenheit zu spüren bekommen.»

Kapitel 13

London, 2009

Julia brauchte Tante Caroline gar nicht anzurufen. Tante Caroline rief sie an, mit einer Einladung zum Tee, die sich eher anhörte wie ein königlicher Befehl.

Wieder kam das blaue Leinenkleid zu Ehren, auch wenn ihm das kürzliche Bad nicht unbedingt gutgetan hatte. Es war das einzige salonfähige Stück, das sie im Gepäck hatte, und sie hatte den Verdacht, dass Tante Caroline über Shorts oder Jeans eher die Nase rümpfen würde. Sie hatte das Wort *Tee* auf eine Art ausgesprochen, die Julia an große Hüte und abgespreizte kleine Finger denken ließ.

Nach einer Fahrt mit Zug, U-Bahn und Bus trat Julia endlich durch das schmiedeeiserne Tor eines beunruhigend wohlgepflegten Klinkerhauses in Richmond. Sie hatte das Gefühl, sich nunmehr einen ziemlich umfassenden Überblick über das britische Verkehrssystem verschafft zu haben. Und freute sich nicht auf eine Wiederholung der Übung in ein oder zwei Stunden.

Diesmal würde kein Nick da sein, der ihr anbot, sie nach Hause zu fahren.

Sie hatte ihn am letzten Wochenende, als er mit Natalie und Andrew bei ihr gewesen war, wirklich falsch gesehen. Aber vielleicht hatte sie ihn auch ganz richtig gesehen, und die plötzliche Hilfsbereitschaft und Freundlichkeit hatten damit zu tun, dass sie sich unversehens als Eigentümerin eines möglicherweise interessanten Gemäldes entpuppt hatte. Obwohl er natürlich an dem Wochenende tatsächlich schlicht und einfach aus irgendeinem Grund schlechter Laune gewesen sein konnte und sich danach bemüht hatte, Wiedergutmachung zu leisten. Wie dem auch sein mochte, er war entweder ein netter Kerl, bereit, der Cousine von Freunden einen Gefallen zu tun, oder er war ein Riesenarschloch. Mal sehen, wie sich die Dinge am Freitagabend entwickelten.

Im Erkerfenster des Hauses bewegte sich sachte ein Vorhang. Tante Caroline auf der Lauer? Das Anwesen sah aus wie eine Nobelversion von Tante Reginas ungepflegtem Besitz. Statt des holprigen, von Rissen und Sprüngen durchzogenen Backsteinwegs gab es hier gleich einen ganzen mit großen blass rötlichen Backsteinen gepflasterten Vorplatz. Das Haus, roter Klinker, war eine dem Hirn eines modernen Architekten entsprungene Interpretation traditioneller Baukunst, alles eine Spur zu groß, zu glatt, zu protzig. Als Julia auf die Klingel drückte, antwortete ein kitschig süßes Glockenspiel.

Tante Caroline fügte sich gut in dieses Ambiente ein: eine Spur zu sorgsam gestylt, die blondierten kurzen Haare wie gemeißelt, der klassische Hosenanzug ein klein wenig zu formell für die Teestunde zu Hause.

Und natürlich passten auch ihr Gehabe und ihre Redeweise. Es tue ihr ja so entsetzlich leid, sie habe Julia eigentlich viel früher zu sich bitten wollen, aber Julia verstehe gewiss, wie das sei, man habe ja immer so viel zu tun. Aber umso mehr freue sie sich, Julia nach all den Jahren wiederzusehen, es sei wirklich ein Jammer, dass man so lange nichts voneinander gehört habe. So tragisch, das alles.

«Deine liebe Mutter, das arme Ding.» Carolines Stimme troff von falschem Mitgefühl. «Wir standen einander so unglaublich nahe. Wie Schwestern.»

Wie Schwestern, die einander nicht ausstehen konnten?

Aus weiter Ferne hörte sie die Stimme ihres Vaters: *Ich weiß nicht, warum du dir das von ihr gefallen lässt*; und darauf eine zweite, eine weibliche Stimme unbekümmert: *Ach, das ist eben Caroline. Du kennst sie doch.* Und Julias Vater grimmig: *Nein, ich kenne sie nicht.*

Erinnerung? Oder Phantasie? Julia drängte die Stimmen beiseite und bemühte ihre besten Schulmädchenmanieren. «Schön, dich wiederzusehen. Vielen Dank für die Einladung.»

Caroline ging ihr in ein überladenes Wohnzimmer voraus und bat sie, auf dem Sofa Platz zu nehmen, vor dem der Tisch mit dem Teetablett stand. Beim Anblick des Porzellans mit Gold und Rosen dachte Julia beinahe wehmütig an Helens schlichtes skandinavisches Geschirr.

«Aber das versteht sich doch von selbst. Es war das *mindeste*, was ich tun konnte. Es hat dich gewiss sehr überrascht zu hören, dass du das Haus geerbt hast, obwohl du Regina gar nicht kanntest.»

Hinter all der falschen Herzlichkeit und Anteilnahme war der pikierte Ton unüberhörbar.

«Ja, ein wenig überraschend war es schon», sagte Julia zurückhaltend. «Aber ich finde es schön, endlich mehr über die Familie zu erfahren.»

Sie ließ sich vorsichtig auf dem Sofa nieder, das erstaunlich unbequem war, und blieb in sittsamer Haltung, Hände im Schoß, Beine an den Fesseln gekreuzt, auf seiner äußersten Kante sitzen.

Tante Caroline musterte sie mit unverhohlener Herablassung. «Ich kann mir vorstellen, dass du nicht viel von ihr weißt, bei dem Leben, das ihr geführt habt.» Als wäre Julia in einer Grashütte am Ubangi aufgewachsen. «Unsere Familie hat über Generationen in diesem Haus gelebt.»

Und nun, deutete Tante Carolines Ton an, war es den Barbaren in die Hände gefallen. Genauer gesagt, den Amerikanern, was genauso schlimm war.

«Ja», sagte Julia wohlerzogen. «Soviel ich weiß, ist meine Mutter in dem Haus aufgewachsen. Ich habe ihr früheres Zimmer gesehen.» Bevor Tante Caroline zur Attacke blasen konnte, sagte sie schnell: «Ich hatte gehofft, du würdest mir etwas über die Familiengeschichte erzählen können. Ich habe meinen Vater gefragt, und er meinte, du seist diejenige, von der ich am meisten erfahren könnte.»

Die Taktik kam an. Tante Caroline richtete das allzu blonde Haar, an dem es nichts zu richten gab. «Ja, *deinen Vater* interessiert das natürlich nicht. Menschen, die selbst keine Familie haben …»

Julia trank hastig von ihrem Tee, um nicht zurückzuschießen und zu sagen, *Mein Vater ist zu beschäftigt damit, Leben zu retten, um sich mit Familienstammbäumen zu befassen.* Ihr Vater war ein international anerkannter Chirurg, und auch wenn sie manches an ihm auszusetzen hatte – bisweilen war er so sensibel wie ein altes Walross –, hatte er Rechtfertigung vor einer eingebildeten Ziege im Polyester-Hosenanzug bestimmt nicht nötig.

Julia wahrte ihr höfliches Lächeln. «Dad hat mir erzählt, dass du einen Familienstammbaum besitzt?»

Ja, Julias Vater habe recht, sie besitze eine Ahnentafel der Familie und freue sich, sie ihr zu zeigen – alles im gleichen gönnerhaften Ton, um Julia unmissverständlich wissen zu lassen, dass sie zu jenem Zweig dieser so illustren Familie gehörte, der völlig aus der Art geschlagen war.

Die sogenannte Ahnentafel war eins dieser effekthascherischen Dinger («Überweisen Sie einfach 29,95. Jetzt!») auf falschem Pergament mit goldenen Lettern und reichte zurück bis zu Wilhelm dem Eroberer oder mindestens seinem Vetter fünften Grades. Je weiter man die Angaben zurückverfolgte, desto tiefer geriet man, zumindest für Julias Gefühl, in ein wirres Dickicht aus Fiktion und Wunschdenken. Niemand hatte so viele Monarchen in der Familie. Ja, sicher, Karl II. hatte massenweise Bastarde gezeugt, aber hatte er nicht die meisten von ihnen als seine Kinder anerkannt und sie mit Titeln bedacht? Sie bezweifelte stark, dass er sich die Mühe gemacht hatte, eigens einen Extrasprössling in die Welt zu setzen, damit Tante Caroline sich auf eine Verwandtschaft mit den Stuarts berufen konnte.

Der früheste plausible Vorfahr war ein gewisser Josiah Grantham, seines Zeichens Weinhändler oder, wie Tante Caroline sagte, Importeur feiner Spirituosen.

«Im Haus hängt ein Porträt, über das ich sehr gern mehr wüsste», sagte Julia, bemüht, Tante Carolines Aufmerksamkeit von den Beaufort-Bastarden des vierzehnten Jahrhunderts abzulenken. «Es ist das im Salon –»

«Mir ist der Salon bekannt», unterbrach Caroline spitz.

«Dann weißt du sicher, welches Bild ich meine. Das von der dunkelhaarigen Frau im blauen Kleid.»

«Du meinst Imogen Hadley.» Caroline zog mit tadellos lackiertem Fingernagel eine Linie hinunter zum unteren Ende der Tafel. «Sie heiratete 1839 Arthur Grantham.»

1839, das war viel zu früh. Die Präraffaeliten hatten erst neun Jahre später ihre Bruderschaft gegründet. Julia suchte nach einer Heirat, die 1849 oder später stattgefunden hatte. «Bist du sicher, dass es 1839 war und nicht 1849?», fragte sie hoffnungsvoll.

Caroline warf ihr einen hochnäsigen Blick zu. «Wir sind im Besitz aller Unterlagen.» Sie sah weg. «Das heißt, deine Großtante Regina hatte sie.»

Das hieß, dass jetzt Julia sie hatte. Irgendwo.

Sie stellte behutsam ihre Tasse ab. «Hat diese Imogen Grantham vor ihrer Ehe als Modell gearbeitet?»

«Als Modell?» Caroline war entsetzt. «Nein. Sie war die Nichte eines Baronet. Wie kommst du denn auf so eine Idee?»

«Nur so», murmelte Julia. Sie wollte dieser Frau nichts von ihrem Gemälde erzählen. Natalie wusste natürlich davon … Julia verstand allmählich die bissigen Bemerkungen, die Natalie über ihre Mutter gemacht hatte. Armes Ding. Sie dachte mit verspäteter Dankbarkeit an Helen. «Das Bild im Salon», versuchte sie zu erklären, «hat so etwas. Es wirkt so – professionell.»

«Ach, ist das alles?» Caroline ließ ein trällerndes Lachen hören, das unangenehm an das ihrer Tochter erinnerte. «Einen Moment lang hast du dich angehört wie Tante Regina. Sie war ständig auf der Jagd nach irgendwelchen Skandalen. Das würde einer so langweiligen Familie wenigstens einen gewissen Reiz geben, behauptete sie immer. Absurd.»

Julia bedauerte es von Herzen, ihrer Großtante Regina nie begegnet zu sein. «Was für Skandale?», fragte sie.

Caroline wedelte mit der Hand. «Ach, dies und das. Nichts als Unsinn natürlich.»

Puh. Nun, wenigstens hatte sie jetzt einen Namen zu dem Porträt, auch wenn es ihr schwerfiel, ihre Theorie vom schönen Modell aufzugeben. 1849. Da brauchte nur eine Ziffer verwischt zu sein. Sie würde beginnen müssen, im Haus nach diesen Unterlagen zu suchen, die Caroline erwähnt hatte. Irgendwo in den Winkeln des alten Gemäuers musste etwas zu finden sein.

«Keks?» Caroline hielt ihr die Platte hin, auf der die Schokoladenkekse fächerförmig angerichtet waren.

Julia nahm einen; die Gastgeberin nicht. Mit dem Mund voll Schokolade und Krümeln wäre man entschieden im Nachteil gewesen.

Als Julia das klebrige Zeug endlich hinuntergeschluckt hatte, sagte sie: «Natalie und Andrew waren eine große Hilfe.»

Caroline stellte die Gebäckplatte wieder aufs Tablett. «Ja, natürlich, das alles betrifft sie ja persönlich.»

Mit dem Gefühl, sich auf einem sinkenden Schiff zu befinden, sagte Julia: «Sie sind letzten Samstag vorbeigekommen, um mir bei der Durchsicht der Sachen zu helfen. Mit ihrem Freund Nick.»

«Nick? Oh. Du meinst *Nicholas*.» Caroline setzte sich ein wenig aufrechter. «So ein hinreißender Junge. Und so bescheiden dabei.»

«Dabei?» Bei dieser erstaunlichen erotischen Ausstrahlung, die er besaß? Irgendwie konnte sich Julia nicht vorstellen, dass Caroline darauf anspielte.

Caroline nippte affektiert an ihrem Tee. «Sie haben den Titel abgelegt – so eine alberne Formalität –, aber von Rechts wegen sollte er ihn tragen.»

Julia runzelte die Stirn. Irgendwo hatte sie anscheinend den Anschluss verloren. «Titel?»

«Viscount Loring.» Caroline ließ den Namen genussvoll auf ihrer Zunge zergehen. «Sie hatten einen Landsitz in Hampshire, der jetzt aber vom National Trust verwaltet wird. Trotzdem. Das ist eine sehr alte Familie.» Sie lächelte schamhaft. «Nicholas und Natalie ... aber genug davon. Noch ein Tässchen Tee?» Sie hob die Kanne mit dem Goldrand.

Julia hielt die Hand über ihre Tasse. «Nein danke.»

Nicholas und Natalie was?

«Andrew war immer so etwas wie ein Bruder für ihn, da war es nur natürlich ... Tja.» Sie lächelte Julia süß an, um keinen Zweifel daran zu lassen, was sie meinte. «Gibt es in deinem Leben jemand Besonderen?»

Einen lang verstorbenen Maler?

Komisch, Nick hatte gar nichts davon gesagt, dass er mit Natalie gemeinsame Pläne hatte. Julia fragte sich, ob er überhaupt davon wusste oder ob Caroline etwa vorhatte, ihm eins über den Schädel zu ziehen und ihn zum Altar zu schleppen.

Aber nein, das war sicher nicht ihr Stil. Sie würde ihm eher etwas in den Tee kippen.

Julia wusste nicht, ob sie sich darüber ärgern oder sich geschmeichelt fühlen sollte, dass Caroline es für notwendig gehalten hatte, sie zu warnen.

«Im Augenblick», sagte Julia mit einem ebenso süßen Lächeln, «genieße ich einfach mein Haus. Vielen Dank für den Tee, Tante Caroline. Es war wirklich nett. Kann ich vielleicht etwas hinaustragen?»

Herne Hill, 1849

Imogen wusste sofort, dass etwas geschehen war, als sie Gavin Thorne den Hang vom Haus herunterkommen sah.

Er hatte seine Staffelei nicht über der Schulter und den Beutel nicht auf dem Rücken, in dem er sonst immer Palette und Farben trug. Stattdessen hielt er ein großes, in braunes Papier eingeschlagenes Paket in den Armen. Er blickte nicht auf, als er näher kam, hob nicht wie sonst den Arm, um ihr zu winken, sondern hielt den Blick fest auf den Boden geheftet und den Kopf gesenkt.

Imogen stand auf, legte ihr Buch weg und hob grüßend die Hand.

«Guten Tag, Mr. Thorne», sagte sie, als er die drei Stufen hinaufstieg, die ausgetretenen drei Stufen zum Pavillon. Als er ihren Gruß lediglich mit einem kurzen Nicken erwiderte, wies sie zu dem Gebäckteller, der neben ihr stand. «Ich dachte mir, nach dem langen Weg von der Stadt hier heraus könnten Sie eine Erfrischung gebrauchen.»

«Danke.» Das klang so kurz und schroff wie beim ersten Mal, als er hierhergekommen war. Brummig fügte er hinzu: «Sie sind sehr gütig.»

«Nicht gütig.» Imogen musterte ihn aufmerksam. Sie hatten seit Wochen keine höflichen Floskeln mehr getauscht, schon gar nicht wegen eines Tellers Gebäck, der längst zum wöchentlichen Ritual gehörte. «Ist etwas passiert? Verhalten Ihre Farben sich nicht so, wie sie sollten?»

«Ganz im Gegenteil.» Mr. Thorne setzte sein schweres Paket mit dumpfem Knall auf der Bank ab. Schnell wie jemand, der etwas Unangenehmes hinter sich bringen will, sagte er: «Ich habe Ihnen etwas mitgebracht. Ihr Porträt. Es ist fertig.»

«*Fertig.*» Das Wort traf sie wie ein Schlag. Natürlich wusste sie, dass der Zweck seiner Besuche immer die Anfertigung des Porträts gewesen war, doch sie hatten seit jener ersten Sitzung nie wieder davon gesprochen. Es gehörte einfach zum Hintergrund ihrer gemeinsamen Stunden, genau wie das Summen der Bienen in den Rosen und das Klappern jenes einen Asts, der beharrlich an das Dach das Pavillons schlug. Sie hatte nie darüber nachgedacht, was sein würde, wenn das Porträt fertig war.

Vorbei all ihre Gespräche, aller traulicher Gedankenaustausch, in braunes Papier eingepackt, nichts davon übrig als Öl auf Leinwand, ein Bild, das an der Wand des Salons hängen würde.

Ihr war plötzlich kalt trotz des Sonnenscheins, trotz ihres warmen Kleides.

Mit einem tiefen Atemzug richtete sie sich auf und suchte Schutz in lang geübter Selbstdisziplin. «Oh», sagte sie. «Darf ich es mir ansehen?»

Gavin Thorne nickte wortlos. Sein Gesicht trug Linien, die sie vorher nicht bemerkt hatte, und Schlaflosigkeit hatte ihre Spuren rund um seine Augen hinterlassen. Er plagte sich mit der Verschnürung des Pakets, und schmerzhaft durchzuckte Imogen eine Erinnerung an das letzte Mal, da sie ihn so ungeschickt gesehen hatte, damals, bei ihrer ersten Sitzung, als sie sich noch nicht kannten.

«Lassen Sie mich das machen», sagte Imogen, um die Leichtigkeit, die Unbefangenheit wiederherzustellen, die bis vor so kurzer Zeit zwischen ihnen bestanden hatte.

Ihre Finger streiften Mr. Thornes, als sie nach der Schnur griff. Er zog seine Hand weg, als hätte er sich verbrannt. Imogen trat einen Schritt zurück und vergrub ihre Hand in den Falten ihres Rocks, unsicher, was sie sagen oder tun sollte.

«Ist Ihnen – nicht wohl?»

«Doch», sagte er und riss an der Schnur. Der Knoten schien ihm Schwierigkeiten zu bereiten; er kämpfte mit ihm, sein Profil Imogen zugewandt, so vertraut und doch plötzlich so fremd, verschlossen wie ein Buch, das unversehens zugeschlagen worden ist.

Vielleicht war er wirklich krank, krank, weil er sich überarbeitet hatte oder die Hitze auf dem langen Weg ihm so stark zugesetzt hatte. Sie hatte ihn nie zuvor misslaunig erlebt; geistesabwesend, ja, aber nie in dieser Stimmung, verschlossen bis zur Unhöflichkeit, so abweisend, als wäre sie eine Fremde, als hätte es die zwei Monate vertrauter Gespräche nie gegeben.

Nun, jeder hatte einmal einen schlechten Tag.

«Es ist sehr heiß heute», sagte sie, um zu sehen, ob er reagieren würde, ob es ihr gelingen würde, die Mauer zu durchbrechen und zu dem Menschen vorzudringen, den sie kannte oder zu kennen glaubte.

«Ja.» Mr. Thorne kramte ein Federmesser aus seiner Tasche und durchschnitt die Verschnürung. Imogen zuckte innerlich zurück vor der mühsam beherrschten Brutalität der Bewegung.

Mr. Thorne fegte die abgeschnittenen Schnurenden zur Seite und zog das braune Papier herunter. Sie stand ein wenig abseits und sah zu, wie das Porträt zum Vorschein kam.

«Bitte», sagte er und trat zur Seite.

Imogen sah ihm scheu ins Gesicht, doch es verriet ihr nichts. Er starrte unverwandt auf ihr Porträt. Oder vielmehr das Porträt, das sie zeigen sollte.

Es war unbestreitbar ein perfekt ausgeführtes Werk mit satten, kräftigen Farben. Jedes Blatt war vollendet ausgestaltet; jede Bodendiele war genau so, wie sie wirklich war, bis hin zu den kleinen spiraligen Astlöchern. Er hatte die zurückhaltende Opulenz ihres Kleides eingefangen, den dezenten Glanz des Stoffs, die teure, aber diskrete Eleganz der Perlenohrringe und der Kamee.

Die Frau, die sie vor sich sah, war eingeschnürt und zugeknöpft bis obenhin, ihr Haar wellte sich seidig um ihren Kopf, ihre Haut war weiß und makellos. Um sie herum blühte das Leben in leuchtender Pracht, das Sonnenlicht glänzte auf den Blättern der Bäume, das Rotkehlchen hockte auf seinem Ast, doch was war mit ihr, wo waren die Farben? Sie hatte das dunkelblaue Kleid mit dem weißen Kragen und den weißen Manschetten getragen, wie Arthur es wollte, aber dass sie so farblos wirken würde, hätte sie niemals erwartet.

War das aus ihr geworden? Um sie herum war Sommer, und sie selbst bleich wie der Winter.

Ein seltsamer Schmerz quälte ihr Herz, eine Furcht, die sie nicht recht benennen konnte. Was war aus dem Mädchen in Cornwall geworden, das barfuß über die Küstenfelsen gelaufen war? Es war noch da, irgendwo eingesperrt unter kaltem Porzellan.

«So sehen Sie mich?», fragte sie leise.

Das war schlimmer als Mariana. Mariana stand wenigstens sehnsüchtig dem Fenster zugeneigt, weich in der Körperbewegung, glühend in ihrem Verlangen. Diese Frau jedoch, diese Frau mit Imogens Gesichtszügen, war in einer Starre befangen, die unerschütterlicher war als jeder Wehrturm.

Vielleicht war das das Gesicht, das sie der Welt zeigte. Aber Gavin Thorne? Sie hätte geglaubt, er kenne sie besser nach all diesen Wochen.

«Ich habe gemalt, was ich malen sollte», sagte er schroff, und Imogen spürte, wie in ihr etwas welkte wie ein Blatt im Herbst.

«Es ist eine sehr gelungene Komposition», sagte Imogen beherrscht.

Was gab es denn noch zu sagen? Mr. Thorne hatte bereits alles gesagt. Er hatte das Bild gemalt, für das er bezahlt worden war. Sie hatte das Gefühl, als würde sie bei der kleinsten Bewegung zerbrechen, in tausend winzige, scharfe Scherben zerspringen.

Sie holte tief Luft. «Es wird meinem Mann sehr gefallen.»

Gavin Thorne antwortete mit einer instinktiven Geste der Abwehr. «Es ist durch und durch falsch.»

Seine Stimme war heiser und rau, als hätte er sich die Worte aus dem Innersten seines Herzens gerissen.

«Wenn ich Sie richtig malen sollte», sagte er, ohne den Blick von ihr zu wenden, «wäre es ein ganz anderes Bild. Ich würde Sie vor dem Hintergrund des Meeres und der

Wellen malen, die sich auf dem Sand brechen. Ich würde Sie in einem Kleid malen, das nicht raschelt, wenn Sie sich bewegen. Ich würde Sie mit gelöstem Haar malen, das frei fließen kann, nicht gebunden und geknotet ist. Das hier –», er wies voller Verachtung auf sein Gemälde – «das sind nicht Sie. Nicht einmal die Oberfläche wird hier berührt.»

«Es ist ein sehr elegantes Bild», sagte Imogen und erkannte kaum ihre eigene Stimme.

Mr. Thorne wies das Lob zurück, indem er leidenschaftlich sagte: «Es ist eine Lüge. Wenn es wahrhaftig sein sollte, würde ich Sie als Waldnymphe malen oder als Amazone oder –» Er brach ab und sagte so leise, dass sie es kaum hörte: «Ich kann es nicht.»

«Mich malen?» Imogen haschte nach dem Vorwand, nach der Möglichkeit, die gemeinsame Zeit mit ihm zu verlängern. «Wenn Sie mit dem Bild nicht zufrieden sind, können wir noch einmal anfangen, es mit einer anderen Pose versuchen oder einem anderen Ort …»

«Nein.»

Nur dieses Nein, als ob ihm der Gedanke an einen weiteren Tag mit ihr unerträglich wäre.

«Waren die letzten Monate denn so eine Qual?» Imogen versuchte, ruhig zu sprechen, sich nicht anmerken zu lassen, wie verletzt sie war, doch es gelang ihr nicht. Bitterkeit und Schmerz tränkten ihre Stimme. «Es tut mir leid, dass Sie meine Gesellschaft so lange ertragen mussten.»

Wie hatte sie so töricht sein und vergessen können, dass lediglich eine geschäftliche Beziehung sie verband, nicht Freundschaft, wie sie sich in ihrer Naivität zu glauben erlaubt hatte. Er hatte ihr seine Zeit gewidmet, weil er dafür bezahlt worden war.

Gavin Thorne starrte sie fassungslos an. «Wie können Sie glauben – Mein Gott!» Er fasste sich mit beiden Händen in die Haare und schüttelte hilflos den Kopf. «Es war nie meine Absicht – ich wollte Ihnen nur ersparen –»

«Ersparen?» Sie richtete sich kerzengerade auf, langsam und mit Mühe. «Ich brauche niemanden, der mir etwas erspart.»

«Dann um es mir selbst zu ersparen», sagte er. Es war etwas in seinem Ton, das sie veranlasste, ihn scharf anzusehen. Aufmerksam.

Seine von Schlafmangel trüben Augen waren von bläulichen Schatten umgeben. An seinem Kinn, wo er beim Rasieren eine Stelle übersehen hatte, sprossen dunkle Stoppeln. Seine Augen waren wie irr, wie auf einem Gemälde, das sie einmal gesehen hatte, von Johannes dem Täufer in der Wüste, die Augen eines Mannes, der über alles erträgliche Maß hinaus gelitten hat.

Er begann in schnellem Fluss zu sprechen. «Das Porträt hätte vor drei Wochen fertig sein sollen. Aber ich habe es hinausgezögert, Woche um Woche, Strich um Strich, nur damit ich Ihnen montags ein paar Stunden hier nahe sein konnte.»

Imogen starrte ihn verwirrt an. Während sie noch Mühe hatte zu erfassen, was er sagte, stieg eine seltsame Vorfreude in ihr auf, ein Hochgefühl, das mit vernünftiger Überlegung nichts zu tun hatte.

«Nachts halten mich die Gedanken an Sie wach», sagte Mr. Thorne rau. Sie sah die an seinen Seiten zu Fäusten geballten Hände, die Anspannung, die sein Körper ausdrückte. «Sie haben ein Feuer in mir entfacht, und ich weiß nicht, wie ich es löschen soll. Ich kann nur fliehen, so schnell und so weit ich kann, bevor es uns beide verbrennt.»

Seine Worte hätten Mitleid oder Abwehr hervorrufen sollen, doch Imogen erfüllten sie mit einer heissen Freude, einer wilden, triumphierenden Freude, für die es keinen Namen und keine Erklärung gab.

«Ich kann Ihnen nicht Woche um Woche hier gegenüberstehen und so tun, als wäre es nur eine Sitzung von vielen, nichts als eine Verpflichtung. Es ist – ich –» Seine Schultern krümmten sich nach vorn, als hätte er einen Schlag in den Nacken erhalten. «Es ist fertig. Das ist alles. Es ist fertig, und ich kehre in die Stadt zurück, und Sie werden hier bleiben, und vielleicht werden unsere Wege sich bei der Ausstellung der Akademie einmal kreuzen, und Sie werden so freundlich sein, mein nächstes Werk zu loben, und ich – ich –»

Imogen beugte sich vor. Das enge Korsett schnürte ihr den Atem ab. «Ja?»

«Und vielleicht», sagte er bitter, «werde ich bis dahin wieder lächeln und nicken und Ihnen die Hand küssen können, ohne Ihr und mein Ansehen zu entehren.»

Mr. Thorne nahm seinen Hut, ein verbeultes, formloses Ding mit schlaff hängender Krempe. Sein Anblick rief in Imogen ein beinahe unerträgliches Gefühl der Zärtlichkeit hervor, den heftigen Wunsch, diesen Mann in ihrer Erinnerung zu bewahren, so wie er sie auf Leinwand bewahrt hatte, mit jedem Fältchen in seinem Gesicht, jeder Geste seiner Hände.

«Mr. Thorne –», begann sie, doch er ging schon, die Hand am Geländer.

«Das ist alles. Ich habe mehr gesagt, als ich wollte – als

ich sollte. Ich gehe jetzt, bevor ich Sie noch tiefer in Verlegenheit stürzen kann.» Trostlosigkeit schwang in seiner Stimme. «Ich hoffe, Sie werden meine Worte vergessen und sich meiner freundlich erinnern.»

Er wandte sich ab, die Hände in den Taschen, den Kopf gesenkt.

Es kam Imogen vor, als wären Stunden vergangen, doch es waren nur Minuten gewesen, Minuten, in denen ihre Welt sich aus den Angeln gehoben und alles sich verändert hatte. Es erschien ihr wie eine Dreistigkeit, dass die Vögel weitersangen, die Sonne weiterschien, wenn doch alles mitten im Lauf erstarrt sein müsste, erstarrt wie sie und tief verwirrt.

Nein. Er durfte nicht gehen. Wenn er jetzt ging – nach dem, was er gesagt, nach dem, was er nicht gesagt hatte –, nein, das war so undenkbar wie die Vorstellung, ihn nie wieder pfeifend mit seiner Staffelei über der Schulter den Hang herunterkommen zu sehen.

Sie bedachte nicht, was es hieß, wenn er blieb; sie wusste nur, dass sie ihn nicht ziehen lassen durfte.

Die Worte brachen aus ihr hervor. «Gehen Sie nicht!»

Kapitel 14

Herne Hill, 1849

Imogens Worte hielten Gavin auf, trafen ihn mitten ins Herz.

Ihre Stimme hinter ihm zitterte. «Wie können Sie sich nach alldem einfach umdrehen und davongehen?»

Er wusste, dass er sich jetzt nicht umdrehen durfte. Zu gehen war die einzige Möglichkeit. Er drehte sich dennoch um.

«Wie könnte ich bleiben nach alldem?», fragte er leise.

Imogens Gesicht war sehr blass bis auf zwei Stellen auf ihren Wangen, die zu glühen schienen. «Sie wollen also wie ein Feigling weglaufen und mich hier zurücklassen?»

«Und was, wenn ich bliebe?», fragte er erbittert. «Süße Brötchen und höfliche Konversation?»

Imogen antwortete mit einer ungeduldigen Handbewegung. «Ich dachte, die Brötchen schmecken Ihnen.»

«Ja, natürlich.» Großer Gott, stritten sie hier wirklich um süße Brötchen? Sie standen einander gegenüber, keuchend wie nach einer Runde im Ring. Oder im Bett. Gavin drückte die Hände an seine Schläfen. «Es geht nicht um die verdammten Brötchen.»

Er sah, wie ihre Augen sich weiteten. Hatte noch nie jemand in ihrer Gegenwart geflucht? Gut. Sollte sie sehen, was für ein Mensch er wirklich war, und es sich eine Warnung sein lassen. Er war nicht einer ihrer kultivierten Herren; er kam aus den Niederungen der Gesellschaft, wo die Menschen sich um jeden Bissen prügelten.

«Gott im Himmel, Imogen –» Er hatte sie nicht bei ihrem Vornamen nennen wollen. Er war ihm einfach herausgerutscht. Doch er ließ sich davon nicht aufhalten. «Ich sehe keinen anderen Weg. Hier zu sitzen, Ihnen nahe zu sein, Sie lächeln zu sehen und Sie dennoch nicht berühren zu dürfen – das ist mehr, als ein Mensch aus Fleisch und Blut ertragen kann. Es ist mehr, als ich ertragen kann.»

Er wusste nicht, wie er es anders hätte sagen können. Seine Gefühle für sie waren nicht erhaben und ritterlich. Sie waren profan und schmerzhaft und sehr fleischlicher Natur.

«Ich traue mir selbst nicht, wenn ich mit Ihnen zusammen bin», sagte er. «Und Sie sollten mir auch nicht trauen.»

Anstatt zurückzuweichen, trat Imogen einen Schritt auf ihn zu, trat so nahe, dass ihre Röcke über die Kappen seiner Stiefel streiften. Ihr Gesicht war blass und entschlossen.

«Ich möchte Sie nicht verlieren», sagte sie.

Gavin schloss einen Moment die Augen. Er hasste sich dafür, dass er ihr weh tun würde, hasste sich umso mehr dafür, dass er es nicht über sich brachte, einfach zu gehen. Er hatte ihnen beiden Schmerz ersparen wollen, doch dies machte alles nur schlimmer.

«Sie werden mich vergessen», sagte er mit erstickter Stimme. «Das Porträt wird an der Wand hängen und langsam dunkel werden von Ruß, und Sie werden den Mann vergessen, der es gemalt hat.»

Aber gerade das wollte er ja nicht. Er wollte nicht, dass sie ihn vergaß. Dazu fehlte es ihm an Selbstlosigkeit. Er wollte, dass sie nach ihm verlangte, wie er nach ihr verlangte, dass sie nachts von ihm träumte, ruhelos und unerfüllt.

«Können Sie das wirklich glauben?» Imogens Röcke flatterten, als sie erregt im Pavillon hin und her ging. «Sie wissen ja nicht, können sich nicht vorstellen, was diese letzten Monate mir bedeutet haben. Jeden Montag mit der Gewissheit zu erwachen, dass Sie kommen würden. Mit Ihnen zu reden, wirklich zu reden, mit dem Gefühl, dass Sie interessiert, was ich denke –»

«Das tut es.» Gavin wusste, dass er es nicht sagen sollte, doch er konnte nicht lügen. «Was ich mit Ihnen geteilt habe, habe ich nie zuvor mit einem anderen Menschen geteilt.»

Imogen sah ihn an. «Der Gedanke, dass Sie gehen könnten – niemals wiederkehren werden – ist wie ein kleiner Tod.»

Er sagte sich, dass ihr die umgangssprachliche Bedeutung dieser Wendung nicht bekannt sein konnte, doch er kannte sie, und das Bild stürzte ihn in einen Abgrund der Begierde und der Scham.

«Tod, wenn ich gehe», sagte er mit weißen Lippen, «aber Ehrlosigkeit, wenn ich bleibe.»

«Ehre», sagte Imogen bitter. «‹Ich könnt' nicht lieben dich so sehr, mein Lieb, liebt nicht die Ehre ich noch mehr›. Männer reden immer von Ehre, wenn Sie lieber woanders wären.»

Gavin fasste ihre Hände, bevor er wusste, was er tat. «Glauben Sie wirklich, dass es einen Ort gibt, an dem ich lieber wäre?»

Sie war groß für eine Frau, beinahe so groß wie er. Sie musste kaum den Kopf nach rückwärts neigen, um ihm in die Augen zu sehen.

«Gavin», sagte sie atemlos. «Gavin.»

Sie hielten einander mit Blicken gefangen, ihre Röcke umhüllten seine Beine, die Knöpfe ihres Mieders drückten auf seine Brust, ihr Atem streifte warm seine Lippen.

Imogen hob die Arme zu seinem Hals, und er umschlang ihre Taille, zog sie an sich, drückte sie an sich, als wollte er eins mit ihr werden. Ihre Röcke bauschten sich um seine Beine, als sie sich küssten, leidenschaftlich und begierig, alles ungestillte Verlangen der letzten Monate legten sie in diesen brennenden, endlosen Kuss.

Gavin löste sich schließlich von ihr, schwer atmend und so benommen, als hätte er einen ganzen Krug Gin in sich hineingeschüttet. Imogens Lippen waren rosig, ihre Haare zerdrückt. Er hatte nie etwas Schöneres, etwas Begehrenswerteres gesehen.

Schön und begehrenswert und verheiratet. Verheiratet mit dem Mann, der ihm den Auftrag gegeben hatte, ihr Porträt zu malen.

«Ihr – dein guter Ruf –», stieß Gavin keuchend hervor. «Dein Mann –»

Imogens Haare hatten sich aus den Nadeln gelöst. Sie schüttelte sie aus. Ihr Gesicht war gerötet, ihre Augen leuchteten. «Warum sollte er vermissen, was er nicht haben will?»

«Du willst doch nicht sagen –?»

Sie schreckte nicht vor der Frage zurück, sondern antwortete ihm mit festem Blick und unverhohlener Bitterkeit in der Stimme. «Er hat mich seit Jahren nicht mehr so berührt.»

Gavin empfand ein heftiges Bedürfnis, sie zu beschützen. Zärtlichkeit mischte sich mit wütendem Zorn auf Grantham, der Imogen nicht zu würdigen wusste.

«Der Mann ist ein Narr», sagte er scharf. «Oder unfähig. Einen anderen Grund gibt es dafür nicht.» Er mühte sich, seine Empfindungen in Worte zu fassen. «Es ist nicht nur dein Aussehen – es ist deine Art, dich zu bewegen, die Art, wie dein Gesichtsausdruck wechselt, wenn du sprichst, wie deine Lippen sich öffnen, wenn du lächelst.»

In ihr war so viel Leidenschaft. Er wollte derjenige sein, der diese Leidenschaft aus dem Käfig freiließ, in dem sie eingesperrt war, er wollte sie in ihrer ganzen Kraft erfahren, einzig auf seine Person gerichtet. All die Jahre hatte er Bindungen gemieden und sich allein auf seine Kunst konzentriert. Doch bei Imogen – bei Imogen gab es keine Wahl.

«Ich begehre dich so sehr, dass es mir Angst macht», sagte er offen. «Und wenn du klug bist, nimmst du das Porträt und schickst mich meiner Wege.»

Imogen schob ihre Hände über seine Brust hinauf zu seinen Schultern.

«Bleib», sagte sie. «Bleib.»

Und das war alles.

Alle Vernunft ertrank in ihrem Kuss, wurde verdrängt von Gefühl, als sie langsam zu Boden sanken, geschützt von den Wänden des Pavillons und den Rosenbüschen, die sie überrankten.

Herne Hill, 2009

Nick erschien pünktlich am Freitagabend um acht mit Abendessen.

Julia kam in T-Shirt, Jeans und Flipflops an die Tür. Die Flipflops sollten ein Zeichen sein, dass dies ein ganz gewöhnlicher Abend zu Hause war, nichts Besonderes. Mit Nicks Reaktion hatte sie nicht gerechnet.

«Hey, du bist geschrumpft», sagte er.

Sie wackelte mit einem Fuß. «Keine hohen Absätze.» Sie zog eine Augenbraue hoch. «Oder liegt es vielleicht an deiner Erhabenheit? Warum hast du mir nicht gesagt, dass ich vor dir knicksen müsste?»

Einen Moment lang sah Nick sie verständnislos an. Dann stöhnte er tief. «Großer Gott. Caroline.»

Julia schloss die Haustür. «Sie hat deiner Familie zwar noch keinen Schrein errichtet, aber sie ist kurz davor.» Von seiner angeblichen Bindung an Natalie sagte sie nichts. Das hätte womöglich so geklungen, als wollte sie auf den Busch klopfen. «Mir wurde in aller Deutlichkeit kundgetan, dass du aus uraltem und höchst ehrwürdigem Geschlecht stammst.»

«Längst nicht so glanzvoll, wie sie sich das einbildet.» Nick hielt zwei Papiertüten hoch. «Wo soll ich die hinstellen?»

«In die Küche. Komm mit. Caroline würde wahrscheinlich der Schlag treffen, wenn sie wüsste, dass ich dich als Laufburschen missbrauche. Hast du jemals diese alte Fernsehserie *Mehr Schein als Sein* gesehen?», fragte sie, während sie ihn durch die verzweigten Flure lotste, die ihr mittlerweile vertraut geworden waren.

«Hyacinth Bucket?» Nick lachte. «Wie recht du hast. Die beiden könnten Schwestern sein.»

«Ich konnte förmlich sehen, wie sie am liebsten die Sofakissen aufgeschüttelt hätte, sobald ich wieder aufgestanden war. Vermutlich denkt sie, ich hätte Läuse.» Julia knipste die Küchenlampe an, ein großes tulpenförmiges Ding aus den Sechzigern mit stilisierten Blättern aus Metall und dicken Glaskugeln. Die Küche war ein gemütlicher Raum, offensichtlich ein späterer Anbau, mit senfgelben Geräten und hellen Holzschränken. «Trotzdem war der Nachmittag kein totaler Reinfall. Ich habe immerhin rausbekommen, wer unsere geheimnisvolle Dame ist.»

«Und?» Nick stellte die Tüten auf den Küchentisch, während Julia Teller aus dem Schrank nahm. Sie gehörten zu Großtante Reginas altem Geschirr, dessen einst knallig gelbes Blumenmuster mit den Jahren dezent verblasst war.

«Sie hieß Imogen Grantham», sagte Julia, «und war mit dem Sohn des Typen verheiratet, der damals dieses Haus gekauft hat. Aber die Daten passen nicht.»

«Wieso nicht?» Nick begann, das Essen aus den Tüten zu nehmen.

«Dem Stammbaum zufolge hat Imogen Arthur Grantham 1839 geheiratet», erklärte Julia, während sie Besteck in die Mitte des Tisches legte. «Das ist aber viel zu früh, wenn sie Thorne wirklich Modell gesessen hat, bevor sie Grantham heiratete.»

Nick machte den Reis auf und bot ihr zuerst an. «Meinst du, das Datum ist falsch?» Typisch Mann, machte er sich gar nicht die Mühe, einen Löffel zu nehmen, sondern kippte das Lamm-Vindaloo direkt aus dem Behälter auf seinen Teller. «Ich meine, auf dem Stammbaum.»

«Möglich.» Julia löffelte Hähnchen-Tikka auf ihren Reis. «Caroline behauptet, Regina hätte Unterlagen –»

«Die Heiratsurkunde?»

«Ich habe nichts dergleichen gefunden. Die Papiere in Reginas Schreibtisch sind alle jüngeren Datums.»

Nick schob den Reisbehälter auf die Seite und stützte die Ellbogen auf den Tisch. «Kann es sein, dass irgendwo anders noch alte Papiere liegen?»

«Auf dem Speicher», sagte sie. «Es sieht so aus, als hätten spätere Generationen alles, was sie nicht brauchten, einfach da oben verstaut.» Sie sah ihn an. «Das wird eine Riesenarbeit. Da oben stehen Kartons ohne Ende.»

Nick strahlte sie an und riss sich noch ein Stück Naan ab. «Ich habe heute Abend nichts vor. Du?»

«Was? Kein Billard?»

Nick beugte sich vor. «Ich verrate dir ein Geheimnis», erklärte er in vertraulichem Ton. «Ich schaue nur Billard, wenn ich sturzbetrunken bin.»

Er verstand es wirklich, seinen Charme spielen zu lassen, dachte Julia und wappnete sich mit nüchterner Sachlichkeit. «Und das macht es wirklich besser?»

Nicks Mundwinkel zuckten. «Du würdest dich wundern.»

«Ja, das würde ich», sagte Julia und freute sich wie eine kleine Idiotin, als Nick lachte. «Wie bist du eigentlich zu dem Antiquitätenladen gekommen? Anstatt Profi-Billard-Zuschauer zu werden.»

Einen Moment lang dachte sie, er würde sie abblitzen lassen, doch dann zuckte er nur ganz entspannt die Schultern. «Durch Zufall. Ich war mehrere Jahre bei der Dietrich-Bank, im M&A-Geschäft. Das ist –»

«Ich weiß», unterbrach Julia. «Ich bin Finanzanalystin. Oder war es. Egal. Du warst auf dem besten Weg, unheimlich langweilig und stinkreich zu werden –»

«– als meine Großtante starb und mir ihre Wohnung hinterließ.» Er trug der Ironie der Situation mit dem Hochziehen einer Augenbraue Rechnung. «Sie hat alles gehortet, was ihr zwischen die Finger kam. Als die Familie das Haus dem National Trust überließ – Caroline hat das Haus doch sicher erwähnt?»

«Mit Ehrfurcht», versicherte Julia.

«Man hatte der Familie gesagt, dass jeder an persönlichen Dingen mitnehmen könne, was ihm lieb sei. Tante Edith interpretierte das sehr frei.»

Er schnitt ein so komisches Gesicht, dass Julia lachen musste.

«Du lachst. Aber stell dir vor, wie ich mich gefühlt habe, als ich in diese Wohnung kam. Sechs Zimmer bis in den letzten Winkel vollgestopft mit Tante Ediths Beute.» Er schüttelte den Kopf. «Sie hätte bestimmt noch mehr mitgehen lassen, wenn sie ein Zimmer mehr gehabt hätte.»

Julia sagte lachend: «Ich seh schon. Du hast die Beute kassiert und –»

«– und einen Laden aufgemacht», bestätigte Nick. «Finanziert habe ich ihn mit dem Geld aus dem Verkauf der Wohnung.»

«Hast du es jemals bereut?»

«Höchstens bei den Terminen mit meinem Steuerberater.» Er wurde ernst. «Jeder dieser Gegenstände hat eine Geschichte. Man weiß nie, was man irgendwo ganz hinten in einer Schublade oder zwischen Leinwand und Rahmen eines Bildes entdeckt. Und», fügte er heiter hinzu, «die Arbeitszeiten sind viel besser.»

Julia fragte sich, ob seine Eltern es übel genommen hatten, dass er einen Job in der Finanzbranche hingeworfen hatte, um einen Antiquitätenladen in Notting Hill zu eröffnen. Sie hatte mit einundzwanzig nicht den Mut gehabt, ihrem Vater zu sagen, dass sie sich ihren Lebensunterhalt am liebsten damit verdienen würde, Gemälde zu betrachten.

Nick legte seine Gabel auf den Teller und die Serviette daneben. «Du hast mir Bilder versprochen.»

Julia trank einen letzten Schluck Limonade und schob ihren Stuhl zurück. «Na gut, weil du das Curry mitgebracht hast.»

Nick warf ihr über die Schulter einen Blick zu, als er seinen Teller zum Spülbecken trug. Ein echtes Schnittchen, dachte Julia, und gut erzogen. «Was bekäme ich, wenn ich einen Nachtisch mitgebracht hätte?»

«Bauchweh?», spöttelte Julia.

Sie sollte im Kopf behalten, dass er aus rein sachlichem Interesse hier war, und sich von der scheinbaren Intimität beim Abendessen nicht dazu verleiten lassen, mehr in den Abend hineinzudeuten.

«Ich habe das Gemälde in den Salon runtergebracht», sagte sie und machte Licht, «damit du dir beide Bilder nebeneinander ansehen kannst.»

Nick schaute blinzelnd zu dem Kristallleuchter hinauf. «Du würdest wahrscheinlich mehr Licht bekommen, wenn du das Ding mal sauber machen würdest. Da liegt ja der Staub von Jahren drauf.»

«Ich habe den Eindruck, dass Regina das Zimmer kaum benutzt hat. Da drüben ist das Porträt von Imogen Grantham.» Sie wies auf das Bild über dem offenen Kamin.

Nick stellte sich direkt davor, die Hände auf dem Rücken. «Ja, ich sehe, was du gemeint hast», sagte er, «als du von ihrem Ausdruck gesprochen hast. Sie wirkt ...»

«Verloren?», meinte Julia.

«Etwas in der Art. Es ist ein erstaunliches Porträt. Viel besser als das dort.» Nick wies mit einer Kopfbewegung zu dem Herrn mit dem rotblonden Schnauzbart. «Das ist fade, konventionell, der Hintergrund verschwommen. Dieses hier ... Unglaublich, diese Details.» Er drehte sich abrupt um. «Wo hast du das Gemälde von Thorne?»

«Hier.» Julia hatte das Durcheinander von Vasen und Nippes vom Tisch geräumt und das Gemälde an die Wand gestützt daraufgestellt.

Sie wartete, während er die beiden Bilder prüfend betrachtete, zwischen beiden hin- und herschritt, bis er schließlich sagte: «Du hast tatsächlich recht. Das ist dieselbe Frau.»

«Tu nicht so überrascht», sagte Julia amüsiert. «Man braucht keinen Doktortitel, um ein Gesicht zu erkennen. Obwohl eine Bestätigung natürlich guttut. Ich dachte schon, ich bilde es mir nur ein.»

Wie all diese Erinnerungsfetzen, die immer wieder aus dem Nichts auftauchten, Bruchstücke von Gesprächen, Gefühle und Empfindungen. Manchmal fragte sie sich, ob das viele Alleinsein hier draußen ihren Realitätssinn beeinträchtigte.

«Es ist nicht nur dieselbe Frau. Ich wette darauf, dass es auch derselbe Maler ist», erklärte Nick, ohne seine Wanderungen zwischen den beiden Gemälden zu unterbrechen. «Da gibt's eindeutig Ähnlichkeiten im Stil. Wenn du Imogens Porträt mit den anderen Porträts hier vergleichst ...»

«Ja?», fragte Julia.

Nick starrte wie gebannt auf das Bild des Mannes mit dem rotblonden Schnauzbart. Dann richtete er seinen Blick auf das Gemälde von Tristan und Isolde und stieß einen Pfiff aus. «Also, das ist wirklich interessant.»

«Was denn?», fragte Julia ungeduldig.

Nick riss sich aus der Trance, in die er vorübergehend gefallen zu sein schien. «Deine Imogen Grantham ist nicht die Einzige hier im Zimmer, die auf diesem Gemälde wiederkehrt.» Er wies auf das Porträt des rotblonden Mannes. «Sieh es dir genau an. Das ist kein tolles Bild, und Thorne hat ihm den Schnauzbart abrasiert und ihm dafür einen Vollbart verpasst, aber wenn du dich davon nicht täuschen lässt ...»

Nick hatte recht. Da war er, der Rotblonde, mittendrin im Geschehen der Bankettszene, einen goldenen Reif um die Stirn, die Augen zusammengezogen, mit heimlichem Blick zu den beiden Liebenden.

«Oh», sagte sie. Wieso zum Teufel war ihr das nicht aufgefallen?

«Ja, oh!» Nick verschränkte mit selbstgefälliger Geste die Arme auf der Brust. «Das ist dein König Marke.»

Julia spürte einen kleinen kalten Schauder im Rücken. Sie war sich nicht ganz sicher, aber ...

«Du meinst, der Ehemann von Imogen Grantham?»

Nick sah sie an. «Wenn Marke der Ehemann ist, wer ist dann Tristan?»

Kapitel 15

Herne Hill, 1849

«Tu, was du nicht lassen kannst», sagte Imogen lächelnd und ließ sich auf einem umgestürzten Baum nieder, der zum Niedersetzen einlud. Sie kannte inzwischen diesen Ausdruck in Gavins Gesicht, wenn er einen besonders interessanten Käfer an einem Zweig entdeckt hatte oder ein ungewöhnliches Spiel des Lichts ihn fesselte. «Ich bleib gern eine Weile hier sitzen, während du zeichnest – solange du nicht mich zeichnest.»

Gavin blinzelte zum Himmel hinauf. «Nein, es ist schon weg.» Er setzte sich neben sie und legte den Arm um ihre Taille, und sie schmiegte sich wohlig an ihn, an seinen Körper, der ihr eine vertraute Landschaft geworden war. «Warum willst du dich partout nicht zeichnen lassen?», fragte er.

Imogen antwortete mit einem kleinen Schulterzucken, ohne den Kopf von seiner Schulter zu heben. Das Gras zu ihren Füßen begann schon braun zu werden und erinnerte sie daran, dass die Zeit, die ihnen miteinander gegönnt war, zu Ende gehen würde, dass es töricht wäre, sich zu tief zu verstricken.

«Du siehst mich so klar», sagte sie nach einer Weile. «Das ist nicht immer angenehm.»

«Aber immer schön», erwiderte er leise, seine Wange an ihre Haare gedrückt.

Imogen tat das Herz weh bei den schlichten Worten. «Ach, du findest Wasserwanzen auch schön», sagte sie. «Und Frösche.»

«Das ist nicht ganz dasselbe», entgegnete Gavin trocken und schnippte einen Finger leicht an ihre Wange. «Du bist nicht grün im Gesicht.»

«Süßholzraspelei», sagte Imogen neckend. Sie machte Anstalten aufzustehen, doch er hielt sie an der Hand fest und zog sie wieder zu sich hinunter.

«Soll ich dir sagen, dass deine schöne Seele mich betört und nicht dein Gesicht? So hinreißend es ist», fügte er mit dem Anflug eines Lächelns hinzu.

Es machte sie verlegen, wenn er so redete. Gerade weil sie so sehr wünschte, es zu hören.

Sie sah ihn mit gekrauster Nase an. «Du brauchst mich nicht mehr zu verführen. Das ist dir schon gelungen. Komm», sagte sie und nahm seine Hand. «Wollen wir herumsitzen, oder wollen wir laufen?»

Seit die Sitzungen vorbei waren, hatte Imogen sich angewöhnt, lange Spaziergänge zu unternehmen, eine Marotte in Janes Augen, die zu ihrem Charakter passte und zweifellos auf ihre nachlässige Erziehung auf dem Land zurückzuführen war. Arthur sagte nichts dazu, außer dass es ihn freue, wieder etwas Farbe in ihren Wangen zu sehen.

Zwei-, manchmal dreimal in der Woche gesellte sich Gavin zu ihr, sobald sie die Pforte zur Obstpflanzung hinter sich gelassen hatte, und dann streiften sie zusammen durch die immer noch ländliche Landschaft am Fluss Effra, Millionen Meilen entfernt von der Welt. Arthurs Freunde kamen im Wagen zu Besuch auf dem Hügel und dann stets über die öffentlichen Straßen. Nie wäre es ihnen eingefallen, über Zauntritte zu klettern oder ihre Schuhe dem Matsch des sumpfigen Bodens in den Flussauen auszusetzen. Manchmal schreckten sie bei ihren Streifzügen einen Reiher auf, manchmal folgten ihnen die samtig braunen Blicke weidender Kühe. Doch abgesehen davon hätten sie die einzigen Menschen auf Erden sein können, allein in ihrer Unschuld.

Nicht dass ihre Wanderungen immer unschuldig gewesen wären.

Es gab Tage, da reichte die Berührung seiner Hand, sie in Flammen zu setzen, dann wurde die Decke im Gras zum provisorischen Bett, weicher und wohliger als die feinsten Daunen.

An anderen Tagen genügte es, zusammen zu sein, Seite an Seite zu gehen, den feuchten, federnden Boden unter ihren Füßen zu spüren, die herbstlichen Düfte der fruchtbaren Erde, den ersten Hauch von Holzfeuern zu atmen.

«‹Du Zeit der Feuchte und der Fruchtbarkeit›», zitierte Imogen, das Gesicht in die Spätnachmittagssonne gehoben.

Gavin drückte ihren untergeschobenen Arm und sagte mit gespieltem Ernst: «‹Denk nicht an des Frühlings Finkenschlag›.»

«Ich glaube, du meinst, ‹Wo ist, ach, wo, des Frühlings Finkenschlag?›», sagte Imogen von oben herab, obwohl sie wusste, dass Gavin das Gedicht besser kannte als sie.

Gavin hatte sie mit Keats bekannt gemacht, ihr Vers um Vers vorgetragen, jede Zeile ein Geschenk von ihm an sie. Für einen Mann, der eine so bescheidene Erziehung genossen hatte, verfügte er über einen erstaunlichen Schatz an Gedichten und Geschichten, und der Genuss, mit dem er sie vortrug, von seinen Lippen fließen ließ, erinnerte Imogen daran, dass diese Geschichten ursprünglich dazu bestimmt gewesen waren, von Mund zu Mund weitergegeben und mit anderen geteilt zu werden, nicht dazu, zwischen den ledernen Einbänden eines Buchs zu erstarren.

Er sah Schönheit in allem, entdeckte sie und zeigte sie ihr, und sei es die gequetschte Stelle an einem vom Baum gefallenen Apfel. Farben leuchteten kräftiger, Gerüche waren intensiver, wenn sie mit ihm zusammen war; ihr war, als wäre sie aus einem langen Schlaf erwacht, um die Welt Stück für Stück neu kennenzulernen.

Niemand interessierte sich für Imogens Ausflüge. Arthur war ständig von zu Hause abwesend, und Evie war mit ihrer neuen Freundschaft mit einer der Misses Cranbourne beschäftigt.

«Ich dachte, du magst Eliza Cranbourne nicht», sagte Imogen, ohne sich viel dabei zu denken, als sie sich eines Abends vor dem Abendessen mit ihrem Stickzeug zu Evie in den Salon setzte.

«Die Menschen ändern sich», antwortete Evie nichtssagend. Sie sah besonders hübsch aus, die Wangen rosig, die Haare in einer neuen Frisur, mit der sie, dachte Imogen, der das einen kleinen Stich versetzte, fast erwachsen aussah. «Wir waren damals solche Kinder.»

«Alt mit siebzehn?», neckte Imogen, sah aber keinen Anlass, weiter zu fragen. Selbst Jane wusste nichts über die Cranbournes zu sagen, außer dass es ruhige, wohlerzogene junge Mädchen seien und man nur beklagen könne, dass sie keinen älteren Bruder hatten.

Fotheringay-Vaughn hatte sich nicht wieder blicken lassen, und Imogen hoffte, er habe fettere Weiden entdeckt.

An einem Tag, an dem Fotheringay-Vaughn aus war, nahm Gavin Imogen mit in sein Atelier.

«Endlich», sagte sie. «Blaubarts Zimmer.»

Gavin warf ihr einen Seitenblick zu, als er sie durch eine schmale Tür eintreten ließ, bevor er sie eine enge Stiege hinaufführte. «Du weißt, dass ich es dir ohne Augustus längst gezeigt hätte.»

«Eine bequeme Ausrede», neckte Imogen. «Ich erwarte eine Szene höchster Dekadenz.»

«Chaos vielleicht», entgegnete Gavin, als er eine Tür am Ende der Treppe öffnete, «Dekadenz wohl kaum.»

«Staubwolken?» Imogen warf einen Blick durch die Tür. «Du meine Güte.»

Überall schienen Zettel und Papiere herumzuliegen. Skizzen, die sich an den Rändern wellten, häuften sich in scheinbar wahllosem Durcheinander auf einem langen Tisch, und Imogen konnte die Stäubchen erkennen, die in den durch das vorhanglose Fenster einfallenden Lichtstrahlen schwebten. Der ganze Raum roch stark nach Farbe und Kohle.

An einem Ende hatte man mit Hilfe eines Stück Stoffs, das von einer straff gespannten Schnur herabhing, eine Ecke abgeteilt. Imogen wusste, dass er und seine Freunde nur nach ausgewählten Vorbildern malten, trotzdem traute sie kaum ihren Augen, als sie die Mengen an Kostümen und Requisiten sah, Wämser, Pappschwerter, Glasschmuck und Stoffstücke in allen erdenklichen Farben und Webarten.

«Du hast mir nie erzählt, dass ich hier in Aladins Schatzhöhle kommen würde», sagte sie und hob ein saphirblaues Gewand hoch, in dem an einem Ärmel noch eine Nadel steckte. Die Nähte und Säume waren mit einfachen Heftstichen zusammengefügt, die Besätze in gleicher Weise angebracht. «Ist das dein Werk?»

Gavin breitete die Hände aus. «Ich kann mir keine Näherin leisten.»

«Es ist schön.» Der Stoff war billige Ware, der Besatz nur Flitter, doch Imogen konnte sich vorstellen, wie es, in Farbe umgewandelt, aussehen würde, der schäbige blaue Seidenstoff satt glänzend und kostbar, das Flitterband wie reiche königliche Zierde.

«Das ist für das Tristan-und-Isolde-Bild. Dein Bild», fügte Gavin hinzu, der darauf beharrte, dass sie ihm die Inspiration dazu geliefert habe. Seine Lippen zuckten, als er sie beim Betrachten des Gewandes beobachtete. «Zieh es an. Ich habe bei seinem Entwurf an dich gedacht.»

«Es wird ihm nicht schaden?» Imogen konnte es kaum erwarten, das Kleid anzulegen.

«Ich nähe nicht schön, aber im Allgemeinen haltbar.» Gavin drückte ihr das Gewand in die Hände und schob sie sanft zu dem Raum hinter dem Vorhang. «Komm.»

Hinter dem Vorhang fand sie einen geradlehnigen Stuhl vor und einen Waschtisch mit Schüssel und Krug, die beide leer waren. Ihr Kleid war leicht abgelegt, die Knöpfe an Mieder und Korsett waren schnell geöffnet. Die mit Rosshaar versteiften Unterröcke würde sie natürlich auch ausziehen müssen – Isoldes Gewand war für so etwas nicht gemacht –, doch bei ihren Spitzenpantalons und dem Hemdchen zögerte sie.

Mitgehangen, mitgefangen. Ihr war, als streifte sie eine zweite Haut ab. Unterröcke, Pantalons, Hemd, Korsett, alles auf dem Boden gestapelt, und sie selbst frei und unbeschwert, als sie Isoldes Gewand überzog und spürte, wie die dünne Seide über ihre Haut glitt und sich um die Rundungen ihres Körpers schmiegte, bevor sie von den Hüften leicht glockig abwärtsfiel.

Ihre Schuhe und Strümpfe gesellten sich zu den Unterkleidern. Sie mochten praktisch und modern sein, zu einer Königin aus alter Zeit passten sie nicht.

Spontan zog Imogen erst eine Nadel aus ihren Haaren, dann noch eine. Bei jeder Bewegung ihrer erhobenen Arme streifte der seidige Stoff zart über ihre Brüste, ein prickelnd lustvolles Gefühl. Sie zog die letzte Nadel heraus, und ihre Haare fielen schwer über ihre Schultern den Rücken hinunter.

«Nicht lachen», warnte sie.

Zaghaft trat sie hinter dem Vorhang hervor. Das Kleid war ein klein wenig zu lang, sie raffte den Rock mit beiden Händen, sodass der seidige Stoff kitzelnd ihre Beine umspielte, als sie vorwärtsging. In der Mitte des Zimmers blieb sie verlegen stehen und schüttelte leicht ihre Haare, die so herrlich locker und frei waren.

Gavin stand vor seiner Staffelei. Als er sie erblickte, hielt er in seiner Arbeit inne und betrachtete sie von Kopf bis Fuß, von den gelösten Haaren bis zu den bloßen Zehenspitzen.

Doch er sagte nichts.

«Und?», fragte Imogen, die am liebsten einen bloßen Fuß mit dem anderen zugedeckt hätte. «Willst du gar nichts sagen?»

«Mir fehlen die Worte.» Seine Stimme war rau. Imogen schoss Röte ins Gesicht. Er betrachtete sie mit unverhohlener Bewunderung. «Wenn Isolde auch nur im Entferntesten so ausgesehen hat, hätte es keinen Liebestrank gebraucht.»

Imogen strich mit den Händen über den oberen Teil des Kleides bis zur tiefgesetzten Taille, unter der der Rock sich weitete. «Manche sagen, der Trank habe nur drei Jahre gewirkt. Dann habe die Wirkung nachgelassen, und sie hätten sich als vertraute Fremde gegenübergestanden, mit einem Königreich, das um nichts Krieg führte.»

Gavin trat zu ihr und strich ihr sanft die Haare aus dem Gesicht. «Ich ziehe die andere Version vor», sagte er. «Derzufolge sie einander ihr Leben lang in inniger Liebe verbunden sind und für diese Liebe alles aufs Spiel setzen und alle anderen verlassen.»

Seine Worte klangen wie eine Beschwörung. Ihr Leben lang ...

Imogens Herz zog sich zusammen. So viel Zeit hatten sie nicht. Nur heute und vielleicht morgen.

Sie sah ihn an. «Auch wenn alles nur auf Zauberkraft beruhte?»

Gavins Finger strichen über ihre Wangen. «Zauberkraft oder Zufall, spielt es eine Rolle, wie zwei Seelen zueinander finden?» Leise fügte er hinzu: «Liebe ist Liebe, wie auch immer sie einem beschert wird.»

Liebe. Sie sprachen nicht von Liebe; das war eine stillschweigende Vereinbarung.

Es gab keine Zukunft für sie, und sie wussten es beide. Dies war geliehene Zeit, gestohlene Zeit, so sehr Phantasie wie das Kleid, das sie trug, wie die Requisiten, die sich in der Ecke stapelten, nichts davon geeignet, den Prüfungen der Zeit standzuhalten.

Ach, wäre es anders. Ach, könnte sie ihr altes Leben ablegen, wie sie ihr Korsett abgelegt hatte, und mit Gavin im Sonnenglanz stehen und ihm in aller Wahrhaftigkeit sagen, *Ich liebe dich*, wissend, dass es ein Gelöbnis war und kein Fluch. Einen Moment lang klammerte sich Imogen an die Vorstellung. Sie konnten fliehen, weit weg – und alles zerstören, Gavins Karriere, Arthurs Reputation und Evies Möglichkeiten, eine gute Partie zu machen.

Die Worte *Ich liebe dich* lagen Imogen wie Asche auf der Zunge. Sie müsste ihre Liebe frei geben dürfen, aber das durfte sie nicht, nicht, wenn sie Erwartungen und Versprechungen in sich trug. Sie hatten nichts als diesen einen Augenblick.

Sie hatte schon früher große Liebeserklärungen abgegeben, und was war aus ihnen geworden. Die Liebe war ein tückisches, schlüpfriges Ding, und sie traute ihr nicht. Oder vielleicht traute sie sich selbst nicht.

Statt etwas zu sagen, zog Imogen Gavins Kopf zu sich herunter, und während ihre Finger an seinem Hemd zerrten, küsste sie ihn, hungrig und leidenschaftlich, drückte in Handlungen aus, was sie nicht sagen konnte. Sie liebten sich auf dem staubigen Holzboden zwischen Farbspritzern und Kohlespänen, keuchend und atemlos wie zwei Rasende. Doch in der Umarmung lag eine wilde Verzweiflung, die ihr die Süße raubte und in Imogen eine innere Kälte erzeugte, die nicht wegging, ganz gleich, wie eng sie sich danach an Gavins warmen Körper schmiegte.

Was auch immer sie füreinander empfanden, welche Macht auch immer es über sie besaß, ihre gemeinsame Zeit war begrenzt. Imogen spürte, wie sie ihr unter den Fingern zerrann wie Sand.

Wie lange noch, bis jemand sie entdecken würde? Wie lange noch, bis Arthur es erfahren würde?

Herne Hill, 2009

Julia und Nick stritten den ganzen Weg bis zum Speicher hinauf.

«Es gibt überhaupt keinen Grund anzunehmen, dass die Personen auf dem Bild das Leben der echten Menschen spiegeln», erklärte Julia, während sie Nick durch den Flur im ersten Stock zu der schmalen Tür ganz hinten führte, hinter der die Treppe zum Speicher war. «Du hast selbst gesagt, dass die Präraffaeliten sich jeden, der zur Verfügung stand, als Modell schnappten.»

Nick griff zuvorkommend über Julias Kopf hinweg, um die Schnur zu ziehen, die von der Glühbirne über der Speichertreppe herabhing. «Ja, ihre Freunde und Verwandten. Welche Beziehung verbindet Thorne mit den Granthams?»

«Armer Verwandter», meinte Julia und krauste die Nase bei dem starken Staubgeruch. «Cousin? Neffe? Unehelicher Sohn? Nach allem, was wir wissen, kann Thorne auch jeden zweiten Dienstag zum Tee gekommen sein oder in einem Schuppen im Garten gehaust haben.»

«Aber die andere Theorie ist interessanter, nicht?» Julia konnte den amüsierten Unterton in Nicks Stimme hören. «Die Kunst als Abbildung des Lebens. Die verklemmte viktorianische Hausfrau findet direkt unter der Nase ihres behäbigen Ehemanns in den Armen eines Künstlers zur Leidenschaft. Ganz zu schweigen davon», fügte Nick pragmatisch hinzu, «dass so eine Geschichte wahrscheinlich den Preis des Gemäldes steigern würde.»

Julia, die gerade widersprechen wollte, stolperte auf einer ausgetretenen Stufe und klappte den Mund zu. Ja, das Logische wäre zu verkaufen. Genauso logisch angesichts seiner Bemühungen, dass Nick annahm, sie wolle ihm den Auftrag erteilen. Und die Provision zukommen lassen.

Der Gedanke rief ein unangenehmes Gefühl hervor. Was erwartete sie denn? Dass Nick das alles aus reiner Entdeckerfreude auf sich nahm? Oder weil er sie unwiderstehlich fand? Er war Antiquitätenhändler. Sie besaß ein Stück, das Gewinn versprach. Das war alles.

Oben blieb Julia stehen und sagte kurz: «Ich bezweifle, dass du hier oben Imogen Granthams Tagebücher finden wirst. Und selbst wenn, wird sie wohl kaum die Geschichte ihres Seitensprungs für die Nachwelt niedergeschrieben und im Haus herumliegen lassen haben.»

Nick schien den veränderten Ton gar nicht zu bemerken. Er sagte milde: «Natürlich nicht. Aber es könnten Briefe da sein, Rechnungsbücher. Alles, was beweisen würde, dass Gavin Thorne mit der Familie zu tun hatte, wäre hilfreich. Was ist da drinnen?»

Julia warf einen Blick über ihre Schulter. «Das ist die alte Kinderstube, aus der Zeit, als Kinder weder gesehen noch gehört werden sollten. Da ist nichts. Was wir suchen, ist da drüben – das sind die ehemaligen Dienstbotenzimmer, glaube ich.»

Anstatt ihr zu folgen, öffnete Nick die Tür zum Kinderzimmer weiter. «Das hat jemand als Atelier benutzt.»

Widerstrebend schloss Julia sich ihm an. «Aber nicht

Gavin Thorne. Ich glaube nicht, dass du hier drinnen so was Altes findest.»

«Doch, die Kacheln da.» Nick ging in die Hocke, um die bebilderten Kacheln rund um den offenen Kamin zu begutachten. «Zwischen 1860 und 1880, würde ich sagen.»

«Von Thorne sind die bestimmt nicht», sagte Julia entschieden. Die Kacheln zeigten Märchenszenen, Rosenrot mit dem Bären. Rotkäppchen mit dem Wolf. Sie hatten etwas süßlich Stilisiertes, das weit entfernt war von der wilden Romantik der Drucke, die Nick ihr im Laden gezeigt hatte.

«Nein, da hast du recht.» Nick stand wieder auf. «Schade. Wär doch mal was anderes gewesen – ein verrückter Maler auf dem Speicher statt einer verrückten Ehefrau.»

«Wir sind hier die Einzigen, die verrückt sind», erklärte Julia schlecht gelaunt.

Ihre ganze Entdeckerfreude hatte sich in Luft aufgelöst bei dem Gedanken, dass alles mit Preisschildern versehen wurde. Was albern war. Nur deswegen war sie doch hierhergekommen, um das Erbe schätzen zu lassen und zu verkaufen. Trotzdem fühlte es sich an wie eine Entweihung.

Sie lief Nick hastig nach, als sie bemerkte, dass er sich der Staffelei näherte. «Ich glaube nicht, dass uns das weiterhilft.»

«Zu modern», stimmte Nick zu, doch er zog schon das Tuch herunter, das die Staffelei zudeckte. Julia ließ die Hand sinken. Zu spät.

Es war ein Aquarell, die Farben hell und zart, doch so klar wie an dem Tag, an dem sie aufgetragen worden waren, dank dem Tuch, das sie vor Schmutz und Lichteinwirkung geschützt hatte.

«Ich glaube, das hat niemand mehr angerührt, seit es gemalt wurde», sagte Nick, und Julia konnte nur nicken, weil ihr der Hals plötzlich wie zugeschnürt war.

Auf dem Bild war es Herbst, die Blätter an den Bäumen begannen gerade, sich zu färben, das Gras leuchtete noch in sattem Grün. Der Garten war damals besser instand gehalten gewesen, doch Julia konnte den Blick den Hang hinunter zum Pavillon immer noch wiedererkennen. In der Mitte der Szene, neben dem Pavillon, drehte sich ein kleines Mädchen voller Lebensfreude mit ausgebreiteten Armen und fliegenden Zöpfen im Kreis. Sie trug ein dunkelblaues Trägerkleid und eine langärmelige Bluse mit Bubikragen, und an den Füßen hatte sie glänzende rote Spangenschuhe.

Julia erinnerte sich an diese Schuhe. Schulmädchenschuhe, wie sie das Mädchen im oberen Stockwerk trug. Julia hatte sie sich heiß gewünscht. Ihr Vater hatte gesagt, *Warum nicht braun? Das ist strapazierfähiger.* Doch ihre Mutter hatte nur gelächelt und erwidert, *Lass ihr doch das bisschen Farbe.*

Und sie hatte ihre roten Schuhe bekommen, neu und glänzend mit echten Metallspangen auf der Seite. Rote Schuhe. Schulmädchenschuhe.

«Julia?» Nick musterte sie und nicht das Aquarell. «Alles in Ordnung?»

«Das bin ich.» Es war ein Krächzen. Immer im Kreis, den Wind in ihren Haaren, und Mama, lachend, mit ihrer Staffelei auf halber Höhe des Hangs. «Sie hat mich gemalt.»

Im Gras ausgestreckt nach den wilden Wirbeln, atemlos, kichernd, der Boden kühl unter ihrem Rücken. Lachen und Strampeln, während Mama sie in die Arme nahm, drückte und kitzelte.

Julia drückte eine Faust auf ihren Mund, um das Schluchzen zurückzuhalten, das wie aus dem Nichts aus den Tiefen ihres Körpers hervorbrach und sie überwältigte, Tränen, die sich ein Vierteljahrhundert lang aufgestaut hatten und sie jetzt in einem heftigen Schwall überschwemmten.

Sie konnte sich an die Herbstluft auf ihren Wangen erinnern, an die Schmatzgeräusche feuchten Laubs unter ihren Füßen, den Geruch von Zigarettenrauch in der Luft. Und nicht nur an das. Die Erinnerungen kehrten in einem Strom zurück. Mama, wie sie sie zu Bett brachte, mit ihrem heiß geliebten, abgewetzten Stoffhasen, den Julia überall mitschleppte. Mama, wie sie sie in der U-Bahn an der Hand hielt und sie durch einen dunklen Tunnel lotste, auf irgendeinem Ausflug, im Urlaub.

Das entsetzliche Krachen und die blendenden Lichter.
Wo ist Mama? ... Mama hat uns verlassen.

Julia zitterte am ganzen Körper, sie kam nicht dagegen an in ihrem überwältigenden Schmerz, der keine Worte hatte, keine Stimme, dem Schmerz des Kindes, das sie gewesen war, verängstigt und untröstlich in seiner Einsamkeit.

Ein Arm umfing sie, eine Hand rieb sachte ihren Rücken, eine leise Stimme fragte: «Julia?»

Zuerst hörte sie es nicht; das Dröhnen in ihrem Kopf war wie das Donnern der Wellen, die alles andere vor sich herschoben.

«Julia?», fragte die Stimme noch einmal, und sie erinnerte sich, wo sie war und wer bei ihr war.

Sie holte einmal tief und zitternd Atem. «Ist schon gut», krächzte sie heiser, den Kopf gesenkt, um ihr Gesicht zu verbergen. Einatmen, ausatmen. Der Schmerz war immer noch so stark, dass sie gar nicht daran dachte, wie peinlich sie sich benommen hatte.

«Nein, ist es nicht.» Julia hob den Kopf und sah Nick, verschwommen und undeutlich wie ein Aquarell, das dem Regen ausgesetzt gewesen war. Einen Arm um ihre Schulter und mit der Hand an ihrem Ellbogen, führte er sie unnachgiebig zum Sofa. «Setz dich hin.»

Julia ließ sich schwer niederfallen. Die alten Sprungfedern quietschten unter ihr, Staub erhob sich. Sie hustete. Ihre Augen waren rot, und ihr lief die Nase, sie fühlte sich wie ausgehöhlt.

«Tut mir leid», murmelte sie und sah Nick an, während sie sich die Tränen aus den Augen wischte. «Ich komme mir vor wie eine Idiotin. Ich –» sie schüttelte den Kopf – «ich weine nie so. Ich weiß nicht – mir war nicht klar –»

«Wer hat das Bild gemalt?», fragte Nick behutsam.

«Meine Mutter. Vor langer Zeit.» Julia presste die Lippen aufeinander aus Angst, erneut in Tränen auszubrechen.

«Sie hat gemalt?» Nicks Ton war weich, forderte nichts. Sein Arm lag lose um Julias Schultern.

Sie nickte, ohne ihn anzusehen. «Sie hat Malerei studiert.»

«Sie war gut.»

Julia hielt ihren Blick auf ihre Hände geheftet. Es waren immer noch dieselben Hände. Dieselben Sommersprossen, derselbe Ring. «Sie ist tot. Schon lange. Sie ist gestorben, als ich fünf war. Deswegen sind wir nach New York gegangen.»

Sie wusste nicht, warum sie ihm das erzählte.

«Tja, nicht leicht, hm?» Nick drückte sanft ihre Schulter. «Meine Mutter hat uns verlassen, als ich sieben war.»

Julia hob den Kopf so ruckartig, dass er beinahe mit Nicks Kinn kollidiert wäre.

Nick nickte wie in Antwort auf eine stumme Frage. «Sie ist Schauspielerin. In Los Angeles. Früher habe ich sie dort besucht, im Sommer, aber es war für uns beide nicht das Richtige.»

Und sie hatte geglaubt, sie hätte ein schweres Schicksal. «Das tut mir leid», sagte sie leise.

«Braucht es nicht.» Nicks Ton war beinahe scherzhaft. «Ich habe drei Tanten, die mit Begeisterung eingesprungen sind.»

Julia blickte wieder zu ihren Händen hinunter. «Ich habe eine sehr nette Stiefmutter.» Aus irgendeinem Grund kamen Julia bei den Worten von neuem die Tränen. «Aber wir sind uns nie besonders nahegekommen.»

Ihre Schuld, nicht Helens. Bei dem Gedanken an all die Jahre vorsichtiger Annäherungsversuche, die sie stets so gedankenlos abgewehrt hatte, fühlte sie sich schuldig.

«Das ist auch schwer nach so etwas.» Nick sprach ganz sachlich. Er nahm seinen Arm von ihren Schultern und lehnte sich zurück, um ihr ins Gesicht sehen zu können. «Besser?»

Julia nickte. «Tut mir leid, dass ich so zusammengeklappt bin. Ich hatte keine Ahnung von der – der Explosionsgefahr hier oben im Speicher.» Sie brachte ein zittriges Lächeln zustande. «Ich komme mir vor, als wäre ich mitten auf eine Sprengladung getappt.»

Nick schob eine lose Haarsträhne hinter ihr Ohr zurück.

Die Geste hatte etwas ungemein Besänftigendes. «Glaubst du, du schaffst es, ein paar alte Kartons durchzustöbern?»

Julia atmete tief ein. Sie fühlte sich völlig abgekämpft, aber nicht auf unangenehme Art. Eher so wie früher, als kleines Mädchen, wenn sie nach einem Tag im Freien todmüde vom Spielen und Schwimmen nach Hause gekommen war.

«Nur wenn sie mindestens hundert Jahre alt sind.»

«Gut.» Nick beugte sich vor, und Julia glaubte, er wolle aufstehen.

Doch das tat er nicht. Er blieb so sitzen und sah ihr aufmerksam ins Gesicht.

«Es geht mir schon wieder gut», versicherte Julia. «Wirklich.»

«Ich weiß.» Er neigte sich zu ihr und streifte mit seinem Mund flüchtig den ihren.

Kapitel 16

Herne Hill, 2009

Nicks flüchtiger Kuss war sanft, ohne etwas zu fordern.

Einen glücklichen Moment lang schaltete sich Julias Verstand aus. Sie vergaß alles um sich herum und überließ sich ganz den Empfindungen, die von der zarten Berührung seiner Lippen, der Wärme seiner Hand an ihrem Hals, dem weichen Sofa in ihrem Rücken herrührten und ein wunderbares Gefühl der Geborgenheit weckten.

Sie wusste nicht, dass sie ihn an sich gezogen hatte, bis er, nur eine Nasenlänge entfernt, den Kopf zurückneigte.

«Hi», sagte er leise, ohne sich zu bewegen. Der Blick seiner blauen Augen ruhte forschend auf ihrem Gesicht, gespannt und wartend.

Es wäre so leicht, ihre Hände von seiner Brust zu seinen Schultern hinaufzuschieben, sich in die Polster sinken zu lassen und ihn mitzuziehen, zurück in diese angenehme Selbstvergessenheit, wo weder die jüngste noch die lang tote Vergangenheit zählte, sondern nur ihre beiden Körper – und nach dem, was sie durch das dünne Leinen seines Hemdes spürte, war seiner durchaus attraktiv.

So leicht. Doch sie war unsicher. Sie fühlte sich aus dem Gleichgewicht geraten und wusste im Moment nicht, ob sie ihren Gefühlen trauen konnte. Ein Vorwand, um sich auf nichts einlassen zu müssen, war schnell gefunden. «Was ist mit Natalie?», fragte sie.

Nick zwinkerte verwirrt. «Natalie?»

Sollte sie es als Kompliment nehmen, dass er gar so irritiert schien? «Die Schwester deines besten Freundes. Groß, brünett, zum Niederknien.» Und total in dich verknallt.

Nick lehnte sich zurück. «Ich weiß, wer sie ist.» Der gereizte Ton war verständlich. «Ich verstehe nur nicht, was zum – was sie mit hier und jetzt zu tun hat.»

Mit hier und jetzt? Julia wollte dem lieber nicht nachgehen. Zu brenzlig. Sie richtete sich ein Stück auf. «Es kann dir doch nicht entgangen sein, dass Natalie total auf dich steht. Ich möchte ihr nicht –» beinahe hätte Julia ‹dazwischenfunken› gesagt, entschied sich dann aber für – «nicht weh tun.»

«Verlass dich drauf», sagte Nick, «das Herz würdest du ihr bestimmt nicht brechen.»

«Das ist ganz schön unverschämt.» Julia fühlte sich für Natalie gekränkt. Sie mochte Natalie nicht besonders. Aber es war einfacher, für Natalie in die Bresche zu springen, als sich mit ihren eigenen Gefühlen herumzuschlagen. «Merkst du nicht, wie sie dich ansieht? Die Frau ist unsterblich in dich verliebt.»

Nick fuhr sich mit den Fingern durch die Haare. «Natalie ist nicht in mich verliebt; sie ist in eine Illusion von mir verliebt. Sie wüsste mit mir, wie ich wirklich bin, gar nichts anzufangen.»

Julia verschränkte die Arme über der Brust. «Mann, bist du eingebildet.»

Nick kniff einen Moment die Augen zu und öffnete sie

wieder. «So habe ich das nicht gemeint.» Der offene Blick, mit dem er sie ansah, machte sie unsicher. «Ich weiß nicht, wie ich dir das erklären soll.»

«Brauchst du gar nicht», sagte Julia hastig. Sie war ohnehin verwirrt genug; es fehlte gerade noch, dass er ihr jetzt mit seiner sympathischen Seite kam.

«Nein?» Nick zog eine Braue hoch. «Andrew ist ein großartiger Kerl – und Natalie war mal so ein nettes Mädchen.»

Autsch, dachte Julia. Nettes Mädchen? Na, das war ja wohl so ziemlich das Schlimmste.

«Aber ihre Mutter», fuhr Nick fort, «hat ihr den Kopf mit diesem Blödsinn von meiner blaublütigen Abstammung vollgestopft – dabei stimmt das alles gar nicht», fügte er mit Nachdruck hinzu. «So bin ich nicht. Meine Familie besteht aus stinknormalen Menschen. Durch die Bank völlig durchgeknallt, aber sonst ganz normal.»

«Und was ist mit dem Titel? Auf den du angeblich Anspruch hast?», fragte Julia. «Aus Carolines Mund hörte es sich so an, als ob du der verlorene Erbe der königlichen Familie wärst oder so was.»

Nick lächelte ironisch. «Nichts dergleichen. Einer meiner Vorfahren hat Karl II. mal einen Gefallen getan, während er im Exil war – wahrscheinlich hat er ihm eine Frau ins Zimmer geschmuggelt –, und wurde für seine Mühen mit einem Titel belohnt. Viscount Loring.»

Julia verneigte sich mit gespielter Ehrfurcht. «Schick.»

«Und das war's auch schon. Meine Vorfahren blieben nette und nicht sonderlich interessante Leute, bis mein Urgroßvater Anfang des letzten Jahrhundert für ziemlichen Wirbel sorgte, als er mit einer Schauspielerin durchbrannte.» Nick verzog den Mund. «Was im Hinblick darauf, wie die Familie ursprünglich zu ihrem Titel gekommen ist, ein angemessener Anlass für dessen Aberkennung war. Frei nach Jakob V. von Schottland: ‹Mit einem Weib ist er gekommen, mit einem Weib wird er untergehen.›»

Das klang alles sehr bekannt. Julia erinnerte sich an den Stapel alter *Tatler*, deren Klatschgeschichten über prominente Ausreißerinnen und Adlige auf Abwegen sie eine ganze Nacht hindurch so begierig verschlungen hatte.

Mit einem Ruck setzte sie sich auf. «Warte mal, das war deine Familie? Diese Geschichte von dem Adligen, der mit einer Revuetänzerin durchgebrannt ist?»

Nick sah sie befremdet an.

Julia zuckte die Schultern und sagte ein wenig betreten: «Ich habe beim Aufräumen einen Stapel Zeitschriften aus den zwanziger Jahren gefunden.»

«Du glaubst also auch alles, was in der Zeitung steht?» Nick seufzte wie ein tief geplagter Mann. «Sie war keine Revuetänzerin. Sie war Schauspielerin und stammte aus einer Schauspielerfamilie. Sie hat ihr Debüt als Cordelia gegeben. Auch wenn sie in den Zwanzigern in einigen frivolen Komödien mitgespielt hat. So hat mein Urgroßvater sie kennengelernt. Er sah sie, verliebte sich in sie, zog mit ihr zusammen und heiratete sie schließlich.»

Das klang nach modernen Maßstäben alles ziemlich harmlos. «Ich wusste gar nicht, dass man jemandem deswegen den Adelstitel aberkennen kann.»

«Kann man auch nicht», sagte Nick. «Wenn man wegen eines unordentlichen Verhältnisses seinen Titel verlieren würde, müsste man das halbe Oberhaus evakuieren. Nein, es ist ein bisschen komplizierter.»

Julia kuschelte sich in die Kissen. «Auf mich wartet kein Fernsehbillard.»

Nick lachte. «Es ist nicht übermäßig aufregend, hauptsächlich juristisches Hickhack. Meine Urgroßmutter war Künstlerin, sie gehörte zur Boheme. Sie glaubte nicht an die Ehe, sondern an die freie Liebe. Die Folge war, dass mein Großvater außerehelich geboren wurde. Irgendwann scheint sie aber doch weich geworden zu sein, und sie haben noch so rechtzeitig geheiratet, dass meine Großtanten ehelich zur Welt kamen.»

«Ja, aber wenn sie doch noch geheiratet haben, hätte sich das Problem doch lösen lassen, oder? Gibt es nicht die sogenannte rückwirkende Anerkennung?», fragte Julia, die genug mit Juristen zu tun gehabt hatte, um einiges aufzuschnappen.

«Damals noch nicht. Das Gesetz wurde 1926 geändert, drei Jahre zu spät für meinen Großvater. Und die anderen Kinder waren alles Töchter. Also ging der Titel den Bach runter.»

«So ein Mist», sagte Julia.

Nick zuckte mit den Schultern. «Mir fehlt er nicht. Und ich glaube, meinem Urgroßvater hat er auch nicht gefehlt. Da bleibt man wenigstens von titelsüchtigen Fans verschont.»

Wie Natalie? «Und die anderen in deiner Familie?», fragte Julia. «Wie fanden die das?»

Ein leichtes Lächeln der Erinnerung huschte über Nicks Lippen. «Der Einzige, dem es etwas ausgemacht hat, war mein Großvater. Er war ein konventioneller alter Knabe, obwohl er praktisch in Theatergarderoben großgezogen wurde. Er wäre gern ein Viscount gewesen. Natürlich hat er das nicht laut gesagt. Aber er hat sich die größte Mühe gegeben, wieder dazuzugehören. Er hat die Tochter eines Baronet aus tadelloser Familie geheiratet – und musste dann feststellen, dass sie eine Leidenschaft für die Dichtkunst hatte.»

«Sie hat Gedichte gelesen?», fragte Julia erfreut.

«Nein, geschrieben.» Sie hörte das Lachen in seiner Stimme und die Liebe, die es begleitete. «Meine Oma hat jeden Monat Lesungen abgehalten. Sie sprach immer von ihren ‹Salons›. Sie warf sich in wallende Gewänder und deklamierte mit großen Gesten. Es war grauenhaft. Aber alle ließen es über sich ergehen und versicherten ihr, wie wundervoll es wieder gewesen sei, weil sie so eine bezaubernde Person war – und außerdem hervorragend Bridge spielte.»

«Und wie fand dein Großvater das?»

Nicks Gesicht wurde weich. «Er hat sie vergöttert. Und wenn sie Ukulele gespielt hätte, er hätte in der ersten Reihe gesessen und ihr applaudiert.»

Julia schluckte. «Das hört sich wunderbar an», sagte sie.

Sie hatte ihre Großeltern nie kennengelernt, und obwohl sie sie nicht vermisst hatte, fragte sie sich jetzt, wie es gewesen wäre, in einer solchen Familie aufzuwachsen.

«Und deine Eltern – ich meine, dein Vater?», verbesserte sie sich hastig. «Wie ist er?»

«Dad?» Nick überging ihren kleinen Lapsus. «Er ist Schauspieler. In seiner Jugend hat er eine Zeitlang auf der Bühne gestanden, jetzt spielt er meistens kleinere Rollen in Kostümfilmen. So hat er meine Mutter kennengelernt», fügte er hinzu. «Er war mal kurze Zeit in Los Angeles – ohne großen Erfolg.»

«Und wie steht's mit dir?», fragte Julia. «Hast du das Talent deiner Urgroßmutter geerbt?»

Nick lachte prustend. «Das glaube ich kaum. Ich habe bei der Schulaufführung vom *Sommernachtstraum* meinen großen Auftritt als Zettel mit Eselskopf restlos verpatzt. Niemand wollte hören, was der dumme Esel spricht.»

Sie lachte, wie von ihm beabsichtigt, doch als ihr Lachen verklungen war und ihre Blicke sich trafen, baute sich die Spannung zwischen ihnen wieder auf, die er mit seinen Familienanekdoten gelockert hatte. Julia setzte mehrmals an, um etwas zu sagen, und sagte es dann doch nicht.

«Also», begann sie schließlich im selben Moment, als Nick sagte: «Julia, ich –»

Sie brachen beide ab. «Du zuerst», forderte Nick sie auf.

Julia kniff. Sie zupfte an ihrem T-Shirt herum. «Ich wollte nur sagen, dass wir ja mit dem Speicher bis jetzt nicht weit gekommen sind.»

«Nein. Stimmt.» Er sah sie einen Moment an, und sie glaubte, er würde noch etwas sagen. Aber anscheinend überlegte er es sich anders. Mit schneller Bewegung stand er vom Sofa auf und hielt ihr die Hand hin. «Wollen wir?»

«Ja, danke.» Julia gab ihm die Hand und ließ sich aufhelfen.

Seine Finger schlossen sich fest um ihre, nicht lang, dann ließ er ihre Hand los. «Alles wieder gut?», fragte er fürsorglich.

Wieder gut? Sie hätte eher gesagt, *Total durch den Wind.* Doch es war ihm hervorragend gelungen, dachte sie, ein hysterisches Lachen unterdrückend, sie von den Gedanken an ihre Mutter abzulenken.

«Ja, alles bestens», versicherte Julia und schob sich die

Haare hinter die Ohren. «Drüben sind lauter kleine Zimmer, alle bis oben hin vollgestopft. Es geht wahrscheinlich schneller, wenn wir getrennt arbeiten und jeder von uns sich ein Zimmer vornimmt. Fangen wir doch einfach hinten an und arbeiten uns langsam vor. Das ganz alte Zeug liegt sicher eher hinten.»

«Gut.» Wenn ihr Vorschlag ihn amüsierte, so war er höflich genug, es sich nicht anmerken zu lassen. «Trennen wir uns. Bis in – einer Stunde?»

«In Ordnung», sagte Julia. Sie öffnete die nächstbeste Tür, hinter der ein altes Eisenbett, eine windige Kommode und Berge vor sich hin muffelnder Kartons warteten. An der Tür blieb sie stehen. «Ruf mich, wenn du was Spannendes findest.»

«Wer weiß?» Nicks Lächeln machte sie nervös. «Vielleicht finden wir Imogen Granthams Tagebücher.»

Herne Hill, 1849

«Vittoria, Vittoria!»

Evie stand im goldenen Schein der Petroleumlampen am Klavier und trällerte eine italienische Arie. Sophie Sturgis, die sie begleitete, war mindestens einen halben Takt hinterher, und Evies Aussprache der italienischen Worte konnte man bestenfalls als eigenwillig bezeichnen. Das Publikum wollte dennoch eine Zugabe.

Imogen, ein paar Meter entfernt auf einem Sofa, lächelte Evie aufmunternd zu und zog schnell ihre Füße weg, als zwei der jüngeren Sturgis-Kinder um das Sofa herumjagten.

«Langsam, Kinder, langsam», rief Mrs. Sturgis, ohne sich aus ihrem bequemen Sessel zu erheben. Einen Moment lang erstarrten die beiden zu kleinen Unschuldsengeln – dann rannten sie kreischend ins nächste Zimmer.

Imogen lächelte und wandte sich nach links, um ihre Erheiterung mit Gavin zu teilen – bis ihr bewusst wurde, dass nicht er neben ihr saß, sondern Ned Sturgis, der völlig in den Anblick Evies im Glanz ihrer goldenen Locken versunken war.

Imogen sah zu ihren Händen hinunter. Sie fühlte sich wie am falschen Ort, und es erschreckte sie, wie abhängig sie von Gavin geworden war, wie fade und seicht alles ohne ihn erschien, als wäre sie nur in jenen gestohlenen Stunden mit ihm wirklich lebendig.

Arthur hatte sie an diesem Abend nicht begleitet. Er war zum Dinner in seinem Klub verabredet gewesen, doch das machte nichts. Nur ein gemütlicher Abend *en famille*, hatte Mrs. Sturgis gesagt, Ned würde Imogen und Evie sicher nach Hause begleiten. Imogen zweifelte nicht daran, es war ja offenkundig, warum Mrs. Sturgis zu dieser kleinen Abendgesellschaft eingeladen hatte. Der junge Mann schien unsterblich in Evie verliebt zu sein. Imogen vermutete, der Abend sollte so etwas wie eine Probe sein, um zu sehen, wie Evie sich in die stürmische Familie Sturgis einfügte.

Evie stand, in ein angeregtes Gespräch mit Sophie Sturgis vertieft, über die Noten gebeugt, die in einem hohen Stapel auf dem Tisch neben dem Klavier lagen.

Mit einem tiefen Atemzug besann sich Imogen ihrer Pflicht als Gast. «Ihre Schwester spielt sehr hübsch», sagte sie zu Ned Sturgis.

«Hm, wie bitte? Oh! Ja, ja, das stimmt.» Der arme Junge war völlig verwirrt, mitten aus einem Tagtraum gerissen. Mit dem Schnurrbart, den er so stolz zur Schau trug, sah er nur noch jünger aus. Mannhaft erwiderte er: «Miss Evie singt wie ein Engel.»

Miss Evie hatte eine recht ungeübte Stimme, doch Imogen verstand den jungen Mann. «Vielleicht sollten Sie ihr das selbst sagen», meinte sie freundlich.

«Glauben Sie? Ich möchte nicht aufdringlich sein – das heißt –»

Sein tiefer Ernst war rührend. «Jeder hört gern ein bisschen ehrliches Lob», sagte sie ermutigend.

Er war wirklich ein reizender Junge.

Ein reizender Junge? So etwas sagten ältere Damen.

Nun ja, zu denen gehörte sie ja auch. An Kalenderjahren stand sie Ned vielleicht näher als seiner Mutter, aber ihrer gesellschaftlichen Stellung gemäß war sie zu den älteren Damen verbannt, die aus dem Abseits wohlwollend das Treiben der Jugend beaufsichtigten, eine ehrbare Matrone, auch wenn sie sich in letzter Zeit keineswegs so verhalten hatte.

Was würden sie sagen, diese Sturgis, wenn sie wüssten, dass sie sich heimlich mit einem Künstler traf, während sie angeblich bei der Schneiderin war oder mit Migräne in ihrem Zimmer lag? Würde Mrs. Sturgis die Straßenseite wechseln, wenn sie Imogen kommen sah? Der Gedanke beunruhigte sie nicht sonderlich. Aber was war mit Evie? Ihr Ruf würde einen solchen Skandal nicht unbeschadet überstehen.

Sie sollte es beenden, das wusste sie. Zumindest in Momenten wie diesem wusste sie es. Wenn sie mit Gavin zusammen war, war das etwas ganz anderes. Dann wollte sie sich nur in seine Arme werfen und ihn nie wieder loslassen.

Sie verletzten ja niemanden, sagte sich Imogen, wie sie es sich immer wieder sagte.

Wenigstens bis jetzt nicht.

Evie beendete ihr Lied, eine schottische Ballade, unter begeistertem Applaus. Wie zwei kleine Schachtelteufel schossen die beiden Sturgis-Kinder auf ihren älteren Bruder zu. «Spielen wir jetzt Flohhüpfen? Du hast's versprochen.»

Ned blickte von einem zum anderen, offensichtlich hin- und hergerissen. «Aber Miss Evie –»

«– ist fertig mit ihrem Vortrag», sagte Evie fröhlich, die sich zu ihnen gesellt hatte. «Ich möchte Sie auf keinen Fall von Ihren Verpflichtungen abhalten.»

Ned, der hastig, aber wenig anmutig aufgesprungen war, fragte: «Spielen Sie mit?»

«Vielleicht später», antwortete Evie mit einem zuckrigen Lächeln, das, wie Imogen wusste, ‹nein› bedeutete, auch wenn der arme Ned das nicht ahnte.

Ned ließ sich von seinen kleinen Geschwistern mitziehen, doch er konnte seinen Blick, in dem seine ganze schwärmerische Liebe lag, nicht von Evie losreißen.

«Er ist so ein liebenswürdiger junger Mann», murmelte Imogen.

«Ned Sturgis?» Evie sah Imogen überrascht an. «Ja, er ist wahrscheinlich ganz nett.»

«Ich habe den Eindruck, er verehrt dich.» Nur halb im Scherz fügte Imogen hinzu: «Du brauchst nur ja zu sagen, und du könntest die Herrin dieses Hauses werden.»

«Ned?», fragte Evie mit wegwerfender Geste. «Gott, er ist doch noch ein Junge. Daran wird er noch lange nicht denken.»

«Dieser Junge ist fünf Jahre älter als du», bemerkte Imogen leicht amüsiert. «Und schon Teilhaber in der Firma seines Vaters.»

«Ach, ein *Handelsgeschäft*.» Das klang so geringschätzig, dass Imogen die Brauen hochzog. Diesen Ton kannte sie gar nicht von Evie.

«Ich hätte nicht gedacht, dass ich dich einmal über Handelsgeschäfte spotten höre», sagte sie. Evies Kleid und das goldene Medaillon an ihrem Hals waren mit dem Geld der Importfirma Grantham bezahlt. «Dein Vater betreibt auch eine Handelsfirma.»

«Ja, aber Papa sitzt doch nicht den ganzen Tag im Kontor», entgegnete Evie. «Er unterschreibt nur die Papiere, wenn sie ihm gebracht werden. Er ist viel mehr – Privatgelehrter.»

«Nun, mit ein paar Unterschriften ist es nicht getan», erklärte Imogen milde, bemüht, ihre Bestürzung nicht zu zeigen. «Er ist jede Woche mehrere Tage in der Firma beschäftigt.»

Behauptete er jedenfalls. Sie vermutete, dass er einen großen Teil dieser Zeit in seinem Klub zubrachte.

Sie versuchte es anders. «Ich habe von Mrs. Sturgis gehört», sagte sie, «dass Ned einige Zeit nach Lissabon gehen wird, um dort die geschäftlichen Interessen seines Vaters zu vertreten.»

«Ja, noch ein Kontor», sagte Evie abschätzig. «Nichts als Formulare und Rechnungsbücher, sterbenslangweilig. Da kann man genauso gut in Aberdeen oder Liverpool sitzen.

Ich meine, was hat man denn da schon an Gesellschaft zu erwarten? Wirklich *guter* Gesellschaft.»

«Guter Gesellschaft?», wiederholte Imogen. Dieser Dünkel war unerwartet und neu. Ihre Nachbarn, in deren Kreisen sie verkehrten, waren fast durchweg erfolgreiche Geschäftsleute und stolz darauf, nachdem viele von ihnen vor ein oder zwei Generationen noch über dem eigenen Laden gewohnt hatten.

Eine Ausnahme gab es allerdings: Augustus Fotheringay-Vaughn hatte bei seinen Besuchen im vergangenen Sommer unentwegt mit seinen gesellschaftlichen Verbindungen geprahlt und unwahrscheinliche Geschichten von allen möglichen Baronessen, Grafen und anderen hochgestellten Persönlichkeiten erzählt, mit denen er angeblich verkehrte.

«Wie würdest du denn das hier nennen?», fragte Imogen mit einem Lächeln. «Mrs. Sturgis wäre sehr gekränkt, wenn man sie nicht zur *guten* Gesellschaft rechnen würde.»

«So habe ich das doch gar nicht gemeint ...» Evie zupfte verlegen an ihren gerüschten Röcken. «Ich habe von der Londoner Gesellschaft gesprochen. Die kennst du doch.»

«Nein», entgegnete Imogen entschieden, «die kenne ich nicht.» Aufs Geratewohl fügte sie hinzu: «Und ich vermute, Mr. Fotheringay-Vaughn kennt sie bei all seinen großen Worten ebenso wenig.»

Sie wusste, dass sie ins Schwarze getroffen hatte, als sie sah, wie Evie rot wurde. «Augustus verkehrt in sehr hohen Kreisen.»

Imogen sah ihre Stieftochter scharf an. «Ach, Augustus?»

Evie sah weg. «Wie dem auch sei», sagte sie, hastig das Thema wechselnd, «Ned ist vielleicht fünf Jahre älter als ich, aber er besitzt überhaupt keine Würde. Sieh ihn dir doch an, wie er da mit den Kindern Flohhüpfen spielt.»

Ned hockte ohne Rücksicht auf seine feine Hose mit gekreuzten Beinen auf dem Kaminvorleger, einen jüngeren Bruder an seiner Seite, eine kleine Schwester halb auf seinem Schoß.

«Ich finde das eigentlich sehr lieb», sagte Imogen.

«Ja, rührend», stellte Evie in einem Ton nachsichtiger Herablassung fest, der sich komisch ausnahm bei einer Siebzehnjährigen, die noch nichts erlebt hatte. «Wenn ich heirate, dann muss es ein älterer Mann sein, jemand – jemand, der die Welt kennt.»

Jemand wie Augustus Fotheringay-Vaughn?

«Ja», sagte Imogen langsam, «so habe ich in deinem Alter auch gedacht.»

Sie erinnerte sich an den Garten in Cornwall, die durchsichtige Hand ihres Vaters in der ihren, als er sich so verzweifelt bemüht hatte, sie zur Vernunft zu bringen. Sie war so uneinsichtig gewesen wie Evie, überzeugt, erwachsen zu sein, erwachsen und allem gewachsen, was das Leben ihr vielleicht zumuten würde.

Und Arthur war bei all seinen Schwächen ein wohlmeinender Mann. Von Fotheringay-Vaughn konnte man das beim besten Willen nicht sagen.

Evie rümpfte die Nase. «Ich meinte nicht jemand Alten wie Papa», begann sie und besann sich. «Ich finde Papa natürlich ganz wunderbar.»

Nur eben uralt. Wie alt mochte Fotheringay-Vaughn sein? Mindestens dreißig, schätzte Imogen. Kein ganz so großer Abstand wie zwischen ihr und Arthur, aber nahe daran.

«Ich war in deinem Alter, als ich deinen Vater heiratete», sagte Imogen. «Und dein Vater war damals nicht so viel älter als verschiedene Herren unseres Bekanntenkreises, an die du vielleicht denkst. Er war ein sehr weltgewandter Mann.»

Evie schüttelte verständnislos den Kopf bei diesem Vergleich zwischen ihrem Vater und Fotheringay-Vaughn.

Wie konnte sie zu ihr durchdringen, ihr Vernunft beibringen? Nicht dass sie selbst zurzeit ein Muster an Vernunft gewesen wäre.

Sie legte ihre Hand auf die ihrer Stieftochter und sagte leise und eindringlich: «Lass dich nur nicht dazu hinreißen, etwas Überstürztes zu tun. Evie! Hörst du mich?»

Eine der jüngeren Misses Sturgis – Imogen konnte die Mädchen nie auseinanderhalten – unterbrach ihr Gespräch. Mit einem schnellen Knicks haspelte sie in einem Atemzug herunter: «Verzeihen Sie, Mrs. Grantham, Sophie hat versprochen, dass sie für uns spielt, wenn wir tanzen wollen, und ich wollte fragen, ob Miss Grantham mitmachen möchte.»

«Geh schon, amüsier dich», sagte Imogen. Es hatte keinen Sinn, dieses Gespräch jetzt fortsetzen zu wollen. Evie hörte ihr nicht einmal mit halbem Ohr zu. «Ich wollte mich ohnehin mit Mrs. Sturgis unterhalten.»

Das stimmte nicht ganz – Mrs. Sturgis war eine liebenswürdige und warmherzige Frau, für die es nur zwei Gesprächsthemen gab, ihren Mann und ihre Kinder –, aber wenigstens wusste sie Evie gut aufgehoben in der lebhaften Gesellschaft der Sturgis-Kinder. Vielleicht, hoffte sie, würde sich ihr Herz doch noch für Ned erwärmen, oder sie würde wenigstens beginnen nachzudenken.

Es musste ja nicht Ned Sturgis sein. Nur eben ein junger Mann, der ein Herz hatte und Evie um ihrer selbst willen verehrte, der bei der Nennung ihres Namens errötete wie Ned Sturgis. Kein Mitgiftjäger. Kein Fotheringay-Vaughn.

Wie weit hatte sich das schon entwickelt? Imogen machte sich harte Vorwürfe ob ihrer Blindheit. Sie hätte es wissen müssen; sie hätte es merken müssen. All die ‹Teestunden› mit Eliza Cranbourne ... Evie hatte Eliza nie gemocht, schon zu deren Kinderzeiten nicht.

Wenn Fotheringay-Vaughn sich auf heimliche Rendezvous mit Evie verlegt hatte, so hieß das, dass er die Hoffnung aufgegeben hatte, sie auf herkömmliche Weise für sich zu gewinnen. Schmiedeten sie vielleicht schon Pläne, miteinander zu fliehen, um sich irgendwo in aller Stille trauen zu lassen? Oder würde Fotheringay-Vaughn zu dem bewährten Mittel greifen und Evie schwängern, um angesichts eines drohenden Skandals eine schnelle Heirat zu erzwingen?

Allein bei dem Gedanken wurde Imogen körperlich übel.

Wenn sie Evie im unschuldigen Spiel mit den Sturgis-Kindern sah, erschienen ihr solche Vorstellungen wie hässliche Ausgeburten ihrer Phantasie. Doch sie konnte dieses verräterische ‹Augustus› nicht vergessen.

Sie hätte wachsamer sein müssen, sagte sie sich, von Schuldgefühlen überwältigt. Wenn sie zu Hause gewesen wäre, statt ihrer eigenen egoistischen Wege zu gehen, hätte sie Evie dann schützen können? Sie konnte sich des Gefühls nicht erwehren, dass dies alles ihre Schuld war, eine Strafe für ihre eigenen Sünden. Sie hatte sich einreden wollen, dass ihre Liaison mit Gavin niemanden verletzen, dass Arthur nicht fehlen würde, wonach ihn ohnehin nicht verlangte, und Evie nicht schaden, wovon sie nichts wusste.

Aber das war Selbsttäuschung gewesen.

Imogen faltete ihre kalten Hände im Schoß und presste sie so fest zusammen, dass sie jeden einzelnen Knöchel durch ihre Spitzenhandschuhe spürte.

Zuerst würde sie sich mit Fotheringay-Vaughn befassen. Und dann –

Sie konnte nicht daran denken. Jetzt nicht.

Kapitel 17

Herne Hill, 2009

Julia fand tatsächlich ein Tagebuch, wenn auch nicht das Imogen Granthams.

Sie bemühte sich, systematisch zu arbeiten, aber das war schwierig bei dem Chaos, das die Menschen vor ihr hinterlassen hatten. Ganz zu schweigen davon, dass sie mit ihren Gedanken beinahe ständig woanders war, wenn nicht bei den Erinnerungen, die das Aquarell ihrer Mutter hervorgerufen hatte, dann bei der unerwarteten intimen Szene mit Nick.

Sie wurde einfach nicht klug aus ihm. War er ein berechnender Geschäftsmann oder ein grundanständiger, offener Typ? Die Art, wie er sie gehalten hatte, als ihr die Nerven durchgegangen waren – sie vermied es immer noch, daran zu denken –, und wie er von seiner Familie erzählt hatte, schienen Letzteres zu bestätigen. Doch dann erinnerte sie sich wieder ihrer ersten Eindrücke von ihm und seiner beiläufigen kaufmännischen Bewertungen und Kalkulationen.

Sie fühlte sich nicht nur innerlich kraftlos und erschöpft, sondern noch dazu wie aus der Bahn geworfen. Ihr Leben lang war sie überzeugt gewesen, dass ihre Mutter eine innerlich abwesende Mutter gewesen war, die sich nicht sonderlich für sie – Julia – interessiert hatte. Niemand hatte das je mit Worten gesagt, doch unterschwellig war dieses

Gefühl immer da gewesen. Das Einzige, was ihr Vater gesagt hatte, wenn er ihre Mutter überhaupt erwähnte, war, dass sie Künstlerin oder eine ‹Künstlernatur› gewesen sei, und es hatte stets irgendwie abschätzig geklungen.

Er hatte Julia nichts von der Frau erzählt, die sie abends zu Bett gebracht hatte, die dieses Bild gemalt hatte, aus dem so viel Liebe sprach.

Julia rieb sich die Augen. Okay, jetzt wurde sie sentimental. Wenn sie sich das Bild noch einmal ansah, würde sie dann das Gleiche sehen und fühlen? Sie konnte es nicht sagen. Sie war nicht sicher, ob sie es ausprobieren wollte.

Julia merkte, dass sie den letzten Karton gerade ausgeleert und wieder gepackt hatte, ohne auf den Inhalt zu achten. Langsamer, konzentriert jetzt, sah sie die Sachen noch einmal durch und kramte einen Stapel alter Schallplatten heraus, größtenteils Folk und Rock aus den siebziger Jahren: David Bowie, Gary Glitter, Roxy Music. Julia legte sie auf die Seite und grub weiter.

Hatten diese Leute denn nie etwas weggeworfen? Sie stieß auf einen ausrangierten Toaster, Knopfstiefel und ein verrostetes altes Metallteil, das sich als altmodische Lockenschere entpuppte. Die Fotoalben fesselten sie mit ihren Fotografien von Frauen mit 40er-Jahre-Frisuren und unmöglichen Badeanzügen, aber die Bilder waren nicht alt genug, um ihr weiterzuhelfen.

Imogen Grantham, ermahnte Julia sich. Gavin Thorne. Verlorene Gemälde.

Sie fand Briefe aus dem Ersten Weltkrieg, Tagebücher aus Königin Victorias Zeiten aus den 1870ern und 1880ern, ein merkwürdiges Sammelsurium aus Kochrezepten, Skizzen, schnell hingeworfenen Gedanken und persönlichen

Mahnungen, dies oder jenes zu erledigen. Aber für sie hatten sie keinen Nutzen. Wenn Olivia Parsons – Julia prüfte den Namen auf dem Deckblatt – in den 1870ern zwanzig gewesen war, hatte es sie in den 1840ern noch gar nicht gegeben.

Doch als sie Olivias gesammelte Werke auf die Seite räumte, stieß sie auf ein kleineres Buch, das unter den eleganten ledergebundenen Tagebüchern begraben war. Es hatte nur einen billigen Einband aus Pappe, mit einem verblassten und schmuddeligen Paisleymuster bedruckt, und einen roten Leinenrücken.

Evangeline Grantham, 14. Januar 1846, stand in bemühter schnörkeliger Schrift auf dem Vorsatzblatt.

Es war die richtige Zeitspanne, auch wenn es der falsche Name war. Imogen ... Evangeline ... Julia konnte sich nicht erinnern, in Carolines Ahnentafel den Namen Evangeline gesehen zu haben.

Sie schlug das Buch auf, blätterte darin, überflog hier und dort eine Passage. Das Papier war nichts Besonderes, mit der Zeit nachgedunkelt, an den Rändern brüchig, doch zum Glück war die Tinte nicht allzu stark verblasst. Schon nach wenigen Seiten wurde klar, dass Evangeline nicht Imogen sein konnte; sie schrieb davon, dass sie endlich aus der Kinderstube in ein richtiges eigenes Zimmer in der ersten Etage umziehen durfte, und es gab viele Hinweise auf ‹Papa›, dem das Haus gehörte, und Papas zweite Frau, die ein äußerst gespanntes Verhältnis zu einer Person namens ‹Tante Jane› zu pflegen schien. Evangelines Sympathien lagen eindeutig aufseiten ihrer Stiefmutter.

Imogen? Möglich war es. Die Zeit passte. Julia blätterte weiter. Evangeline hatte nicht regelmäßig geschrieben, sondern offenbar immer nur, wenn sie etwas besonders bewegt hatte: ein Streit mit Tante Jane oder ein hübsches Stück Stoff.

Irgendwo im zweiten Drittel des Buchs sprang Julia ein Name ins Auge. *Wir hatten heute Abend Gäste zum Essen. Sie waren alle Maler. Papa hatte sie eingeladen, weil sie sich seine ...* hier waren die Wort verwischt, doch die nächste Zeile war wieder deutlich zu lesen. *Es waren drei. Mr. Rozzetty, Mr. Thorn und Mr. Fotheringay-Vaughn. Mr. F-V ist sehr elegant. Er sieht eher wie ein vornehmer Herr aus als wie ein Künstler.*

Bingo.

Julia hockte sich auf den Boden neben das eiserne Bett und zog die Knie zur Brust hoch, während sie las.

Tante Jane war sehr verdrossen, weil ihr keiner gesagt hatte, dass so viele Leute zum Essen kommen, aber wir anderen haben uns alle über die Gesellschaft gefreut. Mr. F-V war besonders interessant.

Julia warf einen Blick auf das Datum über dem Eintrag – Februar 1849 – und las weiter, aufmerksamer jetzt. Es ging vor allem um Mr. F-V, seine witzigen Geschichten, seine geschmackvolle Uhrkette, seine hübschen Komplimente (gab es etwas Langweiligeres als die Schwärmereien eines Teenagers?), doch der Beweis war da: ‹Mr. Thorn› und ‹Mr. Rozzetty› hatten sich Anfang 1849 im Haus der Familie Grantham aufgehalten.

Es war schon aufregend, sich vorzustellen, dass Dante Gabriel Rossetti – denn es musste sich um Rossetti handeln – in diesem Haus zu Abend gegessen hatte.

Evangeline hielt nicht viel von Rossetti und Thorne, wie aus ihren Niederschriften hervorging. Mr. Rossetti redete ständig nur übers Malen und die Kunst, und Mr. Thorne war sehr schweigsam, und wenn er etwas sagte, dann ging es immer nur um ernsthafte Dinge, was ziemlich langweilig war und Tante Jane auf die Nerven ging, obwohl Mama es interessant zu finden schien.

«Julia?»

Eben noch in einem anderen Jahrhundert, brauchte Julia einen Moment, um in die Gegenwart zurückzufinden.

«Was – oh, hi.» Sie strich sich mit staubigen Händen die Haare aus dem Gesicht. «Was ist?»

«Erfolg», verkündete Nick höchst befriedigt. Er stützte sich mit einer Hand an den Türrahmen. «1849 hat Arthur Grantham einem gewissen Gavin Thorne die stattliche Summe von zwanzig Guineen für die Anfertigung eines Porträts seiner Ehefrau bezahlt.»

Julia streckte ihre verkrampften Beine. Sie war durcheinander, immer noch halb von Evangeline Granthams Tagebuch gefangen. «Stattlich?», fragte sie.

«Na ja, eigentlich nicht.» Nick war offensichtlich in Hochstimmung. Er wanderte in kleinen Kreisen zwischen den Kartons umher. «Zwanzig Guineen waren damals zwar gutes Geld, aber längst nicht das, was üblicherweise für vergleichbare Gemälde bezahlt wurde. Grantham hat sich Thornes Künste anscheinend zum Schleuderpreis gesichert. Armer Künstler, der für jeden Auftrag dankbar ist ...»

Julia rieb sich die Staubkörnchen aus den Augen. «Aber das betrifft das Porträt. Was ist mit *Tristan und Isolde?*»

«Nichts», bekannte Nick. «Jedenfalls bis jetzt. Ich habe Granthams Rechnungsbücher von 1848 bis 1852 durchgesehen. Thorne wird nirgends mehr erwähnt. Wenn Grantham auch für das Gemälde den Auftrag gegeben hat, hat er ihn unter der Hand bezahlt.»

«Also haben wir immer noch keine Ahnung, wie das Bild hierhergekommen ist», sagte Julia. «Oder warum es hinten im Schrank versteckt war.»

«Aber wir haben jetzt einen Beweis für Thornes Verbindung mit den Granthams. Und du, meine Liebe, hast nicht einen Thorne, sondern zwei.»

Julia musste sich mit einer Hand an dem eisernen Bettgestell festhalten, um auf die Beine zu kommen, so steif war sie am ganzen Körper.

Nick wies auf das Buch in ihrer Hand. «Was ist das?»

«Das?» Julia konnte sich den kleinen Triumph nicht verkneifen. «Ach, nur ein Tagebuch», sagte sie mit einer lässigen Handbewegung.

«Machst du Witze?»

«Nein. Aber es ist nicht Imogens», fügte sie schnell hinzu. «Es ist das ihrer Stieftochter. Gavin Thorne war hier. Freu dich nicht zu früh. Sie erwähnt Thorne nur beiläufig. Hauptsächlich geht es um Dinge, die sie unmittelbar betreffen – neue Kleider, ihre erste Liebe, übrigens ebenfalls ein Maler.»

Nick horchte auf. «Schreibt sie auch, wer das ist?»

«Augustus Soundso. Tut mir leid», sagte Julia bei Nicks enttäuschter Miene. «Nicht Rossetti oder einer von den bekannten Namen. Obwohl Rossetti mal zum Abendessen hier war. Hier.» Sie reichte ihm das aufgeschlagene Tagebuch.

«Hm.» Nick überflog schnell das Geschriebene. «Wenigstens hat sie eine einigermaßen leserliche Handschrift. Der Stil ist allerdings ein bisschen – schwülstig.»

«Teenager», sagte Julia nur. «Und dazu noch viktorianische Zeiten.» Das letzte Wort ging beinahe in einem Gähnen unter.

Nick senkte das Buch und musterte sie mit klinischem Blick. «Du bist fix und fertig.»

«Ach, es ist doch erst –» Sie sah auf ihre Uhr. Nein. Das konnte nicht stimmen. Da war es echt kein Wunder, dass ihr alle Glieder weh taten. «Ist es wirklich schon halb vier?»

«Leider, ja.» Nick legte das Tagebuch weg und streckte sich. «Und ich sollte jetzt mal heimfahren.»

Julia klemmte sich das Buch unter den Arm. «Du kannst gern bleiben», sagte sie. «An Zimmern mangelt es hier ja nicht.»

Nick überlegte. Wahrscheinlich, dachte Julia, wie er möglichst taktvoll ablehnen konnte.

Sie war schon drauf und dran, ihr Angebot zurückzuziehen, um ihnen beiden Verlegenheit zu ersparen, als er sagte: «Danke. Du hast nicht zufällig eine extra Zahnbürste?»

Herne Hill, 1849

Als Evie das nächste Mal ausging, um Eliza Cranbourne zu besuchen, folgte ihr Imogen.

Sie beobachtete Evie vom Fenster aus, wie sie, sittsam zum Ausgehen gekleidet, aus der Haustür trat und dann, nachdem sie sich vergewissert hatte, dass niemand in der Nähe war, schnell nach links abbog, um seitlich am Haus entlangzulaufen.

Imogen lief eilends die Treppe hinunter, hielt nicht einmal inne, um Handschuhe und Haube mitzunehmen.

Halb war sie erschüttert über sich selbst – zu spitzeln, einen anderen Menschen heimlich zu beobachten, sie war nicht besser als Jane. Doch ihre verschiedenen Versuche in den letzten Tagen, Evie etwas zu entlocken, sie auf behutsame Art dazu zu bringen, sich ihr anzuvertrauen, hatten Evie nicht dazu bewegen können, sich ihr zu öffnen.

Imogen hatte, wie sie jetzt resigniert erkannte, den großen Fehler gemacht, ihre Stieftochter mehr wie eine Freundin als wie ein Kind zu behandeln. Sie hatte nie auf strenger Disziplin bestanden, weil sie Evie lieber Gefährtin sein wollte als Ersatzmutter. Ja, Evie liebte sie, doch wenn sie versuchte, ernsthaft mit ihr zu sprechen, lächelte sie nur, gab ihr einen Kuss auf die Wange und kümmerte sich nicht um ihre Worte.

Sie konnte natürlich mit Arthur sprechen, doch alles in ihr sträubte sich dagegen. Nein. Das Beste war es, die Affäre im Keim zu ersticken, ohne dass Evie tiefer als unbedingt nötig verletzt und in Verlegenheit gebracht wurde und andere davon erfuhren. Eines Tages würden sie gemeinsam darüber lachen, sagte sich Imogen tröstend, als sie die Pforte zum Garten öffnete, eines Tages, wenn Evie mit einem jungen Mann, der sie liebte, eine Familie gegründet hatte und von Augustus Fotheringay-Vaughn nichts geblieben war als eine blasse Erinnerung an eine überspannte Jugendschwärmerei.

Wie ihr das vielleicht mit Arthur gegangen wäre, wenn sie auf ihren Vater gehört hätte.

«Gehst du weg?» Imogen fuhr zusammen bei dem scharfen Ton.

Jane stand mit ihrer Stickerei in der Hand an der Tür des Wohnzimmers.

«Ich – ich mache nur einen Spaziergang.» Keinesfalls würde sie Jane etwas von Evie sagen. Sie würde es nur postwendend an Arthur weitergeben. «Es ist so ein schöner Tag», fügte sie mit einem entschlossenen Lächeln hinzu.

Jane musterte sie misstrauisch. «Du gehst in letzter Zeit sehr viel spazieren. Sei lieber vorsichtig. Sonst gibt es noch Gerede.»

«Es ist gut für die Gesundheit. Vielleicht möchtest du es auch einmal versuchen.» Imogen öffnete schnell die Tür, allerdings ohne dass ihr eine letzte spitze Bemerkung von Jane erspart blieb.

«Im Gegensatz zu anderen Leuten ziehe ich es vor, am heimischen Herd zu bleiben.»

Ja, am heimischen Herd anderer. Es war ein kleinlicher Gedanke, aber er traf zu. Nicht zum ersten Mal fragte sich Imogen, wie Jane es aushielt, so zu leben, Arthur ständig zu Diensten und dennoch immer eine Außenseiterin.

Aber das war sie gar nicht. Die Außenseiterin war Imogen, das war vom ersten Tag an so gewesen. Sie hatte heute so wenig einen Platz in Arthurs Haus wie vor zehn Jahren.

Wenn sie fortginge …

Nein, auf diesen Weg wollte sie sich gar nicht erst begeben. Sie musste sich jetzt um Evie kümmern. Nach der Richtung zu urteilen, die sie eingeschlagen hatte, schien sie den Weg zur Obstpflanzung am Ende des Gartens genommen zu haben. Den gleichen wie Imogen, wenn sie sich mit Gavin getroffen hatte. Nur dass kein Mensch über zwei junge Liebende, die sich heimlich trafen, um ein paar Stunden für sich zu sein, den Stab brechen würde, wohl aber über eine verheiratete Frau, die sich von zu Hause davonstahl, um ihren Geliebten zu treffen. Und doch konnte Imogen nichts Unrechtes an ihrer Liebe zu Gavin sehen.

Es war kalt unter den Obstbäumen, die Luft war durchdrungen vom säuerlich mostigen Geruch der Falläpfel, die im Gras verfaulten. Er schien Imogen intensiver als sonst; eine Kombination aus den Ausdünstungen überreifen Obsts und verrottenden Laubs, die sie ekelte. Die goldenen Tage waren endgültig vorbei. Die wenigen Äpfel, die noch an den Bäumen hingen, waren von Wespen angenagt und wurmstichig.

Beinahe hätte Imogen sie gar nicht gesehen. Sie hatten ihren Treffpunkt gut gewählt, dicht an der hohen Gartenmauer, auf der einen Seite von den Stachelbeersträuchern geschützt, auf der anderen von den Obstbäumen. Und sie boten ein hübsches Bild: Evie in den Armen Fotheringay-Vaughns, die ihre Taille umschlungen hielten, während sie mit kindlichem Vertrauen zu ihm aufsah, den Kopf, von dem die goldblonden, nur von einem Band gehaltenen Locken halblang herabfielen, in den Nacken geneigt.

«... bald», hörte Imogen ihn murmeln, seinen Mund nahe an Evies Ohr.

Sie trat direkt vor sie hin. «Was hat das zu bedeuten?», fragte sie scharf.

Die beiden fuhren auseinander. Imogen bemerkte mit Genugtuung, dass Fotheringay-Vaughn auf dem feuchten Laub ausrutschte und sich mit einer Hand an der rauen Mauer abstützen musste, um nicht zu fallen. Er schoss einen Blick blanken Hasses auf sie ab.

«Mama!» Evies Gesicht war erhitzt, ihre Augen glänzten, doch sie zeigte keine Scham oder Verlegenheit, nur eine Art glückseliger Entrücktheit, etwa wie Jeanne d'Arc unter dem Eindruck ihrer Visionen. «Du erinnerst dich an Mr. Fotheringay-Vaughn?»

Sie sprach den Namen wie eine Beschwörung und sah ihn dabei wie verzückt an.

«Durchaus», sagte Imogen kühl. «Trotzdem würde ich gern wissen, was er in unserer Obstpflanzung tut.»

Evie wurde rot, fuhr aber unerschrocken fort. «Du kannst dir nicht vorstellen, wie sehr ich mir gewünscht habe, es dir zu sagen. Aber Augustus – das heißt, ich ... dachte, es wäre vielleicht –»

«Es wäre deinem Wohlbefinden und deinem guten Ruf vielleicht zuträglicher, wenn du dich heimlich mit diesem Herrn triffst?»

«Nein! Das ist –» Evie sah Fotheringay-Vaughn hilfesuchend an.

Fotheringay-Vaughn ließ sich zu einer müden Verneigung herab und sagte in affektiertem Ton: «Madam, ich versichere Ihnen, dass meine Absichten bezüglich Ihres Fräulein Tochter absolut ehrenhaft sind.»

«Genau das», erwiderte Imogen knapp, «habe ich befürchtet.»

Evie krauste die Stirn. Sie trat Imogen mit flehentlich ausgebreiteten Händen einen Schritt entgegen. «Es ist wahr, Mama, wirklich. Augustus würde mir niemals weh tun. Wir wollen heiraten.»

Fotheringay-Vaughn neigte bestätigend den Kopf. «Ma'am», sagte er nur.

«Ist das hier dann nicht der falsche Ort und die falsche Adresse?» Imogen richtete ihre Frage demonstrativ an Evie. «Wenn wahr ist, was du sagst, warum trefft ihr euch im Verschwiegenen und nicht ganz offen zu Hause im Salon? Warum sucht Mr. Fotheringay-Vaughn nicht deinen Vater auf und bittet ihn in gebührender Form um deine Hand?»

Evie warf einen Blick des Unbehagens auf Fotheringay-Vaughn, nahm sich aber sogleich tapfer zusammen. «Wir dachten, Papa würde vielleicht Einwendungen gegen Augustus' Tätigkeit erheben. Aber wenn er uns in der Gesellschaft etabliert sähe ...»

Imogen blickte von Evie zu Fotheringay-Vaughn. «In der Gesellschaft etabliert? Du meinst, ihr wolltet deinen Vater einfach nach erfolgter Heirat vor vollendete Tatsachen stellen?»

«Aber du weißt doch, wie er sein kann», beschwor Evie sie mit flehendem Blick. «Ich wollte es dir ja sagen», fügte sie unaufrichtig hinzu. «Ich wusste, dass du es verstehen würdest.»

Imogen sank der Mut. All die Jahre war sie stolz darauf gewesen, Evie vor dem erstickenden Einfluss Janes bewahrt zu haben. Doch was hatte sie wirklich getan?

«Ich verstehe nur eins», sagte sie klar und deutlich, «dass eine solche Eheschließung ungültig ist. Das hat er dir wohl nicht gesagt? Du kannst ohne die Einwilligung deines Vaters gar nicht heiraten. Oder hattet ihr vor, nach Schottland zu gehen?»

An den Blicken der beiden sah sie, dass sie mit ihrer Vermutung recht hatte.

Dass Evie überhaupt auf einen solchen Gedanken kommen – dass sie so kühl Flucht und heimliche Trauung planen konnte ... Schlimmer noch, sie schien keine Ahnung von den Konsequenzen ihres Handelns zu haben. Sie hatte sich ganz in Fotheringay-Vaughns Hände begeben. Selbst jetzt hing ihr ängstlicher Blick nur an ihm. Fotheringay-Vaughn warf leicht den Kopf in den Nacken, als wollte er sagen, ach, kümmere dich nicht um das alles.

Die Geste machte Imogen wütend. Ihre Stimme war schneidend, als sie zu Evie sagte: «Hast du denn keinen Augenblick daran gedacht, dass eine solche Hinterhältigkeit deinem Vater das Herz brechen würde?»

«Wir wollten Papa nicht weh tun. Nicht wahr, Augustus?» Evie rang die ineinandergekrampften Hände, beinahe rührend in ihrer naiven Ernsthaftigkeit. Ein wenig gedämpft sagte sie: «Ich bin sicher, wenn Papa uns in die Gesellschaft aufgenommen sähe –»

«Wovon redest du? Von einem heruntergekommenen Mietzimmer in einem heruntergekommenen Viertel? Oder hatte dein Kavalier vor, deinen Vater um die Mittel anzugehen, die er braucht, um in dem Stil leben zu können, der ihm vorschwebt?»

Sie sah mit Befriedigung, wie Fotheringay-Vaughn die Lippen aufeinanderpresste. Doch er sagte nichts.

«Aber so ist es doch gar nicht», versicherte Evie hastig. «Augustus braucht Papas Geld nicht, nicht wahr, Augustus? Er hat selber mehr Geld als genug. Seine Familie –»

Imogen konnte es nicht ertragen, Evie so getäuscht zu sehen. Ruhig, aber entschieden sagte sie: «Liebes, dieser Mensch hat dich schamlos belogen. Ihn interessiert einzig deine Mitgift.»

Evie starrte sie tief gekränkt an. «Wie kannst du nur so etwas sagen? Augustus braucht mein Geld nicht. Er malt nur – nur aus Berufung. Nicht für Geld.» Sie sah ihren Geliebten an. «Sag es ihr, Augustus.»

Fotheringay-Vaughn lehnte sich lässig an den Zaun,

schon seine Haltung eine Beleidigung, und erklärte in geringschätzigem Ton: «Es fällt mir nicht ein, derart gemeine Unterstellungen mit einer Antwort zu würdigen.»

«Nein», entgegnete Imogen, «natürlich nicht. Weil sie zutreffen.»

«Aber –» Evies Blick flog unsicher zwischen Fotheringay-Vaughn und Imogen hin und her. «Seine Familie – die heimliche Ehe –»

Es war Zeit, diesen Lügengeschichten ein Ende zu bereiten, ein für alle Mal. Imogen bat Gavin im Stillen um Verzeihung und sagte dann kühl: «Dein Kavalier heißt in Wirklichkeit Alfred Potts. Sein Vater war Straßenfeger. Er ist so wenig ein Vaughn wie du und ich. Wenn du willst, kann ich es dir beweisen.»

Das Letzte war reiner Bluff, doch sie zweifelte nicht, dass ihr der Beweis gelingen würde, wenn sie entsprechend nachforschte.

«Augustus?», wandte sich Evie verwirrt und hilfesuchend an Fotheringay-Vaughn. «Augustus?»

Doch er sah Evie gar nicht an. Der Blick seiner zusammengezogenen Augen war mit so viel giftiger Gehässigkeit auf Imogen gerichtet, dass sie sich beherrschen musste, um nicht zurückzuweichen.

«Sie scheinheilige Kanaille», sagte er.

Evie schnappte entsetzt nach Luft.

Mit hocherhobenem Kopf und ohne den Blick von Fotheringay-Vaughn zu wenden, sagte Imogen: «Evie, ich finde, du solltest jetzt nach Hause gehen.»

Fotheringay-Vaughn trat einen Schritt auf sie zu. Das ganze blasierte Getue war mit einem Schlag von ihm abgefallen. In angespannter Haltung, die Hände geballt, stand er vor ihr, zum Kampf bereit. «Das hat Ihnen wohl Thorne erzählt, wie?» Sein Blick flog zu Evie. «War das, bevor oder nachdem Sie ihn in Ihr Bett gelassen haben?», fragte er höhnisch.

Unter den Bäumen war lautlose Stille bis auf das leise Rascheln der Blätter. Imogen roch wieder den intensiven Geruch nach Fäulnis.

Er wusste nichts; er konnte nichts beweisen. Imogen spürte, wie ihr die Röte in die Wangen stieg, doch sie bewahrte sich ihre kerzengerade Haltung und einen kühlen Ton. «Sie sind hier nicht mehr willkommen, Sir, und damit ist das Gespräch für mich beendet.»

Sie kehrte ihm den Rücken und ging, sicheren Schritts auf dem glitschigen Boden, davon, doch Fotheringay-Vaughns Stimme folgte ihr. «Ach ja, anderer Leute Geheimnisse zu verraten, das fällt Ihnen leicht, aber Ihre eigenen wollen Sie schön unter der Decke halten, wie? Ihre süße Kleine soll nicht erfahren, was Sie heimlich getrieben haben. Was Sie morgens und abends und ...»

Sie verschloss ihre Ohren gegen seine gemeinen Worte. Das, was sie und Gavin teilten, war nicht so; es war nicht seicht und schmutzig. Sie zitterte in ohnmächtigem Zorn darüber, dass sie und Gavin gezwungen waren, sich vor der Welt zu verstecken, und es überhaupt nicht zählte –

Dass sie ihn liebte.

Sie holte tief Atem, um sich zu beruhigen. Dann hielt sie ihrer Stieftochter energisch die Hand hin. «Komm, Evie. Gehen wir nach Hause.»

Evie rührte sich nicht. Verstört, wie jemand, der in einem Albtraum gefangen ist, starrte sie Imogen an und fragte mit zitternder Stimme: «Ist das wahr?»

«O ja», versicherte Fotheringay-Vaughn honigsüß. «Bis zum letzten, schmutzigen Detail.»

«Getroffene Hunde bellen», sagte Imogen kurz. «Komm.» Wieder hielt sie Evie die Hand hin. «Er will dir nur weh tun – und mir, weil ich seine Pläne durchkreuzt habe.»

Evie trat einen Schritt zurück, sehr blass, aber entschlossen. «Du hast mir keine Antwort gegeben», sagte sie. «Ist das wahr – von dir und Mr. Thorne?»

Der Ausdruck in Evies Augen traf Imogen mitten ins Herz. Das kleine Mädchen, das seine Hand so vertrauensvoll in ihre gelegt hatte, das mit all seinen kindlichen Nöten und Freuden zu ihr gekommen war, es sah plötzlich erwachsen aus, viel zu früh erwachsen.

«Evie!» Imogen trat hastig vor und spürte, wie ein verfaulter Apfel unter ihrer Schuhsohle platzte. Ihr wurde fast übel von dem Geruch. «Wie kannst du so etwas denken? Du weißt, ich würde niemals –»

Doch sie hatte es getan. Die Worte blieben ihr im Hals stecken. Sie konnte nicht weiter.

Hinter sich hörte sie Fotheringay-Vaughn lachen.

Verzweiflung brach über sie herein. Was zählte es, wie tief sie Gavin liebte, wie tief er sie liebte? Vor dem Gesetz hatten sie sich des Ehebruchs schuldig gemacht, einer Straftat.

Ihren Blick auf Evie gerichtet, sagte Imogen erstickt: «Ich würde niemals etwas tun, um dich zu verletzen. Ich liebe dich. Das weißt du.»

«Wie konntest du?» Imogen war nicht sicher, ob die Worte ihr galten oder Augustus. Evie drückte ein Hand auf den Mund, um die Tränen zurückzuhalten. «Wie konntest du nur?»

«Evie, Liebchen, warte doch –» Imogen fasste die Hand ihrer Stieftochter, doch die riss sich von ihr los.

Die goldblonden Haare flogen, als Evie zurücksprang. «Rühr mich nicht an. Spar dir deine Worte», schrie sie wild, während ihr die Tränen über das Gesicht liefen. Dann wandte sie sich Fotheringay-Vaughn zu. «Und du – und du –»

Ihre Worte gingen in lautem Schluchzen unter. Mit einem unartikulierten Schrei raffte sie ihre Röcke und floh. Imogen sah sie plötzlich wie früher, vor zehn Jahren, als sie mit flatternden Haaren in ihren kleinen Stiefeln diesen selben Hang hinauf- und hinuntergerannt war und gerufen hatte, *Mama! Komm, schau!*

Halb blind vor Tränen, drehte sich Imogen, um ihr zu folgen. Sie konnte mit ihr reden, ihr erklären … Was denn? Wie denn? Indem sie sie belog? Verschwommen erkannte Imogen die Falle, die sie sich selbst gestellt hatte. Sie konnte entweder ihre Liebe oder ihr Eheversprechen verraten. Eine Rettung gab es nicht für sie.

«Das alles hätte nicht passieren müssen», sagte Fotheringay-Vaughn hinter ihr. «Sie hätten nur Ruhe zu geben brauchen.»

Imogen drehte sich um, obwohl sie wusste, dass es unklug war. Er stand unter einem Baum, einen Apfel in der Hand. Das Gesicht zeigte schon Spuren seines ausschweifenden Lebens, und der Zug um seinen Mund war hässlich.

«Gehen Sie», sagte sie. «Sie sind hier nicht erwünscht.»

Fotheringay-Vaughn lachte. «Dank Ihnen.» Er biss kräftig in den Apfel. «Was glauben Sie wohl, wie Grantham die Nachricht von Ihren Schäferstündchen mit Thorne aufnehmen wird?»

Damit warf er den Apfel weg und verschwand durch die Gartenpforte. Zurück blieb nichts als seine Fußspuren im feuchten Boden und der Geruch nach Fäulnis.

Kapitel 18

London, 1849

«Schsch», sagte Gavin. «Augustus plustert sich nur auf.»

Er hätte sie gern in den Arm genommen und gehalten, ihren Kopf an seine Schulter gezogen, als könnte er sie so vor allen Verleumdungen schützen, doch sie stand starr und steif, bis zum Hals in eine Jacke eingeknöpft, die eng ihr Kleid umspannte, die Hände in Lederhandschuhen, das Gesicht von der Krempe ihrer Haube beschattet.

Sie hatten sich auf neutralem Gebiet getroffen, an der Westminster Bridge, fern von Herne Hill, fern von Granthams Firmensitz, fern von Gavins Atelier. Um sie herum ging das tägliche Londoner Leben weiter wie immer, die Schiffe zogen auf dem Fluss vorbei, die Straßenhändler priesen lauthals ihre Waren an. Imogen stand da, die Hände auf dem Geländer, und blickte stumm hinunter ins Wasser.

«Was hätte Augustus denn davon, wenn er seinen Verdacht in die Welt hinausposaunte?», argumentierte Gavin und wünschte verzweifelt, er könnte seinen eigenen Worten glauben. Reine Gehässigkeit konnte Augustus Grund genug sein. «Mehr ist es doch nicht. Ein Verdacht. Er hat keine Beweise.»

«Beweise?» Imogen hob den Kopf. Ihr Gesicht war

bleich trotz des Windes, ihre Augen wirkten wie erloschen. «Wenn du gesehen hättest, wie Evie mich angesehen hat –»

«Schsch», sagte Gavin wieder, um sie zu beruhigen. Er hätte gern seine Hand auf die ihre gelegt, doch ihre Haltung verbot es. «Schsch.»

«Sie redet nicht mit mir», sagte Imogen unglücklich. «Sie sieht durch mich hindurch, als befände ich mich gar nicht im Zimmer.»

«Sie ist jung», sagte Gavin, der sich hilflos fühlte angesichts Imogens Schmerz. «So etwas gibt sich mit der Zeit.»

Imogen schüttelte den Kopf. «Sie fühlt sich von mir betrogen – und sie hat recht. Gavin –»

Bei ihrem Blick, bei ihrem Ton durchzuckte ihn die Angst. «Sie sucht wahrscheinlich nach einem Sündenbock für ihre eigene Dummheit», sagte er unwirsch. «Sich mit Augustus einzulassen! Sie braucht jemanden, dem sie die Schuld geben kann, und wer eignet sich da besser als du?»

Imogen starrte zu ihren Händen hinunter und sagte nichts.

Gavin versuchte es von neuem. «Das ist jetzt zwei Tage her. Wenn einer von ihnen etwas sagen wollte, hätte er es längst getan. Aber sie können beide nichts sagen, ohne sich selbst in Verlegenheit zu bringen. Dein Schweigen gegen ihres, darauf bauen sie, glaub mir. Außerdem», fügte er mit bitterer Ironie hinzu, «würde Augustus niemals etwas tun, wovon er nicht profitiert. Was hätte er davon, dich bloßzustellen?»

«Rache?» Gavin konnte ihrer Einschätzung von Augustus' Charakter nicht widersprechen. Flüchtig berührte sie seinen Arm. «Kann Fotheringay-Vaughn dich in

Schwierigkeiten bringen? Er weiß, dass ich das alles von dir habe ...»

Von ihrer Besorgnis um ihn gerührt, verbarg Gavin seine Befürchtungen hinter Unbekümmertheit. «Was soll er mir antun? Außer vielleicht, dass er sich aus meinem Atelier zurückzieht? Ich kann die Miete auch ohne ihn bezahlen.» Beruhigend fügte er hinzu: «Mach dir um mich keine Sorgen.»

«Aber ich mache mir Sorgen um dich.» Sie sah ihn mit unglücklichen Augen an. «Ich habe Angst, was ein Skandal für deine Malerei bedeuten könnte. Arthur kennt so viele einflussreiche Leute in der Akademie. Wenn du meinetwegen –»

«Du siehst Gespenster», fiel Gavin ihr ins Wort. Es war Zeit, diese Diskussion jetzt abzubrechen, bevor sie sie zu ihrem logischen Ende führen konnte. Mit gespielter Herzhaftigkeit sagte Gavin: «Was du brauchst, ist ein wenig Zerstreuung. Wollen wir uns da unten in dem Penny-Theater eine Burleske ansehen? Da begegnen wir bestimmt niemandem, den du kennst.»

Er wusste, dass es ein erbärmlicher Versuch war, und wartete auf Widerspruch. Doch sie schien so wenig wie er geneigt, die quälenden Spekulationen weiterzuverfolgen.

«Na schön», sagte sie. «Hauptsache, ich kann mich setzen.»

«Es ist primitiv, aber es gibt Bänke», versicherte Gavin.

Er nahm ihren Arm. Sie lehnte sich nicht an ihn wie sonst, sondern hielt sich steif und gerade.

«In ein paar Tagen», sagte Gavin, «ist das alles vergessen.»

Imogen sah ihn mit zusammengepressten Lippen an. «Vielleicht», sagte sie müde.

«Ich wünschte –», begann er und brach ab. «Ah, da ist das Theater. Wenn man es so nennen kann.»

Vor dem Pub kündigten grelle Plakate die Wunder an, die sie erwarteten. *Die finsteren Taten des Jack Sheppard* stand unter dem Bild des berüchtigten Straßenräubers mit tief in die Stirn gezogenem Hut und einer Pistole in der Hand, während ein anderes Plakat, mit einer dürftig gekleideten Dame, die gerade ohnmächtig in die Arme eines Herrn sank, *Die Perlenschnur, Eine Romanze* versprach.

«Die Drury Lane ist es nicht», entschuldigte sich Gavin.

«Es wird mir sicher gefallen», sagte Imogen tapfer.

Er spürte, wie ihre Hand an seinem Arm sich einen Moment spannte, und eine Welle schmerzhafter Zärtlichkeit überschwemmte ihn. Sie sahen einander an, doch beide waren sie jenseits aller Worte.

«Dann komm», forderte Gavin sie auf und wünschte, er führte sie ins Covent Garden Theatre und nicht ins Hinterzimmer eines Pubs.

Der kleine Vorraum war schon voller Menschen, viele von ihnen um die Imbisstheke gedrängt, Fabrikmädchen in billigen Kleidern und Laufburschen, die sich gegenseitig mit Unflätigkeiten und spuckedurchfeuchteten Papierkügelchen bewarfen. An der Theke gab es nur Zitronenlimonade, Äpfel und Kuchen zu kaufen, doch die Luft im Raum war bereits von Gingeruch durchtränkt. Gavin sah, wie der Wirt einem der Mädchen, das ihm sein Glas hinhielt, augenzwinkernd einen kräftigen Schuss einer klaren Flüssigkeit einschenkte.

Er bezahlte hastig die zwei Pence und führte Imogen in das provisorische Theater. Der Boden war feucht und klebrig, und er sah, wie Imogen verstohlen ihre Röcke raffte. Nussschalen, die Überreste der letzten Vorstellung, knirschten unter ihren Füßen, und die Luft war mit Tabakqualm geschwängert.

Gavin war schon so lange nicht mehr bei einer dieser Belustigungen gewesen, dass er vergessen hatte, dass auf der Galerie Männer und Frauen getrennt saßen.

«Ist es dir im Parkett recht?», fragte er. Dort tobte bereits eine ungeduldige Menge, derbe junge Männer, die Nüsse kauten und die Schalen durch die Gegend warfen, Fabrikmädchen, die wahrscheinlich jünger waren als Imogens Stieftochter, aber älter aussahen. Auf einer Bank in der Mitte schnarchte eine volltrunkene ältere Frau. «Sonst müssen wir getrennt sitzen.»

Imogen folgte ihm mit vorsichtigen Schritten, die Röcke gerafft, ihr parfümiertes Taschentuch an die Nase gedrückt. «Ich hätte nie gedacht, dass ich so etwas einmal sehen würde», sagte sie, als sie sich gesetzt hatten.

«Hätten wir lieber nicht herkommen sollen?», fragte Gavin mit gesenkter Stimme. «Wir können jederzeit –»

«Nein.» Sie presste die Hände in ihrem Schoß zusammen. «Ich möchte es sehen. Es gibt so vieles, das ich sehen möchte, und du bist der Einzige, dem gegenüber ich diese Wünsche äußern kann. Der nicht schockiert darüber ist.»

«Wahrscheinlich», sagte Gavin ein wenig bitter, «weil ich kein Gentleman bin. Wenn ich –»

«Ich möchte dich nicht anders, als du bist. Ich –» Sie brach ab, als hätte sie zu viel gesagt.

Gavin umschloss ihre Hand. «Imogen –»

Der dröhnende Schlag einer Trommel unterbrach ihn. Am liebsten wäre er aufgesprungen und hätte den gedankenlosen Trommler geschüttelt, ihm seine Trommel aus der Hand gerissen und sie durch den ganzen Saal geschleudert.

Imogen entzog ihm sachte ihre Hand und richtete ihren Blick zur Bühne, wo der Ansager, ein rotgesichtiger Mann im abgewetzten schwarzen Rock, begann, seine Ansage herunterzuleiern.

«Meine Damen und Herren, ich bedauere, dass wir Ihnen heute nicht Jenny Lind präsentieren können. Die schwedische Nachtigall ist leider anderweitig verpflichtet.»

Das Publikum grölte beifällig. Imogen saß stumm neben Gavin, die Hände im Schoß gefaltet. Diese verdammte Haube, die ihr Gesicht verbarg! Brodelte es in ihr genauso, wie es in ihm brodelte? Von all den Worten, die nicht gesagt werden durften?

Der Ansager ließ seine Hosenträger schnalzen. «Aber Sie werden feststellen, dass wir anderes zu bieten haben, das genauso nach Ihrem Geschmack ist. He!», brüllte er, um das Getöse im Parkett zu übertönen. «Sie fragen sich vielleicht, warum wir keinen Teppich auf den Brettern haben und keinen Vorhang zum Hochziehen.»

«Ha!», brüllte jemand. «Seine Frau hat sich 'nen Unterrock draus gemacht.»

«Na, dann soll sie ihn doch mal hochheben und zeigen, was sie zu bieten hat», grölte ein anderer.

Gavin warf einen besorgten Blick auf Imogen.

«Brr! Immer mit der Ruhe», rief der Ansager von der Bühne. «Gleich werdet ihr euch nach Herzenslust sattsehen können.»

Im Gelärme, das darauf folgte, neigte sich Gavin näher zu Imogen. «Ist dir auch wirklich wohl?»

Ihr Gesicht, als sie es ihm zuwandte, sah blass und elend

aus. Sie lächelte mühsam. «Es ist nur der Tabakrauch. Ich bin – ihn nicht gewöhnt.»

Es war nicht nur der Tabakrauch. Noch während er hinsah, drückte sie ihr Taschentuch an die Nase und holte mit gekrümmtem Körper Atem.

Gavin fackelte nicht lang. «Es geht dir nicht gut.» Er schob seine Hand unter ihren Arm und half ihr auf. Sie schwankte, und ihre Augen waren halb geschlossen. «Wir gehen. Jetzt gleich.»

«He», beschwerte sich eine Frau hinter ihnen. «Ich kann nichts sehen.»

Gavin drängte sich durch die Reihe. «Der Dame ist nicht wohl.»

«Ach so, eine *Dame* ist das!» Die Frau rempelte den Mann an ihrer Seite an. «Hör dir das bloß mal an.»

Ihr Begleiter lachte. «Im Dunkeln sind sie alle gleich.»

«Wenn die eine Dame ist, bin ich die Königin von Saba», kreischte irgendjemand.

Gavin war nicht sicher, ob Imogen die zotigen Bemerkungen, die ihnen folgten, überhaupt hörte. Ihre ganze Konzentration schien darauf gerichtet, Schritt für Schritt vorwärts zu gehen, als fürchtete sie, ihre Beine könnten ihr den Dienst versagen.

Als sie endlich draußen waren, sagte Gavin aufgebracht: «Ich hätte dich nie hierherbringen sollen.»

«Es ist nicht deine Schuld. Und ihre auch nicht.» Imogen brachte ein dünnes Lächeln zustande. Er sah, wie sie versuchte, ihren rebellierenden Magen zu beherrschen, jedes Wort eine Anstrengung. «Es tut mir leid … dass ich dir den Spaß verdorben habe. Unsere Köchin hat … beim Fisch anscheinend … einen Fehlgriff getan.»

Imogen sah aus, als würde sie gleich ohnmächtig werden. Gavin sah sich nach einer Droschke um. «Wir fahren ins Atelier. Dort kannst du dich ein Weilchen hinlegen. Vielleicht täte dir ein Schluck Whisky gut.»

«Nein, das glaube ich nicht.» Sein Vorschlag schien sie wachzurütteln. Sie schüttelte seinen Arm ab. «Ich –» Sie brach ab, plötzlich kreideweiß im Gesicht.

«Imogen?» Gavin hielt sie am Arm fest. «Imogen! Was ist? Sag es mir.»

«Da!»

Mit zitternder Hand wies sie zur anderen Seite der belebten Straße. Gavin, der sich umdrehte, bemerkte flüchtig einen Mann in dickem Mantel und Wollschal, der in ein Haus gegenüber trat. Bevor er hineinging, blickte er sich hastig um, doch Gavin konnte nur einen tief in die Stirn gezogenen, hohen Hut erkennen und einen üppigen rotblonden Schnauzbart.

Imogens Finger gruben sich in seinen Arm. «Das war Arthur.»

Herne Hill, 2009

Julia löffelte verschlafen Kaffee in den Filter, als der Knauf der Küchentür klapperte.

Nick war noch nicht aufgetaucht, nicht weiter verwunderlich nach der langen Nacht. Es musste weit nach vier gewesen sein, als sie ihm ihre Reisezahnbürste von British Airways und ein Handtuch in die Hand gedrückt und ihm das nächste Zimmer mit einem heilen Bett und halbwegs sauberen Laken gezeigt hatte.

Nick hatte taktvoll in seinem Zimmer gewartet, bis sie im Bad gewesen und in ihrem eigenen Zimmer verschwunden war, ehe er sich zu seiner Abendtoilette aufgemacht hatte. Sie hatte es am Knarren der Flurdielen gehört. Es hatte keine nächtlichen Besuche oder Wanderungen gegeben, jedenfalls hatte sie nichts dergleichen mitbekommen. Als sie sich am Morgen aus ihrem Bett gehievt hatte, entschlossen, vor ihrem Hausgast auf den Beinen zu sein, war Nicks Zimmertür noch geschlossen gewesen.

Sie wusste nicht, wie sie sein Verhalten einordnen sollte. War er korrekt oder schlicht und einfach nicht interessiert? Vielleicht hatte er ihre Reaktion auf seinen Kuss als Zurückweisung empfunden. Verwunderlich wäre es nicht.

Wie dem auch sei, sie konnte jetzt keine emotionalen Verwicklungen gebrauchen. Sie war hier, um etwas zu erledigen, nicht um Urlaub zu machen.

Der Türknauf klapperte schon wieder, aber der Riegel, den Julia unter beträchtlicher Anstrengung angebracht hatte, hielt.

«Hallo?», rief sie scharf.

Jetzt klopfte es. «Julia?» Die Frauenstimme klang unangenehm erfreut. «Ich hatte gehofft, dass du da sein würdest. Ich bin's, Natalie.»

Tja, zu spät, dachte Julia und ging zur Tür, um aufzusperren.

«Hi!» Sie tat erfreut. «Was führt dich denn hierher?»

Natalie sauste an ihr vorbei in die Küche und warf ihre große Ledertasche auf den Tisch. «Ich war zufällig in der Gegend und wollte mal sehen, wie's bei dir läuft.»

Früh um zehn an einem Samstagmorgen? Hatte die Frau kein Telefon?

«Das ist echt lieb von dir», säuselte Julia. «Du hättest dir wirklich nicht die Mühe machen sollen.»

«Ach, was tut man nicht alles für die Familie», gab Natalie scherzend zurück, während sie angestrengt in die Anrichte und die Räume dahinter spähte.

«Suchst du etwas?», fragte Julia. Sie hoffte von Herzen, dass Nick brav in seinem Bett blieb.

Nicht dass sie etwas zu verbergen hatte. Es wäre nur – peinlich.

Natalies Blick kehrte zu Julia zurück. «Und – hast du irgendwas Interessantes aufgestöbert?»

«Nichts von Bedeutung», antwortete Julia. «Haufenweise alte Zeitschriften und mottenzerfressene Klamotten.»

Natalie lehnte sich mit einer Hüfte an den Küchentisch. «Es hat mir wahnsinnig leidgetan, dass wir letzten Samstag nicht länger bleiben konnten. Dich mit dem ganzen Krempel –»

Sie brach ab, als im Flur Schritte hörbar wurden und gleich darauf eine Männerstimme.

«Julia? Ich hoffe, du hast nichts dagegen, ich hab dein Shampoo genommen.»

Nick erschien an der Tür, frisch geduscht, mit feuchten Haaren, wandelnde Werbung für genussvolle One-Night-Stands. Als er Natalie bemerkte, blieb er abrupt stehen. Ein Ausdruck, als hätte er am liebsten ‹Ach du Scheiße› gesagt, flog über sein Gesicht, doch er fasste sich schnell. «Hi, Natalie.»

«Nicholas?» Natalie machte ein Gesicht, als hätte ihr jemand einen Magenschwinger verpasst. Ihr Blick flog zu Julia.

Es hätte, konnte Julia nur denken, eine Szene aus einem

dieser moralischen Lehrstücke aus dem Theater des neunzehnten Jahrhunderts sein können, mit dem entsprechend subtilen Titel *Auf frischer Tat ertappt*.

«Nick hat mir geholfen, den Speicher auszuräumen», erklärte sie schnell.

«Ah, den Speicher», wiederholte Natalie.

So gesagt, hörte es sich wirklich nach lahmer Ausrede an. Wieso zum Teufel fühlte sie sich eigentlich schuldig? Vielleicht lag es an Natalies Blick. Sie sah sie an, als hätte sie ihr gerade die Lieblingspuppe geklaut.

«Ich würde ja gerne bleiben», bemerkte Nicholas mit einem bedauernden Lächeln, «aber ich muss leider los.»

Ein echter Kavalier. «Lass mich raten», sagte Julia und verschränkte die Arme. «Du bist zum Mittagessen verabredet.»

Nick verzog keine Miene. «Wie bist du nur darauf gekommen? Natalie, tschüs.» Er nickte der Schwester seines Freundes höflich zu. «Sag Andrew, ich ruf ihn an. Ich schulde ihm noch eine Runde Squash.»

Natalie nickte nur stumm, zu niedergeschmettert, um etwas zu antworten.

Als wäre die Situation nicht schon peinlich genug, drückte Nick Julia auch noch einen flüchtigen Kuss auf die Wange. «Danke für alles», sagte er vieldeutig. «Du hörst von mir.»

«Reiß dir nur kein Bein aus», sagte Julia flapsig. «Komm, ich bring dich raus.» Sie nahm Nick beim Arm und schob ihn durch die Anrichte und den Flur dahinter. Über ihre Schulter hinweg rief sie Natalie zu: «Bitte nimm dir Kaffee. Milch steht im Kühlschrank.»

Sie wartete nicht ab, ob Natalie ihrer Einladung folgte.

Sie hoffte nur, sie würde ihr nicht Gift in den Kaffee kippen, während sie draußen war. Obwohl Natalie ihr beinahe leidtat. Nicks Art, sie abblitzen zu lassen, wenn er das beabsichtigt hatte, war ziemlich gemein gewesen.

«Bist du wirklich zum Mittagessen verabredet?», fragte sie ihn an der Tür.

«Ich geh auf jeden Fall zum Mittagessen», wich Nick aus.

«Feigling», sagte Julia.

«Klugheit», widersprach Nick grinsend, und bevor Julia eine schlagfertige Antwort einfiel, fügte er ernst hinzu: «Ich melde mich.»

«Danke dir für deine Hilfe», sagte sie förmlich und dann vorsichtshalber: «Mit den Bildern.»

Die Hand an der Tür, blieb Nick stehen und sah zu ihr hinunter. Von draußen wehten der Geruch sonnenwarmen Laubs und Vogelgezwitscher herein. «Dieses Aquarell von deiner Mutter ...», begann er zaghaft. «Ich weiß, es geht mich nichts an, aber wenn du es gerahmt haben möchtest: Ich kenne jemand, der so was macht.»

«Danke.» Julia war überrascht und gerührt. «Ich weiß noch nicht ... aber danke.»

Nick gab ihr mit einem Finger einen zarten Klaps auf die Wange. «Ich ruf dich an», sagte er und ging los, den Weg hinunter. Im Sonnenlicht glitzerten die Wassertröpfchen in seinem Haar wie Sterne.

Das war wirklich nett von ihm gewesen. Aufmerksam. Liebenswürdig.

Ja, und er hatte sie kalt lächelnd mit einer wutschnaubenden Cousine in der Küche sitzenlassen.

Trotzdem ...

Sie klemmte sich beinahe den Finger in der Tür ein, als hinter ihr Natalie giftig sagte: «Du konntest natürlich die Finger nicht von ihm lassen.»

Kapitel 19

Herne Hill, 2009

Julia drehte sich langsam um. Mit Mühe unterdrückte sie den Impuls, ebenso giftig zu sagen, *Und was geht dich das an?*

Natalie stand mit ihrer Tasche unter dem Arm an der Tür. Julia wollte lieber nicht wissen, wie viel sie von ihrem Gespräch mit Nick aufgeschnappt hatte. Auch wenn Nicks Anspielung auf das Bild ihrer Mutter Natalie nichts sagen würde, empfand Julia ihr Lauschen doch als einen Übergriff.

«Du hast da was missverstanden», sagte sie kurz. «Wenn es überhaupt was zu verstehen gibt.»

Natalie ignorierte Julias Worte. Sie stand da wie die gekränkte Würde in Person. «Ich hätte ihn nie hierher mitbringen sollen. So geht's einem, wenn man nett sein möchte.»

Nein, so erging es einem, wenn man uneingeladen in anderer Leute Häuser eindrang.

Julia musste beinahe lachen, weil sie ziemlich sicher war, dass Natalie Nick nicht aus Hilfsbereitschaft mitgenommen hatte, sondern in der Hoffnung, ihn mit der ehrwürdigen alten Familienvilla beeindrucken zu können. Aber na ja, wer hatte auf der Jagd nach Liebe – oder etwas, das ihr ähnlich war – nicht schon zu den albernsten Tricks gegriffen.

Wobei sich Julia nach Nicks Bemerkungen gestern

Abend jetzt fragte, ob es sich hier weniger um Liebe handelte als um einen verzweifelten Versuch, Tante Carolines gesellschaftlichem Ehrgeiz gerecht zu werden. Natalie konnte einem eigentlich leidtun. Julia wusste aus eigener Erfahrung, was es hiess, Elternwünsche zu enttäuschen.

«Komm», sagte Julia, «gehen wir in die Küche und trinken einen Kaffee. Da können wir das alles in Ruhe klären.»

«Nein danke», erwiderte Natalie mit brüchiger Stimme. «Ich brauche niemanden, der noch Salz in die Wunde streut. Erst nimmst du uns das Haus, und jetzt nimmst du mir Nicholas.»

War es das, worum es hier ging? Um das Haus? «Ich habe das Haus –»

«Das ist einfach nicht fair», sagte Natalie anklagend. «Wer musste jede Woche antanzen, um Tante Regina zu besuchen, diese fürchterliche Person? Wer musste brav hier sitzen und sich ihre Schauergeschichten anhören? Du nicht.»

«Nein», sagte Julia langsam. «Ich nicht. Aber ich hätte gern die Gelegenheit gehabt», fügte sie hinzu.

Sie hatte allmählich den Eindruck, dass sie eine Menge versäumt hatte.

«Das ist so typisch Tante Regina.» Natalie war viel zu sehr mit ihren eigenen Klagen beschäftigt, um auf Julia zu achten. «Immerzu diese Andeutungen vom Familienschatz – damit wir nur ja jede Woche wieder angedackelt kamen –, und dabei wusste sie schon genau, dass sie alles dir hinterlassen würde.»

Julia wollte gerade sagen, dass sie das nie gewollt hatte, als ihr die Bedeutung von Natalies Worten aufging. «Schatz? Du glaubst, es existiert irgendein Schatz?»

Natalie, die bei ihrer Ankunft schon im Haus gewesen war; Natalie, die so eifrig bereit gewesen war zu helfen; Natalie, die am wackeligen Knauf der Küchentür gerüttelt hatte.

Julia sah Natalie an. «Du bist heute Morgen gar nicht hergekommen, um mich zu sehen. Du hast gehofft, ich wäre nicht zu Hause.»

Natalie sagte nichts.

Es spielte keine Rolle, Julia hatte ihre Antwort bekommen. Es war, als wäre sie in etwas Widerliches, Schleimiges getreten. All die Freundschaftsangebote, die Hilfsbereitschaft, die fürsorglichen Bemühungen um die lang verschollene Cousine – nichts als Heuchelei, um sich einen imaginären Schatz unter den Nagel zu reißen.

Julia schlang die Arme fest um ihren Oberkörper. «Was genau hoffst du denn zu finden, wenn ich fragen darf?»

Natalie machte ein trotziges Gesicht. «Ich weiß es nicht», antwortete sie schließlich mürrisch. «So war Tante Regina. Sie hat nie etwas Konkretes gesagt, immer nur Andeutungen gemacht. Diese Familie sei viel bedeutender, als wir ahnten, besäße unvorstellbare Schätze und dergleichen.»

«Das ist doch verrückt», stellte Julia sachlich fest.

Natalie fuhr auf. «Nein, ist es nicht. Die Familie hatte früher einmal wirklich Geld. Vielleicht ist noch Schmuck da, Gold –» Sie brach abrupt ab.

Darum ging es also. Julia wusste nicht, ob sie lachen oder weinen sollte. «Und du hattest vor, diese unvorstellbaren Schätze einfach mitzunehmen?», fragte sie. «Dafür gibt's ein Wort. Diebstahl.»

«Es ist kein Diebstahl. Es steht mir zu», schrie Natalie sie an. «Meine Mutter –»

«Deine Mutter sollte sich schleunigst nach einem guten Anwalt umsehen, wenn das ihre Einstellung ist», fiel Julia ihr scharf ins Wort.

Einen Moment lang starrten sie einander feindselig an. Julia ballte unwillkürlich die Hände. Natalie glaubte also, sie könnte einfach hier hereinspazieren und die amerikanische Cousine ausplündern? Das würde sie sich bestimmt nicht gefallen lassen. Wenn Natalie und Caroline Krieg wollten, konnten sie ihn haben.

Julia hatte einen bitteren Geschmack im Mund. Sie hatte sich nie Illusionen von Familienverbundenheit hingegeben. Wenn es überhaupt je Familienbande gegeben hatte, waren sie vor fünfundzwanzig Jahren gerissen.

Zumindest hatte sie sich das immer gesagt. Aber irgendwie hatte sie geglaubt – hatte sie gehofft ...

«Zwei Dinge», sagte sie. Ihre Stimme klang wie eingerostet und zu laut in der Stille des Hauses. Sie räusperte sich. «Erstens, ich bin ziemlich sicher, dass kein Schatz existiert. Jedenfalls nicht der Art, die dir vorschwebt. Hast du dir mal überlegt, dass Tante Regina das in übertragenem Sinn gemeint haben könnte?»

Eine von Natalies Schultern zuckte leicht. Okay, die Theorie kam offensichtlich nicht an.

«Zweitens», fuhr Julia fort. «Wenn du einfach ganz offen zu mir gekommen wärst –» Zu ihrer Verlegenheit versagte ihr die Stimme. Sie wollte keine Schwäche zeigen, nicht vor Natalie, deshalb räusperte sie sich hastig noch einmal. «Wenn du zu mir gekommen wärst und mir das alles einfach *gesagt* hättest, meinst du nicht, dass ich dann geteilt hätte?»

Auf diesen Gedanken war Natalie offensichtlich nie gekommen. Es war beinahe erheiternd, ihr Gesicht zu beobachten und zu sehen, wie auf Verwunderung Verwirrung folgte und dann, verspätet, erschrecktes Begreifen. Sie öffnete den Mund und schloss ihn wieder, ohne etwas zu sagen. Der erste Schreck wich berechnender Überlegung. Julia sah ihr an, wie sie ihre Möglichkeiten abwog und zu entscheiden versuchte, was sie jetzt am besten sagen sollte.

Was auch immer es sein mochte, Julia wollte es nicht hören.

«Für mich allerdings», sagte sie, «ist es wahrscheinlich besser so. Wenigstens weiß ich jetzt, woran ich bin.» Absichtlich grausam fügte sie hinzu: «Ich sag dir Bescheid, falls ich irgendwelche Brillantdiademe finden sollte. Nick wird sie sicher mit Vergnügen für mich schätzen.»

Das war zu viel für Natalie. «Was glaubst du eigentlich, warum Nicholas so scharf darauf war, dir hier zu helfen?», fragte sie schrill. «Dachtest du, er täte es aus reiner Herzensgüte?» Sie stieß ein hässliches kleines Lachen aus. «Du kannst doch nicht geglaubt haben, es ginge ihm um dich.»

Sie maß Julia mit geringschätzigem Blick von den Flipflops bis zu den zerzausten Haaren.

«Ich glaube, du gehst jetzt besser», sagte Julia kühl.

«Frag Nicholas», entgegnete Natalie, hochrot unter dem professionell aufgelegten Make-up. «Frag Nicholas, warum er so scharf darauf ist, dir zu helfen. Glaubst du vielleicht, er weiß nicht auch von dem Schatz? Er hat nur einen besseren Weg gefunden, an ihn ranzukommen.»

Julia fühlte sich beschmutzt durch ihre Worte. Beschmutzt und naiv. Wie hatte sie so dumm sein können, Natalies Freundschaftsangebote für bare Münze zu nehmen und sich schuldig zu fühlen, weil sie ihr nicht sympathisch war, wo sie doch zur Familie gehörte und Julia sie deshalb eigentlich mögen müsste?

«Wie du vorhin festgestellt hast, ist das hier mein Haus. Und da ist die Tür.» Julias Hand rutschte am Knauf ab, doch es gelang ihr, die Tür einigermaßen reibungslos zu öffnen, wenn auch nicht mit Schwung. Ihr war innerlich eiskalt. «Wenn ich dich noch einmal hier sehe, ohne dass ich dich eingeladen habe, rufe ich die Polizei.»

Natalie klemmte ihre Tasche mit einem Ruck fester unter den Arm und rauschte zur Tür hinaus. «Meine Mutter hat immer gesagt, dass eure Seite der Familie vulgär und unkultiviert ist.»

«Ich weiß, wenn ihr bei fremden Leuten einbrecht, tut ihr das auf die feine englische Art», gab Julia kalt zurück.

Sie wollte die Tür schließen, doch auf der obersten Stufe blieb Natalie noch einmal stehen. Ihr Schatten verdunkelte den sonnigen Weg. «Viel Vergnügen mit Nicholas – und komm nicht zu mir, um dich auszuheulen, wenn du die Wahrheit über ihn erfährst.»

«Du solltest nicht jeden nach deinen eigenen Maßstäben beurteilen», sagte Julia.

Natalie warf ihre langen Haare zurück und lächelte süß. «Wenn du glaubst, ihn so gut zu kennen, dann frag ihn doch mal, warum er in der City aufhören musste.»

Julia widerstand der Versuchung, die Tür hinter ihr zuzuknallen.

Obwohl sie entschlossen war, Natalie, dieser hinterhältigen Lügnerin, nie wieder etwas zu glauben, setzte sie sich in der Küche postwendend an ihren Laptop, klappte ihn auf und gab bei Google ‹Nicholas Dorrington› ein.

London, 1849

«Er kann es nicht gewesen sein», sagte Gavin. «Doch nicht hier, in dieser Gegend.»

«Doch, es war Arthur», beharrte Imogen.

Er war es gewesen, sie war sich dessen sicher. Sie befreite sich aus Gavins Arm, der um ihre Taille lag. Womöglich stand Arthur gerade jetzt hinter einem dieser Fenster und beobachtete sie beide.

«Aber – was sollte er denn hier zu tun haben?», fragte Gavin skeptisch. Er blickte über die Straße zu der geschlossenen Tür, zu der Stelle, an der Arthur gestanden hatte, und schüttelte den Kopf. «Es kann jeder Mann von ähnlicher Statur gewesen sein.»

Nein. Schwindel überkam Imogen, als stünde sie am Rand eines Abgrunds und blickte hinunter in die Tiefe zu den Wellen und den Felsen. Nach zehn Jahren Ehe kannte sie Arthurs Art, sich zu bewegen, seinen Gang, seine Kopfhaltung. Sie brauchte sein Gesicht nicht zu sehen.

«Er muss uns hierher gefolgt sein.» Sie schob ihre Hände in ihre Jackenärmel, um Gavin nicht sehen zu lassen, wie heftig sie zitterten. Sie fühlte sich so schwach, so schrecklich elend. «Er muss uns entdeckt haben und uns gefolgt sein.»

«Unsinn», widersprach Gavin scharf. «Es besteht überhaupt kein Grund – Imogen?»

Seine Stimme entfernte sich. Sie konnte sie kaum hören über dem Dröhnen in ihren Ohren. Die Übelkeit überrollte sie, alles um sie herum verschwamm vor ihren Augen. Sie krümmte sich gerade noch rechtzeitig vornüber, um sich in die Gosse zu erbrechen. Vage nahm sie wahr, dass Gavin sie bei den Schultern hielt, um sie zu stützen. Immer von neuem stülpte sich ihr Magen um. Das Einzige, woran sie denken konnte, war der Aufruhr in ihrem Körper, während jeder ihrer Sinne auf das verzweifelte Bemühen gerichtet war, ihren Magen bis aufs Letzte zu entleeren.

Zitternd richtete sie sich schließlich auf, den widerlichen Geschmack des Erbrochenen im Mund.

«Hier.» Gavin zog ihr eigenes, parfümiertes Taschentuch aus ihrem Ärmel und reichte es ihr.

Dankbar drückte Imogen es an ihre Nase, während sie sich darauf konzentrierte, regelmäßig ein- und auszuatmen. Gavin legte den Arm um sie, und sie folgte ihm mit taumelnden Schritten in eine Seitengasse, wo sie etwas geschützt waren.

Die Gasse war schmal und düster, doch Imogen war froh, dass kein Sonnenstrahl sie traf. Sie lehnte ihren schmerzenden Kopf einen Moment an Gavins Schulter. Ihr Magen schien sich beruhigt zu haben, doch sie fühlte sich schwindlig und schwach. Und gequält von einer Angst, die sie nicht benennen konnte.

Oder wollte.

«Ich muss nach Hause», sagte sie heiser.

«Ich bringe dich», sagte Gavin sofort.

«Nein.» In Panik sah Imogen ihn an. «Es ist besser, wenn uns niemand zusammen sieht.»

Es ging ihr nicht um sich selbst – was konnte Arthur ihr schon antun? Sie ignorieren? Sie verstoßen? Das würde er nicht tun, aus Angst vor einem Skandal. Es ging ihr um Gavin. Arthur hatte Freunde und Bekannte in der Königlichen Akademie und in den Sammlerkreisen.

Sie krallte die Finger in Gavins Ärmel. «Ich lasse nicht zu, dass du dich meinetwegen ruinierst.»

«Und ich lasse nicht zu, dass du in diesem Zustand allein nach Hause fährst.» Sein Dialekt trat stärker zutage, wenn er sich erregte. Imogen zog sich das Herz zusammen.

«Bitte.» Imogen bot ihre letzten Kraftreserven auf. «Wenn du mich nur in eine Droschke setzt. Es ist ja nicht so weit bis Herne Hill.»

Imogen graute bei dem Gedanken an die Rückkehr in dieses kalte, unfreundliche Haus, wo nichts sie erwartete als Evies feindselige Ablehnung, Janes Geringschätzung und Arthurs Gleichgültigkeit. Am liebsten hätte sie sich Gavin in die Arme geworfen und wäre für immer dortgeblieben. Und wenn sie hier in dieser stinkenden Gasse hausen müssten. In einer Kate, in einem Stall. Gleich, wo.

Aber das war nicht möglich.

Es kam ihr vor, als stünde sie auf der falschen Seite des Tors zum Paradies. Gavin hatte recht gehabt, als er damals hatte gehen wollen. Die Qual war jetzt, da sie einander so nahe gekommen waren und wussten, was sie einander bedeuteten, viel größer.

Gavin fasste ihre Hände. «Willst du wirklich allein zurückfahren?» Er sah sie ängstlich forschend an, und Imogen wusste, was er wirklich wissen wollte. «Ich glaube nicht, dass – dass der Mann vorhin Mr. Grantham war. Aber wenn er es war –»

«Wenn nötig, werde ich Arthur sagen, dass ich mit jemand anders zusammen war.» Imogen brachte ein zitterndes Lächeln zustande. «Ich werde ihm sagen, es sei Fotheringay-Vaughn gewesen. Das wird diesem Menschen recht geschehen.» Mit den Tränen kämpfend, sagte sie brüchig: «Du bist ein begnadeter Maler, Gavin. Du sollst nicht durch meine Torheit ins Verderben stürzen.»

«Nicht deine», widersprach Gavin. «Unsere. Und es ist nicht Torheit.»

Sie konnte die Zärtlichkeit in seiner Stimme kaum ertragen.

«Was kann es unter diesen Umständen anderes sein?», fragte sie.

Gavin zog ihre Hand an seine Lippen und drückte einen Kuss auf die Innenfläche. Sie spürte die Wärme seiner Lippen durch das feine Leder. Den Kopf über ihre Hand geneigt, blickte er sie an. «Du weißt, was es meinem Gefühl nach ist.»

Das Wort hing unausgesprochen zwischen ihnen.

Imogen senkte den Kopf, um seinem Blick auszuweichen. «Ich sollte jetzt nach Hause fahren.» Als wäre Herne Hill je ein Zuhause gewesen. «Bitte.»

Bevor sie schwach wurde und ihre Gefühle gestand. Und was sollten sie dann tun? Gerade jetzt, wo – Imogen scheute vor dem Gedanken zurück.

«Je früher ich zu Hause bin», sagte sie schnell, «desto weniger Ärger wird es geben. Selbst wenn wir gesehen worden sind.»

«Also gut», stimmte Gavin widerstrebend zu. Er drückte noch einmal ihre Hand, dann ließ er sie los. «Wenn du es wirklich so willst.»

Nein, sie wollte es nicht, aber es war das Beste.

Was für eine Anmaßung lag in dieser Floskel, ‹es ist das Beste›. Und warum war es, als täte man etwas Unrechtes, wenn man das Richtige tat?

Imogen nickte. «Arthur wird mich mit einer unschuldigen Migräne in meinem Bett vorfinden.»

Gavins Gesicht war wie gemeißelt. «Hauptsache, er teilt es nicht mit dir», sagte er grimmig, dann ging er, ungestüm und ärgerlich in seinen Bewegungen, zur Straße hinaus, um eine Droschke anzuhalten.

Die erste, die hielt, war eines dieser neuen zweirädrigen Gefährte. Gavin sprach kurz mit dem Kutscher, bevor er Imogen in den Wagen half.

Sein Gesicht wurde weich. Er hielt immer noch ihre Hand. «Iss nichts mehr von diesem Fisch», sagte er.

«Keine Sorge.» Imogen beugte sich vor wie unter einem plötzlichen Zwang. «Gavin –»

«Ja?»

Sie konnte die Worte nicht hervorbringen. Schlaff sank sie in den Sitz zurück. «Auf Wiedersehen, Gavin», sagte sie erstickt.

Das Letzte, was sie sah, als die Droschke anfuhr, war Gavin, der am Straßenrand stand, zwei tiefe Falten zwischen den Augenbrauen.

In den Polstern des Wagens hingen die Gerüche früherer Fahrgäste, Gerüche nach kaltem Tabakrauch, ungewaschener Wolle, starkem Parfum. Imogen drückte ihr Taschentuch an die Nase und schloss die Augen.

Fisch, hatte Gavin gesagt.

Sie hatte sich schon früher einmal so gefühlt, und es war nicht von schlechtem Fisch gewesen.

Beim ersten Mal nicht. Beim ersten Mal war alles so schnell gegangen. Sie hatte überhaupt erst begriffen, dass sie ein Kind erwartet hatte, als sie es unter Krämpfen und Blutungen schon wieder verlor.

Aber beim zweiten Mal – beim zweiten Mal hatte sie das Kind lang genug in ihrem Schoß getragen, um sich genauso zu fühlen wie jetzt. Das war in dem Jahr gewesen, als Jane unbedingt den Flur neu tapezieren lassen musste. Der Geruch des Klebstoffs hatte sie mit dem Riechfläschchen in der Hand in ihr Zimmer getrieben, hilflos einer Schwäche ausgeliefert, die sie normalerweise verachtete. Jede Mahlzeit war eine Tortur gewesen, sie hätte sich gern mit Tee und Toast in ihrem Zimmer begnügt, wäre nicht Janes höhnische Verachtung gewesen.

Sie konnte sich einreden, es sei der Fisch – doch wie viele Tage schon? Wenn sie ehrlich war, plagten diese Übelkeit und Mattheit sie schon seit mindestens zwei Wochen. Eine Entschuldigung war immer zur Hand. Sie hatte nicht gut geschlafen; der Fisch musste schlecht gewesen sein; ihr Korsett war zu eng.

Ihr Korsett saß wirklich enger.

Lieber Gott. Imogen klammerte sich an den Halteriemen, als der Wagen über ein besonders holpriges Stück Straße rumpelte. Wann war sie das letzte Mal unwohl gewesen? Im Juli – oder vielleicht war es Anfang August. Die Zeit hatte keine Bedeutung gehabt. Sie war zu glücklich gewesen, um Monate oder Tage zu zählen. Zu glücklich, um an die möglichen Konsequenzen ihres Handelns zu denken.

Imogen schloss die Augen, während der Wagen die belebten Straßen der Stadt hinter sich ließ; in ländliche Gegenden hinausfuhr; Herne Hill entgegen. Sie hatte, wenn sie überhaupt einmal daran gedacht hatte, geglaubt, sie wäre praktisch unfruchtbar. Sie war mehr als ein Jahr mit Arthur verheiratet gewesen, bevor sie das erste Mal schwanger geworden war, und zu dieser Zeit hatte Arthur noch regelmäßig ihr Schlafzimmer aufgesucht.

Sie hatten beide angenommen, das Problem läge bei ihr.

Die Droschke fuhr langsamer und hielt vor dem Haus. Arthurs Haus. Der Kutscher stieg vom Bock, um Imogen aus dem Wagen zu helfen. Mit eiskalten Fingern griff Imogen in ihren Pompadour.

«Behalten Sie Ihr Geld», sagte der Kutscher. «Der Herr hat bezahlt.»

Imogen dankte ihm und eilte ins Haus.

Jane lauerte hinter der Tür. «Hast du gefunden, was du gesucht hast?»

Imogen brauchte einen Moment, um sich des Vorwands für ihre Fahrt in die Stadt zu entsinnen. «Nein.» Sie ging schnell an Jane vorbei zur Treppe. «Nein. Die Litze, die wir in der Half Moon Street gesehen haben, war weit hübscher.»

«Das habe ich dir doch gleich gesagt», sagte Jane. «Aber du musstest ja unbedingt in die Stadt.»

Sie konnte diese Selbstgerechtigkeit jetzt nicht ertragen. «Würdest du mich entschuldigen?» Sie drehte kurz den Kopf nach Jane, die mit verschränkten Armen im Flur stand. «Ich fühle mich im Moment ziemlich abgespannt.»

Damit floh sie in ihr Zimmer. Sie konnte es zu leugnen versuchen, so viel sie wollte, es gab nur eine Erklärung für diesen körperlichen Aufruhr. Sie erwartete ein Kind.

Gavins Kind.

Kapitel 20

Herne Hill, 2009

Julia wurde schnell fündig.

Der erste Artikel, der auftauchte, als sie ‹Nicholas Dorrington› eingab, war harmlos, ein Bericht in der Sonntagsbeilage der *Times* über seinen Laden und einige der interessanteren Stücke.

Der zweite war schon nicht mehr so harmlos. Die *Daily Mail* handelte die Sache relativ sachlich ab.

Ermittlungen gegen Direktor der Dietrich-Bank in Verbindung mit verbotenen Insider-Geschäften.

Die *Sun* war weniger zurückhaltend:

Beim Griff in die Kasse erwischt: Die schmutzigen Insider-Geschäfte eines Spitzenbankers.

Etwas weiter unten berichtete das *Wall Street Journal*:

Direktor der Dietrich-Bank tritt nach Insider-Trading-Skandal von seinem Posten zurück.

Die Artikel stammten alle aus dem Herbst 2005. Julia lehnte sich auf ihrem Stuhl zurück. Sie erinnerte sich an die Geschichte. Sie hatte damals gerade bei Sterling

Bates als Analystin angefangen. Mehrere Nachrichtensender hatten ausführlich von dem Fall berichtet, ein erfolgreicher Banker, der über Dummheiten gestolpert war, vor denen jeder Banklehrling in der ersten Woche seiner Ausbildung gewarnt wurde. Das *Wall Street Journal* und die *New York Times* hatten ungefähr zwei Wochen lang darüber geschrieben, bevor die Aufregung sich legte und die Medien sich auf den nächsten Skandal stürzten.

Das war also Nick gewesen, derselbe Nick, der einen Antiquitätenladen in Notting Hill betrieb, der am Freitagabend mit ihr zusammen den Speicher ausgeräumt, der sich angeboten hatte, das Bild ihrer Mutter rahmen zu lassen. Es wollte ihr nicht in den Kopf. Der Nick, den sie kannte, sollte ein Finanzschwindler großen Stils sein?

Obwohl, wie Natalie so passend bemerkt hatte, was wusste sie denn schon von ihm?

Nicht viel. Sie hatte nur die Seiten von ihm kennengelernt, die er sie hatte sehen lassen wollen. Es hatte die Momente der Nähe gegeben, als er ihr von seiner Familie erzählt hatte. Illusion. Er hatte ihr alles über seine Großeltern erzählt, aber nichts von sich selbst.

Lediglich, dass er bei der Dietrich-Bank gearbeitet hatte, bis er von seiner Großtante geerbt und seinen Laden aufgemacht hatte.

Julia klickte den Artikel des *Wall Street Journal* noch einmal an. Die Fakten waren einfach und schmutzig. Nick war der Hauptakteur bei einer großen Übernahme gewesen. Der Finanzaufsichtsbehörde war in der Woche vor Vertragsabschluss ein verdächtig reger Handel mit den Aktien des Zielunternehmens aufgefallen. Man hatte wenig

Mühe gehabt, die Transaktionen zur Dietrich-Bank zurückzuverfolgen.

Es gab einige mildernde Umstände. Man hatte gegen ihn ermittelt, ihn jedoch nicht angeklagt. Er war zurückgetreten, nicht gefeuert worden. Wahrscheinlicher war, dass er zurückgetreten war, bevor man ihn feuern konnte. Julia fragte sich, was da hinter den Kulissen gemauschelt worden war, welche Hand die andere gewaschen hatte. Sie kannte diese Welt, sie wusste, wie schmutzig sie sein konnte.

Wie man es auch drehte, die Geschichte war ziemlich hässlich. Ein Riesenbetrug aus ungezügelter Gier.

So viel zu Nicks charmanter Geschichte von der exzentrischen Tante und der Erbschaft, die ihn zu seinem einschneidenden Karrierewechsel veranlasst hatte.

Vielleicht hatte es die Tante wirklich gegeben. Vielleicht stimmte manches an der Geschichte. Am besten lügt es sich schließlich mit der Wahrheit.

Julia klappte den Laptop zu. Sie hatte genug gelesen. Es verdross sie tief, dass Natalie recht gehabt hatte. Wenn auch vielleicht nicht in allem. Zwar war Nick eindeutig in einen Finanzskandal verwickelt gewesen, doch das hieß noch nicht, dass er es darauf abgesehen hatte, sie auszunehmen.

Aber es sprach entschieden nicht für ihn.

Julia schloss die Hände um den Becher, in dem der Kaffee noch ein wenig warm war. Sie fühlte sich plötzlich sehr einsam und allein. Alle wollten nur haben. Natalie … Nick … Jeder schien von Hintergedanken geleitet. Keine freundliche Geste ohne egoistische Absicht. Wieder einmal hätte sie sich am liebsten in einer Ecke zusammengerollt wie ein Igel und ihre Stacheln ausgefahren.

Blödsinn, sagte sie sich und stand auf. Die meisten

Menschen waren nur auf den eigenen Vorteil bedacht. Sie brauchte nur an ihre Vorgesetzten bei Sterling Bates zu denken. Immer gelächelt, sie mit Lob überhäuft, ihr versichert, was für eine tolle Bereicherung für die Firma sie sei, bis zu dem Tag, an dem sie ihr einen Karton in die Hand gedrückt und gesagt hatten, sie solle ihre Fotos und ihre Topfpflanzen zusammenpacken – ach, und ihren Firmenausweis könne sie beim Portier hinterlassen.

Aber hier hatte sie so etwas nicht erwartet, nicht von der Cousine, die angeblich so entzückt war über ihre Heimkehr, und nicht von dem Mann, der – na ja, von einem Mann, der wie ein echt netter Typ gewirkt hatte.

Von jetzt an war sie auf sich gestellt. Aber das war nichts Neues. Sie war daran gewöhnt.

Zu sehr daran gewöhnt.

Schluss, sagte sie sich, Schluss mit diesem Gejammer. Es gab überhaupt keinen Grund anzunehmen, dass sie nicht auch ohne Nick dem Ursprung des Gemäldes auf die Spur kommen konnte. Sie hatte mit einundzwanzig einmal in einem Kunstgeschichteseminar eine umfangreiche Arbeit über Isabella d'Este und das höfische Mäzenatentum geschrieben.

Das hier müsste eigentlich einfacher sein. Wenigstens wären es nur englische Quellen.

Zum Teufel mit Nick Dorrington.

Sie drohte einen Moment lang in ihrem Entschluss zu schwanken, als am Montag Nick anrief, genau wie er versprochen hatte. Ihr Finger hing schon über dem grünen Knopf des Handys, doch dann dachte sie an seine Lügengeschichten und zog ihn zurück.

Sollte er doch auf die Mailbox sprechen.

Als sie ihn am Mittwoch immer noch nicht zurückgerufen hatte, bekam sie eine SMS von ihm. *Alles in Ordnung? Wenn unter Gerümpelmassen begraben, schick SOS.*

Sie wäre gerührt gewesen – wenn sie seiner Motive hätte sicher sein können. Jedes Mal, wenn sie daran dachte, wie er gegangen war, mit diesem Fingerklaps auf ihre Wange und dem Angebot, das Bild ihrer Mutter rahmen zu lassen, wurde sie verwirrter und zorniger.

Sie hatte ihn wirklich gemocht.

Nicht begraben. Nur viel um die Ohren.

Ihr Handy summte wider. *Curry und Billard am Freitag?*

Schmeichelhafte Hartnäckigkeit? Oder nur zusätzliche Beweise gegen ihn?

Kann nicht, schrieb sie zurück. *Abendessen mit Vater.*

Das entsprach sogar der Wahrheit. Ihr Vater war am Freitagmorgen zu seiner Tagung in London angekommen. Sie waren für den Abend verabredet.

Sie schob das Handy unter ein Sofakissen und kehrte an ihre Recherchearbeit zurück. Sie hatte versucht, sich zu erinnern, wie sie das damals angepackt hatte, bevor die Welt auf Zahlen und Graphiken und einen Monitor mit roten und grünen Aktienkursen geschrumpft war, als sie noch mit Sprache gearbeitet hatte und nicht mit Algorithmen.

Das war natürlich vor der Internet-Ära gewesen. Ihr war gar nicht klar gewesen, welche Mengen an Daten im vergangenen Jahrzehnt digitalisiert worden waren. Man brauchte keine Bibliotheken mehr, alles, was sie brauchte, war ihr Laptop. Die Berge alter Klamotten, die sie hatte wegbringen wollen, blieben in einem schmuddeligen Haufen in einer Ecke des Speisezimmers liegen; die E-Mails, die sie an mögliche zukünftige Arbeitgeber hatte schreiben wollen, blieben ungeschrieben. Sie lebte praktisch nur noch mit ihrem Laptop und einem Block, auf dem sie sich größtenteils unleserliche Notizen machte.

Rossetti lt. Bio häufiger Gast in Thornes Atelier.
Rossetti Korrespondenz prüfen? Andere persönl. Unterlagen?
Wer hat Neusüdwales-Geschichte i. d. Welt gesetzt?

Die Granthams tauchten genau einmal in einer der Rossetti-Biographien auf. In der Biographie von 1992 wurde Grantham auf einer der ersten Seiten als Sammler mittelalterlicher Antiquitäten erwähnt, bei dem Rossetti auf seiner Suche nach Requisiten aus der Zeit vor Raffael verschiedentlich eingekehrt war. Von Imogen war überhaupt nicht die Rede.

Bis Freitag hatte Julia eine Liste möglicher Primärquellen beisammen, einschließlich einer Sammlung von Thornes Briefen, die im Archiv der *National Art Library* im Victoria-und-Albert-Museum lagerte. Ganz zu schweigen von nahezu fünfhundert Bänden gesammelter Korrespondenz von Dante Gabriel Rossetti. Der Mann war offensichtlich um Worte nicht verlegen gewesen.

Julia nahm sich vor, Band I, *Die frühen Jahre*, zu überprüfen. Wenn Thorne in dieser Sammlung überhaupt erwähnt wurde, dann bevor er nach Neusüdwales oder sonst wohin verschwunden war, nachdem er sein Gemälde von Tristan und Isolde in braunes Packpapier gehüllt in einem Kleiderschrank in Herne Hill hinterlassen hatte.

Sie war erst um sieben mit ihrem Vater verabredet. Die V&A Bibliothek schloss um halb sieben. Julia fuhr ein paar Stunden früher in die Stadt und drängte sich durch das Touristengewimmel in der Vorhalle des V&A zur Marmortreppe durch, die zur kunsthistorischen Bibliothek hinaufführte.

Sie sah aus, wie man sich eine Bibliothek vorstellte, mit hohen Bogenfenstern, die von Bücherregalen flankiert waren, und einer breiten, den ganzen Raum umfassenden Galerie mit schmiedeeisernem Geländer und endlosen Bücherreihen in braun glänzenden Regalen.

Es roch nach Leder und altem Papier und ein ganz kleines bisschen nach Fußschweiß. An den langen Gemeinschaftstischen war mehr als ein Lesender verstohlen aus seinen Schuhen geschlüpft.

Nachdem Julia sich für den Lesesaal angemeldet und einen Bestellzettel bekommen hatte, ging sie damit zur Bibliothekarin.

Die warf nur einen Blick auf den Zettel und schüttelte den Kopf. «Ach.»

«Stimmt was nicht?», fragte Julia.

Die Bibliothekarin reichte ihr den Zettel zurück. «Die sind leider schon ausgeliehen», erklärte sie. Sie spähte an Julia vorbei und wies auf einen Tisch ziemlich weit hinten. «An den Herrn da drüben.»

Das Licht des Spätnachmittags, das durch die hohen Fenster strömte, glänzte auf den blonden Haaren des Mannes. Er war über einen dicken Folioband gebeugt, der aufgeschlagen vor ihm lag. Doch Julia brauchte sein Gesicht gar nicht zu sehen, um zu wissen, wer es war.

Nick war ihr zuvorgekommen.

Herne Hill, 1849

Gavin wartete an der Pforte zur Obstpflanzung, aber Imogen kam nicht.

Auch als er am nächsten Tag und am Tag darauf wiederkam, wartete niemand auf ihn außer einem neugierigen Eichhörnchen unter den kahlen Ästen der Mandelbäume. Er ging an der Seite entlang bis zum Haus, doch er sah Imogen nicht, nur Miss Cooper, die in einen Wagen stieg, vermutlich um ihre Nachmittagsbesuche zu absolvieren. Tief enttäuscht kehrte Gavin wieder um.

Die phantastischsten Vorstellungen plagten ihn. Grantham hatte sie gesehen und hielt Imogen jetzt im Haus gefangen. Das Recht dazu besaß er; niemand würde Einspruch erheben, wenn er sie in ihrem Zimmer einsperrte oder in eine Anstalt einweisen ließ. Gavin fiel es allerdings schwer zu glauben, dass der joviale Mann, den er kennengelernt hatte, so harte Maßnahmen ergreifen würde. Obwohl sich natürlich ehrenhafte Männer schon zu weit Schlimmerem hatten hinreißen lassen, wenn sie sich in ihrer Ehre gekränkt glaubten.

Was wusste er denn schon von dem anderen? Er erkundigte sich nach dem Haus, vor dem Imogen ihren Mann zu sehen geglaubt hatte, und was er erfuhr, warf ein ganz neues und nicht sehr freundliches Licht auf Grantham. Das Haus war ein Bordell für Männer, die eine Vorliebe für junge Mädchen hatten, für sehr junge Mädchen.

Sollte er es Imogen sagen? Das wäre unwürdig. Außerdem wusste er nicht, wo er sie finden sollte.

Ein wütender Disput mit Augustus besserte Gavins Stimmung auch nicht, wenngleich er danach das Atelier für sich allein hatte und arbeiten konnte, wie er wollte, Tag und Nacht in einsamer Abgeschiedenheit. In den langen schlaflosen Nächten vollendete Gavin sein Gemälde «Tristan und Isolde». Er gab Isolde Imogens Gesicht, seines gab er Tristan. In einem Anfall von Schmerz und Erbitterung drückte er Arthur Grantham die Rolle König Markes auf. Er wusste, dass es törichte Unbeherrschtheit war, die ihn dazu trieb, er würde die Gesichter löschen und neu malen müssen, bevor er das Werk im April der Akademie vorstellen konnte, doch irgendwie hatte er seinen Gefühlen Luft machen müssen.

In der folgenden Woche erhielt er einen Brief. Er enthielt nur wenige Sätze:

Häusliche Angelegenheiten halten mich zu Hause fest.
Leider muss ich unsere Verabredung absagen.
Mit den herzlichsten Grüßen, I. G.

Das Schreiben verwirrte und beunruhigte ihn. Er konnte sich nicht vorstellen, dass Imogen ihre Beziehung auf so distanzierte, unpersönliche Art beenden würde. Sie hätte sich wenigstens mit ihm treffen müssen.

Es sei denn, sie konnte sich nicht frei bewegen.

In seiner Verzweiflung suchte Gavin unter dem Vorwand, sich vergewissern zu wollen, dass Mr. Grantham mit dem Porträt zufrieden sei, das Haus auf. Miss Cooper, die ihn empfing, teilte ihm frostig mit, Mr. Grantham sei nicht zu Hause. Genau in diesem Moment traf Mr. Grantham ein. Sein von der Kälte gerötetes Gesicht verzog sich erfreut bei Gavins Anblick, er begrüßte ihn mit ungeheuchelter Herzlichkeit und lud ihn ein, zur Stärkung ein Glas Whisky mit ihm zu trinken, bevor er den langen Rückweg in die Stadt antrat. Er würde ihn ja bitten, zum Essen zu bleiben, sagte er, aber seine Frau sei gesundheitlich nicht ganz auf der Höhe.

Auf Gavin wirkte er nicht wie ein Mann, der wusste, dass er dem Geliebten seiner Ehefrau gegenüberstand. Im Gegenteil, er schien unverändert freundlich und gesprächig, voll des Lobs für das Porträt und sehr interessiert, was Gavin bei der nächsten Ausstellung präsentieren wolle.

Bemüht, nicht zu viel Besorgnis zu zeigen, sagte Gavin, er hoffe sehr, dass Mrs. Grantham nicht ernstlich erkrankt sei.

Nein, nein, versicherte Grantham. Nur eine vorübergehende Unpässlichkeit. Ob er nicht doch etwas trinken wolle, bevor er sich wieder auf den Weg mache.

Verwirrt erklärte Gavin, er habe noch anderweitig in der Gegend zu tun, und verabschiedete sich ohne weitere Umschweife.

Er erinnerte sich an Imogen, wie er sie zuletzt gesehen hatte, blass und zitternd. Überzeugt, dass Grantham weiterhin nichts von ihrer Liaison wusste – auch wenn er den Eindruck gehabt hatte, die gerüschten Röcke der jungen Miss Grantham eilig davonflattern zu sehen, als er durch den Flur gekommen war –, war er jetzt weit mehr beunruhigt von dem Gedanken an Krankheit. Ein Menschenleben konnte so leicht ausgelöscht werden. Er wusste von Halsentzündungen, die eitrig geworden waren, von Magenverstimmungen, denen ein Tumor zugrunde lag, von geheimnisvollen zehrenden Krankheiten, gegen die es kein Mittel gab.

Er hatte keine Möglichkeit, mit Imogen in Verbindung zu treten. Es gab keine treue Zofe wie im Roman, keinen Laufjungen, den er mit ein paar Münzen hätte bestechen können. Er konnte nicht in der Umgebung des Hauses herumstreichen, er wäre gesehen worden. Es gab keinen überzeugenden Vorwand für ihn, sich in der Gegend aufzuhalten.

Dennoch versuchte er es wieder, lauerte auf der anderen Seite des Zauns und bekam Imogen wenigstens einmal zu sehen, warm eingepackt im Garten. Sie war so weit entfernt, dass er ihre Gesichtszüge nicht erkennen konnte. Bevor er eine Gelegenheit fand, mit ihr zu sprechen, rief jemand aus dem Haus nach ihr, und sie drehte sich um und ging wieder hinein. Er dachte daran, sich nachts in den Garten zu schleichen und ihr im Pavillon eine Nachricht zu hinterlassen. Doch was, wenn die falsche Person die Nachricht fand? Schreckliche Bilder plagten ihn, von Imogen, die matt in ihrem Bett lag, die Haare feucht vom Schweiß, die Augen irr vom Fieber.

Er fragte sich, ob er langsam verrückt wurde.

Bis Rossetti den Empfang in Denmark Hill erwähnte.

«Du kannst Ruskin keinen Korb geben, oder zumindest solltest du das nicht tun», meinte Gabriel pragmatisch. «Er kann dich mit einem Strich seiner Feder lancieren oder ruinieren. Und außerdem – willst du denn nicht seine Gemälde sehen? Er soll eine großartige Sammlung besitzen.»

«Ich bin beschäftigt», erklärte Gavin brüsk. ‹Tristan und Isolde› lehnten in braunes Papier gehüllt an der Wand.

Es war das Beste, was er je gemalt hatte. Dennoch konnte er den Anblick des Bildes nicht ertragen. Jedes Mal, wenn sein Blick darauf fiel, sah er Imogen vor sich, wie sie in Isoldes blauem Gewand hinter dem Vorhang hervorgetreten war.

«Beschäftigt», spöttelte Gabriel und reckte den Hals,

um einen Blick auf Gavins letzte Skizzen zu werfen. Gavin drehte demonstrativ die Staffelei um. «Zu beschäftigt, um einem Freund deine Arbeit zu zeigen. Du wirst allmählich zu einem schlimmeren Eigenbrötler als Hunt.»

«Wir können nicht alle so gesellig sein wie du», versetzte Gavin abwehrend, doch noch während er sprach, fiel ihm ein, dass Denmark Hill nicht so weit von Herne Hill entfernt war. Die Granthams verkehrten in denselben Kreisen wie die Ruskins. Vielleicht hatte jemand etwas von Imogen gehört, konnte ihm etwas über sie berichten ... Es war eine schwache Hoffnung, aber besser als keine.

Gavin rasierte sich den struppigen Bart, kramte ein frisches Hemd heraus und machte sich mit Gabriel auf den Weg über die Brücke, zur Stadt hinaus zum Haus der Ruskins in Denmark Hill.

Die Letzte, die er dort zu sehen erwartete, war Imogen.

Im ersten Moment glaubte er, sich zu irren, sagte sich, die Frau, die sich auf der anderen Seite des Zimmers mit der alten Mrs. Ruskin unterhielt, müsse jemand anders sein. Doch als sie leicht den Kopf drehte, sodass das Licht des Lüsters voll auf ihre Gesichtszüge fiel, gab es keinen Zweifel mehr, sie war es.

Sie trug ein kostbares blaues Kleid mit schulterfreiem Ausschnitt. An Hals, Ohren und Armen blitzte Gold, ebenso in den dunklen Wellen ihrer Haare.

Sie sah – wohl aus. Nein, besser als wohl. Sie sah blühend aus, das Gesicht rosig von der Wärme des Zimmers, ihr Körper runder als an dem Nachmittag, als er sie zuletzt gesehen hatte, ihr Busen voller über dem Spitzenbesatz des Mieders.

Der ersten tief empfundenen Erleichterung darüber, sie

nicht auf Todes Schwelle zu sehen, folgte sehr schnell eine giftige Mischung aus Verwirrung und Zorn. Wenn sie gesund war, gesund genug, um mit der alten Mrs. Ruskin über dies und das zu plaudern, müsste es ihr doch möglich gewesen sein, Mittel und Wege zu finden, um sich mit ihm in Verbindung zu setzen. Während er fast wahnsinnig geworden war vor Angst um sie, hatte sie Gesellschaften besucht, gelacht und getanzt, mit goldenen Reifen am Arm und Schmuckkämmchen in den Haaren.

Sie entschuldigte sich bei Mrs. Ruskin und drehte sich um – auf der Suche nach ihrem Mann? Gavin nutzte die Chance.

Er trat direkt vor sie hin und verneigte sich. «Guten Abend, Mrs. Grantham.»

«Mr. Thorne!» Er sah das Erschrecken in ihrem Blick, bevor sie ihren Fächer öffnete. «Was für eine angenehme Überraschung.»

Konnte sie wirklich hier stehen und so mit ihm sprechen, als hätte er ihr nie etwas bedeutet? Er konnte es nicht glauben, wollte es nicht.

Und doch konnte er keine Freude in ihrem Gesicht erkennen, sondern eher etwas wie Furcht.

«Wirklich?», fragte er schroff und maß sie mit einem Blick von Kopf bis Fuß. «Ich hatte gehört, Sie seien krank.»

Ihr Blick warnte ihn. «Das war ich auch. Aber jetzt geht es mir wieder besser, wie Sie sehen.» Leise fügte sie hinzu: «Es ist am besten so.»

Am besten für wen?

Gavin geriet in Erregung. «Ich hätte nicht gedacht, dass Sie alte Freunde so schnell vergessen.»

«Niemals vergessen», sagte sie klar, und ihr förmliches

Lächeln trübte sich. Ganz kurz konnte er die unverhüllte Sehnsucht in ihrem Blick erkennen. «Aber die Umstände ändern sich.» Bevor er darauf eingehen konnte, sagte sie schnell: «Wie kommen Sie mit dem Gemälde voran?»

Gavin musterte sie forschend, er konnte nicht klug aus ihr werden. Er hätte sie direkt gefragt, doch das Zimmer war voller Leute, von denen leicht jemand hätte mithören können. «Mein *Tristan und Isolde* ist vollendet. Unser *Tristan und Isolde*.»

Sie sah ihm in die Augen. «Arbeitest du – arbeiten Sie an etwas Neuem?»

In ihrer Frage lag eine Schwingung ängstlicher Sorge, die vermuten ließ, dass es ihr nicht nur um das Gemälde ging. Gavin betrachtete das vertraute, geliebte Gesicht, die rosigen Wangen, die umschatteten Augen. Was war im letzten Monat geschehen? Was verschwieg sie ihm?

«Ich hatte an etwas gedacht wie *Lancelot, dem der Gral verweigert wird*.» Unauffällig begann er, sich in Richtung zur ruhigeren Seite des Zimmers zu bewegen, weg von möglich Lauschern. «Ich denke viel darüber nach, welche Qual es ist, das zu sehen, wonach einem am meisten verlangt, und es nicht ergreifen zu dürfen.»

«Das – das hört sich nach einem ambitionierten Werk an», sagte Imogen. «Ich glaube, es gibt viele, die dieses Gefühl verstehen würden.»

Gavin sah sie an. «Ich hätte gern etwas Glücklicheres gemalt.»

«Vielleicht. Aber nicht jede Geschichte nimmt ein glückliches Ende.» Vor einem von Ruskins geliebten Turner-Gemälden blieben sie stehen. Imogen tat so, als betrachtete sie das Bild aufmerksam. «Da wir gerade von Geschichten mit glücklichem Ausgang sprechen – haben Sie gehört, dass meine Stieftochter Ned Sturgis heiraten wird?» Sie sah weg, ihre Stimme klang gedämpft. «Sie meinte, es wäre Zeit, einen eigenen Hausstand zu gründen.»

Gavin dachte an den letzten Tag auf der Brücke, als Imogen ins Wasser hinuntergestarrt hatte. *Sie spricht nicht mit mir. Sie sieht durch mich hindurch.* Mit anderen Worten, Miss Evangeline hatte sich schmollend vor ihr in ein Verlöbnis zurückgezogen.

Mitleid regte sich und drohte seine Empörung zu zersetzen. Er wollte kein Mitleid mit Imogen haben; er wollte in Selbstmitleid verharren.

«Er ist ein sehr netter junger Mann», sagte Imogen mit gezwungener Lebhaftigkeit. «Sie werden gleich nach der Trauung nach Lissabon übersiedeln, wo Mr. Sturgis sich um die dortigen Geschäfte seines Vaters kümmern wird.»

«Es soll eine sehr schöne Stadt sein.» Gavin hielt es nicht länger aus. Er senkte die Stimme. «Warum bist du nicht gekommen? Das zumindest wärst du mir schuldig gewesen.»

«Vor einer Hochzeit gibt es so viel zu tun.» Leise fügte sie hinzu: «Ich wollte auf keinen Fall Evies Glück gefährden.»

«Geht es darum?», fragte er in leisem, heftigem Ton. «Dein Glück für ihrs zu opfern? Hast du einmal daran gedacht, dass es auch um mein Glück geht?»

Ein flehender Ausdruck trat in ihre Augen. «Es ist nicht so einfach –»

Einfach? Er bewahrte mühsam das höfliche Lächeln, als er hastig sagte: «Ich war halb wahnsinnig vor Sorge um dich. Ich dachte, du wärst krank, vielleicht dem Tod nahe.

Oder Grantham hätte dich eingesperrt. Und dann finde ich dich hier vor, als –»

Imogens Hand schnellte vor, als wollte sie seinen Arm ergreifen, doch sie sank gleich wieder herab. «Bitte. Nicht – nicht hier.»

«Wo dann?» Er stellte sich mit dem Rücken zur Zimmermitte, um den anderen den Blick auf sie zu verwehren. «Tag für Tag habe ich gewartet, und dann höre ich nur, dass ‹häusliche Angelegenheiten› dich festhalten.» Es war ihm eine Genugtuung, sie zusammenzucken zu sehen. «Ich hätte niemals geglaubt, dass du deine Zuneigung so leichtfertig verschenkst – und zurücknimmst.»

Imogen starrte auf Turners orangefarbenen Sonnenuntergang. «So ist es nicht.» Ihre Stimme war kaum zu hören. «Glaubst du nicht, ich –» Sie brach ab. Dann sagte sie fast flüsternd: «Ich habe dich mehr vermisst, als ich sagen kann. Ist das nicht genug?»

«Das ist leicht gesagt.» Es machte ihn wütend, dass er nur zu ihrem Profil sprechen konnte, den Schein gesellschaftlichen Geplauders wahren musste, obwohl es in ihm tobte.

Sie schüttelte den Kopf. «Bitte, glaub mir, wenn ich grausam war, dann aus Rücksicht auf dich, nicht auf mich.»

«Und warum sollte ich dir das glauben? Du sprichst in Rätseln.»

Imogen straffte die Schultern. Ihr bloßer Nacken wirkte zart und verwundbar. «Gut, dann sage ich es klar und deutlich. Es darf keinen Hinweis darauf geben, dass je eine Verbindung zwischen uns bestanden hat, nicht den kleinsten Fingerzeig auf dich, wenn – wenn es zum Skandal kommt.»

Wie sie das sagte! Gavin wurde angst. «Was für ein Skandal?»

«Haben Sie Mr. Ruskins *Del Verrocchio* noch gar nicht gesehen?», fragte Imogen mit lauter, klarer Stimme, und Gavin fiel wieder ein, dass sie nicht allein, sondern rundherum von Menschen umgeben waren. «Es ist eines der erlesensten Stücke seiner Sammlung, aus dem fünfzehnten Jahrhundert und wirklich das schönste seiner Art, das ich je gesehen habe. Es wird Sie bestimmt interessieren.»

Nur mit Mühe zügelte Gavin seine Ungeduld und folgte ihr in den Alkoven, wo sie ein wenig mehr unter sich waren. Das Gemälde zeigte eine Madonna mit Kind, ein Wunderwerk an Farbe und Strich. Die Madonna in einem reichen blauen Gewand hielt den Kopf leicht gesenkt, das Kind stand auf drallen Beinen vor ihr. Normalerweise wäre Gavin restlos gefesselt gewesen. Doch jetzt galt seine Aufmerksamkeit ausschließlich Imogen.

«Was für ein Skandal?», fragte er noch einmal. «Wenn Grantham nicht von uns weiß –»

Imogen holte zitternd Atem. «Er wird es bald wissen.» Im Schatten des Alkovens sah ihr Gesicht müde und eingefallen aus. «Arthur wird bald merken, dass ich – dass ich ihn mit einem anderen Mann betrogen habe. Und ich möchte dich unbedingt heraushalten, wenn das möglich ist.»

Gavin wollte schon fragen, wie denn, doch die Antwort drängte sich ihm auf, noch ehe ihm die Worte über die Lippen kamen.

Wie betäubt blickte er zuerst auf die Madonna mit Kind, das kleine Kind, das auf seinem Kissen stand, und dann zu Imogen.

Ein trauriges kleines Lächeln lag um ihren Mund. «Ja», sagte sie. «Ich erwarte ein Kind.»

Kapitel 21

Herne Hill, 1849

«Meins», sagte er.
Es war keine Frage.

Leugnen hatte keinen Sinn. «Ja. Deins.»

«Warum hast du es mir nicht gesagt?» Gavins Stimme war heiser. «Wolltest du es mir gar nicht sagen?»

Er sah so entsetzt aus, dass Imogen einen Moment fest die Augen schließen musste, um nicht in Tränen auszubrechen. «Doch – ich wollte es dir sagen.»

Wie sehr hatte sie sich gewünscht, es ihm zu sagen. Ihr Körper hatte sich gegen sie aufgelehnt; sie war krank gewesen, außer sich. Und sie hatte sich nur nach Gavin gesehnt, nach seiner Umarmung und seiner Wärme, nach seinem vertrauten Geruch.

Dutzend Male war sie nahe daran gewesen, unter irgendeinem Vorwand in die Stadt zu fahren. Jedes Mal, wenn sie den Wagen kommen lassen wollte, war sie davor zurückgeschreckt bei dem Gedanken an Arthur, wie er da auf der anderen Straßenseite gestanden hatte; beim Gedanken an Gavin und seine Karriere, und an die Kinder, die nicht das Licht der Welt erblickt hatten.

«Aber du hast es nicht getan.» Gavin war immer noch wie betäubt von einem heftigen Schlag.

«Ich wusste nicht, ob ich es behalten würde», sagte Imogen mit unsicherer Stimme und legte instinktiv eine Hand auf ihren Bauch. «Ich habe sie immer verloren. Als ich jünger war. Zweimal Enttäuschung.»

Enttäuschungen, so hatte Arthur es genannt und die blutige Realität und die Schmerzen damit verdrängt. Diesmal wäre eine Fehlgeburt, praktisch gesehen, ein Segen. Mit ihr wäre das Geschehene ausgelöscht, der Beweis ihres Vergehens getilgt. Eine vernünftige Lösung.

Doch der Gedanke daran erfüllte sie mit Entsetzen.

Sie wollte dieses Kind haben, gegen alle Vernunft, mit einem tiefen Verlangen danach, den kleinen Körper in ihren Armen zu halten, das flaumige Köpfchen zu küssen.

«Ein Kind», sagte Gavin mit ungläubigem Staunen. «Unser Kind.»

«Ja, unser Kind», bestätigte Imogen leise.

Sie legte zaghaft die Hand auf seinen Arm. Selbst diese kleine Berührung war eine Qual. «Aber verstehst du nicht? Arthur wird wissen, dass es nicht sein Kind sein kann. Wenn es – wenn er jemanden dafür büßen lassen will, dann sollst nicht du das sein.»

Sie hatte Stunden, Tage darüber gegrübelt. Wenn ihr Zustand offenkundig wurde, würde Arthur sofort wissen, dass das Kind nicht von ihm sein konnte. Die derzeitige Mode half: Unter den weiten Krinolinen würde sich eine Weile verbergen lassen, wie es um sie stand, doch sie hatte vielleicht noch einen Monat, höchstens zwei, dann würde es nicht mehr zu verheimlichen sein.

Sie war sicher, dass Jane bereits Verdacht geschöpft hatte, es nur bis jetzt nicht wagte, sie rundheraus zu fragen. Imogen spürte deutlich ihre Gehässigkeit, schlimmer noch als beim letzten Mal, als sie schwanger gewesen war. Es konnte nur Eifersucht sein, denn dass Imogen nicht Arthurs Kind erwartete, konnte sie nicht ahnen.

Gavin brauchte einen Moment, um zu verstehen, wovon sie sprach. «Nein, nicht ich», sagte er düster. «Nur du und unser Kind.»

Imogen senkte den Kopf. «Ich habe mir das alles sehr genau überlegt», erklärte sie ruhig. «Arthur wird einen Skandal unbedingt vermeiden wollen. Alles spricht dafür, dass er das Kind als seins anerkennen wird.» Hatten sie denn eine Wahl? «Alles, womit er mich dafür büßen lassen wird, kann ich ertragen.»

Die Trennung von Gavin war das Schlimmste; im Vergleich dazu wäre alles, was Arthur ihr vielleicht antun würde, leicht hinzunehmen.

«Nein», sagte Gavin. «Nein.»

«Du musst einsehen –», begann Imogen, doch Gavin brachte sie zum Schweigen, indem er ihre Hand fasste und sie fest in seiner hielt.

«Geh mit mir fort», sagte er.

Imogen starrte ihn an. «Das kann nicht dein Ernst sein.»

«Nein?» Sein Gesicht hellte sich auf, sein Blick blitzte lebendig. «Geh mit mir fort. Weit weg. Wir fangen neu an. Zusammen.»

Die Worte hatten einen betörenden Zauber. Imogen konnte den Blick nicht von Gavin wenden. Im goldenen Licht seiner Augen konnte sie ihn und sich sehen, glücklich in einer üppigen grünen Landschaft, für immer verzaubert, für immer jung.

In einem Shakespeare-Stück vielleicht, in dem ein *deus ex machina* am Ende alles richtete. Im realen Leben war sie mit Arthur verheiratet, und er besaß jedes Recht, mit allen gesetzlichen Mitteln gegen sie vorzugehen.

Niedergeschlagen schüttelte sie den Kopf. «Das ist unmöglich.»

«Sag das nicht», widersprach Gavin mit Entschlossenheit. «Unmöglich ist nur, dass du glaubst, ich könnte dich hier zurücklassen.»

«Es gibt keine Wahl.» Imogen fühlte sich plötzlich todmüde. Mit einem Versuch zu scherzen fügte sie hinzu: «Auch in den alten Sagen erwartet die entflohenen Liebenden selten ein glückliches Ende. Wollten sie nicht Guinevere auf dem Scheiterhaufen verbrennen?»

Gavin war in seiner Entschlossenheit nicht zu erschüttern. «Und hat nicht Lancelot sie gerettet? Vertrau mir doch. Es will natürlich geplant sein, aber es wird uns gelingen…»

«Und was ist mit deiner Malerei?»

«Zum Teufel mit der Malerei.» Mit ein paar Worten warf er weg, was ihm bisher sein Leben bedeutet hatte. «Ich werde dich und das Kind nicht ihm überlassen.» Seine Stimme wurde weich. «Glaubst du, ich könnte mein eigenes Kind einfach im Stich lassen? Das könnte ich ihm so wenig antun wie dir.»

Imogen kämpfte um Selbstbeherrschung. «Ich weiß, dass du das jetzt glaubst, aber mit der Zeit…» Sie zwang sich, ihre größte Angst in Worte zu fassen. «Was ist, wenn – wenn das zwischen uns – nicht anhält? Ich habe mich schon einmal geirrt.»

«Ich nicht. Vertrau mir», sagte er wieder. «Ganz gleich, welche Schwierigkeiten auf uns warten, wir treten ihnen gemeinsam entgegen, wir zwei.»

Das Bild, das er malte, war so verlockend, sie beide, Hand in Hand gegen die ganze Welt. «Aber ...»

Gavin warf einen schnellen Blick über seine Schulter und unterdrückte eine Verwünschung. «Hier können wir nicht reden. Triff mich morgen. An unserem alten Platz.»

Jetzt war der Moment, diesem Wahnsinn ein Ende zu bereiten. Imogen öffnete den Mund, um nein zu sagen, doch ein Ausdruck plötzlicher Wachsamkeit in Gavins Gesicht, das Geräusch sich nähernder Schritte hielten sie davon ab. «Gut», hauchte sie. «Morgen.»

Dann trat sie hastig von ihm weg und sagte laut: «Dieser Ausdruck im Gesicht der Madonna ist unglaublich ergreifend, nicht wahr? – Oh, Arthur, ich habe Mr. Thorne gerade Mr. Ruskins *Madonna mit Kind* gezeigt.»

«Sehr gut.» Arthur nickte Gavin freundlich zu.

Imogen hielt den Blick auf ihren Mann gerichtet, konzentrierte sich darauf, ruhig zu atmen, und hoffte, die hektische Röte ihrer Wangen könne der Wärme des Raumes zugeschrieben werden.

Arthur betrachte nachdenklich das Gemälde. «Es liegt sehr auf Ihrer Linie, Thorne. Darauf hätte ich selbst kommen müssen.» Er hüstelte ein wenig selbstironisch. «Was würden wir ohne die Damen anfangen, wie, Thorne?»

Gavin neigte den Kopf. «Gewiss.»

«Mr. Thorne ist, wie du siehst, sprachlos vor Bewunderung», sagte Imogen scherzhaft. Sie hakte sich bei ihrem Mann ein und sah zu ihm auf, ganz die hingebungsvolle Gattin, während sie im Stillen hoffte, dass Gavin dem Wink folgen würde. «Wollen wir ihn nicht seiner Begeisterung überlassen? Wenn ich mich recht erinnere, hast du mir ein Eis versprochen.»

«Ja, das habe ich.» Arthur tätschelte ihre Hand.

Imogen spürte, dass Gavin sie beobachtete, zusah, wie Arthur seine Rechte auf sie geltend machte.

Bevor sie hinausgingen, drehte sich Arthur noch einmal nach Gavin um. «Ich hoffe, wir können Sie überreden, uns bald wieder zu besuchen. Meine Frau und ich würden uns freuen, Sie zu sehen, nicht wahr, Liebes?»

«O ja», murmelte Imogen. Arthurs Hand lag wie ein Bleigewicht auf ihrem Arm.

«Danke, Sir», antwortete Gavin. «Sehr gern.»

Morgen. An unserem alten Platz.

Imogen strahlte Arthur an. «Mein Eis?»

«Ja, ja», sagte er und führte sie mit einem letzten entschuldigenden Nicken zu Gavin davon.

London, 2009

Ich kann Ihnen leider nicht sagen, wie lange er brauchen wird», entschuldigte sich die Bibliothekarin. «Vielleicht ist es besser, wenn Sie morgen wiederkommen.»

«Das macht nichts», sagte Julia. «Ich kenne ihn.»

Sie machte sich auf den Weg zu Nicks Tisch, obwohl sie keine Ahnung hatte, was sie zu ihm sagen wollte.

Willst du dir meinen imaginären Familienschatz unter den Nagel reißen?, war ja wohl kaum ein guter Anfang.

Sie konnte ihm nicht vorwerfen, sie zu hintergehen, schließlich war sie ja diejenige gewesen, die sich nicht gemeldet hatte. Trotzdem berührte es sie seltsam, ihn hier mit genau den Büchern anzutreffen, die sie selbst sich hatte ansehen wollen.

Bei logischer Überlegung ergaben ihre Verdächtigungen wenig Sinn. Wo lag der große Gewinn für ihn? Sicher, wenn es gelang, die Provenienz des Gemäldes festzustellen, würde das wahrscheinlich den Preis dafür steigern, doch sie bezweifelte, dass dabei eine Summe herauskommen würde, die jemanden zum Betrug verlocken konnte.

Es sei denn, es handelte sich um jemanden, der von Betrug lebte, der keine Gelegenheit ausließ, sich auf leichte Art zu bereichern. Am nötigen Charme fehlte es Nick nicht. Warum arbeiten, wenn man die Leute mit einem Lächeln über den Tisch ziehen konnte?

«Julia!» Mit Nickelbrille und von Bücherstapeln umgeben, besaß er trügerische Ähnlichkeit mit einem ernsten Wissenschaftler. Nick senkte die Stimme, als die Frau neben ihm ihn wütend anfunkelte. «Haben sie dir im Laden gesagt, dass ich hier bin?»

Glaubte er im Ernst, sie würde ihm nachlaufen wie Natalie?

«Ich bin nur hier, weil ich was nachschlagen wollte», sagte Julia kühl. «Du hattest offenbar die gleiche Absicht.»

Nick musterte ihr kleines Schwarzes und zog die Brauen hoch. «Tolles Outfit für die Bibliothek. Nicht dass ich was dagegen hätte.»

Julia widerstand dem Impuls, den Rock weiter herunterzuziehen. Es war ein simples schwarzes Kleid, aber hier unter all den Leseratten in Jeans und T-Shirts wirkte es, mit Perlen und hochhackigen Lacksandaletten kombiniert, reichlich extravagant.

«Ich treffe mich um sieben mit meinem Vater zum Essen», sagte Julia kurz.

Nick kippte seinen Stuhl nach rückwärts. «Ach so, ja.

Der Mann, der mich zu einem einsamen Billard-Abend verdammt hat.»

Julia wies mit einer Kopfbewegung auf die Bücher. «Du scheinst ja Beschäftigung gefunden zu haben.»

Es war nicht ganz dasselbe wie Natalies unverfrorenes Eindringen ins Haus, dennoch war Julia misstrauisch.

«Ich wollte, mir wäre das früher eingefallen.» Er schien ihre Reserviertheit gar nicht zu bemerken. «Diese Papiere sind eine wahre Goldgrube.»

Welch treffende Wortwahl. «Inwiefern?»

Nick wies mit einer wegwerfenden Geste auf einen Karton, der neben den Bücherstapeln auf dem Tisch stand. «Thornes Unterlagen sind nicht sehr hilfreich. Man hat den Eindruck, dass der Umgang mit Sprache nicht seine Sache war. Er hat anscheinend nur geschrieben, wenn es sich nicht vermeiden ließ. Rossetti hingegen … Dem Mann hat es an Worten nicht gefehlt. Ich habe mehrere Hinweise auf Thorne gefunden – und», fügte er hinzu wie ein Zauberkünstler, der ein Kaninchen aus dem Zylinder zieht, «– mindestens drei auf unser *Tristan und Isolde*.»

Neugier siegte über Argwohn. «Was schreibt er darüber?»

Die Frau neben ihnen setzte sich ostentativ zwei Plätze weiter weg. Julia lehnte sich an den Rücken des frei gewordenen Stuhls.

«Nicht viel. Er erwähnt nur das Sujet und dass Thorne das Bild nicht zeigen will. Das», sagte Nick leicht amüsiert, «scheint den guten Rossetti geärgert zu haben. Er wollte immer sehen, woran seine Freunde gerade arbeiten.»

«Aber es bedeutet, dass wir eine Verbindung zwischen

Thorne und dem Bild haben.» Das ‹Wir› rutschte Julia heraus, ohne dass sie es wollte.

«Es ist kein Beweis, aber es ist ein verdammt gutes Argument. Wie viele Tristan-und-Isolde-Gemälde dieses Stils und dieses Jahrgangs kann es geben? Aber das Beste kommt noch.» Seine Augen blitzten vor Erregung.

«Ach ja?»

Nick blätterte ein paar Seiten in dem Buch zurück, das vor ihm lag. «Im Januar 1850 schreibt Rossetti an William Holman Hunt, dass er Thorne in seinem Atelier besuchen wollte und feststellen musste, dass Thorne ausgezogen war. Alles weg», fügte er hinzu, für den Fall, dass Julia nicht verstand, was das bedeutete. «Bilder, Zeichnungen, Klamotten, alles.»

«Wir wussten doch schon, dass Thorne England 1850 verlassen hat. Das ist keine Überraschung.»

«Doch, jetzt kommt's. Thornes Hauswirtin erzählte Rossetti, in der Woche zuvor sei eine Dame da gewesen, um Thornes restliche Sachen zu holen. Eine Dame, wohlgemerkt.»

«Du glaubst, Imogen hat das Gemälde gestohlen?» So abwegig war der Gedanke gar nicht. «Wenn sie eine Affäre mit ihm hatte, wird sie natürlich gewollt haben, dass alle Beweise verschwinden ... Das würde erklären, wie das Gemälde im Kleiderschrank gelandet ist.»

Nick schüttelte ungeduldig den Kopf. «Ich glaube nicht, dass Imogen mit dem Bild abgehauen ist. Ich glaube, Thorne ist mit Imogen abgehauen. Warte», sagte er, als Julia Einwendungen erheben wollte. «Rossettis Bruder William – der ebenfalls zur Bruderschaft gehörte, auch wenn er kaum eine Rolle spielte – berichtete seinem Bruder, er hätte Thorne beobachtet, oder jedenfalls einen Mann, den er für Thorne hielt, als er eine Passage nach New York buchte. Für zwei Personen. Mann und Frau.»

«Das passt nicht», wandte Julia ein. «Wie ist dann das Gemälde in den Kleiderschrank gekommen?»

Nick verdrehte die Augen. «Können wir den Kleiderschrank mal einen Augenblick außen vor lassen? Vielleicht hat Imogen das Bild dort verstaut, bevor die beiden durchgebrannt sind.»

Julia musterte ihn forschend. «Du kniest dich da ganz schön rein, hm?»

«Rätsel reizen mich eben.» Scherzend fügte er hinzu: «Das wäre doch eine Wahnsinns-Story. Ich sehe es schon vor mir: präraffaelitischer Maler, unterdrückte viktorianische Ehefrau ...»

Sie hörte Natalies Stimme. *Frag Nicholas. Frag ihn, warum er so scharf drauf ist, dir zu helfen.* «Engagierst du dich deshalb so sehr?»

Nick klappte das Buch zu. Er sah sie verwundert an. «Ich dachte, du freust dich über meine Hilfe.»

«Das kommt auf den Preis an.»

«Wenn du mich zu einem Drink einladen möchtest, wehre ich mich nicht», sagte er mit einem entwaffnenden Lächeln und wurde ernst, als sie nicht reagierte. «Was willst du mir eigentlich sagen?»

Noch immer Natalies Worte im Ohr, fragte sie rundheraus: «Hat Natalie dir mal von ihren Theorien über einen Schatz im Haus erzählt?»

«Ja, klar, aber das ist doch alles –» Verwunderung wich Begreifen. Seine Lippen wurden schmal. «Du glaubst, ich hätte es auf Natalies imaginären Schatz abgesehen?»

Aus seinem Mund hörte es sich wirklich absurd an.

«Du hast mir nie den wahren Grund dafür gesagt, dass du bei der Dietrich-Bank aufgehört hast», sagte sie angriffslustig.

Nick schob das Buch von sich weg. «Ich rede eben nicht gern darüber», sagte er kurz. Dann sah er Julia an und kniff die Augen zusammen. «Ach, geht's darum? Du –» Ihm fehlten die Worte. «Herrgott noch mal, ich hätte dich für gescheiter gehalten.»

Julia konterte ärgerlich. «Na ja, Integrität scheint ja nicht gerade deine Stärke zu sein.»

Nick stieß krachend seinen Stuhl zurück, die Frau ein paar Plätze weiter drehte sich empört nach ihm um.

«Wenn du dir die Mühe gemacht hättest zu recherchieren», sagte er mühsam beherrscht, «bevor du mit Beschuldigungen um dich wirfst, hättest du festgestellt, dass ich von jedem Verdacht freigesprochen wurde. Der Schieber war ein anderer aus dem Team, nicht ich.»

Seine Stimme war ohne Klang und ohne Ausdruck, und das traf Julia mehr, als jeder Zornesausbruch es getan hätte. Es klang so endgültig.

«Nick –», begann sie.

Er schnitt ihr das Wort ab. «Du hast dein Urteil über mich doch sowieso schon gefällt. Was gibt es da noch zu sagen? Hier.» Mit einer ungeduldigen Bewegung schob er ihr den Band mit Rossettis Briefen hin. «Kannst du haben.»

«Du brauchst nicht –»

Nick brachte sie mit einem vernichtenden Blick zum Schweigen. «Das wird mich lehren, anderen zu helfen.»

Bevor Julia sich fassen konnte, war er schon auf dem Weg zum Ausgang.

Kapitel 22

Herne Hill, 1849

Gerüstet mit einem Arsenal an Argumenten für eine gemeinsame Flucht, näherte sich Gavin am nächsten Tag der Pforte zur Obstpflanzung. Er hatte die halbe Nacht wach gelegen und Pläne gewälzt und sich die Begründung seiner Überlegungen mit der Präzision eines Verteidigers vor Gericht zurechtgelegt.

Als er Imogen erblickte, verließen ihn all seine wohlüberlegten Argumente.

Sie wartete unter dem knorrigen Apfelbaum am Fuß des Hangs auf ihn. Gavin breitete die Arme aus, sie eilte ihm entgegen und ließ sich an seine Brust fallen.

Lange standen sie so, glücklich, wieder zusammen zu sein. Mochte auch der Wind sie umtoben, mochten die Bäume sich biegen unter seiner Gewalt, ihnen konnte er nichts anhaben, sie waren sicher und geborgen in der Wärme ihrer Zweisamkeit.

Ohne den Kopf zu heben, sagte sie nach einer Weile: «Arthur ist in die Stadt gefahren, und Evie ist bei den Sturgis.» Gavin hätten sie nicht gleichgültiger sein können, diese Leute; ihm war in diesem Moment nichts wichtig, außer Imogen in seinen Armen zu halten, die Wärme ihres Körpers zu spüren, den Duft ihrer Haare zu riechen. «Jane ist in der Kirche.»

«Wir haben also nichts zu fürchten», sagte er.

«Im Moment nicht, nein.» So leise, dass er es kaum hören konnte, sagte sie: «O Gott, wie sehr mir das gefehlt hat.» Sie hob den Kopf und sah ihm in die Augen. «Ich habe dich so schrecklich vermisst.»

Gavin zog ihre Hand an seine Lippen. Er hätte jubeln können, doch er hatte gelernt, vorsichtig zu sein.

«Du brauchst das nicht so traurig zu sagen.» Er lachte sie an. «Was wir haben, ist eine Gottesgabe.»

«Zu einem sehr hohen Preis.»

«Den ich gern bezahle.» Gavin drückte ihre kalten Finger. «Ich will mit dir zusammenbleiben. Alles andere zählt nicht.»

«Und deine Zukunft als Maler?» Mit einer heftigen Bewegung entzog sie ihm ihre Hand. «Du fängst gerade an, dir einen Namen zu machen.»

Über das alles hatte er in der vergangenen Nacht gründlich nachgedacht. «Die Fertigkeit bleibt ja. Wenn ich mir hier einen Namen machen kann, kann ich das auch woanders.» Er umschloss ihr Gesicht mit seinen Händen und drückte seine Stirn an ihre. «Ich fürchte mich nicht vor körperlicher Arbeit. Ich habe schon früher hart gearbeitet, und ich werde es wieder tun, wenn es nötig ist. Und jetzt», fügte er hinzu, «werde ich für uns drei arbeiten. Das ist ein mächtiger Ansporn.»

Er spürte, wie ihre Schultern sich entspannten, als sie sich an ihn lehnte. «Für uns drei», sagte sie langsam, als prüfte sie die Worte auf der Zunge.

Gavin streichelte beruhigend ihren Nacken. «Für unsere Familie. Wir werden die glücklichsten Menschen der Welt sein, warte nur.»

Er sah ihren inneren Kampf. «Aber vor dem Gesetz wird das alles keine Geltung haben.»

Gavin umfing mit beiden Armen ihre Taille, die jetzt nicht mehr so schmal war wie vor zwei Monaten. Dort, unter den Schichten von Wolle und Leinen, ruhte sein Kind. Zum Teufel mit dem Gesetz. Vor Gott gehörten sie zusammen, so wie es früher gewesen war, bevor es Popen und Juristen und die ganze verdammte bürgerliche Konvention gegeben hatte.

«Was ist denn das Gesetz?», fragte er ungeduldig. «Leute wie ihr sorgen sich um Kirchenbücher und Amtsurkunden. Außerhalb eurer kleinen Welt wird manche Ehe ohne viel Federlesens aufgelöst, man geht einfach auseinander, und es kräht kein Hahn danach.»

Imogens Gesicht war voller Zweifel. Gavin sah ihr an, dass dieser Gedanke ihr völlig neu war. Sie war nicht wie er in einer Welt aufgewachsen, in der man es mit diesen Dingen weit weniger genau nahm, in der weder das Geld noch die Kraft vorhanden waren, sich mit Trivialitäten wie gesetzlichen Vorschriften aufzuhalten.

Gavin ließ nicht locker. «Wen kümmern diese Dinge in Amerika oder Australien? Wenn wir sagen, wir sind Mann und Frau, dann sind wir das. Und werden es in allem sein, was zählt», fügte er mit Nachdruck hinzu. «Kannst du behaupten, dass es zwischen dir und Grantham jemals so war?»

Der Wind blies kalt durch die kahlen Bäume um sie herum. Imogen zog ihr Umschlagtuch fester um sich. «Nein. Von meiner Seite war es nichts als eine Jungmädchenschwärmerei, eine Illusion, das habe ich schon im ersten Jahr unserer Ehe erkannt.» Sie lächelte mit Selbstironie. «Ich glaubte, Liebe wäre pure Romantik und schöne

Worte. Ich dachte nie an die vielen, vielen Tage, die kommen würden.»

Es hörte sich an, als wären es lange Tage gewesen.

«Ich fürchte, schöne Worte und Romantik habe ich nicht zu bieten», sagte Gavin. «Nur meine Liebe und meiner Hände Arbeit.»

Es hörte sich nach herzlich wenig an. Doch Imogen legte ihm die Arme um den Hals.

«Du bist viel zu bescheiden. Schöne Worte können täuschen, aber das hier –» Ihr Blick war voller Liebe, als sie ihn ansah. «Immer wenn ich bei dir bin, habe ich das Gefühl, nach einer langen Reise heimgekehrt zu sein. Du bist meine Zuflucht und mein Zuhause.» Mit einem schiefen Lächeln fügte sie hinzu: «Es war leichter, als ich mir einreden konnte, es wäre alles nur flüchtige Verliebtheit.»

«Und jetzt?» Gavin war, als stünde die Welt still.

«Jetzt weiß ich, dass es Liebe ist», antwortete Imogen einfach. «Du bist der Einzige für mich. Ich liebe einfach alles an dir.»

«Auch die Schwächen?»

«Gerade die Schwächen», sagte sie entschieden.

Er zog sie fester in seine Arme, und in der Kälte wiegten sie sich, lachend vor Seligkeit und vor Furcht, und hielten einander fest mit aller Macht. «Dann – bist du bereit, mit mir fortzugehen?», fragte er.

Imogen blickte über ihre Schulter zurück zum Haus, dessen Kamine zwischen den kahlen Ästen der Bäume sichtbar waren. «Evie heiratet in einem Monat», sagte sie. «Wenn sie erst verheiratet und mit ihrem Mann in Lissabon ist, kann mein Skandal ihr nichts mehr anhaben – oder nur wenig.»

Die eigene Redlichkeit veranlasste Gavin zu sagen: «Aber ich kann dir nichts bieten, was dem hier irgendwie nahekommt, jedenfalls zu Anfang nicht. Wirst du das alles hier nicht vermissen?»

«Dieses Haus?» Der geringschätzige Zug um Imogens Mund war Antwort genug. «Ich war hier nie zu Hause. Aber», fügte sie heiterer hinzu, «wenn ich Arthur nicht geheiratet hätte, wäre ich dir nie begegnet.»

Sein Vater hatte immer gesagt, Gottes Wege seien unerforschlich. Meistens war er natürlich betrunken und in Prügellaune gewesen, wenn er das gesagt hatte, trotzdem musste Gavin jetzt an diese Worte denken.

Er würde kein Vater werden, wie sein Vater einer gewesen war. Ganz gleich, wie sehr sie vielleicht zu Anfang würden sparen müssen, er würde dafür sorgen, dass es seiner Frau und seinem Kind gutging, und ganz gleich, wie wenig sie hatten, sie würden immer wissen, wie teuer sie ihm waren.

«Wir werden glücklich sein», sagte Gavin wild entschlossen. «Das verspreche ich dir. Es wird nicht immer leicht sein, aber ich werde alles tun, was in meiner Macht steht, um dich glücklich zu machen.» Im abrupten Wechsel kamen ihm praktische Überlegungen in den Sinn. «Wann heiratet deine Stieftochter?»

«Bald», antwortete Imogen. «Am elften Januar.»

«Dann reisen wir am zwölften. Du brauchst nicht viel mitzunehmen, ein kleiner Koffer reicht. Ich kümmere mich um die Vorbereitungen.»

Ein ferner Ausdruck lag in ihren Augen. «Ein neues Leben in einem neuen Land», sagte sie sinnend, dann lachte sie ein wenig. «Wie aus einem Stück von Shakespeare. Nur ohne Schiffbruch.»

«Lieber Gott, bitte keinen Schiffbruch», sagte Gavin. Er legte sachte seine Hand auf ihren Bauch, an die Stelle, wo er ihr Kind vermutete. «Ganz gleich, was kommt, wir stehen es zusammen durch.»

Imogen legte ihre Hand leicht auf seine. «Zusammen», wiederholte sie. Es klang wie ein Schwur. Widerstrebend trat sie von ihm weg. «Es ist wahrscheinlich das Sicherste, wenn wir uns bis dahin nicht mehr treffen.»

Das sah Gavin ein. «Wir werden viel Zeit haben, um alles nachzuholen.» Dennoch zog er sie zu einem langen, innigen Kuss an sich. «Ich warte am Zwölften um Mitternacht am Pavillon auf dich. Kannst du dich unbemerkt aus dem Haus stehlen?»

Imogen musste gar nicht überlegen. «Über die Hintertreppe.»

Gavin schwankte zwischen Freude und Furcht. «Zwei Lichtblitze, eine Pause, dann noch mal einer. Das ist das Zeichen. Ich werde da sein.»

Imogen hob ihre kalte Hand zu seiner Wange. «Ich weiß», sagte sie zärtlich. «Ich weiß.»

«Einen letzten Kuss für den Weg», sagte Gavin.

«Und für den Rückweg», sagte Imogen, und noch einmal fanden sich ihre Lippen und ihre Körper in inniger Verschmelzung, ein Versprechen für kommende Jahre.

Wenn auf der anderen Seite der Pforte jemand davonhuschte, so merkten sie es nicht. Das Knirschen gefrorener Blätter unter fremden Füßen ging unter im Ächzen der Bäume und im Sausen des Windes.

London, 2009

Julia war durcheinander und schlecht gelaunt, als sie im Hotel Dorchester ankam. Die ganze U-Bahn-Fahrt über hatte sie zwischen Zorn auf sich selbst, Zorn auf Nick und Zorn auf den Mann neben ihr geschwankt, der durchdringend nach Knoblauch stank.

Sosehr sie versuchte, sich einzureden, sie sei im Recht gewesen, sie wurde das Gefühl nicht los, dass sie sich wie eine Idiotin benommen hatte. Aber was hätte sie denn auch denken sollen nach Natalies Anspielungen und den Artikeln im *Wall Street Journal?* Nick hatte selbst zugegeben, dass ihm bei der Geschichte nicht wohl war. Aber er hatte natürlich recht, sie hätte sich bei ihrer Lektüre nicht auf ein paar vernichtende Schlagzeilen beschränken und aus ihnen automatisch schließen dürfen, dass er nur darauf aus war, sie auszunehmen.

«Julia?» Ihr Vater musste ihren Namen dreimal sagen, bevor sie ihn bemerkte.

«Oh, entschuldige.» Julia begrüßte ihren Vater mit dem obligatorischen Kuss auf die Wange. «Ich hatte dich gar nicht gesehen.»

«Ja, das habe ich gemerkt», sagte er trocken.

«Hattest du einen guten Flug?», fragte Julia, als der Kellner sie durch den Saal führte, an dessen Wänden Gemälde von martialischen Männern im Schottenrock prangten.

Julia setzte sich mehr hastig als anmutig in einen der ebenfalls in Schottenmuster bezogenen Sessel, stellte ihre Tasche neben sich auf den Boden und nahm die Speisekarte entgegen, die der Kellner ihr hinhielt.

«Wie geht es Helen?», fragte sie ihren Vater, der die Weinkarte studierte.

Es ging Helen offenbar gut, und die Jungs schienen sich im Sommerlager zu vergnügen, wo Jamie einen Schwimmwettbewerb gewonnen hatte und Robbie wegen einer Geschichte mit einem brennenden Marshmallow beinahe hinausgeflogen wäre. Er hatte versucht, die Sache als wissenschaftlichen Versuch zu rechtfertigen, während die Aufsichtspersonen im Camp von Brandstiftung sprachen.

«Du meinst, ich hätte ihm zu Weihnachten lieber was anderes schenken sollen als den Chemiebaukasten?», fragte Julia, während sie das Angebot auf der edlen Speisekarte überflog.

«Leider waren da seine pyromanischen Neigungen bereits gut entwickelt. Du hast ihm lediglich neue Möglichkeiten eröffnet.» Ihr Vater hob den Arm, um den Kellner herbeizuwinken.

Nachdem sie bestellt hatten, fragte ihr Vater: «Was macht die Jobsuche?»

«Liegt brach.» Doch statt die üblichen Entschuldigungen vorzubringen, sagte sie rundheraus: «Ich überlege, ob ich mich zu einem Aufbaustudium anmelde. In Kunstgeschichte.»

Sie wartete auf die Explosion. Stattdessen sagte ihr Vater ruhig: «Du würdest dich zum Herbst 2010 anmelden?»

«Ja.» Sie war auf Kampf eingestellt gewesen, doch er hatte ihr den Wind aus den Segeln genommen. «Für dieses Jahr ist es zu spät. Ich muss ja erst noch die Vorprüfung ablegen.»

Sie lehnte sich zurück, als der Kellner den Rotwein

brachte, den ihr Vater bestellt hatte, und wartete, während er das Ritual des Kostens vollzog.

«Wo wolltest du dich denn bewerben?», fragte ihr Vater, nachdem der Kellner ihnen eingeschenkt und die Flasche in einen silbernen Eimer gestellt hatte.

Julia sah ihren Vater verblüfft an. «Was, keine Werbung für die Medizin?»

«Wenn du hättest Medizin studieren wollen, hättest du das getan», erwiderte er und trank einen kräftigen Schluck von seinem Wein.

Vor zehn Jahren hätte er anders reagiert. Julia fragte sich, wie viel Helen mit dieser Sinneswandlung zu tun hatte und wie viel davon Altersmilde war. «Na ja, dir bleiben ja noch Jamie und Robbie als zukünftige Ärzte.»

Ihr Vater warf ihr einen Blick zu. «Jamies einziges Interesse scheint die Zerstörung fremder Galaxien zu sein, und Robbie – bei ihm können wir wahrscheinlich froh sein, wenn er nicht wegen Brandstiftung in den Knast wandert, noch bevor er volljährig wird.»

Julia wusste, dass sich hinter dem trockenen Ton ihres Vaters ein ungeheurer Stolz auf beide Jungen versteckte. So wie er auch auf sie immer stolz gewesen war.

«Du bist fast an die Decke gegangen, als ich Kunstgeschichte im Hauptfach genommen habe», bemerkte sie.

«Ja, natürlich», antwortete ihr Vater, als wäre das das Normalste der Welt. «Ich wollte nicht, dass du für nichts und wieder nichts studierst. Aber jetzt ist das etwas anderes. Du bist älter. Und es war ziemlich deutlich zu sehen, dass du in dieser Finanzwelt nicht glücklich warst.»

«Wirklich?» Sie hatte sich nicht unglücklich gefühlt. Zwar nicht gerade himmelhochjauchzend, aber ganz okay.

«Ein bisschen Beobachtungsgabe solltest du mir schon zutrauen», sagte ihr Vater, und Julia beließ es dabei. «Du bist alt genug, um deine eigenen Entscheidungen zu treffen. Wenn es dich zu den Geisteswissenschaften zieht, werde ich dich bestimmt nicht aufhalten. Auch wenn das meiner Ansicht nach brotlose Kunst ist.»

Das war der Vater, wie sie ihn kannte und liebte.

«Ich dachte, du wärst gegen das Kunstgeschichtestudium, weil es dich zu sehr an meine Mutter erinnert.»

Ihr Vater reagierte mit einem Hochziehen der Brauen auf ihre Offenheit. «Vielleicht. Ein bisschen, ja. Aber nicht so, wie du denkst.» Er legte sein Buttermesser auf den Brötchenteller. «Weißt du, es ist schon komisch, da habe ich geschuftet wie ein Wahnsinniger, um dir alles zu geben, was ich nicht gehabt hatte, und dachte überhaupt nicht daran, dass du es nie nötig haben würdest, selber die Ärmel hochzukrempeln und dir diese Dinge zu erkämpfen.»

«Wieso habe ich das Gefühl, als wäre ich gerade durch die Blume beleidigt worden?»

«So war es nicht gemeint.»

Sie schwiegen beide, während der Kellner das Essen brachte. Um sie herum erfüllten gedämpfte Gespräche und leises Klirren von Besteck und Gläsern den Raum.

«Ich habe dir nie erzählt, wie ich aufgewachsen bin, oder?», fragte ihr Vater unvermittelt, als Julia ihr Filet Mignon in Angriff nahm. «Ich habe die meiste Zeit meines Lebens versucht, dieser Vergangenheit zu entkommen.»

Das war etwas Neues. Julia sah ihren Vater an. «Du bist in Liverpool aufgewachsen, oder?»

«Manchester», korrigierte ihr Vater. «Sechs Personen in

einer Dreizimmerwohnung mit einer Gemeinschaftstoilette für die ganze Etage. Meistens haben wir in den Topf gepinkelt.»

«Wow», sagte Julia. In der derzeitigen Wohnung ihres Vaters gab es nicht weniger als vier Badezimmer mit farblich aufeinander abgestimmten Handtüchern, Kacheln und feinen Seifen. «Nicht gerade Fifth Avenue.»

«Nein», bestätigte ihr Vater trocken. «Manchmal habe ich dich in deiner Schuluniform angesehen und gedacht, wie ahnungslos du bist. Aber genau das wollte ich. Du solltest dich nie minderwertig fühlen, dich wegen deines Dialekts entschuldigen müssen oder genieren, weil deine Pullis gestopft waren.» Er spießte ein Stück Fisch auf seine Gabel. «Wenn ich dich zur Medizin gedrängt habe, dann – na ja, für mich war ein Medizinstudium der direkteste Weg zu einem gesicherten Leben.»

So hatte sie das nie gesehen. Sie hatte, als sie klein gewesen war, nicht die gleichen Vorteile genossen wie später die Jungen, die Wohnung war nicht in der Fifth Avenue gewesen, sondern in der Third, doch ihr Schulgeld allein musste ein kleines Vermögen gekostet haben. Sie hatte immer die Sicherheit einer erstklassigen Ausbildung, von der Grundschule bis zur Universität, im Rücken gehabt.

«Hast du vor, das Jamie und Robbie auch zu erzählen?», fragte sie.

«Vielleicht. Ich glaube, für sie hat es weniger Bedeutung.» Er hob den Kopf und sah sie über feines Porzellan und blitzendes Silber hinweg an. «Du hast es am meisten zu spüren bekommen. Ich war – unnachgiebiger, als du ein Kind warst.»

Julia glaubte zu wissen, was er meinte. «Ich fange an,

mich zu erinnern», sagte sie. «Seit ich in diesem Haus bin, kommt so manches zurück. Nur Kleinigkeiten eigentlich. Eindrücke. Erinnerungen, von denen ich nicht wusste, dass sie da sind.»

Ihr Vater schwieg einen Moment. «Das war zu erwarten.»

Julia legte ihre Gabel weg. «Du und meine Mutter, ihr wart nicht glücklich miteinander, oder? Ich habe so merkwürdige Erinnerungen, wie ich mich unter dem Tisch verstecke, während ihr euch anschreit.»

«Wir waren nicht unglücklich, jedenfalls nicht am Anfang.» Er versuchte es noch einmal. «Wir waren beide sehr glücklich, dich zu haben.»

Julia trank einen Schluck Wein. «Das klingt ungefähr wie, ‹es ist meine Schuld, nicht deine›.»

«Es ist alles so lange her.» Ihr Vater sah plötzlich sehr müde aus, viel älter, als er war. «Ich weiß nicht, was ich dir erzählen soll.»

«Irgendwas», sagte Julia. Irgendwas war besser als gar nichts.

«Na schön.» Ihr Vater blickte zu seinen Händen hinunter. «Ich habe deine Mutter auf der Hampstead Heath kennengelernt. Ich war mit einer Clique Medizinstudenten dort, und deine Mutter war dort, um zu zeichnen. Als ihr ein Blatt von ihrem Block weggeflogen ist, habe ich es ihr wiedergeholt. Und da war's um uns geschehen, wie man so schön sagt.»

Das Gesicht ihres Vaters wurde weich bei der Erinnerung. Julia versuchte, sich ihre Eltern vorzustellen, wie sie damals gewesen waren, ihr Vater nicht so peinlich korrekt und kultiviert und ihre Mutter so, wie sie sie von dem alten

Foto kannte, mit einem Kopftuch um die dunklen Haare und lachendem Gesicht.

«Deine Mutter war –» Er machte eine hilflose Geste. «Ich hatte nie vorher jemanden wie sie gekannt. Sie war ein Geschöpf aus einer anderen Welt. Sie hatte etwas unglaublich – Strahlendes. Für sie war alles ein Abenteuer, eine große Chance. So prosaische Dinge wie Geld oder Karriere schienen sie überhaupt nicht zu interessieren. Sie störte sich nicht an meiner Herkunft.»

Julia hörte ihm fasziniert zu. Sie glaubte, in seiner stets so kultivierten Sprechweise den Anklang eines Dialekts zu hören.

Er trank von seinem Wein, und als er weiterredete, war seine Sprache wieder so, wie sie sie kannte. «Das war das Wunderbare an deiner Mutter», sagte er. «Ihr war jeder Dünkel fremd. Deine Tante Caroline behandelte mich von oben herab, machte sich über mich lustig, meine Kleidung, meinen Dialekt, aber Alice – Alice interessierte das gar nicht. Man mag über deine Mutter sagen, was man will, sie war ein unglaublich warmherziger Mensch.»

Dieses ‹man mag über deine Mutter sagen, was man will› gefiel Julia nicht. «Was ist schiefgegangen?»

Ihr Vater zuckte mit den Schultern. «Ich nehme an, es war unvermeidlich. Das sehe ich jetzt. Damals …» Er schnitt ein Stück Karotte ab und stach mit der Gabel hinein. «Deine Mutter hat das Leben auf die leichte Schulter genommen, und mir war es todernst in meinem Bemühen, etwas zu erreichen. Genau die Dinge, die uns ursprünglich zueinander hingezogen hatten, wurden zur Belastung, vor allem als ein Kind da war.»

«Ich», sagte Julia.

«Ja, du.» Einen Moment lang glaubte sie, er würde es dabei belassen, doch dann nahm er den Faden wieder auf. «Es gab Auseinandersetzungen. Nur kleine zuerst. Sie regte sich darüber auf, dass ich so viel arbeitete. Sie wollte nicht einsehen, dass ich das für sie tat – und für dich. Das habe ich nicht verstanden. Du kannst es dir vorstellen. Unser Umgang miteinander wurde – immer gereizter.»

Julia saß ganz still, sie wagte nicht einmal, nach ihrem Glas zu greifen. Sie wollte den Fluss der Erinnerungen durch nichts stören. Nie zuvor hatten sie so miteinander geredet.

Der Blick ihres Vaters schweifte über ihre Schulter hinweg in die Ferne. «Deine Mutter erklärte mir, sie wolle einen Ehemann und nicht einen Berg medizinischer Fachbücher auf dem Küchentisch. Ich sagte, wir könnten nicht alle im Wolkenkuckucksheim leben, die Miete bezahle sich nicht von selbst. Sie warf mir vor, mir gehe es immer nur ums Geld. Ich nannte sie unrealistisch. Ihre Kunstkurse brächten nicht einen Penny ein. Sie mache es sich leicht mit ihrer Einstellung, aber man könne nicht nur von Luft und Liebe leben, wir hätten schließlich ein Kind zu versorgen und es solle nicht wie ich in Dreck und Armut aufwachsen.»

Bei dem erbitterten Ton ihres Vaters richtete sich Julia ein wenig höher in ihrem Sessel auf. «Das hört sich an, als wärt ihr wirklich grundverschieden gewesen», sagte sie behutsam.

«Vorsichtig ausgedrückt.» Ihr Vater warf ihr einen leicht belustigten Blick zu.

Julia kam sich plötzlich sehr jung und unerfahren vor. Was wusste sie schon davon, was ihre Eltern durchgemacht hatten. Sie waren damals beide jünger gewesen, als sie heute war, und mit einer Ehe belastet, die nicht richtig funktionierte, und einem kleinen Kind, das Liebe und Zuwendung brauchte.

Im Vergleich dazu nahm ihr eigenes Leben sich oberflächlich aus.

Ihr Vater drehte den Stiel des Weinglases zwischen seinen Fingern und sagte gedankenvoll: «Wenn wir älter gewesen wären, ein bisschen reifer, hätten wir es vielleicht besser hinbekommen. Aber damals hatten wir beide nur das Gefühl, vom anderen enttäuscht worden zu sein.» Sein Blick kehrte zu Julia zurück. «Und als du fünf warst, kam es zur großen Krise.»

Er schwieg so lange, dass Julia schon glaubte, er wolle nicht fortfahren. «Was ist passiert?», fragte sie.

«Deine Mutter gab einen Kurs im Gemeindezentrum. Ich sollte dich von der Schule abholen. Dann passierte irgendwas im Krankenhaus – ich weiß jetzt nicht mehr, was es war. Aber damals schien es mir von höchster Wichtigkeit zu sein.»

Die Bitterkeit in seiner Stimme tat Julia weh. Sie ahnte schon, wie es weitergehen würde. «Da hast du mich vergessen», sagte sie gelassen. «So was soll vorkommen.»

«So leicht hast du das damals nicht genommen», meinte ihr Vater. «Die Schule hat deine Mutter angerufen. Als sie dich fanden, warst du völlig aufgelöst, hast geweint und gezittert. Und du hattest vor Angst in die Hose gemacht.»

Julia senkte den Blick zu ihrem Teller hinunter. Sie erinnerte sich, glaubte sie jedenfalls. Sie erinnerte sich, wie entsetzlich sie sich geschämt hatte. Sie befand sich, schon im Mantel, in einem Raum mit bunten Ablagefächern, und sie machten die Lichter aus, eins nach dem anderen, weil die anderen Kinder alle schon weg waren. Sie war als Einzige noch nicht abgeholt. Selbst jetzt, Jahre später, fühlte sie noch die Angst, dass niemand sie abholen würde.

«Ich glaube, das weiß ich noch», sagte sie leise.

«Für deine Mutter war damit das Maß voll. Als ich nach Hause kam, packte sie schon ihre Sachen. Und deine auch. Sie sagte, wenn mir mein verdammtes Krankenhaus wichtiger sei als meine Familie, solle ich doch gleich dort einziehen.»

Ja, auch daran erinnerte sie sich. Der kratzige Teppich unter ihren Knien. Die laute Stimme ihrer Mutter, heiser vom Schreien. Die donnernden Worte ihres Vaters. Man hatte sie in ein trockenes Höschen und ein frisches Kleid gesteckt, doch sie konnte nicht aufhören zu zittern.

Die nüchterne Stimme ihres Vaters holte Julia in die Gegenwart zurück. «Deine Mutter erklärte, sie habe restlos genug. Sie sei nicht bereit, dein Wohlbefinden aufs Spiel zu setzen, nur weil ich nicht fähig sei, mich um dich zu kümmern.»

«Und was hast du gesagt?»

Ihr Vater lachte kurz und bitter. «Ich habe gesagt, sie solle tun, was sie nicht lassen könne. Ich habe gesagt, sie könne jederzeit gehen. Und sie ist gegangen.»

Der Kellner steuerte auf ihren Tisch zu, doch Julias Vater winkte ab. Er nahm die Flasche aus dem Eimer und goss den Rest des Weins in Julias Glas. «So, jetzt weißt du es. Deine Mutter war auf dem Weg, mich zu verlassen, als sie starb. Und ich habe sie dazu getrieben.»

Kapitel 23

Herne Hill, 1850

Am Abend des 12. Januar war Evie frischgebackene Ehefrau und mit ihrem Mann auf der Reise nach Lissabon, und Imogen hatte die wenigen Dinge, die sie in ihr neues Leben mitnehmen wollte, in einem kleinen Koffer verstaut.

Es war einigermaßen bestürzend, wie wenig, was ihr wichtig war, sie nach zehn Jahren in diesem Haus vorweisen konnte. Ihre Perlenohrringe mit der dazugehörigen Brosche ließ sie zurück; das waren Geschenke von Arthur gewesen. Das Medaillon, das ihr Vater ihr geschenkt, die Kamee, die einmal ihrer Mutter gehört hatte, packte sie zu den Strümpfen, der Unterwäsche und den zwei einfachen Straßenkostümen. Abendkleider würde sie dort, wohin ihre Reise führte, nicht brauchen.

Sie hätte gern das Stundenbuch ihres Vaters mitgenommen, doch das wäre ihr wie Diebstahl vorgekommen. Vor dem Gesetz war es Arthurs Eigentum.

Vor dem Gesetz war auch sie Arthurs Eigentum, doch darüber machte sie sich keine Gedanken mehr. Je näher die Stunde des Aufbruchs kam, desto sicherer war Imogen sich ihres Entschlusses. Sie spürte kein Bedauern bei dem Gedanken, Herne Hill zu verlassen, höchstens etwas wie Trauer um das junge Mädchen, das sie gewesen war, so überzeugt, dass es in diesem Haus sein Glück finden würde.

Das Zimmer, in dem sie zehn Jahre lang ihre Nächte verbracht hatte, begann schon, ihr fremd zu erscheinen. Es war nie wirklich ihres gewesen. Mit den geblümten Vorhängen und den Nippessachen aus Porzellan erschien es ihr so unpersönlich wie ein Gasthauszimmer.

Sie wusste, dass auf der bevorstehenden Reise weniger Komfort auf sie warten würde. Gavin hatte gesagt, er habe Geld gespart, das Geld, das Arthur ihm für ihr Porträt bezahlt hatte, und dazu fast hundert Guineen aus dem Verkauf seiner *Mariana*, jenes Gemäldes, das ihn in Arthurs Haus und zu ihr geführt hatte. Es schien passend, ihre Flucht in die Neue Welt mit diesem Geld zu finanzieren.

Die lästige Übelkeit und das ständige Gefühl der Erschöpfung der letzten Monate hatten sich endlich gelegt. Stattdessen fühlte sie sich von einer Welle der Hoffnung und der Zuversicht getragen. Zum Glück hatten Arthur und Jane ihre heitere Stimmung der Freude über Evies Verheiratung zugeschrieben, nicht ahnend, dass alle ihre Gedanken um die bevorstehende Ozeanreise kreisten. Sie wusste, dass New York eine ähnliche Stadt wie London war, dass sie und Gavin dort die gleichen rußgeschwärzten Gebäude und lärmenden Straßen vorfinden würden, doch in ihren Träumen sah sie die Küste vor sich, wie sie sich den ersten Ankömmlingen gezeigt haben musste, ein grünes, wildes Land der Verheißung.

Sie wollten zunächst in New York bleiben. Gavin wollte sich um eine neue Identität für sie kümmern, und er bestand darauf, dass ihr Kind in der Metropole zur Welt kommen sollte, wo sie gewiss sein konnten, eine gut ausgebildete

Hebamme zu finden. Doch sobald das Kind kräftig genug war, um zu reisen, würden sie vielleicht den Mississippi hinunterfahren zu den reichen Pflanzern, die sich sicherlich gern in einem Porträt verewigt sehen wollten. Oder sie würden eine Postkutsche in den Westen nehmen, das neue Land, das gerade erst erobert wurde, zu Orten, wo es niemanden interessieren würde, woher sie kamen oder wer sie gewesen waren. Die Zukunft war voller Möglichkeiten.

Sie legte ihre Hände schützend über das neue Leben. Ihrer Rechnung nach war sie jetzt im vierten Monat ihrer Schwangerschaft, weit genug, um das Kind in ihrem Bauch deutlich zu spüren.

Während sie am Fenster stand und auf Gavins Zeichen wartete, meinte sie, ein ganz feines Flattern zu spüren, den winzigen Hauch einer Bewegung.

Imogen hob den Vorhang und spähte nach draußen. Das Fensterglas unter ihrer Hand war kalt. Wie viele Stunden hatte sie hinausgeblickt auf dieses Stück Land? Der Garten lag dunkel und still, das weiße Dach des Pavillons ein sanfter Schatten. Der Raureif auf dem Boden leuchtete gespenstisch im Mondlicht.

Sie konnte vom Fenster aus nicht bis zur Pforte der Obstpflanzung sehen, doch sie konnte sich die Szene vorstellen: Gavin, der mit seinem Gepäck beladen und seiner abgeschirmten Laterne in der Hand vorsichtig zwischen den Baumreihen hindurchschlich. Einige Straßen entfernt würde eine Droschke auf sie warten, um sie zum Hafen und zu dem Schiff zu bringen, das sie in ihr neues Leben tragen würde. Sie würden weit fort, auf See sein, bevor Arthur und Jane, berauscht von Evies glanzvoller Hochzeit, überhaupt merken würden, dass Imogen fort war.

Sie hatte Kopfschmerzen vorgeschützt, um sich früh zurückziehen zu können.

«Ich komme nicht zum Frühstück», hatte sie der unverhohlen feindseligen Jane erklärt. «Und schicke bitte Anna nicht mit einem Tablett zu mir hinauf. Ich möchte gern ausschlafen.»

Bis es ihnen einfiel, nach ihr zu sehen, wäre sie schon über alle Berge. Das Schiff lief am frühen Morgen aus.

Das Knarren der Dielen riss sie aus ihren Gedanken.

«Imogen?», rief es leise aus dem Flur. Und dann noch einmal: «Imogen, Liebes?»

Sie ließ den Vorhang fallen und schob den Koffer hastig unter das Bett. Auf keinen Fall durfte sie angekleidet gesehen werden. Sie riss die Bettdecke hoch und schlüpfte eilig darunter, im Vertrauen darauf, dass die Decke und die Dunkelheit ihre Stiefel verbergen würden. Im letzten Moment zog sie sich noch die Nadeln aus dem Haar, sodass es in einem langen Zopf über ihre Schulter fiel.

Gerade noch rechtzeitig. Die Tür öffnete sich, Licht fiel ins Zimmer.

«Liebes?» Arthur stand mit einer Kerze in der Hand an der Tür.

«Arthur?» Sie hoffte, sie hörte sich an wie jemand, der gerade aus dem Schlaf gerissen worden war. Ihr ganzer Körper kribbelte vor Spannung und Nervosität, ihr Herz raste. «Was ist denn?»

Arthur konnte unmöglich entdeckt haben, was sie vorhatte. Ihrem Vorsatz treu, hatten sie und Gavin sich nach jenem Nachmittag im Garten nicht wieder getroffen. Nein, es konnte nur irgendetwas Harmloses sein: Anna hatte seine Hausschuhe verlegt, oder er konnte irgendein Buch nicht finden. Bitte, lieber Gott, mach, dass es nur eine Kleinigkeit ist und nicht lang dauert.

Arthur kam weiter ins Zimmer. Der grelle Schein der Kerze blendete Imogen. Das brauchte sie wenigstens nicht vorzutäuschen.

«Jane hat mir gesagt, dass du nicht wohl bist», sagte er.

«Es ist nichts», versicherte Imogen und verwünschte Jane in den untersten Kreis der Hölle. «Nur diese lästigen Kopfschmerzen.»

Arthur stellte seine Kerze auf den Kaminsims und setzte sich vorsichtig auf den Stuhl neben ihrem Bett. «Mir gefallen diese Kopfschmerzen nicht.»

Imogen wand sich vor Ungeduld unter der Bettdecke. «Ich brauche nur ein bisschen Ruhe.»

Im Schein der Kerze konnte sie erkennen, dass die Zeiger der Uhr auf dem Kaminsims fünf Minuten vor Mitternacht anzeigten. Fünf Minuten, bis Gavin kommen würde, um sie abzuholen.

Arthur setzte sich etwas bequemer und stützte die Hände auf die Knie. «Ich mache mir Vorwürfe.»

«Wegen meiner Kopfschmerzen?» Lieber Gott, wollte er die ganze Nacht hier sitzen bleiben?

Arthur wiegte bedauernd den Kopf. Das Kerzenlicht fiel auf das grau gesprenkelte Rotblond seines Schnauzbarts. «Ich habe dich zu viel dir selbst überlassen. Ein müßiger Verstand gebiert Hirngespinste.»

«Ich versichere dir», sagte Imogen verzweifelt, «dass es nichts so Ernstes ist wie – wie ein Hirngespinst. Es sind nur Kopfschmerzen. Sie kommen wahrscheinlich von diesem schrecklichen Regenwetter. Glaub mir, ich brauche nur ein wenig Ruhe, dann bin ich wieder auf der Höhe.»

Die Uhr auf dem Sims tickte. Der Vorhang war geschlossen. Selbst wenn sie gewagt hätte, den Kopf zu drehen, hätte sie das Zeichen nicht sehen können. Stand Gavin schon dort unten und wartete auf sie? Ein grauenvoller Verdacht stieg in Imogen auf. Aber nein. Wenn Arthur von ihren Plänen erfahren hätte, würde er dann nicht ein anderes Mittel wählen? Er konnte doch nicht vorhaben, die ganze Nacht an ihrem Bett zu sitzen.

«Du bist gewiss auch müde», sagte sie mit der, wie sie hoffte, angemessenen Teilnahme. «Es ist nicht leicht, das einzige Kind fortgehen zu sehen.»

«Ja», stimmte Arthur zu. Er machte keine Anstalten, sich zu erheben. «Wie leer das Haus jetzt sein wird, nur mit uns beiden.»

Imogen hätte Mitleid mit Jane gehabt, wenn sie die Kraft dazu besessen hätte. Doch sie sah nur die Uhr auf dem Kaminsims, die zehn Minuten nach Mitternacht anzeigte.

Vielleicht war Gavin unterwegs aufgehalten worden – die Straßen waren glatt und matschig. Vielleicht war die Droschke im Schlamm stecken geblieben oder hatte ein Rad verloren. Aber auch wenn nicht – er musste wissen, dass sie ihn nicht im Stich lassen würde. Er würde warten und von neuem Zeichen geben, dessen war sie gewiss.

Arthur folgte noch immer seinen eigenen Gedankengängen. «Ich muss mir etwas überlegen, um uns zu zerstreuen», sagte er. «Damit wir nicht zu sehr in Bedauern und Traurigkeit verfallen, jetzt, wo unsere Kleine nicht mehr hier ist.»

«Ja, tu das», sagte Imogen. Am besten jetzt gleich. Sie sah mit gespielter Leidensmiene zu ihm auf. «Vielleicht können wir morgen darüber sprechen. Mein Kopf …»

«Natürlich, Liebes.» Sie ließ seinen Kuss auf die Wange

über sich ergehen. «Schlaf gut. Wir unterhalten uns morgen weiter.»

Mit Glück würde sie da schon weg sein.

«Ja», sagte Imogen ergeben. «Beim Frühstück. Gute Nacht, Arthur.»

Sie wartete, bis die Tür sich hinter ihm geschlossen hatte, bis seine Schritte im Flur verklangen und dann zur Sicherheit noch einige Minuten länger.

Dann warf sie die Decken ab und stürzte zum Fenster. Alles war dunkel und still. Imogen starrte angestrengt hinaus, um vielleicht in der Düsternis eine dunkle Gestalt auszumachen, doch die bizarren Schatten der Bäume, die ihr und Gavin im Sommer bei ihren heimlichen Treffen Schutz geboten hatten, vereitelten ihr Bemühen.

Kein Lichtstrahl durchzuckte die Finsternis.

Imogen wartete, bis sie am ganzen Körper so kalt war wie das Glas in den Fenstern, bis sie vor Müdigkeit umzusinken drohte, doch das Signal kam nicht.

Herne Hill, 2009

Julia stand vor dem Aquarell auf dem Speicher und versuchte, sich an das kleine Mädchen zu erinnern, das sie gewesen war.

Sie hatte keine Ahnung gehabt, dass ihr Vater sich jahrelang die Schuld am Tod ihrer Mutter gegeben hatte. Und dass sie selbst den direkten Anlass zu der tödlichen Entscheidung geliefert hatte. Sie konnte verstehen, dass ihr Vater sich schuldig fühlte; sie fühlte sich ja selbst schuldig. Wenn die fünfjährige Julia nicht durchgedreht wäre …

Das war natürlich absurd. Sie war fünf Jahre alt gewesen, allein und verängstigt in einem dunklen Garderobenraum. Sie hatte nicht wissen können, dass ihre Panik eine Folge von Ereignissen nach sich ziehen würde, die ihrer aller Leben von Grund auf verändern würden.

Sie hatten das Thema beim Abendessen nicht weiterverfolgt. Als der Kaffee gebracht wurde, schwarz für ihren Vater, ein Cappuccino für sie, waren sie in stillschweigendem Einverständnis zu unverfänglicheren, weniger persönlichen Themen zurückgekehrt: das Tagungsprogramm ihres Vaters, die letzten Bücher, die sie gelesen hatte.

Alles wieder beim Alten. Oberflächlich gesehen jedenfalls.

Julia hatte gelächelt und genickt und ihren Teil zum Gespräch beigetragen, während sie innerlich mit dem beschäftigt war, was ihr Vater erzählt hatte, und damit, das Bild, das sie bisher von ihrer Kindheit und ihren Eltern gehabt hatte, zu revidieren.

Sie hatte immer angenommen, die Ehe ihrer Eltern wäre die Vollendung einer großen Liebe gewesen und Helen für ihren Vater nur ein Trostpflaster, jemand, der ihm das Alter versüßen sollte. Er brauchte schließlich jemanden, der ihm Gesellschaft leistete, als Julia aus dem Haus ging, um zu studieren. Doch ihre Mutter würde immer die große Liebe seines Lebens bleiben. Deshalb, hatte sie geglaubt, wollte er nicht über sie sprechen. Deshalb nahm er es ihr so übel, dass sie gestorben war.

Danach klang es jetzt gar nicht mehr. Es klang eher so, als wären ihre Eltern viel zu jung in eine Ehe hineingestolpert und hätten dann entdeckt, dass sie überhaupt nicht zueinanderpassten.

Zu spät, sie konnten sich nicht einfach trennen. Wegen ihr.

Julia fragte sich, wie die Dinge verlaufen wären, wenn ihre Mutter bei diesem Unfall nicht umgekommen wäre, wenn ihr Vater sie nicht nach New York in ein völlig neues Leben verpflanzt hätte. Wäre sie dann nach langen erbitterten Kämpfen zwischen ihren Eltern als Scheidungskind gross geworden? Sie kannte das von Schulfreunden: wochentags bei Mama, an den Wochenenden bei Papa und komplizierte Verhandlungen darüber, wer zu welcher Schulveranstaltung kommt.

Julia betrachtete das Bild auf der Staffelei: für immer Sommer, Sonnenschein und leuchtende Farben, während diese andere Julia, das fünfjährige kleine Mädchen, sich ohne eine Ahnung davon, was sie erwartete, im Kreis drehte, unaufhörlich, bis der Himmel und die Blätter an den Bäumen zum Kaleidoskop wurden.

Merkwürdig zu denken, dass sie und ihre Mutter auf der Fahrt zu diesem Haus gewesen waren, als der Wagen von der Strasse abgekommen war.

In der Erinnerung sah Julia sich in ihren geliebten Spangenschuhen an der Hand ihrer Mutter diesen Backsteinweg hinaufgehen. Über dem Bild lag ein Hauch von Trübsal und erinnerter Angst. Sie erinnerte sich, dass sie quengelig und weinerlich gewesen war. Julia wollte nach Hause; sie war müde; ihr war nicht gut. Aber Mama hörte nicht auf sie; Mama zog sie hinter sich her und befahl ihr scharf, sie solle ihr Köfferchen hochheben und nicht durch die Pfützen schleifen.

Sie war so stolz gewesen auf dieses Köfferchen mit den klickenden Schnappschlössern oben und dem breiten blauen Band mit Gummizug innen. Ihr eigener kleiner blauer Kunstlederkoffer, der sonst zum Transport ihrer Barbies diente, an jenem Tag jedoch ungewöhnlich schwer war vom Gewicht ihrer eigenen Anziehsachen. Sie spürte beinahe den Druck des Griffs an ihrer Handfläche.

Ihre Mutter hatte ebenfalls einen Koffer dabeigehabt. Sie trug ihn in der anderen Hand, und er störte sie beim Gehen, sodass sie bei jedem schleppenden Schritt Julias Hand unangenehm in die Höhe riss.

Deine Mutter war auf dem Weg, mich zu verlassen, hatte ihr Vater gesagt.

Er konnte sich nicht irren. Aber sie erinnerte sich genau an das Gezerre den Backsteinweg hinunter, die Ungeduld ihrer Mutter, ihre eigene Weinerlichkeit. Mama und Papa hatten sich gestritten, Mama hatte ihre Sachen gepackt, sie ins Auto gesetzt und gesagt, sie würden jetzt erst mal eine Weile bei Tante Regina bleiben.

War es schon früher einmal vorgekommen, dass ihre Mutter ihren Mann, Julias Vater, verlassen hatte? Julia glaubte es nicht. Nach dem, was ihr Vater erzählt hatte, hörte es sich so an, als wäre dieser Entschluss ihrer Mutter etwas Ungewöhnliches gewesen, der Kulminationspunkt einer monatelang schwelenden Krise.

Oder war das Wunschdenken von ihr? Setzte sich das Bild, das sie hatte, vielleicht aus Fetzen von Erinnerungen an andere Besuche bei Tante Regina zusammen?

Doch je mehr sie darüber nachdachte, desto sicherer wurde sie, dass dieser regnerische Herbsttag in ihrer Erinnerung genau der Tag war, an dem ihr Vater vergessen hatte, sie von der Schule abzuholen. Sie hatte Tante Regina sonst immer gern besucht; doch nach dem beängstigenden Erlebnis war sie störrisch und weinerlich gewesen. Sie hatte zu Hause bleiben wollen bei Papa, in ihrem warmen Bett mit ihrem Stoffhasen; sie wollte nicht ihre Schuhe anziehen und wieder in den Regen hinausgehen.

Doch ihre Mutter war hart geblieben. Und ihr Vater – er hatte überhaupt nichts gesagt. Er hatte nur stumm mit verschränkten Armen dagestanden, als sie gegangen waren.

Noch in ihrem Cocktailkleid, stand Julia in der alten Kinderstube. Sie schloss die Augen und zwang sich, diesen Weg zum Haus noch einmal lebendig werden zu lassen. Die Tür öffnete sich. Tante Regina stand in der Öffnung. Ein breiter Lichtstrahl fiel aus dem Flur auf die Vortreppe.

Sie waren mit Tante Regina in ihre Höhle gegangen. Das musste Tante Reginas Bezeichnung für den kleinen Raum zwischen Wohnzimmer und Bibliothek gewesen sein. Er kam Julia ganz von selbst in den Kopf.

Von Tante Reginas Gesicht konnte sie sich kein Bild machen. Sie erinnerte sich nur an lange, klirrende Ohrgehänge, den Geruch von Zigarettenrauch, das bunte Muster eines Rocks; eine tiefe Raucherstimme.

Sie erinnerte sich an das Knarren von Tante Reginas Lieblingssessel, als diese sich gesetzt und mit ihrer tiefen Stimme gesagt hatte: *Du kannst natürlich gern bleiben.*

Aber du findest es nicht richtig, hatte Julias Mutter gesagt, deren Stimme anzuhören war, dass sie immer noch aufgebracht war.

Tante Regina hatte an ihrer Zigarette gezogen. *Du weißt, ich gebe nie Ratschläge aber ... In guten wie in schlechten Tagen, heißt es.*

Und die Stimme ihrer Mutter: *Ich hasse es, wenn du recht hast.*

Dann hasse mich aus der Ferne. Aber trink noch was, bevor ihr wieder fahrt.

Es war, als blickte man in eine Schneekugel, die Szene aus der Zeit gehoben und winzig klein, doch genau in jedem Detail. Julia konnte sich erinnern, dass sie auf dem Boden gehockt hatte und mürrisch Tante Reginas Schallplatten durchsah, während die Erwachsenen redeten. Manchmal erlaubte Tante Regina Julia, eine Platte aufzulegen und die Nadel aufzusetzen, doch an diesem Tag hatte sie sie weggescheucht und gesagt, sie solle die Großen in Ruhe reden lassen. Julia erinnerte sich sogar noch an das Muster des Teppichs.

Woran sie sich nicht erinnern konnte, war, was als Nächstes geschehen war. Es war wie ausgelöscht.

Julia ging zu dem alten Sofa, auf dem sie mit Nick gesessen hatte, und ließ sich schwer darauf niederfallen.

Was, wenn sie wirklich zu Tante Regina gefahren waren? Was, wenn sie zur Zeit des Unfalls gar nicht weggefahren waren, sondern zurück nach Hause?

Irgendwie musste sich das doch feststellen lassen. Unfallberichte, ein Polizeibericht? Irgendwo war der genaue Zeitpunkt des Unfalls aufgezeichnet. Abends. Es war abends passiert, nach Einbruch der Dunkelheit. Daran erinnerte sie sich lebhaft aus unzähligen Albträumen: die Regenströme auf der Windschutzscheibe, das plötzliche Aufflammen greller Lichter, das Rutschen und Schlingern des Autos, dann das Krachen.

Sie war ziemlich sicher, dass es noch nicht dunkel gewesen war, als sie von zu Hause weggefahren waren. Auch nicht bei ihrer Ankunft in Herne Hill. Es war Nachmittag gewesen, ein trister grauer Nachmittag. Auf dem Backsteinweg hatten Pfützen gestanden, als sie bei Tante Regina angekommen waren.

Wenn sie bei Tante Regina angekommen waren.

Ohne weitere Überlegung zog Julia ihr Handy aus der Tasche und rief ihren Vater im Hotel an.

«John Conley», meldete er sich mit schlaftrunkener Stimme, nachdem man sie durchgestellt hatte.

«Dad? Ich bin's.»

Sie hörte Kissen rascheln, als ihr Vater sich im Bett aufrichtete. «Ist etwas passiert?» Seine Stimme klang erschrocken.

«Nein, alles gut», versicherte Julia hastig. «Ich wollte dich nur noch mal sehen, bevor du wieder fliegst. Hast du morgen Zeit für eine Tasse Kaffee zwischen deinen Ausschusssitzungen?»

Sie trafen sich am nächsten Nachmittag in einem Café um die Ecke des Tagungszentrums.

«Also», sagte ihr Vater, «worum geht's? Ich freue mich natürlich immer, dich zu sehen», fügte er hinzu. Er rückte seinen Stuhl umständlich näher an den Tisch heran und warf einen skeptischen Blick in seine Kaffeetasse.

Eine tiefe Zuneigung zu ihrem Vater wallte plötzlich in Julia auf. Sie wusste, dass dieses heutige Zusammentreffen mit ihr, mitten im Wirbel des ersten Konferenztages, ihm nicht gelegen kommen konnte. Er hatte wahrscheinlich ein paar Kollegen vor den Kopf stoßen müssen, um es möglich zu machen. Doch ganz gleich, wie viel ihr Vater zu tun hatte, er war immer für sie da, wenn sie ihn brauchte.

«Ich habe dir doch erzählt, dass hier ein Haufen Erinnerungen wieder wach geworden sind», begann sie vorsichtig.

Ihr Vater, der gerade von seinem Kaffee trinken wollte, setzte die Tasse wieder ab. «Geht es um das, was wir gestern Abend besprochen haben?»

«Ja», antwortete Julia entschlossen. «Ja, darum geht's.»

Ihr Vater zupfte an den Manschetten seines Hemds. Die Manschettenknöpfe waren aus Silber und trugen sein Monogramm. «Wenn du meinst, ich hätte dir das alles früher –»

«Nein», fiel Julia ihm schnell ins Wort. «Nein, darum geht es nicht.»

Ihr Vater wartete schweigend.

Julia schloss die Hände um ihre Kaffeetasse. «Ich glaube, du irrst dich. Ich glaube, Mama war nicht auf dem Weg, dich zu verlassen, als der Unfall passierte. Ich glaube, sie war auf dem Weg zurück zu dir.»

Kapitel 24

London, 2009

Ihr Vater starrte sie an, als glaubte er, nicht recht gehört zu haben. Dann fragte er heiser: «Wie kommst du auf die Idee?»

Julia erklärte. Bei Tageslicht besehen klang es alles recht dünn, ein Durcheinander an nebelhaften Erinnerungen an Ereignisse, die fünfundzwanzig Jahre zurücklagen. Sie hätte nicht sagen können, warum sie so sicher war, dass sie recht hatte.

«Das muss sich überprüfen lassen», sagte sie zum Schluss. Sie sah ihren Vater an. «Es gibt doch bestimmt einen Polizeibericht?»

Das Gesicht ihres Vaters war grau. «Keine Ahnung. Vielleicht.» Seine Hand schlug gegen seine Kaffeetasse, er griff rasch zu, bevor die Tasse kippte. «Der Wagen hatte sich gedreht, mir ist nie eingefallen nachzufragen, in welche Richtung er fuhr. Ich dachte –» Er brach ab und trank hastig von seinem Kaffee, der kochend heiß sein musste, doch Julia glaubte nicht, dass der Schweiß auf der Stirn ihres Vaters vom Kaffee herrührte.

«Um welche Zeit sind Mama und ich denn an diesem Nachmittag losgefahren?», fragte Julia.

«Vier? Fünf?» Ihr Vater machte eine ratlose Handbewegung. «Ich bin wieder ins Krankenhaus zurück. Als – als der Anruf kam, haben sie mich nicht gleich gefunden. Ich vermute, sie haben es zuerst zu Hause versucht und dann im Krankenhaus. Die Schwester, mit der sie dort gesprochen haben, dachte, ich wäre nach Hause gegangen. Sie riefen dann noch mal im Krankenhaus an, ehe es der Schwester einfiel, nach mir zu suchen. Ich war im Pausenraum eingeschlafen.»

Das Gesicht ihres Vaters wirkte so trostlos wie kalter Stein. Julia hatte das Gefühl, als öffnete sie die Tür zu einem Raum, von dem sie nicht sicher war, dass sie ihn überhaupt sehen wollte. Doch ein Zurück gab es jetzt nicht mehr.

«Wann hast du es schließlich gehört?», fragte sie.

«Die Polizei hat mich erst abends gegen neun erreicht. Ich habe die Unfallstelle nie gesehen. Die Straße war schon wieder frei, als sie mich anriefen. Deine Mutter lag in der Leichenhalle und du im Krankenhaus, mit einer gebrochenen Rippe und einer schweren Gehirnerschütterung.» Seine Stimme zitterte bei der Erinnerung. «Du hast tagelang alles doppelt gesehen. Ich hatte eine Heidenangst, dass du einen dauernden Gehirnschaden davontragen könntest.»

«Na ja, wer weiß», sagte Julia in einem ungeschickten Versuch zu scherzen.

Ihr Vater sah sie über den Rand seiner Brille hinweg grimmig an. «Hör auf. Ich hatte deine Mutter verloren und hatte entsetzliche Angst, dass ich auch dich verlieren würde.» Er lachte bitter. «Ich glaube, eine Zeitlang war ich ein bisschen verrückt. Ich war überzeugt, deine Großtante Regina würde versuchen, dich mir wegzunehmen.»

«Sind wir deshalb so überstürzt aus London weggegangen?» Viel davon hatte sie nicht in Erinnerung, nur der Möbelpacker, die ihre Sachen aus dem Haus getragen hatten, konnte sie sich entsinnen und daran, dass sie beim Abschied von der Nachbarskatze geweint hatte.

«Ja», antwortete ihr Vater. «Und ich bereue es nicht. Ich fühle mich dort sehr wohl.» Er sah Julia nervös an. «Du bist doch auch glücklich dort?»

«Ich kann mir nicht vorstellen, irgendwo anders aufgewachsen zu sein», sagte Julia aufrichtig.

Sie war nicht sicher, dass ihr Vater sie überhaupt hörte. Er war weit weg, in seine eigenen Gedanken versunken. «Wenn du recht hast ... Mein Gott. Die ganzen Jahre habe ich geglaubt, deine Mutter hätte nichts mehr von mir wissen wollen, hätte unsere Ehe aufgegeben. Sie hätte dich mir weggenommen. Du hättest bei diesem Unfall umkommen können.» Kalter Zorn schwang in seiner Stimme. «Ich war so wütend auf sie.»

«Ja, das habe ich gespürt.»

«Ich weiß.» Ihr Vater schluckte. «Ich fürchte, ich habe dir einiges angetan. Helen meint –» Er brach ab. Mit schuldbewusster Miene griff er schnell nach seinem Kaffee.

Julia verstand ihn. Früher einmal hätte sie getobt, dass er es gewagt hatte, sich mit Helen über ihren Seelenzustand zu unterhalten.

«Was meint Helen?», fragte sie gelassen.

«Sie meint, ich hätte schon vor Jahren über das alles mit dir reden sollen. Sie macht sich Sorgen, dass ich durch mein Schweigen» – er geriet einen Moment ins Stocken –, «dass ich dadurch deine emotionale Entwicklung behindert habe. Dass du nicht lernen konntest, verbindliche Beziehungen aufzubauen.»

«Verbindliche Beziehungen?»

«Sie meint –», Julias Vater war sichtlich unbehaglich,

«– dass meine Weigerung, den Verlust deiner Mutter anzusprechen, es dir schwer machen könnte, andere an dich heranzulassen. Emotional», ergänzte er schnell.

Julia war drauf und dran, ihrem Vater zu sagen, was sie von Helens Meinung hielt, doch dann fiel ihr ein, dass Helen nicht die Einzige war, die so dachte. Lexie, ihre beste Freundin, hatte ihr mehr oder weniger das Gleiche gesagt. Julia hatte ihr damals erklärt, sie habe kein Recht, sie aufgrund eines einzigen Einführungskurses in Psychologie zu analysieren.

Gut, hatte Lexie erwidert. *Dann geh zu jemandem, der kompetent ist.*

Widerwillig war Julia dem Rat gefolgt. Der Analytiker hatte ihr, wenn auch in geschliffeneren Worten, im Wesentlichen das Gleiche gesagt wie Helen und Lexie. Und Julia war nie wieder hingegangen. Sie brauchte niemanden, der sie auseinandernahm, sie funktionierte bestens, vielen Dank.

Aber vielleicht war dem nicht so.

Julia verzog reumütig das Gesicht. «Ich war nicht sehr nett zu Helen, nicht?»

«Du warst nicht unnett», beschwichtigte sie ihr Vater. Aber irgendwie machte es das nur schlimmer. Mit einem Seufzen lehnte er sich auf seinem Stuhl zurück. «Sie wollte dich nicht bedrängen. Sie hat gehofft, wenn sie dir Zeit ließe, würdest du irgendwann von selbst kommen.»

Julia dachte an all die vorsichtigen Annäherungsversuche in den vergangenen Jahren, die Aufforderungen, shoppen zu gehen oder sich zum Kaffee zu treffen oder sich eine Ausstellung anzusehen. Für Helen war es ein Leichtes, solche Vorschläge zu machen, hatte sie sich selbstgerecht gesagt; Helen arbeitete nicht mehr. Sie hatte Zeit für solchen Firlefanz. Sie, Julia, musste jeden Tag hart arbeiten und ihr Soll als produktives Mitglied der Gesellschaft erfüllen.

Alles Quatsch, sie hätte leicht einmal ein paar Stunden erübrigen können. Sie hatte sich ganz bewusst abgeschottet.

Wenn man andere zu nahe an sich heranließ, taten sie einem weh.

«Es ging ihr weniger um sich», erklärte ihr Vater. «Ich glaube, sie hatte mehr Sorge, du würdest nicht fähig sein –», es fiel ihm sichtlich schwer, es auszusprechen – «eine Beziehung einzugehen, eine Liebesbeziehung, meine ich, weil ich dir nie geholfen hatte, den Verlust deiner Mutter zu bewältigen.»

«Ich habe Beziehungen», widersprach sie abwehrend.

«Ja, ja, natürlich», sagte ihr Vater schnell. «Das glaube ich dir.»

Sie schwiegen beide. Julia rührte in ihrem Kaffee, ihr Vater zupfte an seinen Manschetten.

Schließlich sagte er unsicher: «Ich hoffe, du nimmst Helen das nicht übel.»

«Nein, nein», versicherte Julia. «Sie meint es ja gut.»

Das Bedrückende war, dass sie vielleicht recht hatte. Gewiss, sie hatte Beziehungen gehabt, eine ganze Menge, nur war keine von ihnen von Dauer gewesen. Ihre längste Beziehung zu einem Mann hatte neun Monate gehalten, und das wahrscheinlich auch nur, weil es zu einer Zeit gewesen war, in der sie beruflich ständig unterwegs gewesen war. Sie und Peter hatten sich nur jedes zweite Wochenende gesehen, wenn sie gerade einmal wieder in New York gewesen war.

Und danach? Nicht der Rede wert. Julia machte gern

Schluss, bevor es ernst werden konnte. Es ging immer ganz leicht, weil sie sich gleich von Anfang an auf niemanden wirklich einließ.

Nick Dorrington hatte sie an jenem einen Abend im Speicher mehr von sich gezeigt als Peter in neun Monaten. Und war wahrscheinlich genau deshalb so schnell bereit gewesen, das Schlechteste von ihm zu glauben.

Die Erkenntnis traf sie hart. Sie suchte nach anderen Gründen, einer Rechtfertigung für ihr Misstrauen, doch es gab kein Leugnen, sie hatte einen Makel an ihm finden wollen, nein, Schlimmeres. Sie hatte etwas Unverzeihliches an ihm finden wollen. Weil dann keine Gefahr bestand, dass sie ihm ihr Herz öffnen würde.

Ihr Kaffee schmeckte wie Asche.

Sie war vollkommen verblendet gewesen. Und sie wusste nicht, was sie jetzt tun sollte. Vielleicht war eine Entschuldigung ein Anfang.

Ihr Vater sah auf seine Uhr. «In fünf Minuten fängt die nächste Sitzung an. Aber wenn du möchtest, dass ich noch bleibe ...»

Julia stand auf und nahm ihre Tasche. «Nein, ist schon okay.» Sie streifte mit der Wange kurz die ihres Vaters, wie das zwischen ihnen üblich war. «Ich habe noch etwas vor.»

London, 1850

Als eine Woche ohne eine Nachricht vorbeigegangen war, fuhr Imogen zu Gavins Atelier.

Sie hatte in jener Nacht umsonst auf das Signal gewartet. Am Morgen begann es zu schneien. Der Schnee bedeckte den Boden und verwischte die Umrisse des Pavillons. Wenn Gavin hier gewesen war, so hatte er keine Spuren hinterlassen. Die Wege waren unter dem Schnee verschwunden, dessen glatte weiße Decke alles in monotone Gleichförmigkeit kleidete.

Arthur hatte sie mit Schneeflocken in den Haaren draußen vorgefunden und darauf bestanden, sie mit hineinzunehmen, wo er Anna anwies, ihr einen Grog zu machen. Seinem in der Nacht geäußerten Vorsatz getreu, kümmerte er sich in den folgenden Tagen fast ununterbrochen um Imogen, las ihr aus der Zeitung vor, schickte sie nach oben, wenn er meinte, sie brauche Ruhe, hetzte Anna mit sinnlosen Aufträgen herum, etwa, ihr Tee zu bereiten, der gar nicht erwünscht war, oder einen zusätzlichen Schal zu holen, den sie gar nicht brauchte.

Sie dürfe nicht in Trübsinn verfallen über Evies Abwesenheit, sagte Arthur. Er werde schon für Aufmunterung sorgen.

Imogen lächelte und sagte danke und fragte sich insgeheim, ob hinter Arthurs teilnehmendem Bemühen wirklich Anteilnahme steckte oder etwas ganz anderes. Vielleicht, dachte sie, versuchte er ganz bewusst, sie von Gavin fernzuhalten. Vielleicht war er deshalb in jener Nacht genau zur kritischen Zeit in ihrem Zimmer erschienen, vielleicht blieb er deshalb in den folgenden drei Tagen beinahe ständig an ihrer Seite. Es war immer so schwer, aus Arthur klug zu werden. Er war freundlicher und zuvorkommender denn je; er dankte ihr dafür, dass sie ihm half, den Schmerz über den Verlust seines einzigen Kindes zu tragen, und meinte, er vertraue darauf, dass sie einander Trost und Stütze sein würden.

Imogen hätte ein schlechtes Gewissen bekommen, wäre sie nicht außer sich gewesen vor Sorge.

Glaubte Gavin, sie habe ihn im Stich gelassen? Das konnte nicht sein. Sie war schon eine Viertelstunde nach der vereinbarten Zeit wieder am Fenster gewesen. Wenn er da gewesen wäre, hätte sie es gemerkt, hätte es gesehen.

Wenn er nicht gekommen war …

Das war der Dämon, der sie Tag und Nacht plagte. Die Zeit der Wegelagerer war vorbei, aber es gab immer noch Räuber und Diebe, die in den armen Vierteln Londons auf der Lauer lagen. Jeden Tag wurden Männer, all ihrer Wertsachen beraubt, niedergeschlagen oder erstochen aufgefunden, tot aus dem Fluss gezogen oder in einer finsteren Gasse entdeckt. Gavin hätte eine erhebliche Summe in bar bei sich getragen, mehr Geld, als die meisten Arbeiter in einem Jahr verdienten.

Es musste nicht einmal ein Räuber gewesen sein. Die Straßen waren glatt und eisig gewesen. Was, wenn Gavin keine Droschke hatte auftreiben können? Wenn er beschlossen hatte, den langen Weg zu ihr zu Fuß zurückzulegen? Ein falscher Schritt auf einer Eisplatte hätte gereicht, um ihn in die reißenden Fluten der Themse zu stürzen.

Sein Schweigen versetzte sie in Angst. Wenn er am Leben wäre, wenn er gesund wäre, wäre er doch zu ihr gekommen.

Vielleicht war er krank. Um diese Jahreszeit erkrankten so viele. Vielleicht lag er allein in seinem Atelier, von Fieber geschüttelt, zu unwohl, um daran zu denken, ihr eine Nachricht zu senden. Imogen klammerte sich an diese magere Hoffnung: ein Fieber, ein gebrochenes Bein, eine Nachricht, die verlorengegangen war.

Erst am vierten Tag fuhr Arthur endlich in die Stadt, in Geschäften, wie er entschuldigend erklärte, die sich nicht aufschieben ließen. Endlich hatte sie einige Stunden für sich. Sie schlüpfte zur Tür hinaus und ging hinunter zur Half Moon Street, wo sie eine Droschke nahm. Vorsichtshalber ließ sie sich mehrere Straßen von Gavins Atelier entfernt absetzen. Erwartungsfreude und Furcht ließen ihr Herz immer heftiger klopfen, je näher sie kam, bis sie glaubte, an seinem wilden Hämmern ersticken zu müssen.

Sie war nie ohne Gavin in dieser Gegend Londons gewesen, ohne ihn erschien sie ihr weit trauriger und rauer, die Häuser heruntergekommener, die Straßen schmutziger, die Rufe der Straßenhändler lauter. Unter einer Straßenlaterne stand eine Frau mit halb entblößtem Busen, die Haut blau vor Kälte.

Imogen zog ihren langen pelzgefütterten Mantel fester um sich und eilte weiter, bemüht, nicht auf die gefrorenen Abfälle zu treten, von denen die Straße übersät war.

Endlich stand sie vor dem schmalen Gebäude mit dem bröckelnden Putz, das vielleicht früher einmal ansprechender gewesen war. Die Haustür war nicht abgeschlossen. Imogen ging hinein und begann den Anstieg die schmale Stiege hinauf, die sie das letzte Mal mit Gavin hinaufgegangen war. Immer schneller ging sie, die Hand am Geländer, so schnell ihre Röcke es zuließen.

Zuerst klopfte sie nur leise, dann lauter. Das Geräusch hallte in der Grabesstille des Hauses wider.

Die Tür war abgesperrt. Vergeblich rüttelte sie am Knauf.

«Heda!» Vom unteren Treppenabsatz spähte eine verlottert aussehende Frau mit Zahnlücken zu ihr hinauf. «Wer sind Sie, und was wollen Sie?»

Schwerfällig und keuchend kam die Frau ein Stück die Treppe herauf und musterte Imogen mit misstrauisch zusammengekniffenen Augen. Schlüssel klapperten an ihrem Rockbund, und sie roch durchdringend nach Gin.

Imogen fasste ihren Pompadour mit beiden Händen. «Ich suche Gavin Thorne. Wegen – wegen eines Auftrags für ein Gemälde.»

Die Frau lehnte sich ans Treppengeländer. «Da kommen Sie zu spät. Thorne ist weg.»

Die Worte dröhnten in Imogens Ohren. «Weg?»

«Bei Nacht und Nebel abgehauen.» Das faltige Gesicht der Frau drückte Empörung aus. «Hat mir die Miete für zwei Wochen auf den Tisch gelegt, und fertig. Ohne sich zu verabschieden.»

«Hat er – hat er hinterlassen, wohin er wollte?»

Die Frau stemmte die Hände in die Hüften. «Hab ich doch eben schon gesagt, kein Wort. Sonst hätte ich ihm ja seine Sachen nachschicken können.»

«Darf ich – dürfte ich mich vielleicht einmal umsehen?», fragte Imogen zaghaft und kramte in ihrem Pompadour nach einem Geldstück. «Ihre Mühe soll natürlich nicht umsonst sein.»

Der Anblick der Goldmünze wirkte.

«Dann kommen Sie», sagte die Frau mürrisch.

Sie drängte sich an Imogen vorbei, sperrte mit einem der Schlüssel an ihrem Bund die Tür auf und stieß sie auf. «Na los», sagte sie. «Schauen Sie sich um.»

Imogen warf ihr einen Blick zu, doch sie machte keine Anstalten zu gehen. Wie festgemauert stand sie da, nicht bereit, auch nur einen Schritt zu wanken oder zu weichen.

«Sie sind sehr freundlich», sagte Imogen und trat ins

Zimmer. Sie kam sich vor wie in einem Traum, alles vertraut und fremd zugleich.

Das blaue Gewand hing immer noch über der Schnur des provisorischen Paravents; der Requisitenhaufen mit den Pappkronen und den staubigen Ritterwämsern lag noch in seiner Ecke. Doch die Skizzen und Zeichnungen waren vom Tisch verschwunden, und die Staffelei, auf der *Tristan und Isolde* gestanden hatte, stand leer in der Mitte des Raumes.

Die Seite des Zimmers, die Augustus Fotheringay-Vaughn einmal bewohnt hatte, war ausgeräumt bis auf das letzte Stäubchen. Doch das war zu erwarten gewesen. Gavin hatte ihr erzählt, dass Fotheringay-Vaughn nach einem Streit wütend ausgezogen war.

Imogen versuchte, eine Bestandsaufnahme von Gavins Sachen zu machen. Farben und Palette waren verschwunden, nur ein paar vertrocknete Farbreste übrig. Auch die Reisestaffelei war fort. Es sah so aus, als hätte er tatsächlich gepackt, um mit ihr wegzugehen.

Hinter ihr biss die Hausmeisterin verstohlen auf die Münze, die Imogen ihr gegeben hatte. Mit dem Ergebnis zufrieden, sagte sie großzügig: «Das Schlafzimmer ist gleich da durch die Tür. Vielleicht wollen Sie sich da auch umsehen.»

Immer noch in diesem tranceähnlichen Zustand, öffnete Imogen die Tür. Sie hatte dieses Zimmer vorher nie betreten. Feingefühl hatte Gavin verboten, sie dort hineinzuführen. Sie hatten sich auf Wiesen geliebt, auf dem Boden seines Ateliers, aber nie in seinem Bett.

Das Zimmer verdiente kaum, so genannt werden. Es war nicht viel größer als ein Schrank, und das einzige Mobiliar bestand aus einer Pritsche, einem Nachttopf darunter, einem Waschtisch und ein paar Kleiderhaken an der Wand. Es war leer bis auf ein Nachthemd, das verloren an einem der Haken hing.

Imogen kehrte ins Atelier zurück, wo die Hausmeisterin mit ihren Schlüsseln klapperte.

«Wissen Sie, wann er ausgezogen ist?», fragte Imogen. Ihre Hände unter den Handschuhen waren eiskalt.

Die Hausmeisterin zuckte mit den Schultern. «Ich hab ihn das letzte Mal vor vier – nein, fünf Tagen gesehen.»

Imogen hatte ein Gefühl, als drückte eine Faust ihr langsam das Herz ab. Vor fünf Tagen hatte Gavin seine Sachen gepackt, genau wie sie geplant hatten, und hatte sich auf den Weg zu ihr begeben. Und war nie angekommen.

«Und wenn ich gewusst hätte, was er vorhat –» Die Hausmeisterin brach ab. «Nein, Moment. Vor zwei Tagen war nachts jemand hier. Also kann er gar nicht vorher abgehauen sein.»

«Vor zwei Tagen?», fragte Imogen erstaunt. «Sind Sie sicher?»

«Hat gehörig rumgetrampelt, das kann ich Ihnen sagen», erklärte die Hausmeisterin entrüstet. «Wie soll ein Mensch da schlafen können?»

Taumelnd stützte sich Imogen mit einer Hand an die Wand. «Sind Sie sicher, dass es Ga– Mr. Thorne war?»

«Wer soll's denn sonst gewesen sein?», fragte die Frau. «Er hat auf jeden Fall den Schlüssel gehabt.»

Kapitel 25

Herne Hill, 1850

Imogen spürte, wie das Kind sich bewegte, als sie das Atelier verließ.

Die Hand auf den Bauch gedrückt, blieb sie auf der Treppe stehen. In jener Nacht hatte sie gemeint, ein leises Flattern zu fühlen, doch dies hier war stärker. Sie konnte spüren, wie das Kind strampelte, wie um sich Platz zu verschaffen.

«Sie werden mir doch jetzt nicht krank?», fragte die Hausmeisterin argwöhnisch.

«Nein, nein», versicherte Imogen hastig und ging weiter abwärts, die Hand fest am Geländer, während das Kind in ihrem Schoß sich ruhelos bewegte, als fühlte es ihre Not. Nein, sie war nicht krank. Sie war außer sich vor Angst, nicht um sich selbst oder ihr Kind, sondern um Gavin.

Wenn er wie vereinbart an jenem Samstagabend aufgebrochen war, was war dann aus ihm geworden? Höchstens die gemeine Tat eines anderen hätte ihn daran hindern können, zu ihr zu kommen.

Die Hausmeisterin hatte gesagt, dass jemand im Atelier gewesen war. Jemand mit einem Schlüssel.

Das Bild Augustus Fotheringay-Vaughns stieg vor ihr auf, so wie sie ihn zuletzt in der Obstpflanzung gesehen hatte, bar all seiner feinen Manieren, das Gesicht verzerrt vor Wut.

Imogen war kalt unter ihrem pelzgefütterten Mantel.

Augustus Fotheringay-Vaughn besaß einen Schlüssel zum Atelier. Er hätte keinen Nutzen davon gehabt, Gavin etwas anzutun, denn Evie war ja mittlerweile sicher verheiratet mit Ned Sturgis, doch vielleicht spielte das gar keine Rolle. Königreiche waren gefallen, Kriege geführt worden um der Vergeltung willen. Sie hatte Fotheringay-Vaughn vor Evie bloßgestellt und seine Pläne vereitelt. Die Mittel dazu hatte ihr Gavin geliefert.

Ja. Imogen konnte sich vorstellen, dass Fotheringay-Vaughn zu töten bereit wäre, um das Gebäude aus Lug und Trug, das er um sich herum errichtet hatte, vor dem Einsturz zu bewahren. Es gab vermutlich nicht viele Leute in London, denen seine wahre Vergangenheit bekannt war. Und jetzt, da Gavin tot war ...

Das Wort traf sie wie ein Schlag. «Tot.» Sie hatte sich bis zu diesem Moment nicht erlaubt, es auch nur zu denken. Er hatte sich lediglich verspätet. War verhindert gewesen. Sie hatte sich romantischen Vorstellungen darüber hingegeben, wie sie ihn von Fieber geschwächt in seinem Atelier finden, seine glühende Stirn kühlen und seine matten Hände küssen würde.

Abgehauen, hatte die Hausmeisterin gesagt. *Bei Nacht und Nebel abgehauen.*

Irgendwie schaffte es Imogen, in eine Droschke zu steigen. Die ganze Fahrt suchte sie verzweifelt nach anderen Erklärungen für Gavins Ausbleiben. Er war auf dem Weg zu ihr von einer Krankheit befallen worden; er lag irgendwo in einem Hospital, zu schwach, um sich seines eigenen Namens zu erinnern. Oder er hatte es für zweckmäßig gehalten, in einem Gasthaus abzusteigen, bevor er einen zweiten Versuch unternahm, mit ihr zu fliehen; er hatte ihr eine Nachricht zukommen lassen, die verlorengegangen war, einen Brief, der, halb in Fetzen, verspätet ankommen würde.

Vielleicht hatte er Arthurs Licht in ihrem Fenster bemerkt und beschlossen, eine andere Nacht abzuwarten. Das würde erklären, woher die Geräusche in seinem Atelier gekommen waren, die die Hausmeisterin gehört hatte. Er war vielleicht dorthin zurückgekehrt und über Nacht geblieben. Vielleicht ...

Während die Kutsche rumpelnd die Straße hinunterrollte, schwand Imogens Optimismus zusehends. Vier Tage hatte sie nichts von Gavin gehört. Eine Verspätung von einem Tag oder auch zwei war vorstellbar, aber vier Tage! Er hätte ihr längst eine Nachricht zukommen lassen. Irgendwie.

Die Erinnerung an die leere Staffelei in der Mitte des Ateliers ließ sie nicht los. Gavin hatte nichts davon gesagt, dass er das Gemälde mitnehmen wollte. Doch für Fotheringay-Vaughn wäre es ein großartiger Fund gewesen, wenn er wirklich Rache im Sinn hatte. Zuerst schaffte er Gavin auf die Seite, und dann ruinierte er sie.

Wilde Pläne schossen Imogen durch den Kopf. Sie würde Fotheringay-Vaughn aufsuchen und zur Rede stellen – aber wozu? Sie erinnerte sich an dieses glatte, höhnische Gesicht. Er würde alles leugnen und ihr noch hinterherlachen.

Sie konnte nichts tun.

Imogen bezahlte den Kutscher und stieg langsam die Treppe zur Tür des Hauses hinauf, das sie nie wiederzusehen gehofft hatte. Das Wetter war ähnlich wie damals, als sie als junge Frau hier angekommen war, grau und nass. Ihr war, als würde sie die Sonne nie wieder zu sehen bekommen.

Aber das war absurd. Imogen raffte sich zusammen und wehrte sich gegen die Hoffnungslosigkeit, die sie niederzudrücken drohte. Sie musste kämpfen, das war sie ihrem Kind schuldig. Gavins Freunde, seine Malerkollegen, einer von ihnen wusste vielleicht etwas, hatte etwas gehört. Sie konnte vortäuschen, an einer Änderung ihres Porträts interessiert zu sein, und dabei diskret nachfragen.

Anna öffnete ihr die Tür, Imogen reichte ihr Mantel, Haube und Handschuhe und wischte sich die Füße auf der Matte ab, die man auf den Boden gelegt hatte, um ihn vor dem Wintermatsch zu schützen.

Arthur kam in den Flur heraus. «Ah, da bist du ja. Kann ich dich in meinem Studierzimmer sprechen?»

«Ja, natürlich.» Imogen bewahrte Haltung und hoffte, man würde ihre geröteten Augen der Wirkung des kalten Windes zuschreiben. Langsam folgte sie Arthur in sein Studierzimmer.

«Du wolltest mich sprechen?», fragte sie, als er die Tür hinter ihnen geschlossen hatte. Ihr Gesicht fühlte sich an wie eine starre Maske. Sie wünschte sich nichts mehr, als sich in ihr Zimmer zurückziehen und nachdenken zu können.

Unerwartet fasste Arthur sie bei beiden Händen. Sie war zu überrascht, um sie ihm zu entziehen. «Meinst du nicht, es ist an der Zeit, dass diese Ausflüge nach London ein Ende haben?», fragte er milde. Imogen starrte ihn verständnislos an. «Jane hat mir von deinem» – er hüstelte –, «deinem interessanten Zustand berichtet.»

Imogens Gedanken rasten. «Jane erlaubt sich zu viel», sagte sie kurz.

Arthur führte sie zu einem Sofa und half ihr, so betulich, als wäre sie eine ehrwürdige Matrone, sich zu setzen. «Sie meint es gut.» Er hob mit Schwung seine Rockschöße und setzte sich neben sie. «Und sie hat gut daran getan, es mir zu sagen.»

Durch das Kamingitter konnte Imogen die Hitze des Feuers in ihrem Gesicht spüren. Sie drehte sich zur Seite und suchte nach den passenden Worten. «Arthur, ich –»

«Schsch.» Arthur hob abwehrend die Hand. «Lass gut sein. Es war, das muss ich gestehen, etwas beschämend, so freudige Nachricht aus Janes Mund zu hören und nicht aus deinem, doch das Ergebnis ist dasselbe. Wann dürfen wir mit dem glücklichen Ereignis rechnen?»

«Im Mai, glaube ich», antwortete Imogen automatisch. «Oder im Juni. Aber Arthur –»

«Ich würde mich freuen über ein zweites kleines Mädchen», sagte Arthur sinnend. «Natürlich kann niemand Evie ersetzen, aber es wäre doch schön, wieder Kinderlachen im Haus zu hören, findest du nicht auch, Liebes?»

Imogen betrachtete sein Gesicht, die feinen Fältchen um die blauen Augen, die schlaffen Backen unter dem sorgsam gepflegten Schnauzbart, das Gesicht dieses Mannes, der ihr so vertraut war und den sie doch überhaupt nicht kannte. Ein Sammler, ein Kunstmäzen, ein liebender Vater, ein distanzierter Ehemann. Sie lebte seit zehn Jahren mit ihm zusammen und fragte sich in diesem Moment, ob sie nicht jetzt noch weniger von ihm wusste als damals mit sechzehn. Er war ihr ein Rätsel.

Er musste doch wissen, dass dieses Kind, dieses glückliche Ereignis, mit ihm nichts zu tun hatte. Und wenn das so war, zeugte seine Reaktion darauf von einer Großzügigkeit, die sie ihm niemals zugetraut hätte.

Großzügigkeit? Oder vielleicht Eigennutz?, flüsterte eine hässliche Stimme in ihr. Besser, das Kind anerkennen als sich vor aller Welt als gehörnter Ehemann mit einer leichtfertigen Frau bloßgestellt sehen.

Imogen sehnte sich plötzlich mit einem abgrundtiefen schmerzlichen Verlangen nach Gavin. Sie wollte bei ihm sein, in seinen Armen geborgen, nicht hier bei Arthur, bei diesem peinlichen Gespräch, in diesem muffigen warmen Zimmer.

Doch sie war hier, und sie musste es durchstehen. «Arthur», sagte sie ruhig, «wir müssen etwas besprechen.»

Sein Blick, als er sie ansah, war gütig und – oder bildete sie sich das ein? – ein klein wenig mitleidig.

«Meinst du?» Er legte seine Hand auf die ihre, eine Hand, die so anders war als die Gavins, mit weichen, wohl manikürten Fingern und hervorspringenden blauen Adern unter der welk werdenden Haut. «Liebes. Wenn es um diese andere Geschichte geht, so wollen wir nicht mehr davon sprechen.»

Imogen blickte überrascht zu ihm hinauf.

Arthur lächelte milde. «Das ist doch jetzt alles erledigt.» Er stemmte seine Hände auf die Knie und stand vom Sofa auf, immer noch mit diesem Lächeln, bei dem es Imogen kalt den Rücken hinunterlief. «Nichts kann verhindern, dass alles wieder so wird, wie es war.»

Imogen saß erstarrt, ein entsetzlicher Gedanke keimte in ihr auf. Es war undenkbar. Und doch …

Arthur schnalzte leicht mit der Zunge. «Du siehst aus,

als wäre dir kalt bis ins Mark.» Er ging zur Tür. «Bleib sitzen, Liebes. Ich werde Anna sagen, sie soll dir eine Kanne heißen Tee bringen. Und Kekse. Du isst doch jetzt sicher gern ein Keks.»

Imogen konnte nicht antworten. Ihr war, als klebte ihr die Zunge am Gaumen. Arthur musterte sie mit sachtem Kopfschütteln, ganz der besorgte Ehemann.

Die Hand schon auf dem Türknauf, blieb er noch einmal stehen. «Schließlich müssen wir jetzt besser für dich sorgen, nicht wahr?», sagte er mit einem Lächeln reiner Herzensgüte.

London, 2009

Die Glocke bimmelte, als Julia die Tür zu Nicks Laden öffnete.

Die Worte, die sie während der ganzen Fahrt in der U-Bahn geübt und immer neu geschliffen hatte, erstarben ihr auf den Lippen, als sie sah, dass jemand anders an dem Schreibtisch hinten im Raum saß, eine Frau mit einem Haarknoten, durch den ein Bleistift geschoben war, und einer trendigen Brille.

Sie hatte nicht darüber nachgedacht, was sie tun würde, wenn Nick nicht da sein sollte.

Sie konnte immer vorgeben, sich nur umsehen zu wollen, einmal durch den Laden marschieren, die Frau am Schreibtisch freundlich anlächeln und wieder verschwinden. Oder sie konnte sich benehmen wie eine erwachsene Frau und Nick eine Nachricht hinterlassen.

Die Frau am Schreibtisch war schon mit einer Kundin beschäftigt, einer Frau mittleren Alters, die mit ihren perfekt gestylten Haaren und den genau aufeinander abgestimmten Accessoires nur Innenarchitektin sein konnte. Jedenfalls, wenn die Innenarchitektin ihres Vaters und Helens ein Maßstab war.

Julia schob sich etwas näher heran und tat so, als interessierte sie sich für einen antiken Sekretär, während sie wartete, ob die Frau gehen würde.

Plötzlich öffnete sich die Tür des Büros, und Nick kam heraus.

«Mrs. Mottram, ich habe –» Als er Julia bemerkte, verfinsterte sich sein Gesicht einen Moment, doch er fasste sich gleich wieder und wandte sich der Kundin zu. «Ich habe die Uhr hier, die Sie gern sehen wollten. Sie ist hinten. Tamsin?»

Die Frau am Schreibtisch sah auf.

Ohne Julia zu beachten, sagte Nick: «Würdest du Mrs. Mottram die Thomas-Tompion-Uhr zeigen?»

«Natürlich.» Sie lächelte die Kundin an und sagte: «Bitte, Mrs. Mottram, hier entlang. Wir haben sie zurückgehalten, damit Sie sie als Erste zu sehen bekommen.»

Die Tür zum Büro schloss sich hinter den beiden Frauen, Julia war allein mit Nick. Im Hintergrund lief leise ein Stück von Bach.

Julia räusperte sich. «Hi», sagte sie wenig originell.

Nicks Gesicht hätte aus Stein sein können. «Kann ich was für Sie tun?», fragte er, als hätte er sie nie zuvor gesehen.

«Äh, ja.» Julia bemühte sich, das Ganze zum Scherz zu machen, obwohl ihr nie weniger nach Lachen zumute gewesen war. Aber so war sie eben, Gefühle wurden mit witzigen Bemerkungen und flotten Sprüchen abgewehrt. «Hast du zufällig etwas zur Selbstgeißelung da? Eine hübsche Rute vielleicht?»

Nick verschränkte ungerührt die Arme. «Dergleichen führen wir nicht, aber ein paar Straßen weiter ist ein Laden, wo man Ihnen vielleicht weiterhelfen kann.»

Julia versuchte zu lächeln, aber es wurde ein sehr wackliges Lächeln. «Würde ich damit überhaupt punkten?»

Nick spielte nicht mit. «Was willst du, Julia?», fragte er kühl.

Dich.

Das Wort kam ihr ganz von selbst in den Kopf, und sie wusste, dass es stimmte. Sie wünschte sich, er würde sie wieder so anlächeln wie vorher; sie wünschte sich seine lockere Herzlichkeit, seine Freundschaft, dieses Aufblitzen in seinen Augen wie in der Bibliothek, als er sie über seine Bücher hinweg angesehen hatte.

Bevor sie dem allen den Todesstoß versetzt hatte.

Sie holte tief Atem, die Finger krampfhaft um den Riemen ihrer Tasche geklammert. «Ich wollte mich entschuldigen.» Sie forschte in seinem Gesicht nach einer Reaktion, doch es blieb reglos. «Ich hatte kein Recht, so mit dir zu reden, wie ich das neulich getan habe. Ich – ich war voreilig.»

«Da wärst du nicht die Erste.» Sein Gesicht verriet nichts. Er stand nur da. Kalt. Unberührt.

Es wäre leichter gewesen, wenn er wütend geworden wäre; dann hätte sie sich wenigstens mit ihm auseinandersetzen können. Sie zwang sich weiterzureden und sagte hastig: «Das Problem liegt nicht bei dir, es liegt bei mir. Wenn es nicht Natalie und die Dietrich-Bank gewesen wären, wäre es etwas anderes gewesen.» Sie ruderte verzweifelt. So einfach und direkt, wie es ihr möglich war, sagte sie: «Ich habe dich angegriffen, weil ich es nicht aushalten konnte, dass du mich in einem schwachen Moment erlebt hattest. Das war gemein von mir und total ungerecht, nachdem du so nett gewesen warst.»

Das war nicht alles, aber es war ein Anfang.

«Du brauchst nicht gleich meine Heiligsprechung zu beantragen», sagte Nick kurz. Im gedämpften Licht des Ladens wirkten seine Augen mehr grün als blau. Sie hatte sich geirrt, dachte Julia. Seine kühle Ruhe war nur Fassade, dahinter war er zornig, zorniger, als sie sich vorgestellt hatte. «Das war nicht nur reine Selbstlosigkeit.»

Sie brauchte einen Moment, um den Sinn seiner Worte zu erfassen, und dann fühlte sie sich noch schlechter. Sie hatte sich also doch nicht getäuscht, als sie zu spüren geglaubt hatte, dass er sie mochte. Aber damit war es vorbei.

Sie hatte es vermasselt.

«Nick, ich –», begann sie.

«Nick?», rief Tamsin aus dem Büro. Ihre Stimme war neutral, doch sie hatte einen feinen Unterton der Gereiztheit.

«Augenblick», rief er zurück. Dann sagte er zu Julia: «Das ist jetzt wirklich gerade ein ungünstiger Zeitpunkt.»

«Ja, das verstehe ich. Ich wollte nur, dass du weißt, dass ich – na ja, egal.» Sie schob ihre Tasche höher. Am liebsten wäre sie geflohen, wie sie das fast immer tat. Doch dann sagte sie: «Ich habe vorhin eine kleine Weinbar gesehen, gleich um die Ecke. Da bin ich die nächste Stunde, falls du es dir noch überlegst.» Und bevor sie die Worte zurückhalten konnte: «Es ist schwer, anderen zu vertrauen, wenn man überzeugt ist, dass sie einem nur weh tun werden. Es ist – ich dachte, du würdest das vielleicht verstehen.»

In seinem Gesicht regte sich etwas.

«Nick?», rief Tamsin.

«Warte einen Moment», sagte Nick kurz zu Julia.

Sie schöpfte ein wenig Hoffnung, als er zum Schreibtisch ging, leise mit Tamsin sprach und dann zu ihr zurückkam.

«Hier», sagte er. «Das gehört dir.»

Verwirrt sah Julia zu dem braunen Hefter hinunter, den er ihr hinhielt. Mit einem wachsenden Gefühl der Beklommenheit blickte sie Nick fragend an. «Was ist das?»

«Das kannst du beim Wein lesen», sagte er und ließ sie mit dem Hefter in der Hand stehen.

Während die ungeduldige Mrs. Mottram sich Nick schnappte, lächelte Julia Tamsin unsicher zu, klemmte den Hefter unter den Arm und schlich aus dem Laden wie ein begossener Pudel.

In der Weinbar mit den rot gestrichenen Wänden, schwarz gerahmten Spiegeln und Stehtischen mit schwarzen Resopalplatten hievte sich Julia auf einen der hohen Hocker und bestellte sich ein großes Glas Malbec. Der Riemen ihrer Tasche schnitt in ihren Oberschenkel ein. Der braune Hefter lag vor ihr auf dem Tisch.

Sie schlug ihn langsam auf.

Obenauf lagen Farbdrucke der Fotos, die sie von *Tristan und Isolde* gemacht hatte, darunter folgten die Drucke der vier noch existierenden Gemälde von Thornes Hand. Der Rest der Unterlagen bestand aus Fotokopien, in Schwarzweiß, diversen Briefen und Zeitschriftenartikeln, alle mit Unterstreichungen und Anmerkungen in Rot versehen.

Sie mussten von Nick stammen. Seine Schrift war eckig, aber leserlich.

Er hatte ihr seine Mappe über Thorne gegeben.

Sie begann, sie durchzusehen, nachdem die Bedienung ihr den Wein gebracht hatte, und las mit zunehmender Gerührtheit seine Notizen am Rand, manche ungeduldig, manche aufgeregt, manche an ihn selbst gerichtet. *Schiffsmanifest überprüfen? Namen auf Tickets?* Er hatte einen Zeitplan über Thornes Leben bis 1850 aufgestellt, bis zu der Zeit, als er das Schiff nach New York genommen hatte, und hatte ihn mit Querverweisen auf Urkunden und Dokumente versehen. Er hatte eine Passagierliste des Schiffs gefunden, mit dem Thorne angeblich nach New York gereist war, und begonnen, Namen abzuhaken.

Die Arbeit musste ihn Stunden gekostet haben.

Julia war tief beschämt und sich selbst mit jeder Seite etwas mehr zuwider. Während er dieses Dossier zusammengetragen hatte, hatte sie seine Anrufe ignoriert und sich noch selbstgerecht auf die Schulter geklopft, weil sie klug genug war zu erkennen, dass niemand, der so großzügig half, aus lauteren Motiven handeln konnte.

Der Wein schmeckte plötzlich ziemlich bitter.

Sie erinnerte sich, wie Nick im Speicher so obenhin gesagt hatte, *Nicht leicht, hm? Meine Mutter hat uns verlassen, als ich sieben war.*

Und sie, unsensibel, wie sie war, hatte nur seinen Ton gehört, nicht seine Worte. Sein Humor und seine lockere Art waren Schutz, genau wie bei ihr, und er suchte aus dem gleichen Grund wie sie, sich zu schützen. Zwei stachelige Igel, dachte Julia mit bitterer Ironie.

Die Glocke über der Tür bimmelte, und Julia fuhr hoch,

doch es war nicht Nick, der hereinkam. Es war ein Paar. Der Mann hielt der Frau die Tür auf, sie blickte lachend zu ihm auf. Sie wirkten so ungezwungen. So glücklich.

Julia trank von ihrem Wein und dachte an ihre Eltern. Es war schwer zu sagen, wie sich alles entwickelt hätte, hätte ihre Mutter an jenem Abend nicht die Kontrolle über den Wagen verloren. Hätten die Schwierigkeiten zwischen ihren Eltern gelöst werden können? Unmöglich, das zu sagen. Doch ihre Mutter war auf der Heimfahrt gewesen, um es zu versuchen. Sie war bereit gewesen, um ihre Beziehung zu kämpfen. Und das war das Einzige, was zählte.

Julia bestellte sich noch ein Glas Wein. Die Bar begann, sich allmählich zu füllen. Sie hatte ihr Handy auf den Tisch gelegt. Das Display war leer und still. Sie wählte die SMS-Eingabe und holte Nicks Nummer hoch. Doch dann wusste sie nicht weiter. *Schick mir ein Zeichen, dass mein Hoffen sprieße ...* war etwas für Elisabethaner. *Können wir noch mal von vorn anfangen?* So etwas wie von vorn anfangen gab es nicht. Man konnte nur versuchen, sich seine Fehler bewusst zu machen und sie nicht zu wiederholen.

«Noch ein Glas?», fragte die Bedienung.

Es war schon nach acht. Nick hatte den Laden wahrscheinlich geschlossen und war nach Hause gegangen. Julia starrte auf die Papiere, die vor ihr lagen, Nicks Randnotizen. Irgendetwas an seinem Zeitplan schien ihr nicht zu stimmen – vielleicht im Vergleich zu einem Eintrag, den sie in Evangeline Granthams Tagebuch gesehen hatte? –, doch ihr schwamm der Kopf vom Wein und vom Chaos ihrer Gefühle, sie konnte keinen klaren Gedanken fassen.

Sie schob die Papiere in die Mappe zurück und ergriff

ihr Handy. Ehe sie es sich anders überlegen konnte, tippte sie nur: *Danke*. Und danach: *Es tut mir leid*.

Sie schob den Riemen ihrer Tasche über die Schulter, klemmte die Mappe unter den Arm und machte sich auf den Heimweg nach Herne Hill.

Kapitel 26

Herne Hill, 1850

Imogens Tochter wurde in dem Haus in Herne Hill geboren, in dem Zimmer, das sie zunehmend als Gefängnis empfand.

Der Schnee war geschmolzen, und das Wetter wurde freundlicher, doch Imogen durfte nicht in den Garten hinaus. Sie brauche Ruhe, mahnte Arthur sie, vollkommene Ruhe. Ihre Kopfschmerzen waren jetzt nicht vorgetäuscht. Ihr Erwachen war stets von dumpf pochenden Schmerzen in den Schläfen begleitet, die ihre Gedanken verwirrten und ihre Träume störten.

Imogen schwor, dass sie einen klaren Kopf bekommen würde, wenn sie nur von Zeit zu Zeit an die frische Luft gehen dürfte, doch sie wurde nicht gehört. Stattdessen wurde sie mit sanfter Gewalt in ihr Zimmer zurückgeführt, die Fenster wurden geschlossen, die Vorhänge zugezogen. Der Arzt schüttelte besorgt den Kopf über ihre Blässe und ihre angeschwollenen Fesseln und wiederholte nur seine strengen Anweisungen. Arthur war die Fürsorge in Person, immer an ihrer Seite, um ihr aus Büchern vorzulesen, die sie nicht interessierten, und sie mit kleinen Leckerbissen zu verwöhnen, auf die sie nicht den geringsten Appetit hatte.

Jeden Abend brachte ihr Jane einen Trunk, der stark

nach Branntwein und Mohnsirup schmeckte. Auf Anweisung des Arztes, hieß es. Sie fiel danach in einen unruhigen Schlaf, der von Fieberträumen heimgesucht war: Gavin, der im eisigen Wasser der Themse um sein Leben kämpfte, die Hände flehentlich zu Arthur erhoben, der oben auf der Brücke stand und das Schauspiel beobachtete, bevor er sich ihr zuwandte und heiter bemerkte, *Nun, Liebes, das ist jetzt alles erledigt, nicht wahr?*

Dann wieder streifte sie mit Gavin durch eine Blumenwiese, wie sie das in diesem verzauberten Sommer so oft getan hatten, doch der Himmel war von einem seltsam unruhigen orangefarbenen Licht erleuchtet, und der Duft der Blumen wurde immer aufdringlicher, begann, ihr die Nase zu verstopfen, setzte sich in ihrer Kehle fest, bis sie daran zu ersticken meinte und krampfhaft um Luft ringend erwachte, allein in ihrem Zimmer, in dem der Schein des Feuers auf den Teppich fiel und der betäubende Geruch von Laudanum in der Luft hing.

Sie versuchte, die Tinktur in ihren Nachttopf zu gießen, doch es war eine vergebliche Rebellion. Es gab immer mehr davon, und Jane stand neben ihr, während sie trank, scheinbar voller Mitgefühl, doch in Wirklichkeit wachsam, beinahe triumphierend.

Seltsame Vorstellungen suchten Imogen in der Isoliertheit ihrer Gefangenschaft heim. Es gab Tage, an denen sie überzeugt war, dass Jane sie vergiften wollte, dass dieser schadenfrohe, wachsame Blick der einer Mörderin war, die darauf wartete, dass ihr Gifttrank wirkte.

Es ist sinnlos, wollte sie Jane sagen. Ich hätte dir Arthur mit Freuden überlassen.

Doch ihre Kopfschmerzen hinderten sie zu reden.

Imogen entwickelte die Durchtriebenheit der Unterdrückten, stellte sich schlafend, um den Trank nicht zu sich nehmen zu müssen, wartete, bis die anderen das Haus verlassen hatten, um das Fenster aufzureißen und in langen tiefen Zügen die frische Frühlingsluft zu atmen. Unten, weit unten, konnte sie den Pavillon erkennen, der auf sie wartete, ihr zu winken schien. Manchmal glaubte sie, Gavin dort zu erblicken, der auf sie wartete, eine dunkle Gestalt im jungen Grün der Bäume.

Nur bis das Kind geboren ist, sagte sie sich, während sie gegen die Schwäche und die Lethargie kämpfte, gegen dieses Hin und Her zwischen Wahn und Wirklichkeit. Wenn erst ihr Kind geboren war, würde sie, Janes giftiger Tränke und Arthurs erstickender Fürsorge ledig, neue Kräfte gewinnen. Sie plagte sich verzweifelt, Klarheit in die Wirrnis ihrer Gedanken zu bringen, doch es war ein schwieriges Bemühen, selbst wenn sie wach war, fühlte sie sich halb schlafend, gequält von namenlosen Ängsten.

Sie flüchtete sich in Phantasien. An manchen Tagen war sie wieder das junge Mädchen in Cornwall, das mit seinem Vater in seinem Studierzimmer saß und unter seiner Anleitung die alten Handschriften zu entziffern versuchte.

Wenn der Schmerz zuschlug, war sie oben auf den Küstenfelsen und beobachtete eine Möwe, die über der stürmischen grauen See kreiste.

«Ihr Geist wandert», hörte sie Jane zu Arthur sagen, und dann wurde ihr ein Becher an die Lippen gesetzt.

Sie drehte den Kopf weg, doch der Becher folgte, und die Flüssigkeit glitt dick und zäh ihre Kehle hinunter. Sie hustete schwach, und jemand hob sie ein wenig an und tupfte ihren Mund mit einem Taschentuch ab.

«Nicht mehr lang jetzt», sagte Arthur, und die Worte hatten einen unheimlichen Klang. Sie riss an den Decken, um sich zu befreien, doch Arthur ergriff ihre Hand und hielt sie fest, während er sie streichelte und irgendwelche Laute von sich gab, die besänftigend sein sollten, ihr jedoch wie dunkle Beschwörungen in den Ohren klangen.

«Und jetzt hinaus mit Ihnen», sagte die Hebamme, und Arthur war fort. Stattdessen beugte sich die rotgesichtige Hebamme mit der weißen Haube über sie und befahl ihr zu pressen.

Die Wellen wogten um sie herum, zogen an ihr, doch das Wasser war voll scharfkantiger Muscheln, die ihr schneidende Schmerzen bereiteten. Sie klammerte sich an die Überreste eines Boots, während die See sie hin und her warf und die Möwen über ihr kreischten, hoch und schrill.

Aber das ist ja meine Stimme, dachte sie, als der Schmerz nachließ und sie keuchend in die Kissen fiel.

Ihre Stirn war schweißnass, und ihr Haar fiel in Strähnen auf ihre Schultern. Ihre Kehle war wund vom Schreien. Sie war nicht in Cornwall. Sie war in ihrem Zimmer in dem Haus in Herne Hill, und Gavins Kind wollte geboren werden.

«Wasser?», murmelte sie, und jemand träufelte ihr ein paar Tropfen zwischen die Lippen.

«Ah, Sie sind wieder unter uns», sagte die Hebamme. «Ich dachte schon, die Engel hätten Sie davongetragen.»

Imogen lächelte schwach mit aufgesprungenen Lippen. «Ich habe geträumt.»

Dann überwältigte sie von neuem der Schmerz, umso stärker jetzt, da sie wach war. Sie umklammerte die Decke, wrang sie in ihren Händen, während sie keuchend um Atem rang.

«Na bitte», sagte die Hebamme, und ein wenig später, «ein Mädchen.»

Ein kleines, feuchtes Bündel wurde Imogen in die Arme gelegt. Sie sah voll Staunen zu dem kleinen Geschöpf mit dem zerknitterten Gesichtchen und den zarten Gliedern hinunter. Ihre Tochter. Gavins Tochter. Imogen war kaum fähig, den Kopf zu bewegen, doch sie beugte sich mühsam vor und streifte mit spröden Lippen das feucht glänzende Köpfchen, um all der Liebe Ausdruck zu geben, die sie für ihr Kind empfand.

Das Kind öffnete den Mund und begann zu schreien.

«Sie hat Hunger.» Die Hebamme nahm Imogen die Kleine aus den Armen. Als Imogen protestierend eine Hand hob, zog sie nur energisch die Decke über ihr hoch und sagte nicht unfreundlich: «Und Sie brauchen jetzt Ihre Ruhe.»

Imogen musste eingeschlummert sein; als sie erwachte, lag das Zimmer im Zwielicht, das Feuer war heruntergebrannt, und Gavin stand wartend an ihrem Bett.

Zuerst glaubte sie, es wäre ein Traum wie hundert andere zuvor. Doch das Bett war noch feucht von Schweiß und Blut. Wenn dies ein Traum wäre, hingen doch gewiss ihre Haare nicht feucht und strähnig um ihr Gesicht, klebte ihr nicht das Nachthemd an der Brust. Ein säuerlicher Geruch schwängerte die Luft im Zimmer, der Geruch ihres Schweißes und der Milch, die aus ihren Brüsten sickerte.

Und Gavin stand dort, so klar wie der helle Tag stand er zwischen dem Bett und dem offenen Kamin. Sie konnte das offene Fenster hinter ihm sehen, den Pavillon, grau im

Dämmerlicht, die belaubten Äste der Bäume, die sich lockend im Wind bewegten.

Er sah genauso aus wie damals, als sie ihn zuletzt gesehen hatte, das Halstuch locker, das dunkle Haar kurz geschnitten, die vertrauten Linien um Augen und Lippen.

«Gavin», sagte sie schwach. Sie wollte sich aufsetzen, doch ihr Körper gehorchte ihr nicht. Ihre Glieder waren wie Wasser.

Mit ausgestreckter Hand trat er einen Schritt auf sie zu. «Ich habe dir gesagt, dass ich kommen würde.»

«Aber du – aber ich –», stammelte Imogen unter Tränen. «Ich glaubte, ich hätte dich verloren.»

«Still, Liebste. Keine Tränen.» Sie fühlte sein Hand an ihrer Wange nur wie einen kalten Hauch, das Flattern einer Vogelschwinge. «Wir sind jetzt zusammen, und keine Macht der Welt oder des Himmels kann uns mehr trennen.»

Sie streckte den Arm nach ihm aus, doch ihre Hand schien durch Luft zu gleiten. «Unsere Tochter –», begann sie.

«– wird uns immer in ihrer Nähe haben», sagte er. «Aber jetzt ist es Zeit zu gehen.»

Wieder hielt er ihr die Hand hin, und diesmal spürte sie den Druck und die Kraft seiner Finger. Seine Hand hielt sie warm und fest, und sie schöpfte Kraft aus ihr, Kraft genug, um von ihrem Bett aufzustehen und ihre Arme um ihn zu legen, wie sie das in ihren Träumen in all diesen Monaten getan hatte. Sein Haar war weich, seine Wange ein wenig rau von Bartstoppeln. Er roch nach Sommer, nach offenen Feldern und Obstwiesen, deren Bäume von Früchten schwer waren.

Sie fühlte seine Lippen wie eine sanfte Brise auf ihrem Haar und seinen Arm fest um ihre Taille.

«Gehen wir, Liebste», sagte er, und über seine Schulter hinweg sah sie, dass es gar nicht Dämmerung war, sondern strahlender Tag.

Die Sonne fiel auf die Wiesen, die Vögel sangen in den Bäumen, und unten, beim Pavillon, öffnete sich ein blumengesäumter, sonniger Weg.

«Gehen wir», sagte sie, und sie schritten Hand in Hand in den Sonnenglanz.

Im verdunkelten Flur schloss die Hebamme leise die Zimmertür hinter sich.

«Und?», fragte Jane. Sie hielt das Kind, das jetzt gesäubert war und eines der langen weißen Hemden trug, die Jane für es genäht hatte. Von Imogen konnte man ja so etwas nicht erwarten.

Die Hebamme schüttelte den Kopf. «Armes, mutterloses kleines Ding», sagte sie mitleidig.

«Unsinn», entgegnete Jane. «Sie hat ein gutes Zuhause und einen liebevollen Papa. Sehen Sie zu, dass die Amme hergebracht wird.»

Das Kind fest an die Brust gedrückt, stieg Jane vorsichtig die Treppe hinunter. Arthur war in seinem Studierzimmer. Er musste es erfahren.

Sie blickte zu dem Kind in ihren Armen hinunter. Es war ein Jammer, dass es dunkel war und nicht blond, aber es hieß ja, dass die ersten Haare meist ausfielen. Vielleicht würden sie mit der Zeit heller werden. Sonst war es ein hübsches Kind mit schönen großen Augen und einem recht niedlichen kleinen Mund.

Olivia, dachte Jane. Ihr gefiel der Klang. Olivia.

Das Kind in einem Arm haltend, klopfte sie mit der freien Hand hart an die Tür zu Arthurs Studierzimmer.

Zeit, dachte sie, dass Arthur unsere Tochter kennenlernt.

Herne Hill, 2009

Am nächsten Tag nahm Julia den alten Geräteschuppen in Angriff, grub geblümte Gartenhandschuhe aus und eine leicht angerostete Baumschere.

Ihre Erfahrung mit Pflanzen beschränkte sich zwar auf Topfblumen, die man aufs Fensterbrett stellte, aber eine bessere Ablenkung als anstrengende körperliche Arbeit gab es nicht. Die Wildnis hinter dem Haus musste auf jeden Fall in Ordnung gebracht werden, bevor sie verkaufen konnte.

Aus irgendeinem Grund, den sie sich nicht eingestehen wollte, hatte sie den hinteren Teil des Gartens, insbesondere den Pavillon, bisher gemieden. Sie dachte an das Aquarell oben im Speicher, das kleine Mädchen, das sich mit fliegenden Zöpfen im Kreis drehte. Verschwommen erinnerte sie sich an Teepartys mit ihren Puppen, bei denen imaginäre Getränke aus Eicheln genippt wurden.

Ihr war, als wäre ihr eine Last von den Schultern genommen, als sie auf den gesprungenen Steinen den holprigen Weg den Hang hinunterging. Der Gedanke, solchen alten Erinnerungen zu begegnen, flößte ihr keine Furcht mehr ein; sie wusste, was geschehen war. Und dass ihre Mutter sie geliebt hatte. Die verschlossene Tür war aufgesprungen, und die Geister, die sie so lange bedrängt hatten, waren gebannt.

Nur schade, dass es ihr nicht gelungen war, sie zu vertreiben, bevor sie das, was sich zwischen ihr und Nick zu entwickeln begonnen hatte, restlos niedergetrampelt hatte. Ganz gleich, wie oft sie sich sagte, dass es ja sowieso nur etwas Vorübergehendes hätte werden können, dass sie nach New York zurückkehren würde, sobald das Haus verkauft war; der Gedanke zu gehen und ihn nie wieder zu sehen, machte sie unendlich traurig. Die ganze Nacht hatte sie sich herumgewälzt und an ihn gedacht, wie es gewesen war und wie es hätte werden können.

Immerhin hatte ihre Schlaflosigkeit einen positiven Nebeneffekt gehabt. Ihr war endlich eingefallen, was an seinen Aufzeichnungen nicht stimmte. Seinem Zeitplan zufolge hatte Gavin Thorne zwei Überfahrten nach New York auf einem Schiff gebucht, das im Januar 1850 ausgelaufen war. Doch wenn Carolines Familienstammbaum richtig war, hatte Imogen Grantham im Frühjahr 1850, Monate nach der Abfahrt des Schiffs, in dem Haus in Herne Hill eine Tochter zur Welt gebracht.

War Thorne ohne sie gereist? Julia riss verbissen an irgendeinem Rankengewächs, das sich um eine der Säulen des Pavillons gewickelt hatte. Das konnte sie sich nicht vorstellen. Vielleicht waren die Reisedaten nicht richtig. Oder vielleicht war ihre ganze Theorie falsch. Dass Thorne seiner Isolde das Gesicht Imogen Granthams gegeben hatte, musste nicht unbedingt heißen, dass er ihr Tristan gewesen war.

Doch irgendwie konnte Julia ihre schöne Theorie nicht aufgeben.

Das wäre doch ein Vorwand, um Nick anzurufen. Nichts Persönliches, kein verstecktes Gebettel, eine rein sachliche Frage.

Julia taumelte, als die Ranke riss. Die alten Dielen knarrten protestierend, als sie schwerfällig nach rückwärts stolperte und wie wild mit den Armen ruderte, um nicht zu fallen. Nein. Keine Ausflüchte mehr.

Die Sonne blendete sie. In den letzten Tagen war es kühler geworden, langsam ging es dem Herbst entgegen, doch in diesem Moment schien die Sonne zu brennen, und sie hätte schwören können, dass sie den Duft von Rosen roch, die längst verblüht waren. Durch das Hitzeflirren konnte sie einen Mann erkennen, der den Hang herunterkam, einen Mann in einem altmodischen schwarzen Rock und mit einem Bündel über der Schulter.

Schweiß tropfte ihr von der Stirn in die Augen. Sie wischte ihn mit dem Handrücken weg. Flüchtig gewann der Rosenduft eine betäubende Stärke, dann zwinkerte sie und roch nur noch Schweiß und Erde und die scharfe Ausdünstung der Ranken, die abgerissen um ihre Füße lagen.

Sie blinzelte in die Sonne. Es kam wirklich jemand den Hang herunter, doch er trug ein helles Hemd, keinen schwarzen Rock, und seine Haare schimmerten golden in der Sonne des späten August. Er trug nichts bei sich, soweit sie erkennen konnte. Nick.

Vor dem Pavillon blieb er stehen. Die Hände in den Hosentaschen, blickte er zu ihr hinauf.

«Du brauchst einen Freischneider», sagte er.

Langsam, zwischen Hoffnung und Misstrauen schwankend, streifte Julia Tante Reginas Gartenhandschuhe ab. «Ich brauche einen Bulldozer.»

Nick musterte das grüne Wirrwarr zu ihren Füßen. «Ein bisschen spät für Gartenarbeit.»

«Ich weiß.» Er stand wie aufgepflanzt vor der Treppe, weder hier noch da. Julia wusste nicht, ob sie zu ihm hinuntergehen oder bleiben sollte, wo sie war. Was wollte er? Ein klärendes Gespräch? Seine Mappe zurück? Seine Haltung verriet nichts. «Aber ich muss hier ein bisschen Ordnung machen, bevor ich das Haus zum Kauf anbiete.»

«Du willst also wirklich verkaufen?»

Julia breitete die Hände aus. «Etwas anderes kann ich mir nicht leisten.»

Sie legte die Hände auf das alte Geländer und blickte zu Nick hinunter. Von hier oben war zu sehen, dass seine Schultern ein wenig gekrümmt waren, wie in Erwartung eines Schlags.

Er war, erkannte sie überrascht, so ängstlich wie sie.

Sie dachte an die vergangenen zwei Monate, all die verschiedenen Gesichter, die sie von ihm gesehen hatte. Anfangs hatte sie ihn für arrogant gehalten, dann war er ihr fast ein wenig zu nett, zu glatt erschienen. Danach war sie auf diese Zeitungsberichte gestoßen, und er hatte sich in ihrer Vorstellung in einen geldgierigen Bankhai à la Gordon Gekko verwandelt.

Doch der Mann, der hier vor ihr stand, das war Nick. Kein arroganter Adelsspross ohne Titel, kein Gordon Gekko. Einfach ein Mann, der so unsicher war wie sie.

«Ich habe dran gedacht, es zu vermieten», sagte Julia, «aber das kommt mir irgendwie halbherzig vor. Und ich weiß wirklich nicht, ob ich das Zeug zur Hausvermieterin habe.»

Nick verschränkte die Arme. «Es wäre ein bisschen

schwierig, von der anderen Seite des Ozeans aus nach dem Rechten zu sehen.»

Der blätternde Lack des Geländers kratzte an ihren Handflächen. «Wenn ich verkaufe, heißt das noch nicht, dass ich wieder gehe.» Das klang ziemlich wirr. «Ich meine, es dauert bestimmt eine Weile, bis ich einen Käufer finde, und wenn es so weit ist – ich weiß noch gar nicht genau, was ich dann weiter mache.»

Nick stützte sich mit einer Hand an einen der Treppenpfosten. Sie spürte die Spannung zwischen ihnen, als läge Elektrizität in der Luft, doch er sagte nur: «Tut's dir nicht leid, das Haus aufzugeben?»

«Es ist nur ein Haus. Es gehört der Vergangenheit an. Ich bin zwar froh, diese Vergangenheit kennengelernt zu haben, aber ich muss nicht mit ihr leben.» Julia schwieg verlegen. «Falls das einen Sinn ergibt.»

Nick hob eine Hand, um seine Augen abzuschirmen. «Meine Tante hat mal was Ähnliches zu mir gesagt. Tante Edith.»

«Die, die sich das ganze Inventar unter den Nagel gerissen hat?» Julia atmete gepresst, vor lauter Bemühen zu hören, was hinter den Worten lag. Dass er noch hier war und von seiner Familie erzählte, musste doch ein gutes Zeichen sein.

«Genau die.» Nicks Blick flog über das Gestrüpp der Brombeersträucher und die verwilderten Büsche. Julia hatte plötzlich einen Eindruck von großer Einsamkeit. Sie musste sich am Geländer festhalten, um nicht zu ihm hinunterzulaufen. «Es ist Jahre her, ich war damals vierzehn und gerade aus Kalifornien zurückgekommen – zum letzten Mal, wie sich herausstellte.»

Julia erinnerte sich, was er ihr über die Besuche bei seiner Mutter erzählt hatte, die, wie er gesagt hatte, in beiderseitigem Einvernehmen eingestellt worden waren. Sein Gesicht schien etwas anderes zu sagen.

Nick antwortete mit einem flüchtigen Lächeln auf ihren forschenden Blick. «Es war nicht ganz einfach. Ich habe mich ein bisschen entwurzelt gefühlt und einen Halt gesucht. Den habe ich dann bei unserem alten Familiensitz gesucht. Ich habe sogar eine dieser Besichtigungstouren des National Trust mitgemacht. Ich habe versucht, in den Porträts Ähnlichkeiten mit mir zu finden, und habe die ganze Zeit dem Familienerbe nachgetrauert, das mir genommen worden war. Als ich mich bei Tante Edith über die Ungerechtigkeit beschweren wollte, sagte sie auf diese resolute Art, die sie hatte: ‹Nicholas, was zählt, sind nicht Orte, sondern Menschen.›»

Julia konnte nur wortlos nicken.

«Und das von einer Frau», sagte Nick mit einem Lächeln, bei dem sich seine Augenwinkel kräuselten, «die mit einer Marmorbüste von Karl II. abmarschierte, weil sie, wie sie behauptete, aus persönlichen Gründen daran hing.»

«Wir werden nie erfahren, welcher Art genau ihre Beziehung zu Karl II. war», sagte Julia mit gespielter Feierlichkeit. Dann fügte sie in anderem Ton hinzu: «Es tut mir leid, Nick. Es tut mir leid, dass ich mich wegen dieser Dietrich-Bank-Geschichte und Natalies Gefasel von einem Familienschatz und – na ja, überhaupt, so blöd benommen habe.»

Die Worte drückten bei weitem nicht aus, was sie empfand, aber es war ein Anfang.

Nick zuckte mit den Schultern. «Jeder andere hätte genauso reagiert.» Er sah zu ihr hinauf. «Wenn du wissen willst, wie es wirklich war –»

«Es spielt keine Rolle», sagte Julia, und es war ihr ernst damit. «So wie ich damals drauf war, hätte Natalie mir alles erzählen können, und ich hätte es geglaubt. Du hattest vollkommen recht. Für mich warst du von vornherein schuldig. So wollte ich es. Und nur, weil ich zu Tode erschrocken war, wie sehr ich – wie sehr ich dich mochte.»

Nick stemmte einen Fuß gegen die unterste Stufe und sah mit einem schiefen Lächeln zu ihr hinauf. «Topf trifft Deckel.» Als sie die Stirn runzelte, sagte er: «Ich war gestern Abend noch bei der Weinbar. Ich habe dich durchs Fenster gesehen und –» Er hob wie kapitulierend die Hände. «Ich bin umgekehrt und wieder gegangen.»

Julia stellte ihn sich vor, wie er draußen vor dem Fenster gestanden und zu ihr hineingeschaut hatte. Und sie hatte auf der anderen Seite gesessen und nichts geahnt.

«War wahrscheinlich klug von dir.» Julias Stimme schwankte ein wenig. «Ich war ziemlich angesäuselt. Ich hätte dich womöglich angebaggert.»

Nick stieg eine Stufe höher, dann noch eine. «Dann», sagte er, «war es doppelt dämlich von mir, wieder zu gehen.»

Julia wartete atemlos, mit klopfendem Herzen.

«Nick –», sagte sie leise.

«Ich kann so was nicht». Seine Stimme klang rau. Die alten Dielen knarrten unter seinem Gewicht, doch sie hielten. «Ich meine, Beziehungen sind nicht mein Ding.»

Julia lachte erstickt. «Willkommen im Club. Meine normale Reaktion ist, schreiend davonzulaufen.»

Nick sah ihr in die Augen. «Es macht verdammt Angst. Sich auf einen anderen zu verlassen.»

Julia nickte. Sie legte ihre Hände leicht auf Nicks Brust, fühlte seinen Herzschlag unter dem dünnen Stoff seines Hemds. «Wir sind total verkorkst, oder? Alle beide.»

Nick strich behutsam eine feuchte Haarsträhne hinter ihr Ohr zurück. «Gleich und Gleich gesellt sich gern.»

Julia sah ihn an, blickte in dieses ihr vertraut gewordene Gesicht. «Gut, dann bin ich lieber mit dir verkorkst als ohne dich», sagte sie, immer noch ein wenig unsicher. «Ich bin bereit, es zu riskieren – wenn du es auch bist.»

Kapitel 27

Herne Hill, 2009

Nicks Kuss war ganz anders als der damals, vor einem Monat, oben im Speicher.

Dieser Kuss hatte nichts Sanftes, Vorsichtiges; er war heiß und fordernd, Befreiung und Erfüllung nach drei Wochen ungewissen Wartens. Julia spürte Nicks Glut selbst in seinen Händen, die auf ihrem Rücken lagen und sie an ihn pressten, während er sie mit verschlingender Leidenschaft küsste.

Hinterher fühlte sie sich, als wäre sie nach einem langen Tauchgang wieder an die Oberfläche gestoßen, um gierig nach Luft zu schnappen.

Nick schien es ähnlich zu gehen. Seine Haare standen auf einer Seite vom Kopf ab, sein Gesicht war gerötet, seine Brust hob und senkte sich in heftigen Stößen.

Er trat einen Schritt zurück, ohne den Blick von Julia zu werden. «Wenn wir –»

Was auch immer er sagen wollte, ging unter in einem ohrenbetäubenden Krachen.

Es passierte in Sekundenschnelle: Nick riss die Augen auf und wedelte verzweifelt mit den Armen, um das Gleichgewicht zu halten, als der Boden unter seinen Füßen einbrach und er seitlich kippte und mit einem Bein in der Tiefe versank.

«Scheiße!», schimpfte er. «So eine Scheiße!»

Julia lief zu ihm. Es wäre komisch gewesen, hätte man Nick nicht angesehen, dass er Schmerzen litt. Eines seiner Beine war in einem Spalt zwischen den gesplitterten Dielen eingeklemmt. «O Gott, ist dir was passiert?»

«Alles in Ordnung», sagte er mit zusammengebissenen Zähnen. «Nur ein paar Schrammen. So was Blödes. Dieser verdammte morsche Boden.»

Julia half ihm aus dem Loch heraus. Es war nicht tief, nicht viel mehr als dreißig Zentimeter, doch es stand sich nicht gerade bequem mit einem Bein drinnen und einem draußen, noch dazu, wenn einem Holzsplitter in die Waden stachen.

Das war doch wirklich das Idiotischste, Absurdeste überhaupt, und noch dazu im unpassendsten Moment ... Hätten die Geister der toten Liebenden nicht etwas freundlicher auf sie herabsehen können?

«Falls es dir ein Trost ist», sagte Julia lachend, «du hast mehr Schaden angerichtet, als du davongetragen hast.»

Nick schnitt eine spöttische Grimasse und begann, die Holzsplitter aus seinem Hosenbein zu ziehen. «Könnte man sagen, ja. Da unten liegt irgendwas. Es hat geknackt, als ich draufgetreten bin.»

«Ein vergrabener Schatz?», meinte Julia.

«Das bezweifle ich», sagte Nick, ging aber doch ein wenig steif in die Knie, um in das Loch hinunterzuspähen. «Wahrscheinlich waren es nur die Trümmer meiner eingerissenen Fassade.»

«Das Timing war nicht ideal», stimmte Julia zu, um das Gespräch behutsam wieder auf das zu lenken, was er vor seinem Absturz hatte sagen wollen.

Es war zwecklos. Er interessierte sich nur noch für die Frage, was unten in dem Loch lag. Vornübergebeugt begann er, vorsichtig in der Spalte zwischen den Dielenbrettern herumzustochern.

Julia trat einen Schritt näher. «Nick?»

Er sah zu ihr hinauf, so ernst, dass ihr das Lächeln verging. Langsam stand er auf und winkte Julia. «Schau dir das an.»

«Das klingt nicht gut», sagte sie, den Blick auf sein Gesicht gerichtet, nicht zum Boden. Sie kauerte an der Stelle nieder, wo er gehockt hatte, und blickte mit zusammengekniffenen Augen angestrengt in die dunkle Höhle.

Zuerst dachte sie, es wäre ein Stück Ast. Es war brüchig und braun. Aber Äste hatten keine Finger. Auf der dicht gefügten Erde unter dem Boden des Pavillons lag eine menschliche Hand, die bis vor kurzem noch mit einem Arm verbunden gewesen war. Julia setzte sich zurück auf die Fersen und blinzelte in die Sonne.

Dort unten lag eine Leiche. Unter ihrem Pavillon.

Sie stand auf. «Das ist eine Hand», sagte sie überflüssigerweise.

Nick trat neben sie an den Rand des Lochs und riss an den gesplitterten Rändern, um die Öffnung zu vergrößern. «Hier gibt's doch bestimmt Werkzeug – eine Axt vielleicht?»

Julia verharrte unsicher hinter ihm. «Sollten wir die Leiche nicht lassen, wo sie ist? Sonst vernichten wir vielleicht Beweismaterial», sagte sie in vager Erinnerung an diverse Krimiserien.

«Ich glaube nicht, dass wir uns deswegen Gedanken zu machen brauchen. Was auch immer das da unten ist, es liegt schon sehr lange da.»

«Nicht was auch immer», sagte Julia. «Wer auch immer.»

Es war eindeutig ein menschliches Skelett. Das einzig Positive war, dass es wahrscheinlich wirklich schon sehr lange dort unten lag. Es dauerte doch bestimmt eine ganze Zeit, bis ein menschlicher Körper so weit verweste, dass nur das Skelett übrig blieb. An diesen Fingern war kein Fleisch mehr gewesen.

Bei dem Gedanken wurde ihr kalt.

Wenn Nick ähnliche Gedanken hatte, so konnten sie ihn in seinem Forscherdrang nicht bremsen. Er hatte inzwischen dank eifriger Arbeit eine Öffnung von knapp einem Quadratmeter freigelegt. Er zeigte auf etwas neben dem Leichnam. «Der arme Kerl hatte sein Gepäck dabei, als er gestorben ist.»

Vorsichtig kniete Julia am Rand der Öffnung nieder. Zum Glück war der Schädel nicht sichtbar: In dem Teil des Grabs, das Nick freigelegt hatte, war nur ein Körper mit Gliedmaßen zu erkennen, an dem noch die Fetzen einer verrottenden Jacke mit schmutzigen Knöpfen hingen sowie Teile einer ebenso verrotteten Hose.

Neben ihm lag eine große braune Ledertasche voll grüner Schimmelflecken, von irgendwelchen Tieren angenagt. Der Inhalt sah nicht besser aus. Intensiver Modergeruch stieg von dem alten Gepäckstück auf.

Julias Blick fiel auf ein flaches rechteckiges Paket, das in dunkles dicht gewebtes Tuch eingeschlagen war. Im Gegensatz zu der Tasche schien es kaum beschädigt zu sein.

Während Nick an den Dielenbrettern zog, um die Öffnung weiter zu vergrößern, fischte Julia das Paket aus dem Grab. Das Tuch fühlte sich rau an, es musste mit irgendetwas behandelt worden sein. Wachs vielleicht? Es war schmutzig, doch es zeigte keine Spuren von Zerfall.

Nachdem sie die Verpackung mit einigen Schwierigkeiten entfernt hatte, stieß sie auf eine große Mappe, deren Leder abgewetzt war von vielem Gebrauch, im Übrigen aber unversehrt. Sie zog sich an eine Stelle zurück, wo der Boden sicher war, legte die Mappe nieder und öffnete die Schleife, mit der sie zugebunden war.

Die oberste Zeichnung zeigte einen Knienden, den Kopf leicht seitlich gedreht, eine Hand erhoben, um das Gesicht abzuschirmen wie aus Reue oder Scham. Die Skizze sah aus wie eine bildliche Darstellung lauten Nachdenkens, neue Striche, die früher gesetzte Striche überlagerten und korrigierten. Die Beinstellung des Mannes war durch immer neue Strichführung mehrmals verändert worden. Zuerst hatte sein Gewicht offenbar nur auf einem Knie geruht, dann hatte der Zeichner ihn auf beide Knie niederfallen lassen. Obwohl die Figur nur roh skizziert war, konnte man erkennen, dass sie eine Art stilisierte Rüstung trug, Helm und Schwert lagen neben ihr.

Sie hatte Ähnlichkeit mit den Figuren auf dem *Tristan-und-Isolde*-Gemälde. Vom Stil her. Sie konnte sich nicht erinnern, dass eine von ihnen eine solche Haltung eingenommen hatte.

«Ich schau jetzt mal, ob ich eine Axt finde», verkündete Nick. «Oder einen Hammer. Der würde es auch tun.» Er schien sehr vergnügt bei dem Gedanken, einen Teil des Unterbaus des Pavillons zu demolieren.

Julia nickte zerstreut. «Irgendwo ist ein Geräteschuppen», sagte sie und vertiefte sich in die nächste Zeichnung.

Sie zeigte denselben Mann, ebenfalls kniend, diesmal

jedoch mit einem großen Kelch vor sich, der in der Luft schwebte. Auf dem nächsten Blatt war eine Frau, die den Kelch in den Händen hielt, und danach folgte wieder der Kelch, in den Lüften schwebend, von Licht umflutet wie von einem Renaissance-Heiligenschein.

Julia blätterte die Skizzen mit wachsender Erregung durch, folgte der Entstehung eines Bildes durch verschiedene Stadien seiner Entwicklung. Manche Blätter waren nur der Ausarbeitung einer Armhaltung gewidmet oder zeigten fünfzehn verschiedene Versionen desselben Kelchs. Als sie auf die Skizze der Frau stieß, stutzte sie.

Das war nicht die stilisierte Dame der Artus-Zeichnungen. Sie trug ein eng geschnürtes Kleid mit weitem Rock, nicht das pseudo-mittelalterliche Gewand der Frau, die den Gral hielt. Sie lag auf die Seite gedreht auf einer Decke im Gras. Ein offener Picknickkorb stand neben ihr, die reifen Äpfel im Gras vermittelten einen Eindruck von Fülle und Fruchtbarkeit.

Nichts als schwarze Striche auf weißem Papier, und doch war dem Künstler die Impression eines sonnigen Sommertages gelungen, von Licht und Schatten, die auf dem üppigen Gras und dem weichen Körper der Frau spielten. Ihre dunklen Haare waren vom Schlaf zerzaust. Ihr Kopf ruhte auf ihren zusammengelegten Händen, und auf ihren Lippen lag ein leises Lächeln, als träumte sie.

Julia kannte dieses Gesicht. Sie hatte es auf dem Porträt im Salon und auf dem Gemälde von Tristan und Isolde gesehen und erforscht. Doch in diesem Gesicht war nichts von dem inneren Tumult zu erkennen, den Julia auf den anderen Bildern gesehen hatte. Diese Frau sah aus, als wäre sie mit sich in Frieden. Glücklich.

Die Zeichnungen waren nicht signiert. Das war auch gar nicht nötig.

Julia hörte die Stufen knarren, als Nick zurückkam. Ohne von der Zeichnung der Schlafenden aufzublicken, sagte sie: «Nick?»

«Ja?» Nick ging neben ihr in die Hocke.

«Schau dir das an.» Julia schob die Mappe zu ihm hin. «Ich glaube nicht, dass Gavin Thorne je nach New York gekommen ist.»

Die Entdeckung einer 160 Jahre alten Leiche im Garten einer Villa in einem Londoner Vorort erregte ungewöhnliches öffentliches Aufsehen.

Das Sommerloch, sagte Nick, das sei das Problem. Was auch immer der Grund war, Julia sah sich von Anfragen von einem Dutzend Boulevardblättern und Lokalsendern bedrängt. Ob sie jemals etwas Unheimliches im Haus gespürt habe; ob sie wisse, wer der Tote sei; ob die Leiche vielleicht nur eine von vielen sei.

Als Julia allen ihren Fragen mit einem kurzen *Kein Kommentar* begegnete, schleppten sie einen obskuren Historiker an, der lispelte und sein zerrauftes Haupthaar schüttelte und von ungeklärten Morden und Geisterspuk erzählte. Es tauchten auch prompt angebliche Ex-Nachbarn auf, die dereinst seltsame Geräusche aus dem Garten des Hauses in Herne Hill gehört haben wollten, ein herzzerreißendes Jammern und Klagen.

«Kann ich dagegen vorgehen?», fragte Julia wütend ihre Freundin Lexie, die zwar Anwältin für amerikanisches Wirtschaftsrecht war, aber immerhin Anwältin. «Dieser Rummel tut dem Wert des Hauses bestimmt nicht gut.»

«Man kann nie wissen», meinte Lexie tröstend. «Manche Leute zahlen Spitzenpreise für Spukschlösser.»

In der zweiten Nacht nach Bekanntwerden des Leichenfunds weckten Julia seltsame Geräusche und Lichterschein im Garten, deren Urheber nicht etwa Geister waren, sondern die Geisterjäger, die sich durch die Pforte unten, am hintersten Ende des Grundstücks, eingeschlichen hatten, von deren Existenz sie bis dahin nichts gewusst hatte. Nachdem sie die Bande verscheucht hatte, vernagelte sie die Pforte mit Brettern und hängte selbstfabrizierte Verbotsschilder auf.

Es gab auch Lichtblicke. Ihr Vater und Helen erboten sich, zu kommen und ihr beim Bändigen der Reporter zu helfen; Jamie und Robbie wollten nur die Gebeine sehen. Die Tate Gallery setzte sich wegen eines eventuellen Ankaufs von Thornes Gemälden und Skizzen mit ihr in Verbindung. Ein Medium bot ihr an, für den günstigen Preis von nur fünftausend Pfund für sie Kontakt mit Thornes Geist aufzunehmen.

Es mache sie langsam wahnsinnig, jedes Mal, wenn sie aus dem Haus gehen wolle, um etwas einzukaufen, von Reportern umringt zu werden, sagte sie zu Nick, als er Ende der Woche anrief und sich nach dem Stand der Dinge erkundigte. Sie habe ja nichts dagegen, aus der Tiefkühltruhe zu leben, scherzte sie sarkastisch, aber sie habe sehr wohl etwas dagegen, dass ihr bald der Kaffee ausging.

«Das können wir unmöglich zulassen», sagte Nick und stand zwei Stunden später mit zwei riesigen Einkaufstüten vor ihrer Tür.

Sie hatte ihn nicht mehr gesehen, seit sie am vergangenen Sonntag die Polizei von ihrem Fund unterrichtet hatten. Die Beamten waren verständlicherweise etwas verdutzt gewesen, als ihnen ein 160 Jahre alter Tatort präsentiert wurde. Sie hatten den Pavillon dennoch sorgfältig abgesperrt und das Skelett in Gewahrsam genommen. Es war spät geworden, bis das alles erledigt war, und Nick musste am nächsten Tag in aller Frühe zu einer Einkaufsreise nach Belgien und Frankreich aufbrechen. Er bot an, die Reise, die ihn zu einigen weit auseinanderliegenden Adelssitzen führen würde, abzublasen, doch Julia hatte ihm versichert, sie komme schon zurecht.

Er musste direkt vom Flughafen gekommen sein, dachte sie, als sie ihn in seinem Anzug und dem hellblauen Hemd sah, mit der Krawatte in der Jackentasche und einer Reisetasche über der Schulter.

«Das ist so nett von dir», sagte Julia. Sie nahm ihm eine der Tüten ab und sperrte schleunigst die Tür hinter ihm ab. «Aber du hättest erst nach Hause fahren sollen.»

«Ich konnte dich doch nicht ohne Kaffee unter Belagerung lassen», sagte Nick. «Womöglich wärst du noch auf die Reporter losgegangen.»

Anstatt sich in die Küche zu setzen, machten sie Feuer in Tante Reginas ehemaliger ‹Höhle›, wo es nicht nur gemütlich war, sondern draußen Gebüsch und drinnen dicke Vorhänge vor fremden Blicken schützten.

«Wie kann man nur so leben?», fragte Julia, während sie die altmodischen schweren Vorhänge zuzog, froh, dass Tante Regina sie, vielleicht aus Bequemlichkeit, vielleicht aus Sparsamkeit, nicht gegen etwas Leichteres vertauscht hatte.

«Das legt sich schon wieder», erklärte Nick überzeugt und Julia dachte, dass er es ja wissen musste. Er war selbst einmal unter weit unangenehmeren Umständen die Sensation der Woche gewesen.

«Ich weiß nicht», sagte Julia. «Ich fand das Angebot einer Privatséance mit Gavin Thorne ziemlich verlockend. Es wäre doch interessant, aus erster Hand zu hören, was da draußen wirklich passiert ist.»

Während Nick im Kamin Feuer gemacht hatte, hatte Julia Tee gekocht, den sie, völlig unpassend zu Tante Reginas alter irdener brauner Kanne, aus edlen Spode-Tassen tranken. In Nicks wohlgefüllten Tüten hatte sie eine Auswahl an Keksen gefunden, die sie auf einem Teller angerichtet hatte, und nun saßen sie, von Krümeln umgeben und vom Tee erwärmt, auf Tante Reginas durchgesessenem Sofa und blickten in den Feuerschein des offenen Kamins, in dem die Scheite knisterten und knackten.

Nick hatte seine Jacke ausgezogen, den Kragen geöffnet und die Beine bequem vor sich ausgestreckt.

Es war alles sehr gemütlich bis auf die Reporter draußen und, natürlich, das Loch im Boden des Pavillons, in dem 160 Jahre lang die sterbliche Hülle des gemeuchelten Gavin Thorne gelegen hatte.

«Wenigstens wissen wir jetzt, dass Thorne Imogen Grantham nicht einfach im Stich gelassen hat», sagte Nick. Sein Arm auf der Rückenlehne des Sofas berührte Julias Schulter. «Der arme Kerl.»

«Die arme Imogen», hielt Julia dagegen und lehnte sich wohlig an seine Schulter. «Wenn man sich das vorstellt, sie hat monatelang in diesem Haus gelebt und sich wahrscheinlich jeden Tag gefragt, was aus ihrem Geliebten geworden ist. Es würde mich interessieren, ob sie etwas geahnt hat oder ob sie einfach dachte, Thorne hätte sie verlassen.»

Unter den Sachen, die sie bei dem Skelett gefunden hatten, waren auch Papiere und Schiffsbilletts für Mr. und Mrs. Gareth Rose gewesen, feucht und brüchig, aber noch leserlich. Julia empfand es wie eine Ironie des Schicksals, dass sie nach New York gewollt hatten. Wenn sie es geschafft hätten – wenn Imogens Tochter dort zur Welt gekommen wäre –

Dann wären ihre, Julias, Eltern einander nie begegnet, und es hätte sie selbst nie gegeben, sagte sie sich. Trotzdem berührte es sie eigenartig, dass sie in der Stadt gelandet war, die Imogens und Gavins Ziel gewesen war.

Sie zog die Beine hoch und legte den Arm auf die Rückenlehne des Sofas. «Schrecklich, sie waren ihrem Glück so nah, und dann hat jemand alles zunichtegemacht.»

Nick nahm sich noch ein Ingwerplätzchen vom Teller. «‹Zunichtegemacht› ist ein netter Euphemismus», murmelte er. «Brutal zerstört, würde ich sagen. Der Mann ist heimtückisch ermordet worden.»

Die Polizei hatte das Alter des Skeletts bis auf zwanzig Jahre hin oder her bestätigen können, und auch, dass der Schädel Spuren einer Fraktur zeigte, die vermutlich von einem Schlag mit einem stumpfen Gegenstand verursacht worden war.

«Es ist wie Cluedo», sagte Julia. «Was glaubst du? War es der Kerzenleuchter aus dem Wintergarten oder der Schürhaken des offenen Kamins in der Bibliothek?»

«Oder ein Spazierstock», meinte Nick, der mit Genuss sein Plätzchen kaute. «Es gibt auf jeden Fall einen logischen Verdächtigen.»

«‹Die Hölle selbst kann nicht wüten wie ein verschmähter Mann›?», zitierte Julia nicht ganz richtig.

«Damals konnte man sich nicht so leicht scheiden lassen.» Er lehnte sich zurück und sah sie nachdenklich an. «Wenn Imogen Grantham 1849 eine Affäre mit Gavin Thorne hatte und ihre Tochter im Frühjahr 1850 geboren wurde ... Hast du mal dran gedacht, dass Gavin Thorne dein Ururgroßvater sein könnte?»

«Nein», sagte Julia überrascht. Die ganze Geschichte war ihr wie etwas aus einem Roman vorgekommen, weit entfernt und von rein akademischem Interesse. «Das ist – wow!»

«Das würde die künstlerische Ader erklären.»

Julia lachte. «Hast du nicht gesagt, dass sich solche Begabungen nicht unbedingt vererben? Oder was war das für eine Geschichte mit deinem spektakulären Auftritt im *Sommernachtstraum?*»

«Spektakulär, weil er alles andere als spektakulär war», korrigierte Nick. Er drehte den Kopf, um sie anzusehen. «Gefällt dir die Vorstellung nicht?»

«Doch, theoretisch schon.» Es war irgendwie scharf, sich vorzustellen, eine Nachfahrin eines der ursprünglichen Präraffaeliten zu sein. «Aber im Grund macht es keinen Unterschied. Ich bin immer noch die, die ich vorher war, ob ich nun von Gavin Thorne abstamme oder von einem Straßenkehrer.»

«Oder von Wilhelm dem Eroberer – wenn man deiner Tante Caroline glauben kann», sagte Nick grinsend.

Julia warf ein kleines besticktes Kissen nach ihm.

Er wich geschickt aus. «Aber im Hinblick auf das Motiv ist die Frage schon von Bedeutung», sagte er. «Wenn Grantham wusste, dass seine Frau das Kind eines anderen Mannes erwartete ...»

«Wir wissen doch gar nicht, ob es so war. Und selbst wenn, kann Grantham total ahnungslos gewesen sein. Hast du diese Stöße von Tagebüchern oben im Speicher gesehen? Die sind alle von seiner Tochter – Olivia. Darin steht nichts davon, dass er sie je schlecht behandelt oder vernachlässigt oder ihr irgendwie zu verstehen gegeben hat, dass er nicht ihr leiblicher Vater war.»

«Das brauchte er ja auch gar nicht», sagte Nick. « Wir wissen inzwischen, dass Imogen bei der Geburt ihrer Tochter gestorben ist. Die Ehebrecher waren also beide tot. Da war es doch das Einfachste, alles zu vertuschen und den liebevollen Vater zu spielen.»

Julia war nicht überzeugt. «Meinst du nicht, es wäre irgendwie an seinem Verhalten spürbar gewesen, wenn er es gewusst hätte?»

«Die Menschen sind unergründlich», stellte Nick philosophisch fest. «Wir wissen, dass jemand Thorne getötet hat, hier, im Garten dieses Hauses, und dass er die Möglichkeit besaß, ihn unter dem Pavillon zu verscharren. Wer sonst kann es gewesen sein?»

Kapitel 28

Herne Hill, 1857

Es war ein regnerischer Dienstag, und Olivia Grantham brauchte dringend ein Versteck.

Sie hatte die Tinte wirklich nicht mit Absicht über Miss Penburys falsche Locken gegossen. Miss Penbury war schrecklich stolz auf ihr Toupet, obwohl Olivia nicht verstand, wie sie glauben konnte, irgendjemand hielte diese Löckchen für echt. Sie hatten ja nicht einmal die gleiche Farbe wie ihre anderen Haare. Die Löckchen waren kastanienbraun, während der Rest von Miss Penburys Haaren entschieden mausbraun war.

Olivia war fasziniert von diesen eng gedrehten Löckchen, und als sie zufällig auf das Haarteil gestoßen war, das Miss Penbury offenbar versehentlich im Schulzimmer liegen gelassen hatte ...

Sie hatte es sich wirklich nur ansehen wollen. Es war reines Pech, dass sie diese Tintenflasche umgestoßen hatte, und noch schlimmeres Pech, dass Miss Penbury ins Zimmer gekommen war, bevor sie alles aufgewischt hatte. Dass sie die Locken ins Waschbecken geworfen hatte, war anscheinend ganz und gar unerhört gewesen.

Olivia war aus dem Schulzimmer geflohen, während Miss Penbury noch ihre durchweichten Locken betrauerte, die nun nicht mehr kastanienbraun waren, sondern schwarz mit einem starken Stich ins Grüne. Es war, hatte sich Olivia gesagt, sicherer zu verschwinden, bis der Aufruhr sich gelegt hatte.

Doch wohin? Miss Penbury kannte die meisten ihrer Verstecke: hinter den Vorhängen im Salon, unter der Kredenz mit den Klauenfüßen im Speisezimmer, in der kleinen Nische zwischen ihrem – Olivias – Kinderzimmer und ihrem Schlafzimmer. Auf die Bäume in der Obstpflanzung konnte sie sich auch nicht flüchten. Draußen war es grau und regnerisch, und sie hatte keine Lust, im Regen zu hocken, nicht einmal, um Miss Penburys Zorn und einer Strafpredigt zu entgehen.

Mangels anderer Möglichkeiten flüchtete sie sich in Tante Janes Zimmer. Papas Zimmer war verboten, und das Zimmer, das ihrer Mama gehört hatte, war heilig. Papa hatte es genauso gelassen, wie es zu ihren Lebzeiten gewesen war, und Olivia betrat es nie. Manchmal schlich sie bis zur Tür und öffnete sie mit klopfendem Herzen, um einen Blick ins düster verhangene Innere zu werfen, und schloss sie dann schnell wieder, bevor jemand sie ertappen konnte.

Doch Tante Jane war einfach Tante Jane. Sie würde vielleicht ein bisschen schimpfen, wenn sie Olivia hinten in ihrem Kleiderschrank entdeckte, aber sie würde bestimmt weniger schimpfen als Miss Penbury. Eigentlich war Olivia ja auch Tante Janes Zimmer verboten; sie sollte sich nicht an den Sachen ihrer Tante zu schaffen machen. Aber Olivia konnte sich nicht vorstellen, dass Tante Jane ärgerlicher werden würde als damals, als sie sie in ihrem Sonntagshut und mit einem von Papas Halstüchern ertappt hatte. Tante Jane tat immer so, als wäre sie streng, aber auf ihre Schelte folgte meistens ein dickes Marmeladenbrot.

Olivia hatte einmal gehört, wie Tante Jane zu ihrem Papa gesagt hatte, Olivia sei die Tochter, die sie sich immer gewünscht habe. Doch sie war insgeheim froh, dass sie nicht Tante Janes Tochter war, auch wenn das gemein von ihr war. Ihre richtige Mutter war viel interessanter. Sie wusste sehr wenig von ihr, nur dass sie schön gewesen – im Salon hing ja ihr Porträt, dunkles Haar und große träumerische Augen – und bei Olivias Geburt gestorben war, was Olivia schrecklich traurig und romantisch fand.

Tante Jane, so steif und nüchtern, mit ihren graublonden Haaren und den scheußlichen Bonbons, nach denen ihr Atem immer roch, konnte da nicht mithalten, obwohl sie diejenige war, zu der Olivia ihre Kümmernisse und ihre kleinen Triumphe trug.

In ihrem Zimmer stand ein großer Kleiderschrank, der einer Siebenjährigen genug Platz bot, sich hinten in der Ecke zu verkriechen. Auf der einen Seite waren von oben bis unten Schubladen, auf der anderen hingen dicht nebeneinander Tante Janes Kleider. Mit einem schnellen Blick über die Schulter zog Olivia die Tür auf, krabbelte in den Schrank, kroch unter einem wollenen Unterrock und einem kratzigen steifen Rosshaarding weiter und stieß auf einen großen rechteckigen Gegenstand, der hinten an der Schrankwand lehnte und den ganzen Platz hinter den Kleidern einnahm, den sie gebraucht hätte, um sich zu verstecken.

Er wackelte gefährlich, als Olivia dagegenstieß, und sie hielt ihn hastig an einer von Tuch überzogenen Ecke fest, um zu verhindern, dass er umstürzte. Das Leinen riss sich unter ihrer Hand los, und darunter wurde ein Teil eines Gemäldes sichtbar, bunt wie aus einem Bilderbuch.

Sie gewann nur einen flüchtigen Eindruck von einem König mit einer Krone und einer Frau mit einem großen Becher und, das war das Schönste, einem niedlichen schwarz-weißen Hündchen, das mit ausgestreckten Vorderbeinen dalag, bevor sie Schritte hörte und jemand sie packte und am Kragen ihres Kleides aus dem Schrank zerrte.

«Du böses, böses Ding!» Es war Tantes Janes Stimme, aber in einem Ton, wie Olivia ihn nie gehört hatte. «Was hast du hier zu suchen?»

Tante Janes Gesicht war rot vor Zorn, sie schien vom Kopf bis zum Saum ihrer Krinoline vor Wut zu zittern. Olivia starrte sie unsicher an. Sie hatte Tante Jane nie so gesehen. Sie hatte nicht gedacht, dass sie sich wegen Miss Penburys Locken so aufregen würde.

Sie senkte den Kopf und stieß die Spitze ihres Knopfstiefels in den Teppich. «Miss Penbury –»

Tante Jane umfasste ihren Arm und riss sie mit sich. «Mit Miss Penbury werde ich gleich sprechen. Dich hier herumtoben zu lassen wie – wie eine kleine Wilde! Was dein Vater dazu sagen wird ...»

Olivia widersetzte sich, zu neugierig, um sich zu fügen. «Aber Tante Jane, was ist das für ein Bild?»

Ihre Tante blieb abrupt stehen und packte sie bei den Schultern. «Da ist kein Bild», sagte sie.

«Aber da war eins», beharrte Olivia. In ihrem kurzen Leben hatte ihr selten jemand widersprochen, schon gar nicht Tante Jane. «Es war so ein schönes –»

Olivias Zähne schlugen klappernd aufeinander, als ihre

Tante sie so heftig schüttelte, dass ihr die Schleife aus den Haaren rutschte. Erschrocken sah sie zu Tante Jane auf. Was sie in ihrem Gesicht sah, machte ihr Angst. So große Angst, dass sie kein Wort mehr sagte.

«Da ist kein Bild», sagte Tante Jane wütend. «Hast du mich verstanden?» Sie schüttelte sie noch einmal. «Da ist kein Bild.»

Olivia nickte wider besseres Wissen. Das war ja schlimmer, als wenn Miss Penbury mit ihr schimpfte. «Tante Jane...»

«Komm jetzt.» Ihre Tante nahm sie wieder beim Arm und schob sie vor sich her. «Du gehst ins Kinderzimmer und bleibst dort, während ich deiner Miss Penbury sage, was ich von ihren Vorstellungen von Disziplin halte.»

Olivia gehorchte kleinlaut, konnte aber der Versuchung nicht widerstehen, einen letzten Blick über ihre Schulter zu werfen, bevor ihre Tante sie zur Tür hinausstieß. Doch sie sah nichts als die noch halb offenstehende Schranktür, die ihr den Blick versperrte.

Aber es war ein Bild im Schrank gewesen. Sie hatte es gesehen. Sie hatte es angefasst. Doch sie wusste, dass es besser war zu schweigen. Tante Jane hatte sie noch nie böse genannt. Das Wort tat weh.

Olivia durfte eine Woche lang das Kinderzimmer nur zu den Mahlzeiten verlassen, eine endlose Woche lang in Gesellschaft der aufgebrachten Miss Penbury, die Olivia nicht verzeihen konnte, dass sie ihre kostbaren Locken ruiniert und ihr mit ihrem Verhalten eine Maßregelung von Tante Jane eingebracht hatte. Olivia musste hundertmal schreiben, *Es schickt sich nicht für eine junge Dame ...*

Spaziergänge im Garten waren ihr verboten, solange sie

nicht gezeigt hatte, dass sie sich wie eine junge Dame benehmen konnte, und sie durfte einen Monat lang nicht mit ihren Wasserfarben malen.

Im Stillen war Olivia empört über diese ungeheure Ungerechtigkeit. Sie verstand nicht, warum Tante Jane so verärgert war. Sie hatte doch nichts Böses gewollt, und sagte der Pfarrer nicht immer, die Absicht sei das, was zählte? Und es war doch ein Bild im Schrank gewesen.

Der Gedanke an das Bild ließ sie nicht los. Wenn sie nachts in ihrem schmalen Bett lag und Miss Penbury im Zimmer nebenan schnarchte, versuchte sie, sich das Bild nach dem wenigen, was sie gesehen hatte, vorzustellen.

Allmählich begann das Leben, wieder seinen gewohnten Gang zu gehen. Miss Penbury schien sich mit dem Verlust ihrer Locken abgefunden, wenn auch nicht mit ihm ausgesöhnt zu haben und kaufte sich eine neue Haube. Tante Jane zeigte sich geneigt zu verzeihen und ließ Olivia ihre Wolle aufwickeln, obwohl diese leicht die Fäden verwirrte. Das Wetter wurde freundlicher und erlaubte Spaziergänge im Garten, die Miss Penbury als ‹naturkundliche Ausflüge› bezeichnete.

Es dauerte mehrere Wochen, bevor Olivia ihre Chance bekam. Sie wartete, bis Miss Penbury mit Zahnschmerzen in ihrem Zimmer lag und Tante Jane an einer Sitzung eines ihrer wohltätigen Vereine teilnehmen musste. Nachdem sie sich vergewissert hatte, dass Anna und die Köchin bei einem gemütlichen Schwatz in der Küche saßen, schlich sie zu Tante Janes Zimmer hinauf.

Der Kleiderschrank, das Objekt ihrer Begierde, wartete auf der hinteren Seite des Zimmers. Auf Strümpfen huschte Olivia über den Teppich und wischte sich vorsichtshalber die Hände an ihrem Kleiderschürzchen ab, bevor sie die Messinggriffe berührte.

Atemlos vor Spannung, zog sie die Türen auf – und fand nichts. Nur Tante Janes Kleider hingen unter den Leinenhüllen, die sie vor Staub schützen sollten, im Schrank, ganz vorn der Umhang, den sie nur zu besonderen Anlässen trug. Olivia drückte mit den Händen gegen die Schrankwand, doch da war nichts als raues Holz.

Kein Bild.

Enttäuscht und verwirrt trat Olivia den Rückzug an und suchte Zuflucht unter ihrem Lieblingsbaum in der Obstpflanzung. Vielleicht hatte Tante Jane recht; vielleicht hatte nie ein Bild im Schrank gestanden. Sie musste es sich eingebildet haben. Oder nicht?

Sie und Tante Jane sprachen nie wieder über diese Geschichte, und als der Frühling in den Sommer überging, hatte Olivia sie vergessen.

Wenn sie manchmal einen Traum von einer farbenfrohen Szene mit einem König und einem schwarz-weißen Hündchen hatte, war die Erinnerung daran bis zum Morgen erloschen.

Herne Hill, 2009

Ist es jetzt noch wichtig zu wissen, wer Thorne getötet hat? Außer zur Befriedigung der eigenen Neugier», ergänzte Julia.

Den geschlossenen Türen gegenüber hing immer noch das Porträt von Imogen Grantham, in den Linien und Farben, die Gavin Thorne ihm gegeben hatte. Die zwei Liebenden auf Leinwand vereint, nicht im Leben. «Ganz gleich, was damals passiert ist, es ist ein Trost zu wissen, dass sie jetzt zusammen sind, wo auch immer sie sein mögen.» Sie krauste die Nase. «Klingt das kitschig?»

Nick machte ein blasiertes Gesicht. «Sehr kitschig. Aber ziemlich nett eigentlich.» In einem Ton, der beinahe übertrieben neutral klang, fragte er: «Was hast du für Pläne, wenn der Medienrummel vorbei ist?»

Sie hatten seit dem vergangenen Sonntag kaum über private Dinge miteinander geredet. Polizei, Medien und Nicks Geschäftsreise hatten ihnen keine Zeit dazu gelassen.

Leichen konnten eine willkommene Ablenkung sein, wenn man eine starke Neigung dazu hatte, schwierigen persönlichen Gesprächen aus dem Weg zu gehen.

Julia sah Nick nicht an, als sie sagte: «Ich wollte sehen, ob es sich nicht machen lässt, dass Thorne neben Imogen begraben wird. Ich finde, es wäre nur recht, wenn sie endlich zusammenkämen.»

Nick ergriff ihre Hand und hielt sie fest. «Ich hab nicht nach den beiden gefragt. Ich meinte, was *du* vorhast.» Er schwieg einen Moment, dann fügte er sichtlich mit Mühe hinzu: «Willst du bleiben, oder fährst du nach Hause?»

Julia musste an Nicks Mutter denken, die ihn in London zurückgelassen hatte, um nach Los Angeles zu gehen, und dann nicht einmal mehr von ihm besucht werden wollte. Wenn sie es wirklich miteinander versuchen wollten, sprach alles gegen eine Fernbeziehung. Zumindest für den Anfang war das keine Option.

Julia richtete sich auf. «Darüber denke ich ständig nach.»

Sie dachte an ihr Leben in New York. Es gab nicht viel

dort, was sie vermissen würde. Ihren Vater und Helen und die Jungs, ja. Lexie. Aber mit ihnen allen telefonierte sie ja sowieso häufiger, als sie sie sah. Ihre Wohnung konnte sie verkaufen oder vermieten. Wenn sie zurückginge, täte sie es nur aus Feigheit.

Irgendwie würde sie es einrichten können, in England zu bleiben – wenn sie wüsste, dass Nick sie wirklich hier haben wollte. Wenn sie nicht diese Riesenangst hätte, es könnte nicht klappen.

Sie dachte an Imogen und Gavin und das Glück, das ihnen vielleicht beschert worden wäre, wenn nicht jemand eingegriffen hätte. Sie waren bereit gewesen, alles, was sie besaßen, für die Liebe aufs Spiel zu setzen. Für sie stand nichts auf dem Spiel als ihre Angst.

«Wenn die Tate *Tristan und Isolde* kauft», sagte sie, «kann ich es mir leisten, ein Jahr hier zu bleiben, während ich meine Bewerbungen für das Aufbaustudium einreiche.»

Die weichen Polster gaben nach, als Nick sich ihr zuwandte. «Fällt es dir nicht schwer, das Bild herzugeben?»

«Es gehört in ein Museum, wo andere es sehen können.» Julia holte tief Luft. «Und es wäre schön, ein bisschen länger hier bleiben zu können. Wenn du das möchtest?»

Sie spürte, wie der Druck seiner Hand sich verstärkte. «Wenn du für die Zeit einen Teilzeitjob suchst, wüsste ich einen Laden, wo man deine Hilfe gebrauchen könnte. Soweit ich höre, ist der Inhaber kein übler Typ.»

Julia fühlte sich plötzlich wie auf einer Welle des Glücks. «Ist das deine Art, dir eine billige Arbeitskraft an Land zu ziehen?»

«Ich würde sie nicht billig nennen. Ich würde eher sagen, sie ist mir ziemlich teuer.» Er nahm sie in die Arme und sagte mit hörbarer Erleichterung dicht an ihrem Ohr: «Nein. Quatsch. Sehr teuer.»

Julia rieb ihre Wange an seiner. «Hast du vor, mich hier zwischen Chippendale und Regency zu verführen?»

«Aber nein», sagte Nick vorwurfsvoll. Sein Atem glitt ihre Wange hinunter zu ihren Lippen. «Ich hatte eher an die Couch im Hinterzimmer gedacht.»

«Sehr dubios», sagte Julia mit Anstrengung, «eine Angestellte anzugraben.»

Irgendwie rutschte sie immer tiefer. Beziehungen mochten nicht Nicks Ding sein, aber als Verführer hatte er einiges drauf.

«Ein Glück, dass du keine bist», murmelte er.

Irgendwann mussten sie auftauchen und nach Luft schnappen. Die Schatten im Zimmer waren tiefer geworden, die Glut im Kamin war zu Asche zerfallen. Julia kuschelte sich mit Behagen in Nicks Arme. Das Sofa war eigentlich nicht breit genug für sie beide, aber es machte ihnen nichts aus.

Sie merkte, wie Nick zum Sprechen ansetzte. «Ich habe mir gedacht», begann er, und Julia wurde gleich ein wenig angespannt. So einfach war das mit dem Vertrauen nicht.

Kleine Schritte, sagte sie sich. Kleine Schritte.

«Ich habe mir gedacht», sagte Nick sinnend, «da morgen Samstag ist und Tamsin noch im Laden aushilft ...»

Auf einen Ellbogen gestützt, richtete Julia sich halb auf. Ihre Haare schwangen ihr ins Gesicht, als sie zu ihm hinuntersah. «Wollen Sie sich hier einquartieren, Mr. Dorrington?

«Ausschließlich, um dich vor den Reportern zu schützen», sagte er glatt. «Obwohl ich wahrscheinlich sicherheitshalber in deinem Zimmer schlafen sollte. Falls jemand unter das Bett eindringen will, natürlich.»

«Natürlich», stimmte Julia zu. «Und wenn die Medieninvasion vorbei ist?»

Nick strich ihr die Haare aus dem Gesicht. In seinen blaugrünen Augen blitzte es frech. «Hab ich dir nicht eine Runde Kunstbetrachtung versprochen?»

Danksagung

Manche Bücher fließen einem leicht aus der Feder. Andere nicht. Dieses Buch gehört eindeutig zur letzteren Kategorie.

Großen Dank schulde ich meiner Lektorin Jennifer Weis für ihr Verständnis und ihre Geduld; meiner Schwester Brooke, die der Handlung wieder auf die Beine half, wenn sie lahmte; sowie dem ganzen Team bei St. Martin's Press, das Vorschläge lieferte, Verlängerungen genehmigte, Titelideen sammelte und den Umschlag gestaltete. Dank auch Joe Veltre, der mich beim holprigen Start in dieses Buch immer wieder angespornt hat, und Alexandra Machinist, die ihm den letzten Schliff gegeben hat. Jedes Buch ist das Ergebnis von Teamarbeit, das gilt für das vorliegende ganz besonders.

Ich danke den Stammgästen auf meiner Website und meiner Facebook-Seite für ihre Tipps, ihre Ermutigung und ihren Enthusiasmus. Ich weiß, welch ein Glück ich habe, dass ich mich an Tagen, an denen die leere Seite mich besonders leer anglotzt, an so teilnehmende und kreative Freunde wenden kann.

Kristen Kenney danke ich für Ansichtskarten von der Tate, zahllose Besuche der Burne-Jones-Ausstellung im Metropolitan Museum of Art und lehrreiche Nachmittage im British Arts Centre. Wenn ich an Präraffaeliten denke, denke ich an sie.

Wie immer gelten meine Liebe und meine Dankbarkeit meinem Mann, meinen Eltern und meinen Geschwistern, die es mir möglich gemacht haben, dieses Buch und alle anderen zu schreiben, indem sie die rackernde Autorin ertrugen und wenn nötig mit stärkenden Muffins zur Hand waren.

Zuletzt, doch nicht am wenigsten, danke ich meiner Tochter Madeleine, die so lieb war zu warten, bis das Buch komplett überarbeitet war, ehe sie auf die Welt kam, und dann so rücksichtsvoll, die meiste Zeit zu schlafen, während es lektoriert werden musste. Dieses Entgegenkommen wurde dankbar vermerkt und der Weihnachtsmann entsprechend informiert.

Lauren Willig
Die fremde Schwester

England, 1927: Als Rachel das Cottage ihrer verstorbenen Mutter ausräumt, stößt sie auf einen mysteriösen Zeitungsausschnitt. Graf Ardmore heißt der Mann, der mit Frau und Tochter auf dem Foto posiert. Und er sieht Rachels Vater zum Verwechseln ähnlich. Nur dass ihr Vater, angeblich ein mitteloser Botaniker, seit 20 Jahren tot sein soll. Fest entschlossen, das Rätsel ihrer Herkunft zu ergründen, reist Rachel nach London. Doch als sie schließlich ihrer Halbschwester Olivia begegnet, gibt sie sich nicht zu erkennen. Denn Rachel fühlt sich magisch zu Olivias Verlobtem John hingezogen. Und lässt sich auf ein Spiel ein, über das sie bald die Kontrolle verliert …

400 Seiten